# A ERA DOS MORTOS

## [ PARTE 2 ]

# RODRIGO DE OLIVEIRA

# A ERA DOS MORTOS

[ PARTE 2 ]

FARO Editorial

COMUNIDADE UNIDOS
POR SÃO PAULO

# PREÂMBULO

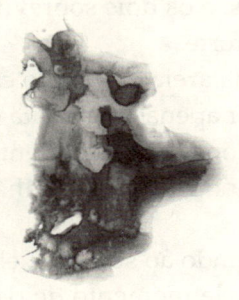

**— VOLTE, VOLTE! RECUE! AGORA!** — gritava o comandante, gesticulando sem parar.

Fernando disparou mais algumas vezes com seu fuzil, virou-se e finalmente começou a correr. Não adiantava mais insistir naquela loucura, a missão se transformara numa tragédia, e agora estava tudo perdido. A única coisa que lhes restava fazer era fugir.

— Você ficou surdo?! Eu mandei você recuar! — O oficial também corria, tentando acompanhar o rapaz, que agora parecia ter asas nos pés.

— E eu te falei que essa era uma péssima ideia! Você praticamente condenou todos nós à morte!

— Como é que eu poderia adivinhar, porra? Não enche o saco, eu sou o responsável por esta missão!

— Não tem mais missão, você não percebeu? Estão todos mortos! E nós dois seremos os próximos!

Fernando tinha os olhos vermelhos de pânico e raiva. Trincando os dentes, ele continuou correndo com determinação férrea, vendo o inferno se formar à sua esquerda. Eles seguiam sempre à beira-mar. Assim, de um lado estava o oceano — aquele verde infinito banhado pelo sol — e do outro, uma grande faixa de areia na qual os zumbis surgiam de todos os cantos possíveis.

As criaturas avançavam, trôpegas, aos milhares, invadindo tudo numa extensão de centenas de metros. Joaquim e Fernando corriam como loucos. Em breve estariam cercados, e só teriam o mar como alternativa. Mas essa também não era uma boa saída, pois, uma vez na água, para onde iriam? Não havia como voltar, tampouco pedir ajuda. Todos os demais membros da equipe estavam mortos, e os dois sobreviventes se encontravam a mais de cem quilômetros do forte.

Fernando ofegava de exaustão. Correr na areia era muito cansativo. Lutando contra a fadiga, ele conseguia seguir apenas por conta da poderosa explosão de adrenalina que o impulsionava para a frente. Mas o jovem sabia que seu tempo estava se esgotando. Eles não tinham como escapar daquela armadilha.

Ao ver a muralha de zumbis se agigantando ao seu lado, ele dirigiu um último pensamento à sua amada. Naquele momento de desespero, Fernando gostaria muito de ter tido coragem para fazer o que ela havia pedido na noite anterior: a moça praticamente implorara para que ele não partisse naquela missão. Se Fernando a tivesse escutado, tudo teria sido diferente.

E, então, um último pensamento o assaltou, mas para esse ele já tinha resposta: *Como eu pude permitir que as coisas chegassem a este ponto?*

# HORA DE MORRER

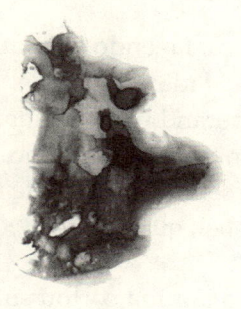

**ENQUANTO ISABEL OBSERVAVA** a serra elétrica se aproximando do seu pescoço, ela sentiu seu coração disparar de terror. Ela sabia que aquele dia chegaria, mas não esperava que as coisas fossem acontecer daquele jeito.

O olhar de satisfação de Otávio — que parecia disposto a concluir a impiedosa tarefa de decapitá-la pessoalmente para transformá-la em mais uma de suas cobaias — aumentava a sensação de desamparo da senhora, já mortalmente ferida.

A pobre Isabel estava apavorada e se sentindo mais sozinha do que nunca. Foi quando ela percebeu que havia alguém caminhando por entre a multidão, sem que a presença fosse notada. Era uma moça de vinte e poucos anos, olhos verdes lindos e pequenas sardas em seu rosto de anjo. Ela se aproximou de Isabel, parando bem ao lado de Otávio, que, assim como os outros, ignorava completamente a presença da garota.

— Olá, minha amiga, chegou a hora de partir, está bem? Você já fez muito por todos nós, agora precisa descansar — decretou ela com suavidade. A bela moça olhou para Otávio com uma expressão que oscilava entre o desdém e a pena, e depois voltou-se novamente para Isabel. — Você não está com medo desse imbecil, está? — Mariana perguntou com um sorriso doce no rosto.

Foi naquele momento que Isabel sorriu, surpreendendo Otávio. Ela poderia estar no fim da sua vida, mas não estava sozinha. E isso era tudo que importava.

*Que bom que você está aqui, achei que ninguém viria*, Isabel pensou.

— De forma alguma, nunca deixaríamos você sozinha num momento como esse — Mariana respondeu sorrindo.

Em seguida, Canino surgiu atrás da moça, fazendo com que o coração de Isabel disparasse de vez, agora de felicidade.

— Eu estou aqui, meu amor. Estive te esperando por décadas. E agora finalmente ficaremos juntos novamente — Canino falou sorrindo. — Venha comigo e eu prometo que você nunca mais se sentirá sozinha de novo.

Junto com ele, estava o fantasma de Jezebel, que também sorria para a irmã gêmea.

Isabel sorriu uma última vez e, quando a lâmina cortou sua garganta, ela finalmente se desligou das amarras que a prendiam ao mundo dos vivos e partiu para longe, acompanhada por algumas das pessoas que mais amara naquela vida.

# SUMÁRIO

LIVRO II

# ADOLESCÊNCIA

# CAPÍTULO 1
# A CHEGADA

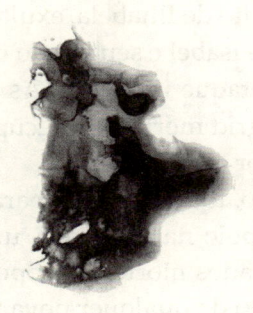

**FERNANDO E JENNIFER** — esgotados, famintos e doentes após várias noites ao relento, num frio congelante, e fugindo de hordas de zumbis — alcançaram a Fortaleza de São José da Ponta Grossa quase um mês depois de a colônia de sobreviventes da Serra Catarinense ter sido implacavelmente esmagada pelos soldados de Otávio e Mauro.

O grupo de dissidentes, liderado por Adriana e sua filha, Ingrid, fizera da antiga fortaleza o local ideal para estabelecer uma nova comunidade de sobreviventes. Ela era cercada por muros altos e reforçados e situada num ponto elevado, que, além de proporcionar uma visão privilegiada dos arredores, dificultava o avanço de inimigos, fossem eles zumbis ou humanos.

Junto aos canhões centenários, que agora não passavam de peças de decoração, tinham sido instalados obuseiros M114A1 de 155 milímetros cada um, além de canhões antiaéreos de 40 milímetros.

Tudo começou quando Uriel deu o golpe que o levou ao poder. Mãe e filha não titubearam. Ambas lideraram uma revolta armada, que levou a uma verdadeira guerra civil nas ruas de Ilhabela. E quando ficou claro que seria impossível vencer o golpista, elas e seu grupo de opositores fugiram para Florianópolis, levando consigo uma embarcação lotada de equipamentos de guerra.

Inicialmente, a comunidade contava com mais de duzentas pessoas, na sua maioria moradores e ex-soldados de Ilhabela que passaram a ser comandados por Adriana, fiel amiga de Ivan e Estela.

Três anos depois, as equipes de Uriel que percorriam o litoral do Brasil de Norte a Sul localizaram a fortaleza à beira-mar e descobriram que se tratava do grupo de Adriana. O então prefeito de Ilhabela, exultante de empolgação, sobretudo ao se dar conta de que Isabel e seu bando de fugitivos também se encontravam lá, ordenou ataque imediato. As ordens eram simples: ele queria Isabel, Adriana e Ingrid mortas, e a recuperação de todos os equipamentos e armas levados por elas.

O saldo final desse confronto, no entanto, foi desastroso para Uriel. Duas lanchas, uma fragata e um barco de apoio naufragados, um helicóptero derrubado e cento e vinte e três soldados mortos. Os opositores mandaram o recado claríssimo para o prefeito de qualquer nova tentativa de aproximação teria consequências ainda piores para Uriel e suas forças. Eles só baixariam as armas após sua renúncia e prisão de todos os seus apoiadores.

Diante da força de seus adversários, que haviam conseguido se estabelecer de forma sólida e em um ponto estratégico — o que atrapalhava a criação de linhas de suprimentos e trânsito de soldados, essenciais para uma campanha de longa duração — Uriel cedeu, ao menos num primeiro momento.

Com o recuo do prefeito, houve um período de relativa paz, no qual a Fortaleza se tornou não só uma poderosa força de oposição como também um refúgio para sobreviventes vindos de todos os cantos do país e de pessoas que precisavam fugir das garras de Uriel ou de Otávio.

E foi assim que Isabel, Nívea, Sílvio e vários outros se uniram a Adriana, que acolheu prontamente a todos — em especial Isabel, que, como ela, tinha vivido os anos dourados da resistência humana no Brasil, ainda nos tempos do Condomínio Colinas. Adriana considerava uma sorte imensa ter uma pessoa tão poderosa como Isabel no grupo. Mas quando a vidente não conseguiu antecipar o novo ataque de Uriel, muito mais intenso e organizado que o primeiro, Ingrid não perdoou a mulher a quem muitos chamavam de Bruxa.

Naquela nova incursão militar promovida por Ilhabela, uma vez mais o poderio da fortaleza prevaleceu, num confronto que se arrastou por meses, mas que custou a vida de sua grande fundadora, Adriana.

Ingrid, que assumiu o lugar da mãe e passou a ser conhecida por Abelha Rainha, impôs mais uma dura derrota às forças de Uriel, que nunca mais se arriscou a enfrentá-la de forma aberta novamente.

Após sua vitória, a primeira ação de Ingrid, enlouquecida de tristeza pela morte da mãe, foi expulsar Isabel da fortaleza, bem como todos que apoiavam a idosa. E esse grupo incluiu Jennifer, Sílvio, Nívea e alguns outros, que viriam a formar a comunidade de sobreviventes da Serra Catarinense.

Com o tempo, Ingrid voltou a se relacionar, ainda que com certa frieza, com alguns dos seus antigos aliados, apesar de nunca ter conseguido reatar seu relacionamento com Isabel. Ela culpou a velha senhora por todos os estragos causados pela invasão de Uriel. Isabel até poderia ter usado seu poder para tomar o controle da fortaleza, mas ela era íntegra demais para fazer algo do gênero. Por isso, optou por aceitar a decisão de Ingrid, e simplesmente partiu.

Temperamental, irritadiça e excêntrica. Esses eram alguns dos adjetivos que poderiam ser utilizados para definir Ingrid. Por isso, Jennifer não estava muito confiante em relação às chances de sua antiga aliada recebê-la de volta. No entanto, era preciso tentar.

\* \* \*

— Quase não acreditei quando me disseram que era você! Seja bem-vinda, Jennifer — disse Ingrid, indicando a cadeira para que a antiga aliada se sentasse.

Fernando também tomou um assento. Ele e a mãe adotiva estavam na sala na qual Ingrid se acomodava todos os dias para tomar as decisões referentes à comunidade. Com o passar dos anos, o grupo acabou por expandir os limites da fortaleza, que agora já contava com quase mil moradores.

— Eu nem quero acreditar que chegamos a esta situação. Mas a verdade é que precisamos de ajuda, Ingrid, e não temos mais a quem recorrer. Como Sílvio e Nívea estiveram aqui alguns meses atrás e você os recebeu bem, achei que talvez pudéssemos vir para cá também.

— Sílvio e Nívea sempre foram amigos muito queridos, Jennifer, e você também é. Claro que minhas portas estão abertas. Mas eu me pergunto o que foi que aconteceu pra você chegar aqui sozinha com esse garoto, que, eu aviso desde já, pode ser uma fonte imensa de dor de cabeça. O Otávio encontrou vocês? A velha feiticeira também não foi capaz de protegê-los? — perguntou Ingrid, esboçando um meio sorriso irônico.

— Sim, infelizmente o Otávio conseguiu nos achar. Na certa, alguém vendeu a ele informações sobre o nosso paradeiro. E então ele desferiu um ataque mortal sobre nossa comunidade. Você sabe que Otávio sempre desejou isso — Jennifer falou com pesar.

— Sílvio e Nívea? — Ingrid a encarou, com expressão séria.

— Mortos.

— Isabel?

— Morta também.

Ingrid exalou um suspiro e fez uma careta. A notícia da morte de Isabel a desagradou muito mais do que ela seria capaz de supor ou explicar.

— Entendo. Se nem mesmo a mulher mais poderosa do mundo foi capaz de fazer frente à insanidade de Otávio, acho que estamos realmente todos arruinados — disse Ingrid, balançando a cabeça.

— E tem mais. Otávio nos atacou usando um adolescente com poderes similares aos de Jezebel. O garoto é tão poderoso que derrotou Isabel com imensa facilidade. Otávio agora conta com um verdadeiro monstro pra fazer seu trabalho sujo. Todos nós estamos correndo perigo.

Ingrid arregalou os olhos.

— Isso explica tudo! Nunca imaginei que alguém fosse capaz de enfrentar Isabel. Esse maluco descobriu uma forma de usar fogo para combater o próprio fogo. Eu sempre soube que Otávio era pior que o pai, com aquele jeito de moleque covarde que ele tem.

— E o que você pretende fazer? — Jennifer se assustou diante da reação de Ingrid.

— Agora, absolutamente nada. Não tenho como atacar Otávio em Ilhabela. Lá ele está muito bem protegido. Mas temos de estar preparados para um ataque dele a qualquer hora, porque aí sim teremos problemas sérios. De qualquer forma, há muitos anos que ninguém tenta nada contra a gente. Acho que, ao menos por ora, estamos seguros.

Jennifer torceu para que Ingrid estivesse certa.

— E por que você falou que Fernando pode ser uma fonte de problemas? Eu não entendi o que você quis dizer com isso — disse Jennifer, franzindo a testa.

Fernando, que também queria entender o porquê daquele comentário, aproximou-se um pouco mais.

— Vocês realmente não estão sabendo? — Ingrid perguntou com um sorriso estranho no rosto.

— Não estou sabendo de nada. O que aconteceu? — Jennifer indagou, preocupada.

Sem dizer nada, Ingrid abriu uma gaveta, tirou uma folha de papel e a colocou diante de Jennifer e Fernando. Os dois arregalaram os olhos.

Tratava-se de um cartaz com dois retratos falados, de uma menina e de um menino. Embaixo de cada imagem, os nomes "Fernando" e "Sarah", com os seguintes dizeres: "Procura-se assassinos infantis perigosíssimos. Vivos ou mortos." No final da página, era mencionada uma recompensa em dinheiro para quem ajudasse a localizar os dois "jovens terroristas".

— Parece que você e sua amiga Sarah enfureceram os poderosos de Ilhabela, garoto. Este cartaz foi encontrado há quatro dias fixado do lado de fora da nossa fortaleza, num lugar em que os nossos guardas pudessem ver. — Ingrid encarou Fernando. — O que foi que você fez?

O menino, muito sem graça e ainda mais intimidado pela autoridade de Ingrid, contou que havia criado uma emboscada e matado seis soldados, além de ter tentado, sem sucesso, matar Mauro. Mas salientou que não fazia ideia do que Sarah havia feito para despertar a raiva dos governantes da capital. Entretanto, independentemente do que aconteceu, ele sentiu um grande alívio ao se dar conta de que aquilo significava que Sarah também conseguira fugir.

— Fiquei sabendo que Sarah desapareceu durante a travessia da balsa entre São Sebastião e Ilhabela, deixando uma verdadeira trilha de corpos para trás. Pelo visto, a garota tem imensa sede de sangue. — Ingrid abriu um largo sorriso. — E você é o filho de Ítalo, que parece estar em busca de vingança. Se você chegou perto de matar Mauro, isso já explica muita coisa.

— Nós podemos ficar aqui, Ingrid? Não queremos colocar vocês em risco, mas eu confesso que não tenho nenhuma outra opção. Foi um milagre conseguirmos chegar até aqui. Tudo o que eu não quero é ter de voltar lá para fora novamente. — Jennifer também ressaltou que o zumbi psíquico controlado por Otávio era muito poderoso e que as coisas a partir daquele momento se tornariam mais difíceis.

Mas a Abelha Rainha contemporizou:

— Concordo que é grave, mas duvido que ele vá utilizar esse garoto poderoso em qualquer situação de perigo. Pelo que vocês me contaram, parece se tratar de alguém muito difícil de ser controlado. Então, o risco de utilizá-lo é sempre imenso. Imaginem o que poderia acontecer caso ele saísse de controle. Pode ter certeza de que Otávio tem essa consciência, por isso utilizou-o apenas uma vez até agora. Vamos continuar observando atentamente, mas aposto que o prefeito tentará usar essa arma o mínimo possível, somente em casos inevitáveis.

Jennifer concordou. Talvez ela tivesse razão.

Ingrid olhou bem para a antiga aliada diante de si. Sem dúvida, seria muita burrice abrigá-los enquanto houvesse uma recompensa pela cabeça de Fernando. Qualquer um que soubesse do paradeiro do menino iria denunciá-lo imediatamente. E se Mauro ou mesmo Otávio decidisse que valia a pena tentar capturá-lo, a comunidade inteira estaria em risco. Eles eram fortes e já haviam vencido Ilhabela duas vezes, mas ela não acreditava que a sorte duraria para sempre, ainda mais com Otávio na posse de uma nova e tão poderosa arma de ataque.

Mas se tinha algo na vida que Ingrid adorava fazer era desafiar Otávio e sua corja. O pai dele, Uriel, passara um verdadeiro sufoco nas mãos dela e de sua mãe. Por que não fazer o filho provar do ferrão da Abelha Rainha também?

— Jennifer, enquanto eu viver, prometo que ninguém lhes fará mal — ela falou, por fim. — Minha colmeia inteira manterá vocês dois a salvo. Dou a minha palavra. E tire essa péssima ideia de vingança da cabeça, garoto, essa idiotice não vai te levar a lugar nenhum. E se você me causar problemas, eu mesma te mato!

Fernando se encolheu diante da ameaça.

\* \* \*

Naquela noite, Jennifer e Fernando finalmente puderam tomar banho e se deitar em camas limpas e secas depois de um mês de privações. Os dois perderam muito peso e estavam cheios de machucados, mas estarem vivos e seguros, em uma das comunidades mais poderosas do Brasil, que nem mesmo Uriel e Otávio tinham sido capazes de derrotar, era tudo o que importava agora.

Apesar do imenso cansaço, Fernando não conseguia pegar no sono. Depois de muito rolar na cama, o menino se levantou e se sentou em uma cadeira, no canto do quarto.

— O que houve, filho? Está tudo bem? — perguntou Jennifer, tirando Fernando dos seus devaneios.

— Não consigo dormir.

— Por quê? Tem alguma coisa te incomodando?

— Sei lá, não sei explicar. — A cabeça do garoto era uma confusão.

— Por acaso você está preocupado com a Sarah?

Fernando se assustou com a pergunta, e logo tratou de negar:

— Não! Eu só estou me perguntando o que aconteceu com ela. É só, nada além disso — o garoto respondeu atrapalhado.

Jennifer achou graça na falta de jeito dele.

— Fique tranquilo, filho, a Sarah é durona. Você ouviu o que a Abelha Rainha falou, não ouviu? Enquanto houver cartazes sendo colados por aí, você saberá que ela está bem. E Sarah também terá certeza de que você conseguiu escapar.

— Duvido que ela se preocupe muito comigo. Aquela garota, na verdade, nunca gostou de mim. — disse Fernando, olhando para os próprios pés.

Jennifer sorriu ao ouvir aquele último comentário. Em seguida, insistiu que ele tentasse dormir, pois no dia seguinte acordariam cedo para ver de que forma colaborariam com a comunidade. Ali, todos precisavam trabalhar.

Fernando obedeceu. Deitou-se na cama, olhando para o teto, e se perguntou onde Sarah estaria naquele momento. Será que ela também teria uma cama quente para dormir? Será que também havia alguém cuidando da garota?

Depois de muito tempo de perguntas sem respostas, o cansaço venceu e Fernando finalmente adormeceu.

# CAPÍTULO 2

# MADAME BIANCA

**MADAME BIANCA INTERROMPEU** suas tarefas administrativas ao ouvir o som da campainha. A velha cortesã reuniu com tranquilidade o dinheiro e guardou-o dentro de um cofre, junto com o livro-caixa; acabaria de fazer suas anotações no dia seguinte. Ela observou algo dentro do cofre, perguntando-se se era uma boa ideia manter aquilo consigo. Ao decidir que talvez valesse a pena o risco, ela tirou o objeto da caixa de metal reforçado e o colocou no bolso do casaco.

Em seguida, rumou até a porta, não sem antes conferir sua aparência em um espelho. Apesar de ter abandonado a prostituição anos atrás, ela ainda era muito vaidosa e não permitia que a vissem se não estivesse muito bem-arrumada.

Ela abriu a porta com um sorriso caloroso. Passava das cinco da manhã, e as atividades do dia estavam encerradas. Portanto, não poderia ser um cliente. Do lado de fora, ela deparou-se com um grupo de quatro soldados, todos fortemente armados. Dois deles eram frequentadores assíduos do Casarão das Sereias. Madame Bianca cumprimentou o Sargento Floriano.

— Boa noite, Madame Bianca, tudo bem? Sei que a senhora deve estar se preparando pra se recolher, mas infelizmente viemos para uma missão muito importante. Podemos entrar um instante? — o sargento falou com extrema delicadeza. Era cliente do casarão e nutria um genuíno afeto por ela. Aquele lugar não era famoso apenas pelas suas belas mulheres, mas também pela afabilidade de sua proprietária.

— Claro, sargento, entrem, entrem! Por favor, fiquem à vontade. Posso lhes oferecer uma bebida?

— Não, madame, não se preocupe, estamos aqui a trabalho.

— Uma xícara de café com um bom pedaço de bolo, então! Pra aquecer o corpo e espantar o sono! Eu insisto!

E antes mesmo que eles pudessem protestar, ela se apressou até a cozinha para preparar o café. Os homens se entreolharam e sorriram.

— Ela é uma figura, né? Eu amo essa coroa! — comentou o sargento, sorrindo.

— Ela é mesmo! E é verdade que as garotas mais lindas do país trabalham aqui? — um dos soldados perguntou, curioso.

— Sim, todas são lindas, gostosas e fogosas. Aqui é um paraíso. Sempre que consigo, dou uma escapada e venho pra cá — o sargento afirmou.
— Mas é muito caro, tem que ter grana no bolso. Dizem que até mesmo o prefeito Uriel, que Deus o tenha, era frequentador. Reza a lenda que ele deixava verdadeiras fortunas quando vinha aqui. — O sargento piscou, irônico.

Minutos depois, os soldados começavam a demonstrar impaciência, e até mesmo o sargento consultava sem parar seu relógio de pulso, arrependido de ter aceitado a hospitalidade de Madame Bianca. Aquela deveria ser uma operação rápida, e eles tinham um trabalho a realizar que demoraria bastante para ser devidamente executado.

Então, ela voltou com uma grande mesinha com rodas, coberta com uma bela toalha de linho branco com detalhes em dourado que se estendia pelas laterais do móvel, até o chão. Sobre a mesa havia um bolo de laranja com um cheiro delicioso, além de biscoitos de nata, cookies e um bule de café fumegante com um aroma convidativo e revigorante. E os quatro soldados deixaram a pressa de lado.

Todos puseram-se a comer, bebericando o café para acompanhar. Madame Bianca cortou uma generosa fatia de bolo e a entregou para o sargento, puxando conversa para entender o que estava havendo.

— Desculpe a intromissão, sargento, mas o que exatamente vocês vieram fazer? Confesso que estou preocupada, sinto algo grave no ar. — Madame Bianca pôs a mão no antebraço do homem, com delicadeza.

— Sim, Madame, de fato a situação é grave. — O sargento Floriano limpou a boca num lindo guardanapo. — Buscas estão sendo realizadas na cidade inteira para encontrar uma assassina foragida.

Madame Bianca franziu a testa e engoliu em seco, sem saber o que dizer. Então, rompeu o silêncio, visivelmente preocupada:

— Uma assassina foragida? Sério mesmo? E quem essa mulher matou?

— Ela assassinou mais de trinta homens, acredite se quiser. E o pior de tudo é que se trata de uma criança, não de uma mulher— o sargento informou.

— Uma... criança? Meu Deus! Mas como é possível uma menina ter feito tudo isso sozinha?

— Nós também não conseguimos entender, Madame. Quem a viu disse que se trata de uma assassina muito bem treinada. Ela fazia parte do bando da bruxa Isabel, que foi desmantelado ontem em Santa Catarina. — O sargento Floriano esboçou um sorriso vitorioso.

Madame Bianca abriu um largo sorriso, com seu costumeiro jeito caloroso, colocando-se à disposição para colaborar.

— Fantástico, sargento, fico feliz por vocês finalmente terem conseguido derrotar aquela criminosa foragida. Estão todos de parabéns. Imagino que desejem revistar a minha propriedade, certo? — Madame Bianca supôs, sagaz.

— Isso mesmo, Madame, estamos revistando todos os prédios da rua, enquanto outra equipe patrulha os arredores. Não sabemos se a fugitiva sobreviveu; ela acabou desaparecendo no mar. Esta operação é preventiva, para o caso de ela ter conseguido chegar até a ilha. Temos patrulhas vasculhando o continente também, por precaução. — O sargento deu um último gole no café; eles precisavam encerrar a conversa e se apressar.

— Sargento, fique à vontade, pode revistar a casa inteira. Só peço que sejam gentis ao acordarem as pobres garotas. Recebemos muitos clientes esta noite e elas estão cansadas.

— Pode deixar, Madame, seremos gentis e muito rápidos, eu prometo. — O sargento Floriano se pôs de pé e foi prontamente imitado por seus homens. — Pessoal, vamos lá, o recreio acabou. Vasculhem todos os cômodos, armários, banheiros, tudo! Vamos! Vamos!

Os soldados obedeceram de pronto, partindo em diversas direções. Madame Bianca acompanhou o sargento, para tranquilizar suas garotas. Todos trabalharam nas buscas por mais de duas horas. O casarão era enorme, com cerca de vinte quartos, e levou um tempo razoável para que todos os cômodos fossem checados. Eles executaram a tarefa com incrível profissionalismo, nada ficou sem vistoria. Exceto um aposento.

— Madame Bianca, eu preciso que a senhora abra o seu quarto também. É o único que está trancado — o sargento Floriano pediu com respeito, porém firme.

— O meu quarto? Isso é mesmo necessário? — Madame Bianca demonstrou certo desconforto. — Eu garanto que não tem nada lá, senhor, confie em mim.

O nervosismo da cortesã não passou despercebido nem para o sargento, nem para seus soldados.

— Sim, Madame, receio que seja absolutamente necessário. Peço que a senhora abra a porta. Garanto que será muito rápido.

— Sargento, sei que o senhor está cumprindo ordens, mas sabe como é, uma mulher tem seus segredinhos. Eu deixo a porta do meu quarto trancada porque tenho alguns bens muito preciosos que não gosto que ninguém veja. Tenho certeza de que o senhor entende, não é mesmo? — Mas debaixo daquela cortesia toda de Bianca havia uma nota de tensão mal disfarçada, que foi percebida pelo sargento. Ele era capaz de farejar medo e mentira de longe, e detectara ambos na voz de Madame Bianca.

— Não, Madame, sinceramente não entendo. No entanto, vou entender assim que a senhora abrir a porta do seu quarto pra mim. — Havia um tom sutil de ameaça em seu sorriso. — Por favor, abra. Agora.

Madame Bianca, porém, decidiu fazer mais uma tentativa:

— Claro, sargento. Peço então que o senhor me dê alguns instantes pra arrumar as minhas coisas. Sabe como é, sou uma senhora solitária, que não recebe um homem no seu quarto há vários anos. Portanto, está tudo muito bagunçado. Se o senhor me der apenas dez minutos, tenho certeza de que...

— Senhora, eu ordeno que abra a porta daquele quarto imediatamente! Não me obrigue a prendê-la por desacato!

Madame Bianca arregalou os olhos, assustada com a reação intempestiva do sargento. Um dos soldados saiu da sala e se posicionou do lado de fora do casarão, de modo a vigiar a janela do quarto, que ficava no segundo andar, caso alguém tentasse fugir por ali. Os outros dois subiram as escadas correndo e se colocaram em frente ao aposento de armas em punho. Todos desconfiavam que haviam encontrado o que procuravam.

— Senhora, eu te dou trinta segundos pra abrir aquela porta. Caso contrário, meus homens irão arromba-la e, independente do que for encontrado ali, te prenderei por desacato à autoridade, está me entendendo? — Floriano gritou, furioso.

O sargento sabia como pressionar alguém que tentava enrolá-lo, como aquela mulher estava fazendo. No entanto, a reação de Madame Bianca foi bem diferente da que ele imaginara.

— É óbvio que vou abrir a porta, sargento, mas confesso que estou decepcionadíssima com a sua reação. Eu imaginava que o senhor fosse um cavalheiro, um homem que sabe respeitar uma dama! É evidente que me equivoquei! — Em seguida, ela tirou uma chave do bolso do casaco. — Aqui está a chave, fique à vontade pra abrir a porta o senhor mesmo. Percebo que vocês estão com muita pressa e peço desculpa se a minha hospitalidade os atrapalhou.

Floriano piscou diante da chave prateada que a cortesã lhe oferecia. E, ao olhar para ela, não viu mais medo, apenas uma autêntica indignação.

— Madame Bianca, entenda que eu preciso...

— Sem mais nenhuma palavra sargento. Eu recebi o senhor e seus soldados com educação e cortesia, e em troca ouvi grosseria e gritos. Para ser sincera, estou decepcionada! Pode revistar meu quarto, fique à vontade!

\* \* \*

Floriano hesitou por alguns instantes, sem saber o que pensar. Então decidiu revistar logo o aposento e, apanhando a chave, subiu a escada de dois em dois degraus, seguido por Madame Bianca, que não conseguia acompanhar seu ritmo. Ao chegar na entrada do aposento, mandou seus soldados se prepararem, e ambos destravaram seus fuzis e aguardaram a ordem.

Assim que Floriano destrancou a porta e deu o sinal, os dois soldados invadiram o quarto de forma abrupta, prontos para matar quem quer que estivesse lá dentro.

E os três piscaram ao constatar que não havia ninguém ali. O aposento era imenso e extravagante, com um papel de parede composto por grandes rosas vermelhas. Os armários, feitos de madeira entalhada à mão, tinham um toque clássico, antigo. As cortinas eram vermelhas, com detalhes de plumas brancas, e o carpete também era florido. Era tudo tão colorido e enfeitado que chegava a incomodar um pouco. Porém, o que mais chamava a atenção era uma arara em que estavam penduradas diversas peças de roupa, como camisolas transparentes, roupas íntimas de couro, corpetes e até mesmo trajes de prática de sadomasoquismo. Nada combinava com o perfil de uma senhora idosa, e os três homens ficaram desconcertados.

— Satisfeitos? Entenderam por que não gosto que entrem aqui pra bisbilhotar as minhas coisas? — Madame Bianca os desafiava, parada à soleira com as mãos na cintura.

— Hã... senhora, desculpe, eu não fazia ideia de que a Madame teria esses... acessórios no seu quarto. — O sargento fitava um par de algemas pendurado na arara. Ali também havia um chicote, máscaras de couro e, no chão, diversas botas e sapatos de salto alto.

— Esses "acessórios" me ajudaram a conquistar tudo o que tenho hoje, sargento. Bem, agora, se os senhores não se incomodarem, por favor, encerrem suas buscas e me deixem em paz, preciso muito descansar.

O sargento suspirou sem graça e mandou seus homens se apressarem na busca. Em poucos minutos, toda a casa havia sido verificada. Não tinha nada de errado ali.

— Madame, peço perdão pelo meu comportamento, não quis ofender. A senhora sempre me tratou muito bem e eu não soube reconhecer. Estou profundamente arrependido. — Galante, o sargento tomou a mão da idosa e a beijou. — Amigos?

— Lógico, sargento, desculpas aceitas. Eu imagino que vocês estejam sob muita pressão após esse episódio pavoroso. Faço votos de que localizem essa assassina perigosa pra que todos nós possamos ficar em paz. — Madame Bianca voltou a esboçar seu sorriso caloroso. O sargento era um frequentador assíduo do casarão, e ela não podia perder um bom cliente.

Os soldados agradeceram pelo café e o bolo e Madame Bianca colocou em uma vasilha de plástico o que sobrou do doce, e entregou-a ao sargento.

— Para que vocês possam fazer um lanche mais tarde. Eu insisto.

— Muito obrigado, Madame. Virei aqui algum dia desses pra tomar um drinque, está bem?

— Claro, sargento, minhas portas estarão abertas. Mais uma vez, boa sorte na sua busca.

E o grupo de combatentes partiu, em seu jipe.

Madame Bianca foi até a janela, puxou a cortina e confirmou que o veículo se fora. Então, respirou aliviada.

— Eles já foram, você pode sair daí, garota.

Então Sarah, suja e exausta, afastou para o lado a toalha de linho branco da mesa de chá e caiu no chão da sala, completamente esgotada após ter ficado horas encolhida naquele espaço minúsculo, sem poder fazer barulho ou se mexer.

— Levanta, menina, você me deve explicações. E se eu não gostar do que ouvir, irei pessoalmente entregá-la aos soldados do Otávio — Madame Bianca afirmou com dureza, medindo a garota, que mal conseguia se mover.

— Eu já te falei. Estava fugindo dos soldados depois de eles destruírem a comunidade em que eu morava e matar a minha mãe. — A areia do mar grudada no corpo de Sarah sujava o tapete de Madame Bianca.

— Essa parte eu já entendi. Mas você não tinha dito nada sobre ter matado dezenas de soldados! Você enlouqueceu, pirralha? Se eles descobrirem que te escondi vão me matar e jogar meu cadáver em alguma cova rasa. Esta ilha está cheia de cemitérios clandestinos, graças ao nosso ex-ditador, Uriel, e seu filhinho psicopata, Otávio, que hoje em dia brinca de ser prefeito! As pessoas dessa cidade são mais perigosas do que os zumbis. Aqui, basta pisar no pé da pessoa errada para morrer!

Sarah se encolheu diante da fúria da mulher. Talvez ter pedido ajuda a ela houvesse sido um erro, mas a garota não encontrara nada melhor após sua fuga. Nadara à noite até conseguir chegar à ilha, seguindo as luzes do único imóvel naquela parte da orla que, em plena madrugada, estava todo iluminado. Ao ver os carros cheios de militares circulando por ali, invadindo as casas, Sarah não teve dúvidas: invadiu o casarão e implorou pela ajuda da cortesã.

Madame Bianca, ao notar os carros circulando pela rua, soube que era questão de tempo até que alguém chegasse à sua porta. Assim, levou Sarah para a cozinha e a enfiou, sem muito cuidado, sob a mesinha com rodas.

— Fique aí, não se mexa, não respire, não faça barulho algum! — ordenou.

Sarah permaneceu escondida até aquele momento.

— E então? Estou esperando uma explicação! Desembucha! — Madame Bianca ralhou, mostrando que ela também tinha um temperamento forte e sabia subir o tom de voz quando julgava necessário.

— Senhora, desculpe e obrigada pela ajuda, mas eu vou...

— Você não vai para lugar nenhum, menina! Fala! Agora! — E então Madame Bianca sacou do bolso do casaco o revólver calibre 32 que havia retirado do cofre, apontando-o para Sarah. — Senta ali. — Ela indicou-lhe uma poltrona.

Sarah arregalou os olhos diante da arma, mas manteve-se calma. Com muito cuidado, acomodou-se, sob o escrutínio de Madame Bianca, sem saber o que esperar daquela mulher tão peculiar. A cortesã puxou uma cadeira e acomodou-se também, sem desviar o olhar da menina e sem baixar a arma.

As duas se estudaram por alguns instantes, num silêncio desconfortável que deixava a atmosfera ainda mais pesada. Entretanto, após minutos que mais pareceram horas, Madame Bianca decidiu falar:

— Agora, responda-me uma coisa, Sarah: como é que a minha querida amiga Isabel morreu? Espero que ela não tenha sofrido muito nas mãos daqueles desgraçados. — Madame Bianca perguntou, com ar triste, e Sarah percebeu que estava segura.

# CAPÍTULO 3
# GABRIELA

**OS PRIMEIROS TRÊS ANOS** após a chegada de Fernando e Jennifer à fortaleza voaram. Ela se juntou a outros médicos e passou a cuidar da saúde dos moradores, e ele, tornando-se o mais jovem vigilante do forte, logo passou a viver a mesma dura rotina vivida pelos homens e mulheres que protegiam aquele lugar. Passava dias inteiros em pé, de arma em punho, vigiando o entorno da fortaleza. Quando solicitado, virava noites em claro.

Fernando nunca surgia na muralha de rosto desprotegido: a pedido de Ingrid, usava sempre uma touca ninja, que cobria toda sua face. Ela sabia que os soldados de Otávio vigiavam a comunidade, e desconfiava que havia espiões infiltrados no grupo. Ninguém podia saber que o garoto estava ali. Ele até mesmo recebeu outro nome.

— Ivan? — Fernando perguntara, intrigado.

— Sim. Ele foi um dos melhores soldados que esta terra já conheceu. Quem sabe esse nome servirá de inspiração pra você — Ingrid falara, em um raro momento de descontração.

O garoto obedeceu de pronto e passou a se apresentar como Ivan para todos, assumindo seu nome verdadeiro somente quando estava com Jennifer e Ingrid. Sua disciplina era tamanha que ele às vezes até esquecia que Ivan não era seu nome de batismo.

Ele se perguntava onde estaria Sarah noite após noite. A cada novo cartaz que aparecia fixado nas imediações ou em outras comunidades com as quais a fortaleza mantinha contato, suas esperanças ressurgiam, e seu instinto de sobrevivência gritava. Pelo visto, o poder de Ilhabela não pretendia desistir tão cedo de sua captura. Assim, era preciso permanecer vigilante.

Certo dia, algumas pessoas bateram à porta da fortaleza, implorando pela proteção da Abelha Rainha. Depois de negociar com firmeza os termos para aceitá-las, Ingrid permitiu que se instalassem na comunidade.

Foi quando Fernando viu Gabriela pela primeira vez.

\* \* \*

Fernando nunca demonstrara interesse por nenhuma garota da fortaleza, apesar de pensar muito em Sarah. Ele já contava treze anos de idade, e não tinha olhos para mais nada além de sua rígida rotina de soldado adolescente.

O garoto fazia sua ronda dentro da fortaleza, sem seu gorro e sob um sol escaldante, quando um pequeno grupo passou por ele: um homem, sua esposa e suas duas filhas. A mais nova teria entre dez e doze anos; a mais velha aparentava ter dezoito, dezenove.

E foi justamente ela que o deixou petrificado.

A garota era linda, apesar das roupas remendadas. Descendente de imigrantes alemães, Gabriela tinha longos cabelos loiros e olhos verdes. O vestido de renda que usava marcava seu corpo de adolescente. Era a garota mais linda que Fernando já havia visto, e seu coração disparou enquanto ele a observava levar sua velha mala, onde carregava seus poucos pertences. Ela e sua família havia enfrentado vários dias de estradas e esconderijos tentando chegar à fortaleza. A comunidade em que moravam fora destruída com a invasão de um grupo de mortos-vivos.

Naqueles tempos, praticamente todos os grupos organizados tinham conhecimento das localizações uns dos outros, e alguns até se mantinham em contato via rádio. Ao receber o grupo, a Abelha Rainha já imaginava que em breve mais gente viria bater à sua porta. Quem saía de uma comunidade se apressava para se integrar a outra, pois não pertencer a uma comunidade bem armada era sinônimo de morte certa, quer fosse por causa dos zumbis, quer fosse por outros humanos, que, no auge do desespero, roubavam e matavam quem cruzasse seu caminho.

Por isso, os pais das garotas buscaram aquele lugar. Eles temiam pelas garotas, sobretudo a adolescente que despertava a cobiça dos homens.

Outros soldados se alvoroçaram ao avistar Gabriela. Joaquim e Daniel, dois soldados que caminhavam juntos, arregalaram os olhos ao ver a linda moça, e trocavam comentários obscenos entre si, quando notaram que Fernando também a observava e se incomodaram ao perceberem que ele se interessara pela garota.

— Ei, Ivan, está olhando pra garota por quê? Se enxerga, moleque, ela não é pro seu bico, não! — Joaquim ralhou com ele.

— É isso mesmo, tá maluco, imbecil? Aquela mina nunca vai dar atenção pra uma criança. Nem perde tempo! — Daniel complementou.

— Não encham o meu saco! — Fernando fechou a cara para os dois. Apesar de novo, ele tinha a altura e o peso de um adulto. Além disso, estava sempre armado, o que era um reforço bastante grande para os brios de qualquer um.

— Você é muito boca dura, moleque, deveria pensar antes de bater de frente com a gente! A Abelha Rainha não vai durar pra sempre pra te proteger. Você nem devia estar aqui na ronda, pra começo de conversa. Seu lugar é na plantação, junto com as outras crianças. — Joaquim se enfurecia com a altivez de Fernando.

— Não estou aqui só por causa da Abelha Rainha. Sou um dos melhores atiradores da comunidade e todos sabem disso, inclusive vocês. — Fernando os encarava sem piscar. — E sou o único que participou da Grande Imersão. Vocês passaram a vida toda escondidos atrás destes muros, nunca enfrentaram um grupo de zumbis ou um pelotão de combatentes na mata. Não passam de dois valentões se fingindo de soldados.

— Calma aí, o que foi que você falou, moleque? Repete se tem coragem! — Joaquim vociferou.

— Caralho, Ivan, você é muito desaforado. Já tô de saco cheio da sua falta de respeito. Vou te ensinar a ter mais educação! — Daniel deu um passo à frente.

Fernando apenas virou de leve o tronco, dando a entender que seu próximo passo seria apontar o fuzil na direção de ambos. Os dois amigos se detiveram diante daquela ameaça velada.

— Ora vejam só, o moleque acha que pode nos ameaçar! Perdeu a noção do perigo, Ivan? Acho melhor você achá-la novamente, e rápido. — Joaquim esboçava um sorriso irônico. — E um aviso: se apontar esse seu trabuco na minha direção, é melhor puxar o gatilho. Não vou levar desaforo pra casa de um fedelho só porque minha chefe vai com a sua cara!

— Pode ter certeza de que se eu apontar o meu trabuco para você, irei usá-lo. E isso não é uma ameaça, é uma promessa. — Fernando olhava Joaquim no fundo dos olhos.

O rapaz deu um passo à frente, cheio de ódio, fazendo menção de se aproximar do garoto, que, discretamente, levou o dedo ao gatilho do fuzil. Daniel, vendo aqueles movimentos, decidiu intervir antes que alguém se machucasse:

— Vamos embora, irmão, deixa esse babaca pra lá. Vai ficar batendo boca com criança? Esquece esse imbecil. Nós temos coisas mais importantes pra fazer! — Daniel puxou Joaquim pelo braço e, embora contrariado, ele o acompanhou.

Fernando respirou fundo quando os dois se afastaram. Um tanto incomodado, o garoto se acalmou e voltou aos seus afazeres. Mas o que o perturbava, na verdade, não era a discussão com Joaquim e Daniel. Ele queria mesmo era saber mais sobre aquela garota.

\* \* \*

No dia seguinte, Fernando caminhava pela fortaleza, em sua ronda diária. Seguia de cara fechada, ainda lembrando da discussão da véspera. No fundo, sua vontade era de que Joaquim e Daniel voltassem a irritá-lo para que ele pudesse colocar ambos nos seus devidos lugares.

E então, uma voz feminina soou atrás dele:

— Oi, tudo bom? Você não está morrendo de calor?

Fernando se virou abruptamente e ficou mudo ao ver Gabriela diante de si. A moça o olhava com curiosidade, carregando um balde cheio de água.

— Eu... quer dizer... Desculpe, o que foi mesmo que você disse? — Fernando se sentia um completo idiota por não conseguir sequer articular uma frase.

— Eu perguntei se você não está morrendo de calor. Deve estar fazendo mais de trinta graus! E essa farda parece ser superquente — a moça falou com simplicidade. — Desculpe, não me apresentei, meu nome é Gabriela. E você, como se chama?

— Fernando... quer dizer, não, meu nome é Ivan! — E seu rosto queimou de vergonha.

— Essa foi boa! Você não sabe o próprio nome? — Ao sorrir, Gabriela exibiu duas fileiras de dentes perfeitos. — Acho que o calor está mais forte do que eu imaginava. Desse jeito, vou precisar te levar pra casa pra descansar um pouco!

Fernando sorriu largo, sentindo-se mais à vontade após aquele comentário. Gabriela, além de linda, era simpática e tinha senso de humor.

— É que você me pegou de surpresa, eu estava distraído. E sim, estou morrendo de calor, mas já me acostumei, essa é a minha rotina.

— Uau, eu nunca tinha visto um soldado tão jovem assim! Havia algumas pessoas responsáveis pela segurança onde eu morava, mas todos eram homens mais velhos, com cara de bravo, dava até medo de chegar perto. Você é diferente. Quantos anos você tem, Fernando Ivan?

— Treze. Mas completo catorze em apenas quatro meses! — ele fez questão de frisar.

— Ah, bom, isso muda tudo! — Gabriela achou graça do comentário de Fernando. — E como foi que você se tornou um soldado, sendo tão novo?

— É uma história longa, eu posso te contar depois. — Fernando fitou o balde que a moça carregava. — Isso parece muito pesado.

— Sim, um pouco. O poço é bem distante do lugar em que nos acomodaram. Mas não posso reclamar. Fora daqui é muito perigoso. Sinceramente, não quero botar os pés na estrada nunca mais, uma vez foi o suficiente. — Gabriela pôs o balde no chão. — Eu, que nunca tinha estado do lado de fora e jamais tinha visto um zumbi de perto, precisei matar um em nossa vinda pra cá. Dá pra acreditar? — Gabriela mostrava um misto de temor e orgulho da própria façanha. — E você, já matou algum zumbi ou a sua rotina de soldado tem sido tranquila?

— Bom, pelas minhas contas eu já eliminei mais de cem.

A garota se espantou diante daquele comentário.

— Mais de cem? Você deve ser muito corajoso, então! E eu aqui me sentindo o máximo... Agora estou até com vergonha! — Brincando, ela fez menção de ir embora.

Fernando a impediu muito mais rápido do que gostaria:

— Não! Você é muito mais valente do que eu, sabia? Eu fui treinado pra isso e a primeira vez que estive frente a frente com um, não consegui fazer nada! Quisera eu ter tido coragem de enfrentar um zumbi sem preparo algum.

— Ah, não, eu me sinto humilhada, sou obrigada a ir embora! — Gabriela fingiu de forma dramática. — Adeus Fernando Ivan!

— Não vá, é sério! Tenho um monte de histórias de zumbis pra te contar. Zumbis grandes, pequenos, médios, de todos os tipos! Você escolhe! — Fernando riu, e Gabriela acompanhou sua risada.

— Não posso, é sério, preciso mesmo ir. Minha mãe pediu pra eu buscar água e já deve estar impaciente me esperando. — A jovem ergueu o pesado balde.

— Quer saber? Eu carrego isso pra você. Assim posso contar algumas histórias no caminho.

— Imagina! Você é bem maior do que eu, claro, mas sou a mais velha, e, portanto, a mais forte.

O comentário brincalhão fez com que Fernando risse de novo.

— Nem em mil anos você será mais forte que eu! Vamos, passa isso pra cá! — Ele pegou o balde das mãos dela. Realmente estava muito pesado, mas o garoto jamais deixaria transparecer. — Onde você mora?

— Minha casa é logo ali, depois do prédio principal.

Fernando se pôs a caminhar, levando o balde pela alça. Gabriela falava pelos cotovelos e transformava qualquer assunto em algo interessante. Fernando apenas conseguia sorrir e escutar.

No meio do caminho, os dois cruzaram com Joaquim e Daniel, que olharam para eles com assombro, fuzilando Fernando com o olhar. Mas o garoto estava tão enfeitiçado que mal notou seus desafetos.

Foi quase com tristeza que ele chegou à casa dela, e colocou o pesado balde no chão. A linda garota sorriu diante do cavalheirismo do jovem rapaz.

— Muito obrigada, Fernando Ivan, você foi muito gentil. Depois conversamos mais, está bem? Gostei muito de te conhecer. E pode me chamar de Gabi.

— Claro que sim. Também gostei muito de te conhecer, Gabi. — Fernando ficou empolgado com a parte em que ela disse que pretendia falar com ele novamente. — E você pode me chamar de Ivan, é melhor assim.

— Por que Ivan, e não Fernando?

— Depois eu explico, é outra longa história — Fernando desconversou.

— Você tem muitas histórias longas pra alguém tão jovem! Mas tudo bem, Ivan, combinado. Até mais, obrigada pela ajuda.

E ela entrou na casa, deixando-o do lado de fora com um sorriso bobo no rosto. Fernando praticamente correu de volta ao seu posto, com o coração saltando de alegria.

\* \* \*

Impaciente, o garoto caminhava de um lado para o outro em seu posto, onde encontrara Gabriela no dia anterior. A garota teria de passar por ali para buscar água, e ele não via a hora de estar com ela de novo. Havia quase enlouquecido Jennifer solicitando que o ajudasse com suas roupas e cabelos, para que estivesse impecável.

Tentando alisar a camisa de Fernando usando uma velha panela aquecida no fogo, Jennifer não pôde conter sua curiosidade:

— Por que está querendo caprichar tanto assim no visual, filho? Por acaso está querendo impressionar alguma garota? Talvez a menina que acabou de se mudar?

— Não, mãe, eu só conversei um pouco com a Gabriela!

— Eu me referia à irmã mais nova dela! Você está empolgado assim por causa da Gabriela? — Jennifer o encarara, surpresa.

— É claro que não!

Ela não se convenceu com aquela resposta.

— Filho, eu não quero acabar com a sua empolgação, está bem? A Gabriela com certeza é linda, mas tem vinte e um anos, e você mal chegou à adolescência — Jennifer falou com delicadeza. — Você entende que isso não vai dar certo, né?

Aquela informação foi como um balde de água fria para Fernando, que torcia para que a diferença de idade fosse menor. Mas ele não iria desistir assim tão fácil.

O menino mal podia esperar para ver Gabriela, e demorava-se no trecho de sua vigília que era mais próximo da casa da moça. Conforme a hora do almoço se aproximava ele ficava mais aflito, já que parar para comer implicava ir para casa e correr o risco de não estar lá no momento em que Gabriela passasse. Mas quando a fome começou a apertar ele se deu por vencido. Correu para casa, largou o fuzil às pressas no sofá e gritou pela mãe, pedindo que Jennifer servisse seu almoço, pois ele não podia demorar muito.

Para sua surpresa, Fernando viu que a doutora estava atendendo um dos moradores da comunidade. Angustiado, perguntou pelo almoço para sua mãe.

— Espera uns minutinhos que eu esquento pra você. Preciso acabar aqui. Enquanto isso, tira um cochilo. Você tem direito a uma hora de descanso, né?

Fernando fez uma careta diante daquela sugestão absurda. Precisava voltar em cinco minutos. Decidido, caminhou até a minúscula cozinha. A areia úmida entre dois grandes potes de cerâmica mantinha amena a temperatura do menor deles. Dentro dessa geladeira rudimentar, Fernando encontrou alguns potes antigos com restos de comida da véspera. Naqueles tempos de privações nem mesmo o menor desperdício era tolerado.

Fernando colocou a comida fria numa tigela e engoliu tudo sem esquentar, saindo apressadamente e largando os potes abertos sobre a mesa. Quando Jennifer encerrou a consulta e foi procurar o filho, encontrou apenas a bagunça que ele deixou para trás. Ela suspirou ao entender o que tinha acontecido.

— Ai, meu Deus, isso não vai dar certo... — murmurou, desanimada.

\* \* \*

Tão logo chegou ao local de sua patrulha, Fernando se surpreendeu ao ver que soldados corriam com semblantes carregados em direção à entrada principal da comunidade portando fuzis, rifles e carabinas.

— Mas que merda! — Fernando tirou o fuzil do ombro e correu também, destravando a arma no meio do caminho e conferindo a munição. Chegando à entrada, avistou uma massa enorme de zumbis se acotovelando no portão, que oscilava para a frente e perigava cair a qualquer momento. Os homens colocavam toras de madeira para reforçar a estrutura, tentando impedir que viesse tudo abaixo.

— De onde surgiram tantos? — Fernando gritou ao ver Joaquim ajudando os demais a posicionar as toras.

— Uma horda nos encontrou e bateu de frente conosco! Precisamos mantê-la do lado de fora! Ajuda aqui, Ivan, rápido! — Joaquim berrou, fazendo uma força imensa para manter a tora no lugar.

Por todos os lados da comunidade, homens e mulheres deixavam seus afazeres ou saíam das suas casas com porretes, facões ou até mesmo revólveres antigos, cientes de que se aquelas criaturas invadissem seu lar todos teriam de lutar por suas vidas. Até mesmo Jennifer largou a cozinha bagunçada para trás e correu com uma antiga espingarda de caça nas mãos.

Fernando avaliou a situação por um instante e constatou que uma das guaritas estava sem vigia. E isso poderia ser mais útil do que se ele ajudasse a fixar dez toras de madeira. Eles precisavam fazer as criaturas recuarem. Subindo até a guarita, ele puxou uma granada de mão da cintura e a arremessou o mais longe possível, bem atrás da horda de zumbis.

A explosão jogou terra, areia e sujeira para cima, matando dois seres que se encontravam mais atrás. Porém, foi suficiente para atrair a atenção dos mortos-vivos, que se voltaram na direção do som, procurando a origem do barulho. Parte significativa do bando virou na direção oposta e recomeçou a caminhar, esquecendo momentaneamente a comunidade e seus combatentes, que tiveram então chance de ajustar as toras de forma apropriada.

Como era praxe naquele tipo de situação, eles também cobriram o portão com uma grossa lona preta. O simples fato de não conseguir ver os moradores já fazia um bando inteiro de zumbis desistir depois de alguns dias.

O ideal agora era vigiar a entrada no mais absoluto silêncio e torcer para o grupo se dispersar. Ao ver Ingrid chegando de cara fechada, Fernando desceu o mais rápido possível, pois a Abelha Rainha era temperamental, e se tornava ainda mais imprevisível quando eles sofriam aquele tipo de ataque.

— Mas que porra está acontecendo aqui? Ninguém viu esses desgraçados se aproximando? — Ingrid gritou, soltando faíscas pelos olhos.

Os soldados responsáveis pela guarita informaram que como fazia muito tempo que não avistavam nada de anormal, acharam que não haveria problema em saírem para almoçar juntos. Esse descuido de quase uma hora fora suficiente para a aproximação dos zumbis. Eles engoliram em seco, ciente de que seriam punidos.

— Eu já falei mil vezes que a guarita nunca pode ficar desguarnecida! Por acaso vocês tem merda na cabeça? Estão fora da equipe de segurança, entenderam? Entreguem suas armas imediatamente e se apresentem na plantação. Vão cultivar tomates. Espero que sejam mais competentes utilizando uma enxada do que manuseando um maldito fuzil! — Ingrid ordenou com tanta raiva que nenhum dos dois se atreveu sequer a olhar para ela. — Eu ouvi a explosão de uma granada. Quem foi o responsável?

— Foi o Ivan, senhora. Eu pedi pra ele ajudar na colocação das toras, mas ele não me obedeceu. Esse moleque é indisciplinado e não respeita a hierarquia, e tampouco os mais velhos. — Joaquim se apressou a dizer, apontando o indicador para o rapaz.

Fernando estreitou os olhos diante do comentário do seu maior desafeto.

— Isso é verdade, Ivan? Você causou uma explosão no meio de um ataque de zumbis? — Ingrid perguntou, severa, medindo o adolescente dos pés à cabeça.

Jennifer, que acompanhava a conversa de perto, prendeu a respiração. O rapaz, no entanto, não se intimidou.

— Sim, fui eu mesmo, mas tive minhas razões pra fazer isso. — Fernando sustentava o olhar de Ingrid. — O Joaquim estava muito ocupado com as toras e certamente não entendeu nada do que acontecia. Mas eu posso explicar, se a senhora me permitir.

Ingrid analisou Fernando por alguns instantes, enlouquecida de ódio. Porém, decidiu escutar o que o jovem tinha a dizer.

— Pois bem, você tem trinta segundos pra se explicar. Sugiro que os use com sabedoria, menino. — Ingrid pôs as mãos na cintura.

Fernando precisou de menos que isso para colocá-la a par de tudo. Ele esclareceu que só fora possível fixar as toras depois da explosão. Sem sua intervenção, os zumbis provavelmente estariam no forte naquele exato momento.

Aos poucos a fisionomia de Ingrid foi se suavizando, deixando claro que ela apreciava o que ouvia. Tanto o garoto quanto Jennifer pareciam aliviados diante do olhar da líder da comunidade.

Ingrid se voltou para Joaquim.

— Pelo visto, temos ao menos uma pessoa aqui que sabe usar o cérebro, não é mesmo, Joaquim? Me parece que, ao contrário do que você insinuou, o Ivan salvou a todos nós.

— Hum, não sei, talvez a senhora tenha razão.

— É lógico que eu tenho razão! EU SEMPRE TENHO RAZÃO! — Ingrid tornou a erguer a voz. — Não levante acusações levianas contra mais ninguém, Joaquim. Da próxima vez posso não ser tão compreensiva!

Fernando esboçou um leve sorriso, lançando um olhar matreiro para Joaquim. Entretanto, o rapaz não pôde notar o olhar, uma vez que nenhum soldado se atrevia a desviar os olhos da Abelha-Rainha enquanto ela passava uma descompostura.

— Excelente trabalho, Ivan. Vou promover você pelos seus bons serviços prestados. A partir de hoje você será um dos responsáveis pela guarita — Ingrid decretou de forma protocolar.

Fernando, entretanto, não conteve o espanto.

— Senhora, eu vou ter que ficar aqui o dia inteiro, então? — Fernando indagou, sem jeito, ciente das implicações daquela mudança.

— Exato. Não precisa agradecer, você merece. Bem, eu estou indo. Tratem de escorar melhor esse portão. Não quero saber de surpresas, ouviram?

Todos assentiram.

— Mas que merda. — Fernando murmurou.

Jennifer, toda sorridente, se aproximou de Fernando.

— Parabéns, filho! Essa tarefa é uma honra. Somente os melhores soldados cuidam da guarita!

Outros soldados também foram cumprimentá-lo com sorrisos e tapas nas costas.

— Parabéns, Ivan, mandou muito bem! — um deles disse.

— Grande Ivan, excelente trabalho, cara! — Outro o enlaçou pelos ombros com força.

Joaquim e Daniel, entretanto, não viam motivo para comemorar. Ver um moleque desaforado conseguir a posição que ansiavam havia tempos era humilhante.

Mas Fernando era o menos empolgado, e recebia os cumprimentos com um sorriso amarelo no rosto. Isso não passou despercebido a Jennifer, que esperou a multidão de soldados dispersar para interpelar o filho:

— Eu percebi que você não ficou nem um pouco contente com o que conseguiu, querido. O que houve?

— Não aconteceu nada, estou feliz, sim. Todos desejam ficar na guarita, né? — Fernando tentou desconversar.

— Eu diria que quase todos. E definitivamente você não faz parte desse grupo. — Exalando um suspiro, Jennifer complementou: — Toda essa decepção é por causa da Gabriela, não? Filho, escute o que eu digo. Aquela moça é muito bonita e simpática, uma garota adorável. Mas a diferença de idade entre vocês é enorme. Não tenha ilusões, você vai apenas se magoar.

— Eu sei, mãe, você tá certa. Vou parar de pensar nisso e ficar feliz com o que consegui hoje. Afinal de contas, ninguém nunca tinha conseguido essa façanha antes, não é mesmo? — Fernando sorriu.

— Sim, filho, é isso mesmo, hoje nós temos de comemorar. Meu garoto já virou um homem, e ainda por cima é um ótimo soldado! Vou preparar um bolo pra festejarmos esta noite, tá bem?

Mas Fernando não se dera por vencido. Ele falara aquilo apenas para tranquilizar a mãe. O jovem soldado não pretendia esquecer Gabriela tão facilmente.

\* \* \*

À noite, Gabriela caminhava pelo forte carregando um cesto cheio de verduras, parte da cota de alimentos à qual ela e sua família tinham direito. O único assunto na comunidade era a ameaça de invasão sofrida naquele dia. Apesar da segurança da fortaleza, saber que do lado de fora uma horda de zumbis se achava à espreita a deixava nervosa.

— Olá, posso te ajudar a carregar isso? — alguém falou atrás dela.

Gabriela se virou de imediato.

— Nossa, Ivan, que susto! Essa história dos zumbis tentando entrar aqui me deixou com os nervos à flor da pele. Você não devia estar descansando, soldado?

— Eu estou descansando. É meu horário de folga. Gosto de passear por aí à noite antes de dormir, me ajuda a relaxar.

— Ainda mais após bancar o herói e salvar todos nós, né?

—As notícias correm rápido mesmo por aqui. — Fernando tentava não parecer presunçoso, mas gostara demais de ouvir aquele comentário.

—Todo mundo só fala em como você é o soldado mais novo desta comunidade a cuidar da guarita. Parabéns!

Aquilo deixou Fernando ainda mais feliz. O garoto estufou o peito, sentindo-se um verdadeiro herói.

— Eu sabia que não deveria ter elogiado. Homens são todos iguais, mesmo. — Gabriela revirou os olhos.

— Ah, qual é? Eu me saí muito bem, sim, senhora! — Fernando deu risada. — Me dê um pouco de crédito!

Gabriela o olhou, sorridente. Realmente simpatizava com aquele garoto, que se esforçava tanto para parecer muito mais maduro do que de fato era.

— Sim, Ivan, você se saiu bem e estou muito orgulhosa de sua façanha, principalmente porque agora você vai provar que, além de valente, é um cavalheiro, e vai carregar minhas verduras! — E Gabriela jogou o pesado cesto nos braços de Fernando, que o segurou, desajeitado.

— Meu Deus, o que você está carregando aqui? Rochas?

— Uma garota precisa se cuidar, Fernando Ivan. Aí tem apenas alimentos saudáveis, ideais para uma jovem em fase de desenvolvimento. — Ela piscou charmosa.

— Só Ivan, por favor! — Ele acomodou o cesto nos braços.

— Desculpe, eu esqueço que você tem muitas histórias mal resolvidas. Prometo que não vou mais esquecer do seu nome falso.

Os dois seguiram até a casa dela. Quando chegaram, ela o abraçou e deu-lhe um beijo estalado na bochecha.

Aquele rápido contato foi o suficiente para fazer o coração de Fernando disparar. O garoto realmente estava fascinado, e ficou tão aturdido que não conseguiu responder. Ficou ali parado, vendo Gabriela entrar em casa. Ela lançou-lhe um último sorriso e desapareceu dentro da moradia.

Levou um tempo para que ele conseguisse sair do seu torpor e voltar para casa, ansioso pelo dia seguinte.

\* \* \*

Durante as semanas seguintes, estabeleceu-se entre Fernando e Gabriela uma rotina: quase todas as noites ele a acompanhava até sua casa, contando-lhe alguma história. Porém, a certa altura, Gabriela deixou de vir, e sua irmãzinha passou a carregar o cesto de alimentos e o balde de água.

No começo, ele não desconfiou de nada, mas à medida em que os dias foram passando, Fernando começou a se preocupar. Talvez a moça estivesse doente. Quando Fernando comentou a respeito com sua mãe, Jennifer afirmou:

— Se ela estivesse doente eu já teria ficado sabendo, filho, a saúde da comunidade é minha responsabilidade. Ela deve estar ocupada. Mas se isso te aflige, por que não vai até a casa dela pra fazer uma visita?

Fernando encarou a mãe como se ela tivesse enlouquecido.

— Isso é que pessoas normais fazem quando querem ver umas às outras, filho.

— Não é tão simples assim, mãe! E se o pai dela atender, o que eu faço?

— Cumprimente e pergunte por ela. — Jennifer achou graça. — Qual é o problema?

— Tá. Acho que você tem razão. Vou até lá agora mesmo.

Assim, Fernando se encaminhou à casa de Gabriela, disposto a descobrir o que estava acontecendo. Após hesitar um pouco, bateu à porta.

Quem o atendeu foi um homem. Mas não era o pai de Gabriela, como ele esperava.

— Que diabos você quer aqui, moleque? — Joaquim perguntou, encarando Fernando com raiva.

Fernando ficou petrificado. Seu maior desafeto estava na casa de Gabriela, olhando-o como se ele fosse uma coisa nojenta.

— Eu... é... pensei que... O que você está fazendo aqui?

— Não te devo satisfação, pirralho. Vaza! — E Joaquim fez menção de fechar a porta.

Fernando deu um passo à frente; não pretendia ser humilhado daquela forma.

— Calma aí, eu quero falar com a...

Foi quando Gabriela surgiu à soleira.

— Querido, quem é... — Ela avistou Fernando e sorriu largo. — Ivan! Há quanto tempo!

Ouvir aquela primeira palavra, suficientemente esclarecedora por si só, foi um choque para Fernando.

— Querido? — Fernando murmurou, tentando sair do seu estado de torpor. — Como assim, vocês dois são...

— Você já conhece meu namorado, o Joaquim? Imagino que sim, ele também é soldado.

— Sim, amor, a gente se conhece. Somos colegas de trabalho, né, Ivan? — Joaquim passou o braço pelos ombros de Gabriela.

Fernando não sabia o que dizer. Contudo, ao perceber a preocupação no olhar de Gabriela, o rapaz sacudiu a cabeça e se esforçou para reagir.

— Sim, nós trabalhamos juntos na segurança da comunidade. — Fernando procurava manter o foco em Gabriela, pois sabia que Joaquim estava se divertindo com aquela situação.

— Que bom! Eu queria te ver, sinto falta de conversar, mas meu namorado não sai da minha casa. — Gabriela brincou.

— O que eu posso dizer? Estou apaixonado por esta garota, não consigo ficar longe. — Joaquim olhou para Gabriela com ternura.

Fernando sentiu o sangue ferver nas veias. Ele queria apenas sair dali o mais rápido possível. Aquela era a situação mais constrangedora e humilhante que já vivenciara.

— Não quer entrar, Ivan? Estou preparando um chá.

— Não. Vim aqui porque achei que você estivesse doente. Não quero atrapalhar.

Gabriela insistiu que o jovem soldado entrasse, mas ele foi taxativo, inventando desculpas. Depois de reiterados pedidos e negativas, a moça acabou concordando.

— Tá, sem problemas. Mas, por favor, não suma. Sinto falta de conversar com você. Agora você me deve uma visita. — ela afirmou, simpática como sempre.

Fernando experimentou um alívio imenso quando finalmente conseguiu se afastar dali, caminhando sem olhar para trás. Parte do seu mundo havia desmoronado.

* * *

Fernando tinha o coração em frangalhos quando foi para a guarita no dia seguinte. Tudo o que ele desejava era não sair de casa nunca mais. Sentia-se traído, enganado, humilhado. Teria proposto para a mãe que partissem dali para sempre, se isso não fosse loucura.

Passando perto da guarita, Jennifer avistou o filho cabisbaixo.

— Fiquei sabendo do relacionamento do Joaquim e da Gabriela e vim te ver. Tudo bem?

— Tudo bem, mãe. Por que não estaria? Nós somos apenas amigos, nada mais.

Jennifer ignorou o comentário. Não acreditava nas evasivas do filho e estava muito preocupada com os sentimentos dele.

— Filho, saiba que estou ao seu lado, está bem? Tente manter a calma, pois agora aquele cretino do Joaquim vai te provocar mais vezes. Não vale a pena ceder. Você precisa ter sangue-frio para lidar com esse imbecil. Meu pai era que nem você quando era mais jovem, e pagou caro por isso em mais de uma ocasião. — Jennifer encarou o filho. — Só peço que se controle.

Fernando suspirou. Sabia que a mãe tinha razão.

— Aconteceu algo grave em alguma ocasião em que o seu pai perdeu a paciência, mãe? — Fernando franziu a testa.

—Mais de seiscentas pessoas que estavam sob o comando dele morreram. Não vai querer que algo assim te aconteça, certo?

— De forma alguma! — Fernando arregalou os olhos. — Isso nunca acontecerá comigo, eu prometo!

— Muito bem, filho, é assim que se fala. Meu pai nunca conseguiu se perdoar, e não desejo o mesmo pra você. Qualquer problema, venha me procurar, tá? Eu te espero pro almoço.

Fernando piscou e sorriu para a mãe, que partiu em seguida. Ele se sentia um pouco melhor, apesar da notícia do namoro de Gabriela e Joaquim ainda o incomodar muito. Aquela fora sua primeira desilusão amorosa. O garoto valente, que já sobrevivera a tantas situações adversas, não estava preparado para um golpe daquele tipo.

Quando começou a anoitecer, Fernando suspirou. Em breve ele poderia ir para casa. O sol começava a desaparecer no horizonte, e a noite viria para cobrir tudo com seu véu. E foi nesse momento que Gabriela surgiu diante dos olhos cansados do rapaz.

— Boa tarde, Ivan, como foi o seu dia? — Gabriela perguntou, alegre como sempre, observando Fernando do pátio do forte.

O rapaz se sobressaltou de tal forma que quase tropeçou e despencou da guarita.

Gabriela se assustou inicialmente, mas depois riu muito, divertida.

— Desculpe te assustar! Não vá cair daí, precisamos de você pra nos manter seguros!

E, como num passe de mágica, toda a tristeza e o pesar de Fernando evaporaram.

— Achei que não te veria tão cedo. — Fernando descia os degraus de dois em dois.

— Imagina, eu adoro bater papo com você! Você precisa vir jantar em casa um dia desses, e preciso te apresentar o meu bolo de limão, que é uma verdadeira delícia.

— Será um prazer. Vou pedir pra minha mãe fazer um jantar especial pra você lá em casa, assim te apresento meu palácio. Deve medir uns vinte metros quadrados, mais ou menos.

Ambos gargalharam. As coisas pareciam ter voltado ao normal, leves e divertidas.

De repente, porém, Fernando se lembrou do que acontecera, e isso se refletiu no seu semblante. A careta que o rapaz fez não passou despercebida.

— Nossa, que cara é essa, Ivan? Falei algo errado? Tudo bem, posso preparar um bolo de laranja, então, não vamos brigar por isso — arrematou, zombeteira como sempre.

— Não, é que eu estava pensando que nossa amizade não vai dar certo. Você tem namorado e, pra ser franco, ele não vai muito com a minha cara.

Gabriela olhou fixo para Fernando, como se estivesse fazendo uma análise muito profunda da situação. E, para surpresa dele, ela começou a gargalhar.

— O que foi tão engraçado? — a reação da moça deixou Fernando perplexo.

— O Joaquim é meu namorado, não o meu dono. Ele não decide com quem eu converso ou quais pessoas eu recebo na minha casa. E acredito que ele não vai com a cara de mais ninguém além de mim e do Daniel. Não é pessoal, tenha certeza.

— Não sei. Conheço ele há muito mais tempo que você, e não acho que é tão simples assim.

— Pode ter certeza de que é assim. Ninguém me coloca no cabresto. Pra ficar comigo tem que levar o pacote completo, que inclui meus amigos. — Gabriela cruzou os braços na frente do peito. — E então, como vai ser? Na minha casa ou na sua?

Fernando piscou diante da questão de duplo sentido.

— Como assim, o que você quer dizer? — ele perguntou, desconcertado.

— O jantar, Ivan! Meu Deus do céu, como você é confuso! — Gabriela riu de novo.

— Pode ser na sua casa, mulher! Caramba, você me deixa louco! — Fernando achou graça sobre sua própria confusão.

— Então te espero na minha casa amanhã à noite. Venha com uma história bem interessante pra me contar. Mandarei o Joaquim embora cedo pra não te incomodar, Fernando.

— Ivan, pelo amor de Deus, me chame de Ivan!

— Me recuso a te chamar de Ivan quando estivermos a sós. Nem precisa me contar a longa história por trás desse apelido se não quiser.

Fernando suspirou e sorriu, olhando-a profundamente nos olhos. Aquela garota, além de linda, era muito sagaz. Como não se apaixonar?

— Muito bem, então. Eu prometo um dia te contar tudo, tá bem?

— Combinado! Agora, sim, estamos começando a nos entender. Te espero na minha casa amanhã à noite. Até lá! — E Gabriela partiu em seguida.

Fernando ficou olhando a moça se afastar com seus longos cabelos dourados sacudidos pelo vento. Ele suspirou e olhou para o fuzil. E, de repente, se lembrou de Sarah, e surpreendeu-se ao perceber que desde a chegada de Gabriela não havia mais pensado na sua ex-colega turrona. Sarah ainda estaria viva? Teria a garota conseguido escapar? Onde estaria agora?

# CAPÍTULO 4
## A PROPOSTA

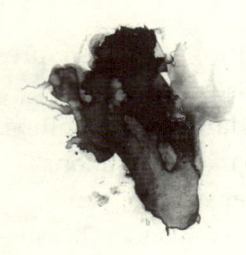

**SARAH NARROU DURANTE MAIS** de uma hora sua trajetória de vida, a convivência com Isabel e seu treinamento. Finalizou a história com o terrível episódio da destruição da comunidade, a morte de Isabel e sua viagem para Ilhabela. Madame Bianca ouvia atentamente, sem interromper.

Ao fim da narrativa, a cortesã começou a relaxar. Lentamente, baixou a arma e, com muito cuidado, desengatilhou o revólver.

— Isabel devia ter muita fé em você e nesse tal Fernando para providenciar um treinamento desses. Não sei o que ela planejava, mas sem dúvida o palpite dela estava correto. Nunca imaginei que alguém fosse escapar de uma situação como essa, ainda mais da forma como você fez — Ela comentou, impressionada. — Tenho uma relação muito antiga com a família dela e conhecia bem aquela mulher.

— Ela acreditava que poderíamos ser bons soldados, mas nunca deixou suas intenções claras. Mas agora ela se foi e não há nada que possamos fazer. — Sarah suspirou em pesar.

Madame Bianca observou Sarah por algum tempo, em silêncio. Diante dela estava uma menina de apenas dez anos treinada para matar, com talento e, sobretudo, motivação para ajudar a encerrar um capítulo ruim da história de Ilhabela. Talvez ela estivesse diante de uma oportunidade única, mas que demandaria tempo, paciência e muito cuidado.

— Muito bem, Sarah, você está com fome?

Abismada, Madame Bianca observava Sarah devorar o prato de comida que ela lhe dera. A menina estava tão faminta que pediu uma refeição completa, e ficou muito entusiasmada, pois nunca vira tanta comida, nem nunca estivera num lugar tão bonito e confortável como aquele.

— Está gostando, Sarah? — Madame Bianca perguntou, desnecessariamente.

— Muito! Eu nunca tinha comido algo tão gostoso assim! — Sarah respondeu sorrindo, falando enquanto mastigava.

A idosa franziu a testa.

— Estou vendo... Você não é uma garota de... maneiras refinadas, né?

— Ah, a minha mãe me ensinou a ser educada, como sentar à mesa, esse tipo de coisa. — Em seguida, Sarah cutucou um dente com a unha suja, tentando tirar um fiapo de carne que ficara preso.

— Dá pra perceber... — Madame Bianca torceu o nariz. — Eu tenho uma proposta para te fazer. Gostaria de ouvir?

Parando de comer, a menina olhou com curiosidade para a velha cortesã e fez que sim.

— Você gostaria de vingar a morte da sua mãe, bem como a de Isabel e de todos os seus amigos?

Sarah não precisava nem pensar para responder.

— É claro! Aliás, foi por isso que nadei para cá. Quero matar o Otávio! Ele é o culpado por tudo! — Sarah falou com ferocidade. A simples lembrança daquele homem a enchia de fúria.

Madame Bianca se surpreendeu com aquela reação.

— Meu Deus, menina, está falando sério? Sabe que essa é uma missão que beira o impossível, né? É difícil chegar até ele com a quantidade de homens armados que o protege.

— Eu atiro muito bem. Posso acertar o desgraçado a distância! Não há chance de eu errar! — Sarah colocou o talher na mesa. — Com a arma certa, sou capaz de atingir qualquer coisa a centenas de metros!

— Ele raramente aparece em lugares públicos, e quando o faz é de surpresa. Qualquer evento em que ele participe acontece em ambientes fechados, com forte esquema de segurança. Esse sistema de defesa vem sendo utilizado desde que o Uriel se tornou prefeito, e ele comandou a cidade por mais de trinta anos; e as medidas defensivas vem se sofisticando.

Sarah baixou o olhar, encarando o prato de comida diante de si. De repente já não sentia mais tanta fome assim. O pensamento de vingança a acompanhava desde que descobrira a mãe morta, e foi o que a manteve viva ao atravessar a nado os mais de mil metros que separavam Ilhabela do continente. Sarah queria fazer Otávio pagar muito caro por tudo.

— Mas é como eu disse, Sarah: posso te ajudar. Existem formas de você conseguir vingar a sua mãe, mas o caminho a percorrer será longo e exigirá concentração e disciplina. — Bianca olhava a menina nos olhos, mal conseguindo acreditar que discutia um assunto daquela gravidade com uma criança. No entanto, se uma pessoa extraordinária como Isabel enxergara algo de especial naquela garota, quem era ela para discordar?

— E o que eu preciso fazer? — Sarah sentiu as esperanças ressurgindo.

— É preciso que você aprenda o que eu tenho a te ensinar. Posso te transformar em uma pessoa completamente diferente, com condições de se aproximar do mundo do Otávio pra conseguir encontrar um modo de acertá-lo. Confie em mim, seja paciente e tudo dará certo.

— Aprender o quê? Sei lutar e consigo enfrentar o Otávio, se precisar. — Sarah franziu a testa, sem entender aonde Madame Bianca queria chegar.

— Eu quero que você aprenda a se comportar, Sarah. Como se vestir, andar, falar, e assim por diante. — Madame Bianca se levantou e se colocou atrás da garota, que, ainda sentada na cadeira, observava a idosa próxima dela.

A velha cortesã pôs as mãos nos ombros da menina, corrigindo a sua postura e fazendo-a ficar ereta. Sarah se espantou ao sentir o corpo sendo endireitado.

— Costas retas, ombros erguidos, cabeça firme. Essa é a postura de uma dama à mesa. Parecia que você estava prestes a cair sobre o prato. — Madame Bianca sorriu.

— Isso é cansativo! Por quanto tempo é necessário permanecer nessa posição?

— O tempo todo. Isso faz você parecer mais alta, magra e, principalmente, confiante. — Madame Bianca notou que Sarah tinha um porte elegante, traços delicados e cabelos negros e longos que, se bem cuidados, confeririam a ela um toque clássico.

— Meu Deus, eu não sei se consigo fazer isso, é horrível ficar assim! — Sarah estava há apenas um minuto naquela posição e já sentia as costas arderem.

— Não se preocupe. Vamos nos concentrar em outras coisas, como a posição das mãos. O ideal é apoiar apenas os pulsos na mesa durante a refeição, e quando estiver mastigando ou conversando, pode optar por deixar as mãos delicadamente sobre o colo.

— E aí posso relaxar? — Sarah voltou a arquear as costas, com as mãos no colo.

— Não! Essa parte não muda nunca! — Madame Bianca falou, tornando a endireitá-la.

— Nossa, é muito difícil ficar assim o tempo todo! — Sarah não conseguia entender o qual era o plano de Madame Bianca, e definitivamente achava que não iria dar certo.

— Sossegue. Eu era mais velha que você quando aprendi tudo isso! Será fácil.

Sarah olhou para a cortesã, descrente. Mas ela aprendera, durante a Grande Imersão, que a maior virtude de um soldado é a disciplina. Nívea dissera que, se houvesse alguém de uma patente superior passando instruções, o bom combatente se calava, prestava o máximo de atenção e fazia o que lhe era pedido, com o máximo de eficiência possível.

Assim, a garota respirou fundo, estufou o peito, endireitou as costas e ergueu de leve o queixo, olhando para a frente e cruzando as mãos sobre o colo, tentando fazer parecer que aquilo lhe era muito natural, apesar do desconforto. Madame Bianca aprovou a postura.

— Excelente Sarah, começamos bem. Garanto que será assim que você vai chegar até Otávio.

\* \* \*

Naquele mesmo dia a cortesã chamou todas as suas meninas para conversar. Ela explicou em detalhes o que acontecera, desde a morte de Isabel até a chegada da menina ao casarão. Ela também contou sobre sua amizade com Isabel e a tristeza que estava sentindo por sua morte, dizendo que decidira proteger Sarah dos seus perseguidores.

— Madame, o que você pretende fazer? Tem cartazes com retratos da menina por todo o lado, além de uma recompensa pela cabeça dela e de um tal de Fernando. Eles são citados como terroristas! — A moça olhou para a menina com pesar, como se estivesse vendo uma condenada à morte.

Sarah, que se manteve cabisbaixa durante toda aquela conversa, arregalou os olhos ao ouvir o relato da jovem. Mas não foi a menção a seu nome que chamou a sua atenção.

— Fernando? Eles estão procurando o Fernando também? — Sarah se mostrou vivamente interessada.

— Sim, ele também está sendo descrito como perigosíssimo. Vocês se conhecem?

— Ele é meu... amigo, digamos assim. Fomos treinados juntos. E ele é, de fato, muito perigoso. — Sarah não conseguiu conter a alegria que aquela notícia trouxe. E pensar que até bem pouco tempo ela e Fernando mal se falavam.

Madame Bianca sorriu ao ver o olhar da garota, captando imediatamente que os sentimentos de Sarah eram bem mais confusos do que ela estava disposta a admitir.

A cortesã retomou a palavra:

— Dependerei da ajuda de todas para mantê-la a salvo. Ela terá que ficar escondida aqui dentro até que as buscas cessem. Ninguém tem certeza de que ela de fato fugiu. Passado algum tempo, acredito que vão acabar por declará-la morta e suspender a caçada.

Sarah franziu a testa. Fora criada em liberdade e a ideia de ficar dentro daquela casa, sem poder sair por um longo período, era desanimadora.

— Por quanto tempo eu permanecerei aqui dentro, Madame Bianca?

— Eu sinceramente não sei, querida. Você precisará ter muita paciência. Essa é a única forma de te manter segura. Pior do que isso: durante o dia você poderá circular pelo casarão à vontade, mas durante a noite terá que ficar trancada no meu quarto o tempo todo.

Sarah se horrorizou com aquela solução. Era impensável ficar tanto tempo sozinha.

— Meu Deus do céu, eu vou enlouquecer! — Sarah encarou os próprios pés. Começava a se perguntar se não teria sido melhor morrer.

— Use esse tempo livre pra estudar, treinar e se preparar pra se integrar à sociedade quando chegar o momento certo. Seja paciente, querida. Todos acabarão se esquecendo de você, mas, por enquanto, é necessário todo o cuidado do mundo. — Madame Bianca sentia uma forte afeição pela menina, talvez por se identificar com a história dela.

Sarah suspirou; era óbvio que não tinha alternativa. Sílvio dissera mil vezes que ela precisava saber usar a mais poderosa arma de todas: o cérebro. É importante saber quando lutar, mas também quando fugir, se esconder, reavaliar o cenário. Sendo assim, ela decidiu se manter escondida naquele momento para poder lutar novamente no futuro.

— Está bem, Madame Bianca, vou fazer o que a senhora quer. Prometo que me aplicarei ao máximo.

— Muito bem, menina, é assim que se fala! Seja bem-vinda ao Casarão das Sereias! — Madame Bianca a olhava com aprovação. — Vamos rezar pra que o seu período de reclusão seja curto.

# CAPÍTULO 5
# ESTELA

**FERNANDO E SARAH VIVERAM** rotinas bastante distintas ao longo dos anos que se seguiram, cada um em um estado do Brasil e separados por centenas de quilômetros de distância.

Todos os dias Fernando se postava na guarita do forte, sempre alerta a eventuais ataques dos zumbis que rondavam os muros da comunidade. O rapaz frequentemente se envolvia em confrontos com mortos-vivos. Sarah, por sua vez, aprendia como andar com a coluna reta, sem olhar para o chão, equilibrando um livro na cabeça, sob o olhar rigoroso de Madame Bianca. Durante a noite, ela destinava parte de seu tempo a repassar, sozinha, as técnicas de combate que havia aprendido com Sílvio e Nívea.

Fernando participava de treinamentos e simulações que visavam melhorar as condições de segurança do grupo. Aos dezessete anos ele se tornara um jovem alto e muito forte, com feições de adulto.

Sarah se transformara numa bela adolescente de hábitos refinados. Com pernas grossas e cintura fina, além de seus imensos cabelos lisos e negros, ela aparentava ter mais do que vinte anos. Todos os dias ela pratica-va como sacar uma arma, usando o revólver descarregado de Madame Bian-ca. Sob hipótese alguma ela queria esquecer como era ser uma combatente.

Com o tempo, Fernando se tornou o melhor soldado do forte. Ele tinha senso de liderança, raciocínio ligeiro, pontaria impressionante e, sobretudo, uma coragem incomum. O garoto nascera para a guerra.

Os olhos de Sarah brilharam quando Madame Bianca a convidou para um passeio, após anos de confinamento.

— Tem certeza? — Sarah a fitava, esperançosa. Sair dali se tornara uma obsessão.

— Absoluta! Faz quase um ano que não vejo cartazes seus. Finalmente se esqueceram de você e podemos apresentar a mais bela moradora do casarão à sociedade de Ilhabela.

— E o que iremos dizer quando perguntarem sobre mim?

— Diremos que você trabalha pra mim. Na prática, é isso mesmo que pretendo fazer: colocar você pra trabalhar aqui no casarão, para que as pessoas se habituem a ver o seu rosto.

Sarah arregalou os olhos, extremamente vermelha.

— Madrinha, a senhora quer que eu trabalhe.... aqui?

— Calma, menina, não é nada disso que você está pensando! Quero te dar uma função de apoio. Afinal de contas não sou mais jovem, e gostaria de te treinar pra supervisionar a casa, receber clientes, organizar os garçons, administrar as contas. É uma posição de respeito. Jamais te pediria que se tornasse garota de programa. Te amo demais pra pensar numa coisa dessas.

A adolescente sorriu, aliviada.

— Pra todos os efeitos, você será a minha sobrinha-neta que veio da Comunidade Unidos por São Paulo pra morar comigo, por Ilhabela ser muito mais segura. Lá, de fato, é muito grande, mas não tem a segurança que temos aqui, e algumas pessoas conseguem se mudar pra cá; desde que tenham muito dinheiro. Aqui só é bem-vindo quem tem posses. — Madame Bianca conduziu a adolescente até um quarto com diversas roupas femininas.

Essa era a parte que Sarah mais aguardava. Ela adorava os vestidos, os sapatos e as maquiagens que a dona do casarão guardava ali, que eram compartilhados pelas meninas quando se preparavam para receber os clientes. Ela costumava utilizar tudo aquilo dentro do Casarão, mas agora, enfim, iria usar as roupas e os acessórios para sair da propriedade.

A cortesã sorriu orgulhosamente ao ver Sarah escolhendo um vestido justo e elegante e um par de sapatos de salto alto para combinar. A jovem, radiante, se admirava ao espelho.

— Meu Deus! Será difícil convencer os homens de que você não é aquele tipo de garota.

Sarah tornou a enrubescer.

— Acho que vai dar certo, mas me preocupa o fato de que meu nome esteve nos cartazes durante muito tempo. Será que não é perigoso me apresentar como Sarah? Lógico que mudei muito ao longo desses anos, mas talvez não fosse bom abusar da sorte.

Madame Bianca refletiu um pouco e decidiu que Sarah estava certa. Já que iriam inventar toda uma história sobre quem ela era, por que não um novo nome?

— Tem razão, filha. Acho que podemos pensar em algo diferente. Te ver assim, tão exuberante, me faz pensar em um nome que mexeu com o imaginário de muita gente ao longo dos anos. Uma mulher que dizem que tinha um estilo igual a esse de que você tanto gosta e que era admirada por todos, mas também cobiçada por muitos homens daqui. — A idosa sorria. O que tinha em mente era muito interessante. — E, assim como você, ela também era uma atiradora de elite.

— Ah, é? E quem era essa mulher? Estou curiosa! — Sarah, empolgada, arrumava uma mecha de cabelo e conferia uma vez mais sua aparência; mal podia esperar para sair.

— Vamos dizer a todos que você se chama Estela.

Sarah franziu a testa.

— Estela? O mesmo nome da fundadora de Ilhabela?

— Sim, por que não? Ela é uma lenda, não só pela coragem e pelo senso de justiça, mas também pela beleza. Vai que você acaba seguindo os passos dela.

Sarah olhou bem para a cortesã, refletiu por alguns segundos e deu de ombros.

— Duvido muito, mas sem problemas. Que seja Estela, então.

\* \* \*

Metade da cidade de Ilhabela parou para ver a linda adolescente de pele morena e cabelos longos que caminhava ao lado de Madame Bianca pelas ruas. Os homens cochichavam, comentando que precisariam fazer uma visita a Madame Bianca para conhecer a nova garota.

Sarah exibia um sorriso de felicidade por não estar mais presa. O sol aquecendo sua pele, o vento que vinha do mar, o movimento das pessoas nas ruas, tudo aquilo fazia com que ela se sentisse viva como nunca. E o mais impressionante era andar por um lugar sem nenhum zumbi, totalmente livre dos mortos-vivos.

— Nossa, como esta cidade é linda, madrinha! E pensar que demorei tanto pra conhecê-la.

— Sim, é maravilhosa. Vale a pena lutar pra proteger um lugar como este. Pena que viver aqui hoje seja perigoso para quem não concorda com o autoritarismo do Otávio. Só vive em paz quem se submete a ele sem questionar. — A cortesã indicou um tanque de guerra estacionado mais à frente, cercado de soldados armados, cena que se repetia por toda a cidade. O medo reinava em cada esquina. Apesar de linda, a ilha era dominada com mão de ferro pelo tirano. — Lembre-se disso, querida. Temos de ter em mente que, infelizmente, estamos em território inimigo.

— Sei disso, madrinha, pode ficar tranquila. — O plano de vingança continuava vivo em Sarah, não só por sua mãe, mas por uma questão de princípios. Havia aprendido com Isabel, Sílvio, Nívea e Fernando que ninguém deveria ser obrigado a viver com medo.

E ela se flagrou pensando nele de novo. De tempos em tempos a imagem dele voltava com insistência. Talvez ele estivesse morto, mas mesmo assim ela não conseguia não pensar.

— Pensando no Fernando de novo, filha? — Madame Bianca perguntou com um sorriso.

— Quê? Não! Eu estava pensando em... outra coisa. — Sarah afirmou, desconcertada.

— Você sempre fica com o olhar melancólico quando fala ou pensa nele. — Madame Bianca piscou para ela. — É melhor esquecer essas lembranças. Só Deus sabe onde ele estará.

— Pode ficar tranquila, madrinha. Só me pergunto se ele teve a sorte que eu tive ao te encontrar.

— Espero que sim, querida. Espero que sim.

# CAPÍTULO 6
# O NAVIO FANTASMA

**APESAR DA DIFERENÇA DE IDADE,** Fernando e Gabriela eram amigos inseparáveis e se viam praticamente todos os dias. Mesmo sendo mais velha, a moça tinha um jeito de criança e uma tendência de falar pelos cotovelos que ele adorava.

O único problema na relação deles era Joaquim, que detestava essa amizade e não confiava em Fernando, o que levava a moça a brigar com o namorado. Embora Fernando se entristecesse ao ver o sofrimento da amiga durante esses embates, ele sentia esperança que eles romperiam o namoro. Mas Gabriela e Joaquim se gostavam e acabavam por se reconciliar, e Fernando sentia um misto de raiva e culpa por torcer contra a felicidade da melhor amiga.

Aos dezessete anos, muito maior e mais forte, Fernando era um dos principais soldados da fortaleza. Só não se destacava mais do que Joaquim, que, além de mais velho, já demonstrara todo seu valor em mais de uma ocasião. Era cada vez mais comum que ambos partissem juntos em missões externas, com outros soldados. Joaquim era o primeiro na linha de comando, seguido por Fernando. E, somente nesses momentos, deixavam de lado a rivalidade existente entre eles para trabalhar em equipe, pelo bem da comunidade.

Juntos, comandaram diversas missões em busca de armas, alimentos e combustível.

Uma vez, encontraram por acidente um grupo de soldados de Ilhabela que transportava dois caminhões-tanque cheios de etanol para um posto avançado no Rio Grande do Sul. Mesmo em desvantagem numérica, os zangões, como era conhecido o pelotão da Abelha Rainha, esmagaram o contingente de Ilhabela, deixando diversos mortos e fazendo com que os demais fugissem. Vitoriosos, voltaram para casa com o combustível, armas e explosivos. Ingrid os recebeu em festa.

— Vocês dois são o futuro desta comunidade! Com vocês na liderança, não há inimigo que não possamos derrotar! — Ingrid sorria largo, uma cena incrivelmente rara.

— Muito obrigado, senhora, mas o Joaquim merece todo o crédito. Ele nos liderou nessa campanha — Fernando falou com sinceridade, apesar de saber que Joaquim tinha momentos de impulsividade e autoritarismo, sobretudo com ele, que um dia poderiam causar problemas.

— Eu não fiz nada sozinho. Tenho a melhor equipe do mundo. Ilhabela nunca se atreverá a nos enfrentar. A região Sul nos pertence. Eles que nunca mais ousem se aproximar do nosso território! — Joaquim cerrou o punho, e várias pessoas o imitaram.

Eles podiam ser muito menores, mas possuíam uma capacidade de reação tão impressionante que nem mesmo Otávio com todo o seu poderio era capaz de suplantar.

Fernando, entretanto, não sorriu. Certamente ele estava feliz com a vitória e sabia a importância daquele combustível, utilizado tanto para os veículos como para os geradores. O problema era outro. Fernando sabia que os poderosos tentariam uma reação, cedo ou tarde. Dessa vez fora diferente. Pessoas morreram e recursos importantes foram roubados. Os zangões eram um páreo duro, mas não eram invencíveis.

— Parabéns, Ivan, você se saiu muito bem hoje. — Joaquim pôs a mão no ombro do rapaz.

Fernando se sobressaltou por conta do gesto inesperado do seu eterno desafeto.

—Estamos todos de parabéns. Foi uma grande vitória — ele respondeu, desconcertado.

— Verdade, somos um grande time. Vamos ter um jantar de comemoração hoje na casa da Gabriela, e eu gostaria de te convidar — Joaquim falou, surpreendendo Fernando. — Vários dos nossos colegas estarão lá. Traga sua mãe, se desejar. A doutora Jennifer é muito querida.

Fernando ficou sem reação. Ele sempre visitava Gabriela, mas nunca quando Joaquim estava por perto. Porém, não teria como não aceitar aquele convite.

— Claro, sem dúvida, irei sim. Muito obrigado, Joaquim.

— Não teria a mesma graça sem você. — Joaquim sorriu, e eles se despediram.

* * *

Fernando e Jennifer chegaram juntos à casa de Gabriela. Fernando usava calças e uma camisa de manga comprida. Jennifer optara por um vestido simples com um xale sobre os ombros.

Foi Gabriela quem atendeu à porta.

— Boa noite Gabi, tudo bom? Desculpe o atraso! — Fernando a cumprimentou, alegre.

No entanto, Gabriela, sempre tão tagarela, parecia surpresa e sem palavras.

— Ivan? Eu não esperava você aqui hoje e... Boa noite, doutora, tudo bem? — Gabriela se mostrou ainda mais surpresa ao ver a médica junto com o amigo.

— Boa noite, Gabriela. — Jennifer sorriu para a moça.

— O Joaquim nos convidou pra comemoração de hoje. Ele disse que fazia questão, após a nossa vitória contra o pelotão de Ilhabela. — Fernando esperava que Gabriela estivesse sabendo do acontecido e do quanto sua ajuda fora importante para o sucesso da missão.

— O Joaquim te convidou? Entendi...

Nesse momento, Joaquim surgiu.

— Boa noite, Ivan e doutora, sejam bem-vindos! — Joaquim colocou um braço possessivo sobre os ombros de Gabriela. — Entrem, por favor!

Fernando ficou incomodado com as demonstrações de intimidade do casal. Ele e Jennifer entraram, e Gabriela murmurou algo para Joaquim, com um semblante irritado. Fernando reparou que tinha algo errado com os dois, mas não pensou muito naquilo.

Fernando cumprimentou seus diversos colegas de armas, notando que alguns pareciam espantados com sua presença. Até Ingrid se encontrava na casa, e ficou junto com Jennifer, conversando animadamente. A médica, entretanto, não parecia muito confortável.

Após alguns instantes, Joaquim tomou a palavra, agradecendo a presença de todos em uma comemoração tão especial. Ele desculpou-se pelo convite feito em cima da hora, enfatizando a importância de estar na companhia de seus colegas de armas naquele momento.

Fernando sorria, pensando que talvez tivesse sido injusto com o juízo que sempre fizera de Joaquim. O rapaz demonstrara muita maturidade convidando-o para aquele evento.

Então, Joaquim anunciou que ele e Gabriela iriam se casar. A menina sorriu, um tanto desconfortável, e quase todos os presentes explodiram numa grande salva de palmas, soltando gritos de comemoração ou cumprimentando os noivos — as únicas exceções foram Fernando e Jennifer. A médica mordeu o lábio inferior, medindo Joaquim de cima a baixo.

Fernando ficou sem palavras, como se não conseguisse acreditar no que ouvira. O rapaz sentia como se uma mão de ferro tivesse se fechado em sua garganta, impedindo-o de respirar.

— Você está bem, filho? Quer ir embora daqui?

Fernando olhou para a mãe adotiva. Ao ver a expressão dela, de repente compreendeu:

— Você sabia!

— Me perdoa, querido. Eu ouvi boatos, e desconfiei quando você me contou do convite, mas não tinha como ter certeza, e preferi não falar para que você não sofresse.

Fernando fitou Joaquim e Gabriela de mãos dadas, recebendo os cumprimentos. Ele ria à toa — e Fernando desconfiava de que a maior parte daquela alegria era por conta da peça que o soldado lhe aplicara —, e Gabriela parecia feliz, porém um pouco desconfortável.

Jennifer temeu a reação do filho. Fernando era um bom rapaz, mas tinha pavio curto e estava apaixonado pela moça há anos. Além disso, fora atraído para uma festa de noivado com o único propósito de ser humilhado. O que se poderia esperar dele numa situação como aquela?

Quando viu Joaquim vindo na direção deles com Gabriela, que dava a impressão de estar sendo arrastada para um castigo, Jennifer insistiu com Fernando para que fossem embora.

— Calma, mãe, não vamos a lugar algum. Está tudo bem — Fernando sussurrou, com muita delicadeza.

Ao olhar para o filho, Jennifer simplesmente não o reconheceu. Fernando aparentava tranquilidade. O rapaz de jeito impulsivo, intempestivo, não estava mais ali.

— Grande Ivan, fico feliz que esteja aqui hoje para compartilhar conosco este momento! — Joaquim falou. — Eu quis fazer uma surpresa pra minha noiva te convidando. Afinal, sei que você é o melhor amigo dela no mundo!

Gabriela parou diante de Fernando, envergonhada, ombro a ombro com Joaquim.

— Ivan, desculpe não ter falado nada antes, eu ia te contar, mas...

Fernando sorriu. Reunindo todo seu autocontrole, ignorou a presença de Joaquim e deu um passo à frente, dando um abraço na amiga. Gabriela espantou-se, mas o abraçou também.

— Está tudo bem, Gabi, não precisa dizer nada. Estou muito contente por vocês dois, espero que sejam muito felizes juntos. — Fernando afrouxou o abraço e a fitou nos olhos.

Joaquim os observava incomodado. Não era essa a reação que ele esperava.

— Eu não queria que você soubesse assim, Ivan, você é meu melhor amigo. Me desculpe.

— Fica tranquila, está tudo bem. Estamos aqui juntos e isso é o que importa. — Em seguida, Fernando se virou para Joaquim e estendeu-lhe a mão.

O soldado encarou Fernando de uma forma indecifrável e o cumprimentou. O rapaz percebeu que Joaquim apertou sua mão com mais força que o necessário, mas não se abalou.

— Essa é uma moça muito especial. Tudo que te peço é que cuide bem dela. — Fernando esboçou um sorriso para seu desafeto.

Joaquim, pasmo, apenas balançou a cabeça, assentindo.

— Bom, vamos comemorar, né? Isso merece um brinde. Onde estão as bebidas?

Gabriela sorriu aliviada diante da reação de Fernando, e se apressou a buscar um copo de vinho caseiro para ele. Joaquim se afastou, e foi conversar com amigos mais próximos.

Jennifer se pôs a observar o filho, que cumprimentava os pais da noiva de forma afetuosa. Naquele momento ela sentiu que seu menino se tornara um homem. O rapaz atravessara uma prova de fogo e conseguira se sair excepcionalmente bem.

— Parabéns filho, estou orgulhosa de você — ela sussurrou, enxugando uma lágrima.

\* \* \*

Daquele dia em diante as coisas pioraram muito entre Fernando e Joaquim, que passara a ser deliberadamente estúpido e agressivo com o rapaz. Ele parecia disposto a causar a qualquer custo a explosão que imaginara que iria acontecer durante sua festa de noivado.

Fernando, entretanto, respondia apenas o necessário e ignorava o resto, o que deixava seu superior ainda mais furioso e descontrolado.

E foi justamente em um dos momentos de agressividade de Joaquim que um soldado surgiu diante deles, esbaforido, dizendo que a Abelha Rainha os convocava com urgência.

Joaquim e Fernando escutaram com atenção o relato de um soldado responsável por outra equipe do forte, que retornava de uma missão de reconhecimento. Ele disse que haviam encontrado um transatlântico encalhado na areia, com cerca de trezentos metros de comprimento, e garantiu que a embarcação deveria estar lá há menos de um mês. Fernando franziu a testa ao escutar aquilo, surpreso.

O soldado acreditava que a tempestade da semana anterior tivesse levado o navio à encalhar, e Joaquim e Ingrid viram uma grande oportunidade para obtenção de artigos importantes para a comunidade. Fernando, entretanto, parecia inquieto.

— Vamos com calma. Ainda temos pontos a discutir. O navio foi mantido sob vigilância?

— Sim, Ivan, vigiamos o local por um dia inteiro e não vimos nenhuma movimentação suspeita — o soldado afirmou com seriedade. — Nenhuma pessoa circulou por aquele lugar.

— Nem mesmo zumbis? — Fernando perguntou, desconfiado.

— Nada, senhor, nem mesmo zumbis.

— Acho que já chega, Ivan. Sei que você tem um jeito todo seu de discordar dos demais, mas o fato é que uma oportunidade como essa é muito rara. Precisamos aproveitar a nossa chance antes que alguém mais descubra esse achado e o roube de nós todos — Joaquim disse, impaciente. — Por favor, dona Ingrid, nos dê autorização pra partir imediatamente.

Ingrid fitava Joaquim com os olhos brilhando de satisfação, mas se conteve ao notar a preocupação de Fernando. O rapaz não parecia muito convencido.

— Ivan, estou preocupada, é visível que você não se sente confortável com essas circunstâncias. Por quê?

— Na realidade, senhora, estou imaginando o que poderíamos encontrar num navio com capacidade pra transportar milhares de pessoas. Onde teriam ido parar tantos zumbis?

— Você já considerou a hipótese de que ele poderia estar vazio? — Joaquim perguntou com uma pitada de ironia. — Talvez você não queira revistar o navio porque a ideia não foi sua, ou porque está com medo.

Joaquim sorria, certo de ter conseguido atingir um ponto fraco do rapaz. Mas ficou surpreso ao ver que mais uma vez o adolescente não teve a reação esperada.

— Não, Joaquim, garanto que a minha única preocupação é manter você, nossos colegas e a nossa comunidade em segurança. — A tranquilidade de Fernando irritou ainda mais o oficial.

Ingrid adorou ouvir aquilo.

— Você está diferente, Ivan. Noto uma postura mais fria, controlada e madura. Desse jeito vou acabar tendo que arrumar algo mais importante pra você fazer.

— Obrigado, senhora. Tudo o que quero é proteger nossa comunidade, nosso lar.

Joaquim ficou vermelho de ódio.

— Interessante. Algo mudou em você, Ivan, e para melhor. Só me pergunto o que foi.

— Eu amadureci, senhora, deixei de pensar naquilo que perdi ou não consegui conquistar e passei a olhar apenas pra frente — Fernando respondeu com franqueza.

Ingrid sorriu ainda mais largo.

— Excelente, continue assim! — A Abelha Rainha respirou fundo. — Bem, voltemos ao assunto. Eu concordo com o Joaquim. Não faz sentido perdermos a oportunidade de averiguar o navio. Ele pode ser uma mina de ouro em termos de equipamentos e utensílios. Quero que uma equipe com nossos melhores homens faça um levantamento da situação.

— Sim, senhora, se esse é o seu desejo, assim será feito. Só peço que façamos uma abordagem muito cuidadosa. A segurança da equipe deve ser prioridade — Fernando opinou com tranquilidade, de uma forma que viria a ser a sua marca registrada dali em diante. Ele prometera para si mesmo que manteria seu temperamento sob controle em qualquer circunstância. Se ele explodisse, seria para lutar.

— Perfeito, Ivan. Conto com você ajudando o Joaquim para que tudo dê certo. Preparem-se pra partir amanhã cedo. Aguardo informações o mais rápido possível.

Ambos se despediram da Abelha Rainha e saíram da sala. Caminharam calados, mas Fernando conseguia sentir os olhos do desafeto fixos nas suas costas, soltando faíscas de ódio.

— Até amanhã, Ivan. Não se atrase, senão eu te deixo pra trás com o maior prazer.

— Não há nenhuma chance de isso acontecer, pode ficar tranquilo — Fernando respondeu, sem sequer se virar.

O adolescente deveria ter ido para casa, mas por alguma razão que não sabia explicar, Fernando rumou com passos decididos para a residência de Gabriela. No fundo, ele sentia necessidade de esclarecer alguns pontos. Já se passara tempo demais desde o noivado, e ele e a moça não haviam tido oportunidade de conversar desde então.

Ao chegar, Fernando respirou fundo e bateu na porta. Quando Gabriela atendeu, ambos sorriram.

— Que bom te ver, eu queria muito falar com você. — Gabriela deu um beijo no rosto do amigo, convidando-o a entrar. — Meus pais não estão em casa, estou sozinha, venha.

— Então cheguei na hora certa! Até porque não quero encontrar o seu simpático noivo.

A garota suspirou, mas ele sorriu de forma cúmplice, deixando a situação mais leve.

— Quanto ao Joaquim, acho que te devo uma explicação. — Ela se sentou num sofá velho e convidou Fernando a se acomodar ao seu lado.

— Não precisa, é natural que queiram dar esse passo depois de tanto tempo juntos. Fora isso, o relógio está correndo. Em breve você terá trinta anos e ninguém vai querer saber de você.

Gabriela gargalhou.

— Pronto, você voltou! Estava sentindo falta do seu jeito debochado, garoto chato!

— Eu perco a amiga e todo o resto, mas jamais a piada. Só que, e veja bem, não estou criticando, mas não entendi por que você não me contou sobre o noivado.

Gabriela arqueou as sobrancelhas.

— Sinceramente acho que fiquei com medo de que você não aprovasse por causa da rixa entre vocês. Eu sei que ele tem um temperamento ruim e é ciumento. — Gabriela torcia as mãos, aparentando que aquela conversa estava sendo mais difícil do que esperava.

— Bom, pra ser franco eu não sei o que você viu nele. — Fernando fez uma expressão maldosa.

Gabriela deu-lhe um cutucão.

— Ele tem suas virtudes, embora não pareça. É companheiro, atencioso. Mas às vezes tem atitudes que eu não aprovo.

— Como por exemplo me convidar pro seu noivado sem te avisar, só pra me irritar. — Fernando a olhou de forma significativa.

— Exatamente. Nunca mais vou esquecer aquela noite. Briguei feio com ele depois da festa. Mas fiquei feliz com a sua reação, foi muito madura. Eu fui uma péssima amiga.

— Foi mesmo, a pior do mundo.

— Não força, Fernando, não destrói a boa imagem que eu construí de você!

Os dois caíram na risada. Aquela era a maior característica da amizade deles, Fernando e Gabriela estavam sempre rindo.

— Gabi, você ama o Joaquim? — Fernando perguntou à queima-roupa.

— Uau, essa foi uma pergunta bem direta! O que deu em você, hoje? — Gabriela franziu as sobrancelhas. — Acho que vou passar essa.

— É uma pergunta bem simples! Você ama o cara ou não?

— Por favor, não me pressione. — Gabriela olhava para as próprias mãos. — As coisas não são tão simples assim.

— Poxa, agora quem está surpreso sou eu! Não consigo imaginar algo mais simples do que isso. Ou você ama uma pessoa e casa com ela ou não ama e não casa! Qual é a dificuldade?

— Nenhuma dificuldade. E, ao mesmo tempo, é a coisa mais complicada do mundo. Um dia você estará num relacionamento muito longo e entenderá o que eu quero dizer.

— Gabi, pelo amor de Deus, o que é...

— Eu sei o que você está pensando. Já considerei a hipótese de me separar dele, mais de uma vez. Não aprovo o jeito como ele trata algumas pessoas, principalmente você. Detesto que ele se comporte como se eu fosse burra, crente de que está conseguindo me manipular.

Gabriela fez uma pausa e respirou fundo, sem saber se deveria continuar. Mas agora ela abrira a Caixa de Pandora e não dava mais para voltar atrás.

— Com o tempo, desenvolvi antipatia pelo jeito dele. Tem algo de errado na forma como lida com as coisas, sobretudo com você. A verdade é que ele é uma pessoa sem escrúpulos, e isso é uma falha muito grave que nada é capaz de remediar, nem mesmo o amor dele por mim.

Fernando permanecia em silêncio, escutando tudo com atenção.

— Porém, tudo isso são suposições. Vivo num dilema. Como não querer um homem bonito, que me trata bem, que meus pais gostam e é respeitado na comunidade? Que explicação eu poderia dar a todos e a mim mesma para negar o pedido? Mas e se ele me desse um bom motivo para romper o noivado, o que eu faria? Juro que tenho medo da resposta.

Fernando suspirou e encarou a amiga, que o olhava, confusa. Sim, ela vivia um dilema, que ele, mesmo sendo muito jovem e inexperiente, só conseguia explicar de uma forma.

— Gabi, me desculpe, mas pra mim está muito claro que você não gosta dele. Você está com um sujeito que todos aprovam e que parece perfeito, mas que não é o que você quer. E então você se força a gostar dele e não consegue, e fica procurando entender onde errou.

A moça o fitou com muita seriedade, algo inédito naqueles anos todos.

— Sua teoria é ótima, mas você não passou nem perto do verdadeiro problema.

— Então qual é o verdadeiro problema? Fala comigo, eu quero te ajudar. — Fernando se sentia um tanto desconcertado, pois achara que tinha entendido tudo.

Gabriela sentiu o pulso acelerar e a respiração ficar pesada. E foi então que decidiu mandar tudo pro inferno, agarrou o rosto de Fernando com as duas mãos e, para espanto do rapaz, beijou-o na boca.

Fernando ficou tão sem reação que não conseguiu nem se mexer. Petrificado, de olhos abertos, o adolescente que nunca namorara na vida sentia os lábios de Gabriela sobre os seus.

Depois de alguns segundos, entretanto, ele relaxou. Fechou os olhos, e sua boca se abriu lentamente. Então, ele começou a acompanhar a moça, sentindo a língua dela se entrelaçar com a sua em um toque quente, molhado, ao mesmo tempo acolhedor e excitante.

Quando as bocas se separaram, com Gabriela ainda segurando seu rosto com ambas as mãos, Fernando engoliu em seco e respirou fundo. Aquele tinha sido seu primeiro beijo, e foi perfeito. Mas a reação de Gabriela, ao abrir os olhos e encará-lo, não foi nada boa.

— Meu Deus do céu, o que foi que eu fiz? Isso é muito errado! Estou noiva! — Gabriela se afastou, enquanto ajeitava nervosamente os cabelos. — Desculpe, pelo amor de Deus, me perdoe!

Fernando não podia acreditar no que estava acontecendo. Apenas um minuto antes ele se sentia no paraíso, imaginando vários desfechos para aquela situação. Porém, o súbito ataque de pânico de Gabriela era um grande balde de água fria.

— Não peça perdão, por favor! Espero há anos por esse dia! Não faça isso, eu te imploro!

— Eu sei, e é por isso mesmo que eu não tinha o direito de fazer o que fiz! Conheço os seus sentimentos, Fernando. Pensei em me afastar de você várias vezes nos últimos anos, mas nunca me atrevi por gostar demais da sua companhia. Jesus Cristo, eu enlouqueci!

— Mas você me beijou, Gabi, isso tem de significar alguma coisa! — Fernando se desesperou quando a amiga se levantou, afastando-se dele de vez e abrindo a porta.

— Fernando, por favor, vá embora. Agora!

O rapaz respirou fundo, sem conseguir expressar sua enorme decepção. Sua vida, sempre tão sofrida, parecia ter atingido o ápice da miséria. Ele caminhou até a porta e parou ao lado de Gabriela, encarando-a com tristeza. Gabriela não o olhou de volta.

— Gabi, eu só queria te falar... amanhã nós vamos viajar numa missão. O Joaquim virá te contar, lógico. Se tudo der certo, voltaremos em alguns dias.

— É o tal do navio, né? Todos estão comentando que é perigoso. Por que você aceitou?

— Também acho, mas ordens são ordens. Sossegue, nós tomaremos cuidado — ele arrematou; não queria, sob hipótese alguma, afligi-la.

— Foi o Joaquim que insistiu, Fernando? — ela fechou a passagem do rapaz e o encarou.

— Foi sim. Acho que ele quer marcar pontos com a Abelha Rainha.

— Ou talvez ele queira se livrar de você. Não percebe? Ele morre de ciúme de você há anos! Por favor, não vá! Eu estou com um mau pressentimento. — Gabriela, então, fechou a porta, como se estivesse disposta a impedir o rapaz de sair do forte a qualquer custo.

Fernando não sabia o que pensar. No fundo ele se sentia feliz por ela se preocupar tanto, mas por outro lado continuar conversando com Gabriela apenas prolongava a agonia.

— Fique tranquila, eu sei me cuidar. Ele não foi homem pra me enfrentar quando eu era criança, e não é páreo pra mim agora. Se ele tentar alguma coisa, eu espero que você me perdoe, mas juro por Deus que seu noivo vai voltar pra casa numa maca ou num saco preto.

Gabriela arregalou os olhos.

— Não se meta com ele, Fernando. Ele é perigoso, eu sinto isso. Fique, por mim.

Gabriela segurou sua mão e ele sentiu o coração acelerar. Aquele toque era tudo com que ele sonhara na vida, mas naquele momento tratava-se apenas da preocupação de uma boa amiga com sentimentos confusos. Ele reuniu toda sua coragem para responder:

— Sinto muito, mas tenho que ir. Já passei por situações difíceis antes, vou ficar bem.

— Você não entende, eu realmente... me importo com você — Gabriela sussurrou.

O rapaz decidiu que aquela tortura precisava acabar.

— Nós conversamos quando eu voltar. — Fernando levou a mão à maçaneta.

Foi quando Gabriela tomou a sua decisão. Estava farta de lutar contra seus sentimentos, antes tão confusos, mas agora não mais. A garota enlaçou o pescoço de Fernando e tornou a beijá-lo, colando seu corpo no dele. Para o rapaz apaixonado, aquilo foi tão excitante que chegou a doer. Ele a beijou com sofreguidão, soltando-a com imenso esforço, tremendo de nervosismo.

— Gabi, por favor, eu não aguento isso...

A garota colocou o indicador com delicadeza sobre a boca dele.

— Fica quieto, deixa que eu faço tudo, tá bem?

Em seguida, Gabriela o pegou pela mão e o puxou com doçura até o quarto dos pais, sorrindo para ele. Ali, entre gemidos e sussurros, gritos e beijos, mordidas e carícias, eles se amaram. A primeira experiência amorosa do jovem soldado foi a coisa mais linda do mundo.

* * *

Fernando e Gabriela estavam deitados, nus e satisfeitos, olhando para o teto.

— Quer dizer que esse é o paraíso? — Fernando falou, por fim, ainda ofegante.

— Não exagere! — Ela sorriu. — Atendeu às suas expectativas?

— Muito além do que eu esperava! Eu te amo, Gabi, sempre te amei, desde o primeiro momento em que te vi.

Fernando respirou fundo. Detestava a ideia de quebrar aquele momento incrível, mas sua cabeça começava a ferver com o caminho que Gabriela pretendia trilhar.

— E agora, o que vamos fazer?

— Bom, eu vou romper com o Joaquim, e gostaria de assumir nosso relacionamento. Se você quiser, é claro.

— Se eu quiser? Por mim eu me casava com você hoje! — Ele deu-lhe um beijo. — Acho que vamos deixar muita gente chocada, mas sinceramente não ligo a mínima.

— Vai ser um escândalo! Este lugar é minúsculo, todos se conhecem. Além do mais, eu sou muito mais velha que você! Vou ser acusada de perversão!

Os dois riram muito. A felicidade que sentiam era tão plena que parecia impossível separá-los, ainda que tivessem de ir embora do forte, construiriam uma vida juntos.

No dia seguinte, Fernando, Joaquim e vários soldados partiram para Itajaí, distribuídos em diversos veículos e caminhões. Ao todo eram quase trezentos homens, fortemente armados.

Fernando relembrava a experiência incrível que vivera com Gabriela, com olhar sonhador. Ela havia prometido que, assim que voltassem, iria conversar com Joaquim e romperia com ele. E depois, com o tempo, eles assumiriam seu romance.

Ele foi tirado de seus devaneios quando Joaquim se aproximou com um sorriso sarcástico, distribuindo insultos contra o rapaz. Mas Fernando estava tão feliz que não se incomodou. Porém, esforçou-se para forjar uma expressão impassível, pois não queria se trair.

Passadas duas horas de viagem, driblando imensos buracos e veículos abandonados na estrada, o pelotão chegou ao seu destino: a praia de Cabeçudas, em Itajaí. Aquela que outrora fora a praia mais badalada da cidade, com restaurantes, hotéis e vista para o charmoso Farol de Cabeçudas, que marcava o início da praia da Solidão, agora guardava no calçadão e na avenida que a delimitava uma espécie de monstro deteriorado.

O navio MSC Fantasia, um antigo transatlântico de luxo, estava tombado de lado, em plena terra firme, a cerca de cinquenta metros do mar. Originalmente branca, a imensa embarcação se achava escurecida, resultado dos efeitos do tempo ao longo de décadas de abandono no oceano. O glamour de antigamente já não existia mais, e o transatlântico se assemelhava a um grande navio fantasma, melancólico e amaldiçoado.

Os soldados pareciam espantados com o tamanho do transatlântico. Desembarcando de seus veículos, começaram a caminhar em formação, observando os arredores, atentos a qualquer movimentação. A cem metros dali eles avistaram alguns zumbis vagando pelas ruas. Eles haviam avistado os veículos e seguiam na direção do pelotão, trôpegos e vacilantes.

— Vamos ter que matar aqueles ali. — Fernando apontou para o grupo de dez criaturas. — Usem as facas. Não tem por que desperdiçar munição.

Os soldados começaram a circundar o navio, fitando admirados a quilha da embarcação, três vezes maior que um campo de futebol. Era preciso dar uma volta completa para enxergar o convés, que era por onde esperavam encontrar alguma forma de entrar no transatlântico.

— Ainda não consigo entender como isso veio parar aqui. — Fernando confirmou com a cabeça.

— A tempestade do último mês foi muito grande. A água tomou todo o litoral, as ondas varreram tudo por centenas de metros, boa parte da cidade foi inundada. A embarcação decerto veio se arrastando sobre a areia até chegar a este ponto, impulsionada pelas ondas gigantes — opinou o mesmo soldado que havia relatado a presença do navio.

Fernando arqueou as sobrancelhas e suspirou. A sensação ruim persistia.

Conforme o grupo circundava a embarcação, imaginavam como aquilo devia ter sido lindo nos tempos áureos, quando milhares de pessoas ocupavam seu interior em viagens de férias com suas famílias. Quantas festas, shows e brindes haveriam sido realizados ali?

Um dos soldados foi o primeiro a reparar em algo estranho, quando avistou uma câmera de vídeo fixada em um poste de iluminação. Aquele aparelho destoava do resto pelo seu excelente estado de conservação. Ele chamou a atenção de Fernando para o objeto.

Fernando de imediato sacou o binóculo para avaliar o dispositivo, que, de fato, tinha aparência de novo. Ao notar uma pequena luz vermelha piscando sob a câmera, ele entendeu tudo e começou a gritar a plenos pulmões:

— É uma armadilha, recuem! Recuem, rápido!

Aquilo fez com que Joaquim, Daniel e todos os demais se virassem na sua direção.

— Uma armadilha? Como assim, o que foi que você... — Mas o que veio a seguir interrompeu Joaquim.

Uma série de explosões fizeram o navio inteiro estremecer. Fragmentos de madeira, vidro e metal eram lançados no ar à medida que dezenas de cargas explosivas eram deflagradas.

Ao ver aquilo, os soldados do pelotão começaram a recuar, assustados. De repente, tudo ficou em completo silêncio, e só se ouviam os pedaços que foram lançados caírem pelos arredores. E então o interior do navio começou a ranger e estalar, inicialmente de forma sutil, depois cada vez mais alto, como se todas as portas e paredes estivessem quebrando.

— Corram, tem algo errado! Vão! Vão! — Fernando gritou e correu no sentido do mar.

Por ironia, o primeiro a reagir e imitá-lo foi justamente Joaquim.

E foi então que toda a parte superior da embarcação começou a se desprender do resto, desabando como neve em uma avalanche. A maior parte dos soldados foi atingida pelos escombros. As explosões fizeram com que o navio se partisse em dois, revelando o pior: milhares de zumbis que começaram a se esparramar pelas areias da praia de Cabeçudas.

— Corram! — Joaquim disparou feito louco, assim como meia dúzia de sobreviventes.

Fernando foi o único que ficou para trás. De onde ele estava era possível ver alguns dos seus colegas presos no meio dos escombros ainda vivos, porém feridos e cercados de zumbis por todos os lados.

— Socorro, Ivan, me ajuda! — Daniel o chamava, desesperado, assim como outros.

Mas suas vozes eram abafadas pelos urros das criaturas que se erguiam em todas as direções, algumas com braços decepados e vísceras podres se espalhando pelo chão. O impacto havia matado alguns deles, mas a maioria continuava apta a caçar os soldados do forte.

Fernando disparou contra as criaturas, enquanto Joaquim ordenava que ele fugisse. O impulso do rapaz era sempre o de ajudar seus companheiros, mesmo que fosse Daniel. Entretanto, ele logo percebeu que aquela investida não daria certo, pois eles eram em muitos.

— Ivan, vem aqui, me ajuda! Eu não quero morrer, por favor...

E nesse momento um berserker saltou logo atrás de Daniel. A criatura, magérrima e de pele enegrecida, o encarou com olhos vermelhos e selvagens, e soltou um urro enfurecido.

Daniel virou a cabeça, em pânico. Suas pernas estavam presas, esmagadas pelos escombros, e ele perdera sua arma. Seu coração saltava dentro do peito e seus olhos estavam cheios de lágrimas, causadas pela dor e pelo terror.

— Não, por favor, eu...

O berserker saltou sobre ele, enfurecido, e puxou a cabeça do soldado com tanta força que a arrancou do pescoço, arrastando também a coluna vertebral do rapaz para fora do corpo. O cadáver de Daniel desabou, enquanto uma imensa torrente de sangue se esparramava logo atrás, jorrando do seu pescoço grosseiramente degolado.

Fernando arfava diante da cena. Ele ergueu o fuzil e deu um tiro certeiro na testa do berserker, que voou para trás, soltando a cabeça de Daniel, que rolou pelo chão com os olhos ainda abertos. Em seguida, Fernando se pôs a correr.

De dentro do navio caíam, como uma cachoeira de morte e insanidade, berserkers, aberrações e tudo o que o inferno parecia ter descarregado naquele maldito pedaço de terra.

Fernando, mais jovem e mais rápido, deixava para trás os demais soldados, que iam sendo alcançados pelos berserkers, muito mais velozes do que qualquer humano. Enquanto corria, ouvia os rugidos das feras destroçando vivos seus companheiros de infortúnio.

Logo, ele alcançou Joaquim. Os zumbis mais lentos foram ficando para trás, porém, os mais rápidos continuavam surgindo, encurtando a distância a cada segundo.

— Corre, cara, corre! Precisamos nos esconder em algum lugar!

— Não vai dar! Não vai dar! — Joaquim respondeu, no limite das forças. Era muito difícil correr na areia molhada, pisando também na água, ainda mais com o pesado uniforme do exército.

Foi quando Joaquim desferiu uma cotovelada no rosto de Fernando, que caiu estatelado na areia, e acelerou ainda mais, com a esperança de que seu rival servisse de distração para os zumbis e lhe desse alguns valiosos segundos extras para escapar com vida.

A desorientação de Fernando, porém, durou pouco. Ficando de pé em um salto, ele percebeu que algumas criaturas já o haviam ultrapassado, enquanto um outro grupo se aproximava velozmente. Joaquim corria à frente, abrindo dezenas de metros de vantagem.

O rapaz se deu conta de que a quantidade de seres que conseguira acompanhá-los se reduzia a algumas dezenas de indivíduos. Os demais, mais lentos, tinham ficado para trás.

Fernando encarou seus perseguidores. Ele sempre fora o caçador, nunca a presa. Levando o fuzil ao ombro e apoiando um joelho na areia, ele disparou no zumbi mais próximo.

A cabeça do berserker explodiu com a potência do disparo. E Fernando começou a disparou em outro, e em outro. Os seres eram muito rápidos. Se ele errasse apenas um tiro, não haveria tempo para remediar: Fernando seria morto em um instante.

O rapaz derrubou todas as criaturas que conseguiu, mas um dos últimos seres era justamente uma aberração. O zumbi gigantesco, com mais de dois metros de altura, não se deteve: um disparo de AR15 foi incapaz de abatê-la.

Quando viu que o zumbi não ia parar, Fernando soltou um grito de ódio e se jogou contra as pernas do ser, que avançava babando de raiva, com a boca cheia de dentes afiados. Um golpe no joelho fez com que a criatura caísse, e Fernando ficou preso embaixo da fera homicida.

A criatura rugiu de ira e se ergueu, e foi quando a coisa viu Fernando sob si, todo sujo de areia. O ser escancarou a bocarra, seu hálito quente e fétido atingindo Fernando em cheio.

O rapaz o olhou fundo nos olhos e, erguendo a arma, enfiou o cano do fuzil dentro da boca da aberração e disparou. A bala atravessou o cérebro e abriu um buraco no topo do crânio do ser, que desabou sobre Fernando, cobrindo-o de sangue e massa encefálica.

O peso impressionante do zumbi, que tinha mais de duzentos quilos, fazia com que o rapaz mal conseguisse respirar.

Outros zumbis se aproximavam, primeiro os mais rápidos e depois os mais lentos. Naquela situação absurda, Fernando tomou uma decisão impensável — mas era sua única opção. Ele fechou os olhos, puxou o rosto do zumbi sobre o seu e enfiou os braços debaixo do ser, praticamente desaparecendo sob a criatura.

Em segundos, centenas de zumbis se acotovelavam ao seu redor, tentando farejar sua presa. Eles viram que alguém abatera o monstro, mas o odor nojento da aberração fez com que ignorassem Fernando.

Porém, as criaturas circulavam por ali, olhando os arredores com seus semblantes confusos e selvagens.

O cheiro da criatura fazia com que o estômago de Fernando se revirasse. Quando respirava, com dificuldade devido ao peso da fera, ele sentia o sangue penetrar suas narinas.

O corpo quente da criatura, de temperatura muito mais elevada do que a de um humano, fazia com que Fernando suasse. Ele tentava respirar pela boca, o mais devagar possível, para não ser percebido. Seguramente centenas, talvez milhares de seres o cercavam naquele exato instante.

Após algum tempo naquele inferno, Fernando decidiu que não aguentaria mais. Sentia câimbras por todo o corpo, muita dor, e a sede começava a apertar. Ele arriscou olhar para seu relógio de pulso, com muito cuidado para que seu braço, que estava ligeiramente exposto, não fosse percebido, e se espantou ao constatar que estava naquela posição havia apenas quarenta minutos.

Ele tentava se manter calmo e respirar pela boca, uma vez que o sangue do monstro havia coagulado e obstruído por completo suas narinas. Parecia que ficaria ali para sempre.

Quando a coragem começava a fraquejar, ele voltava os pensamentos para Gabriela: *Espera por mim, amor, eu vou conseguir. Daqui a pouco saio deste inferno e vou te encontrar, prometo. Só mais um pouco, eu vou conseguir.*

Contrariando todas as suas expectativas, Fernando chegou à marca de duas horas preso, imóvel, apesar da dor agora incalculável. Os zumbis insistiam em não se dispersar. Porém, Fernando mantinha a esperança de que a qualquer momento algo chamaria a atenção das criaturas e o bando iria embora, deixando-o livre para voltar para casa e para Gabriela.

E assim ele permaneceu preso por mais dois dias inteiros.

\* \* \*

Fernando pegou no sono, apesar de parecer praticamente impossível conseguir tal proeza. Após duas noites e dois dias acordado, com fome e sede e sendo sufocado pelo peso do zumbi e debilitado pelo calor, ele adormeceu. Seu esgotamento era tão grande que, quando sentiu os olhos fechando, quase se sentiu feliz, pois imaginou que finalmente estava morrendo.

Ele não saberia dizer por quanto tempo dormira, mas quando acordou e se deu conta de que ainda estava ali, sentiu vontade de chorar. De raiva, tristeza, saudade de Gabriela. O jovem soldado estava farto de sofrer; sua vida inteira fora uma sequência incrível de desgostos.

De repente, ele se deu conta de que não havia mais barulhos a seu redor. A sinfonia de lamentos e gemidos da horda de zumbis cessara como num passe de mágica.

Fernando arregalou os olhos e, com cuidado, tirou o rosto de sob a cabeça do zumbi, arriscando olhar nos arredores. Ao fazer isso, a luz do sol escaldante feriu seus olhos, cegando-o por segundos. Quando a visão se normalizou, ele se deu conta de que estava sozinho.

Com o que restou de suas forças, empurrou o cadáver do zumbi e deslizou para a liberdade. Deitado na areia, exausto e quebrado, ele arfava. A dor das câimbras o impossibilitou de se mexer por alguns instantes. Era um milagre estar vivo após tamanha provação.

Ele permaneceu deitado enquanto o sangue voltava a circular pelo corpo. Aos poucos, conseguiu se sentar e, por fim, colocar-se de pé. Olhando os arredores, viu alguns poucos zumbis a distância, próximos do que sobrara do navio. O restante do bando se dispersara, felizmente.

Ele caminhou vacilante até a água e caiu de joelhos, deixando que a água salgada e gelada do oceano refrescasse seu corpo e limpasse sua alma. Sentia-se como se estivesse sendo batizado; era como nascer de novo. Ele abriu os braços e sentiu o sol e o vento em sua pele.

Então, Fernando se ergueu e caminhou de volta, esgotado. Tudo o que ele queria naquele momento era ir para casa, comer um prato de comida quente e se jogar na cama. Mas era preciso retornar aos veículos. Ele pegou seu fuzil e, enquanto checava o que restava de munição, reparou em algo que não notara até então, alguns metros à frente.

Um zumbi se arrastava pela areia, de costas para ele. A criatura fora dividida ao meio, restando apenas a cabeça, o tronco e os braços, com os quais o ser se arrastava dolorosamente.

Fernando poderia ter ignorado aquilo, mas algo o levou a se aproximar. No fundo, ele sabia de quem se tratava, seu sexto sentido já o alertara.

O soldado se aproximou e olhou bem para o ser, cujas tripas deixavam um rastro de sangue coagulado na areia. Movendo-se naquele ritmo, provavelmente levaria um mês inteiro para atravessar a praia. Da cintura para cima, apesar de todo o sangue, dava para reconhecer o uniforme do exército. E então o jovem soldado deu uma boa olhada no que sobrara de Joaquim.

No momento final, o rapaz se revelara o grande canalha que Fernando sempre imaginara que ele fosse. Mas vê-lo naquelas condições não lhe trazia nenhum conforto ou prazer.

— Nunca gostei de você, Joaquim, e duvido que você fizesse o mesmo por mim, mas vou te libertar. Espero que encontre um pouco de paz em algum lugar melhor. — Fernando pendurou o fuzil no ombro e arrancou a faca da cintura, indiferente aos gemidos do zumbi, que tentava pateticamente se arrastar na sua direção. Um instante depois, ele enfiou a faca na cabeça do ser, que arregalou os olhos brancos e leitosos e finalmente caiu no chão, fulminado.

Fernando suspirou e fez meia-volta. Precisava ir para casa. Foi quando ele ouviu o ruído de vários motores, e voltou a atenção para o céu, buscando a origem dos sons, e se espantou ao ver cerca de oito aeronaves, munidas com mísseis e metralhadoras, voando em formação.

Fernando parou de respirar ao entender que aquela esquadra se dirigia a Florianópolis.

Ignorando o cansaço, a dor, a fome e a sede, o jovem começou a correr pela areia. Agora tudo ficara claro. O navio fora uma armadilha das forças de Ilhabela para armar uma emboscada para o maior número possível de soldados da comunidade. Agora, o exército de Otávio lançava uma grande ofensiva para fazer aquilo que almejava havia anos: esmagar a Abelha Rainha.

Correndo como um louco, Fernando chegou até os veículos e se dirigiu a um jipe no qual havia um rádio tático que permanecia constantemente sintonizado na frequência do forte.

Fernando ligou o aparelho, rezando para conseguir contato rapidamente. E se surpreendeu ao ouvir uma voz masculina, abafada pelos sons de vários estrondos e explosões.

— ... na escuta? Repito, tem alguém na escuta? Câmbio! — O homem falava, nervoso. Ao fundo, mais sons de detonações.

Fernando sentiu as pernas amolecerem.

— Estou na escuta, aqui é o soldado Ivan, o que está acontecendo?

— Ivan, até que enfim conseguimos contato! Precisamos de vocês aqui agora mesmo, estamos sob ataque! Repito: estamos sob ataque pesado, precisamos de apoio urgentemente!

— Meu Deus... — Fernando sussurrou, quando uma última explosão, tremenda, chegou aos seus ouvidos.

Em seguida, ele não ouviu mais nada; apenas estática e um silêncio carregado de maus agouros.

\* \* \*

Gabriela ouvia, apavorada, os estrondos das explosões que estremeciam a comunidade e faziam objetos sobre a mesa dançarem como se alguma força invisível os possuísse.

A moça abraçou com força a irmã mais nova, que, chorando, horrorizada, enfiou o rosto entre os cabelos dela. A mãe das garotas se juntou à elas num abraço coletivo, uma buscando coragem na outra, cientes de que o pior ainda estava por vir. Quando as janelas se estilhaçaram e as vigas do casebre racharam, derrubando pó e lascas de telhas, as três gritaram.

O pai saíra para se unir às forças de defesa do forte, dizendo que voltaria assim que possível. Mas o que elas não sabiam era que ele já estava morto, próximo dali.

Uma nova explosão fez um clarão surgir pela janela destruída, e o impacto da bomba foi tamanho que as três sentiram como se tivessem sido levantadas do chão. Gritaram de terror ao perceber que aquele último projétil explodira na entrada da casa, que agora exibia uma cratera no lugar no qual inúmeras vezes Fernando estivera parado, esperando Gabriela abrir a porta.

*Fernando, cadê você, amor? Preciso de você mais do que nunca!* Gabriela pensou, dando vazão ao desespero, soluçando descontroladamente. Ela fechou os olhos e apertou as outras duas com toda a força, enquanto as lágrimas grudavam seus lindos cabelos loiros em seu rosto.

E então um novo clarão surgiu, um estrondo ensurdecedor as envolveu e uma nuvem de poeira engoliu as três mulheres desamparadas.

* * *

Fernando levou duas horas para conseguir retornar ao forte. Dirigir rápido era difícil devido às condições das estradas. O coração batia descompassado. O soldado rezava para conseguir chegar a tempo de fazer alguma coisa. Mas, mesmo a quilômetros de distância, ele podia enxergar uma nuvem de fumaça negra que se projetava para o céu.

No entanto, nada no mundo seria capaz de prepará-lo para o que ele viu ao chegar.

Fernando abandonou o jipe a uma distância segura e disparou por ruas desertas próximas, tentando se aproximar do seu lar com o máximo possível de discrição. E, quando alcançou o forte, mal pôde acreditar.

A Fortaleza de São José da Ponta Grossa não existia mais. A comunidade na qual Fernando morara durante anos estava reduzida a uma montanha de escombros fumegantes.

\* \* \*

Artur era tenente das forças de segurança de Ilhabela havia pouco mais de seis anos quando foi designado para ser um dos líderes daquela missão contra o forte. O próprio Mauro reunira o grupo de oficiais que iria coordenar aquele ataque e dera as instruções:

— O Otávio não aceitará mais os insultos da Abelha Rainha e do seu bando de arruaceiros. É hoje o grande dia. Nossa armadilha dizimou um pelotão inteiro, e não há soldados suficientes para proteger o forte; acabaremos com esse confronto hoje de uma vez por todas.

— Senhor, desculpe a pergunta, mas como foi possível emboscar centenas de soldados de uma só vez? — Artur franziu a testa.

— O navio MSC Fantasia já estava à deriva havia vários anos quando o encontramos, mas o mantivemos no mar aguardando por uma necessidade especial, já que estava infestado de zumbis. Depois do último ataque dos soldados do forte, decidimos que chegara o momento de usá-lo. — Mauro sorria, como se relatasse a coisa mais divertida do mundo. — Prendemos os zumbis dentro do navio e aproveitamos que a maré estava alta devido à tempestade para arrastar o transatlântico, usando dois rebocadores, até o limite da areia. Quando a maré baixou, plantamos os explosivos pela embarcação e aguardamos a hora certa de soltar as feras. Tudo saiu perfeitamente como planejamos. — ele finalizou, orgulhoso de si mesmo.

Artur engoliu em seco, enquanto seus colegas assentiam de forma diligente. Fazia anos que o oficial não concordava com a política de terror de Otávio, mas não podia se negar a obedecer uma ordem direta. Qualquer sinal de insubordinação podia ser punida com cadeia ou mesmo morte. Por isso ele guardava suas opiniões para si mesmo ou para pessoas de confiança.

Em tempos difíceis como aqueles, era burrice se indispor com um tirano como Otávio. Se as histórias que corriam fossem reais, morrer era o menor de todos os males quando se estava nas mãos dele. Havia destinos bem piores do que a morte quando se tratava do centro de pesquisas que Otávio coordenava pessoalmente.

— Eles são terroristas, inimigos declarados da nossa grande cidade. A ordem é matar todos, sem exceção, pra garantir a segurança de Ilhabela. — Mauro disse.

— E se houver idosos ou crianças, senhor? Qual é a orientação? — Artur tentava não transparecer o nojo que sentia ao escutar aquela ordem.

— Não há idosos nem crianças naquele lugar, tenente, está me entendendo? Lá só tem terroristas, assassinos e estupradores. Fui claro? — Mauro encarava Artur de forma significativa.

— Sim, senhor. — Artur fingia concordar.

Assim que a reunião de instrução acabou, os oficiais reuniram seus melhores soldados e partiram. Aqueles da infantaria, como Artur, rumaram para Florianópolis, pois a viagem por terra levaria cerca de doze horas. Os helicópteros e aviões decolaram mais tarde, o que permitiu que chegassem de forma quase sincronizada.

As ordens foram cumpridas à risca. O local foi bombardeado com tudo o que Ilhabela tinha. Sem os seus melhores combatentes, a comunidade tornou-se presa fácil.

Ingrid observava, estupefata, os helicópteros e navios despejando, implacáveis, toneladas de bombas sobre o o local que ela organizara e ampliara ao longo de décadas de trabalho duro. Otávio aniquilou seu sonho de liberdade em questão de minutos.

— Rapazes, onde vocês estão? — Ela murmurou, com o pensamento em seus soldados.

A Abelha Rainha torcia para que seus combatentes chegassem a qualquer momento e ajudassem a fazer frente àquela ameaça sem precedentes. Mas a ajuda nunca chegaria. Ela não sabia que, com exceção de Fernando, todos os outros já estavam mortos, transformados em zumbis ou reduzidos a pedaços nas areias da praia de Itajaí.

Ingrid tentava organizar uma fraca defesa, dando ordens aos seus combatentes num esforço para impedir o inevitável. Ela viu o momento exato em que um helicóptero Apache surgiu de frente para a fortaleza e disparou dois mísseis contra o complexo.

As duas peças rasgaram o ar, passaram raspando sobre a muralha que protegia o forte e atingiram em cheio o antigo prédio de três andares no qual Ingrid morava e de onde comandava tudo. Com tristeza no olhar, ela viu a construção explodir atrás de si e desabar.

— Desculpe, mãe, eu falhei. — Seu último pensamento foi dirigido a Adriana e seu pai, Bob, que ela não chegara a conhecer. Em seguida, Ingrid foi esmagada por toneladas de concreto, blocos e partes do telhado.

Jennifer suava frio, tentando inutilmente disparar o fuzil contra os aviões e helicópteros que despejavam bombas e mísseis sem parar. Ela sabia que aquilo não adiantaria nada, mas a médica vinha de uma família que nunca se rendia, e por isso iria lutar até a morte.

De repente, um helicóptero de combate passou voando muito baixo, disparando uma metralhadora de grosso calibre, varrendo o chão em busca dos moradores da comunidade.

Um verdadeiro rastro de tiros atingia o solo, avançando na direção de Jennifer, à medida que o helicóptero se aproximava. *Que Deus te proteja, meu filho, fique longe deste lugar.*

Em seguida, diversos disparos a atingiram, perfurando-a de cima a baixo. A médica caiu para trás, ferida de morte.

Após vinte minutos, quando não se avistava ninguém vivo e todas as construções da comunidade foram destruídas, a ordem para encerrar a ofensiva foi dada, e foi a vez de Artur e as forças terrestres invadirem o complexo. Os soldados usavam máscaras para se proteger da fumaça e do pó vindo das construções destruídas. O cheiro de carne humana queimada era terrível. Não havia dúvida de que não existiam sobreviventes.

— Puta merda, o que nós fizemos? — Artur comentou com um dos seus colegas.

— Apenas cumprimos ordens, cara, não nos resta mais nada além disso.

Os soldados percorreram o forte em questão de minutos, mas não havia ninguém vivo. Aqui e acolá era possível ver crianças e idosos que foram abatidos.

— Desculpa, mas não tem como ignorar isso — Artur resmungou, horrorizado. Em seguida, destacou alguns dos seus homens para verificar se haviam sobreviventes.

— Esquece, cara, vamos acabar essa merda e voltar pra casa. Não sobrou ninguém.

Artur ia discordar quando viu uma cena tão absurda que só podia ser piada.

Um soldado, que claramente não pertencia às forças de Ilhabela, adentrava a fortaleza olhando, perplexo, para tudo, como se estivesse diante de um pesadelo do qual não conseguia acordar. Ele ignorava que os outros soldados o encaravam perguntando-se o que ele fazia ali.

Fernando ficou sem palavras diante da devastação que presenciava. Ele largou o fuzil no chão e entrou no que sobrara da fortaleza. Suas pernas se moviam, mas ele estava em tal estado de choque que nem sequer sabia para onde devia ir.

Os soldados de Ilhabela olhavam para aquele rapaz que entrava no complexo com tamanha dor e surpresa estampados no rosto. Alguns se entreolharam, tentando decidir o que fazer. Diante da confusão dos seus homens, Artur comandou:

— Não façam nada, venham comigo. — Ele passou a seguir Fernando, com cautela.

O rapaz caminhava pelo complexo, parando algumas vezes para analisar os escombros, desolado. Artur e seus homens o acompanhavam a certa distância, e o tenente estudava o rapaz com um misto de curiosidade e piedade.

Em determinado momento, quando contornaram uma das curvas do complexo, eles pararam ao perceber que Fernando se detinha diante de uma cena. Com os olhos cheios de lágrimas, ele avançou até a pilha de escombros e levou as duas mãos à cabeça em desespero. A casa de Gabriela tinha sido pulverizada, não restara sequer uma parede de pé.

— Estejam prontos, ele vai surtar — Artur comentou com pesar, com o fuzil destravado, desconfiando de que aquela situação não ia acabar nada bem.

No meio dos escombros e do pó, Fernando conseguiu divisar uma mão repleta de arranhões, parcialmente coberta de detritos, em meio a uma cascata de cabelos loiros.

Fernando caiu de joelhos. Ele queria gritar, mas a voz não saía; apenas as lágrimas rolavam dos seus olhos. Suas mãos tremiam quando ele tocou a mão de Gabriela. A pele da moça ainda estava quente, apesar de ela já estar morta havia alguns minutos.

Com cuidado, o rapaz começou a remover os escombros, tentando libertar o cadáver da moça. A mãe e a irmã de Gabriela também estavam mortas, próximas dela, mas ele as ignorou. O rosto de Gabriela jazia inerte, apoiado de lado no chão e com os olhos fechados. Ela nem parecia morta. Dava a impressão de estar apenas profundamente adormecida.

Chorando e tremendo, Fernando afagou com ternura os cabelos dela e depositou um beijo na cabeça da amada. Sonhara por anos com aquela mulher e, quando finalmente a conquistou, Otávio e sua corja de assassinos a arrancaram dos seus braços. Numa vida tão jovem e repleta de perdas, Fernando encarava a maior de todas, sem sombra de dúvida.

Artur se aproximou, seguido dos seus soldados. Com delicadeza, ordenou que os homens tirassem o corpo de Gabriela dali. Fernando não conseguiu nem protestar quando viu aqueles estranhos removendo os escombros com as próprias mãos.

— Não a machuquem, por favor. — ele balbuciou, como uma criança assustada.

— Ninguém vai machucá-la, garoto, fique calmo. Nós vamos te ajudar a enterrá-la, só isso. Qual o seu nome?

— Fernando.

— Muito bem, eu vou te ajudar, tá? — Em seguida, Artur e seus homens libertaram o cadáver da bela moça, e Fernando parecia se recusar a acreditar no que via.

— Eu preciso fazer algo... — Fernando falou com tamanha apatia que mais parecia ter enlouquecido.

Artur nada disse, apenas designou dois soldados para acompanharem-no. Ele e os demais começaram a retirar dos escombros também a irmã e a mãe de Gabriela.

— Fiquem de olho nele e o ajudem no que for necessário, tá bem? Desconfio de que teremos mais uma cova pra cavar. — Artur suspirou.

Os soldados obedeceram e acompanharam Fernando pelas vielas do forte. Por todos os lados, tudo o que se via eram escombros e cadáveres retorcidos e queimados.

Em instantes, Fernando se deteve, e recomeçou a soluçar de forma dolorosa, ao ver Jennifer caída na via, banhada em sangue. Ele se arrastou até perto da mãe adotiva, arrasado, e ergueu o corpo dela entre os braços, abraçando seu leve corpo sem vida.

— Você é o ser humano mais maravilhoso que eu já conheci e eu nunca vou te esquecer. Não sei como vou viver sem seus conselhos, mãe, tudo o que eu queria era que Deus tivesse me levado no seu lugar. — Fernando murmurou, devastado. — Obrigado por me dar muito mais amor do que eu fiz por merecer em toda a minha vida.

Fernando carregou o cadáver de Jennifer por todo o caminho de volta, seguido pelos soldados, que não pronunciaram uma palavra sequer. Não havia nada que pudesse ser dito numa situação como aquela.

O rapaz se ateve a observar os corpos das duas mulheres mais importantes da sua vida sendo cobertos de terra dentro de duas covas rasas. Ele sentia seu coração sangrar.

No fundo, tudo o que Fernando mais queria era acordar e descobrir que tudo não passara de um sonho, e ele ainda estava na praia de Itajaí, cercado de zumbis.

— Venha, temos que te levar. Não posso te deixar andando por aí. Eu nem deveria te deixar vivo, mas não farei nada com você, tenha certeza. — Artur concordou.

— Eu preferiria morrer. Perdi minha mãe e o amor da minha vida. O que posso fazer?

— Sugiro que continue vivo hoje pra poder lutar amanhã. Qual é o seu nome mesmo?

— Fernando — ele repetiu, apático, num sussurro.

Por um instante, Artur não reagiu. Mas quando se deu conta de quem estava diante dele, seus olhos se arregalaram. Ele olhou bem para o adolescente, mas não havia dúvida. Artur e todos os soldados de Ilhabela se acostumaram a fitar aquele rosto ao longo de anos.

— Fernando? O terrorista infantil? Não acredito que é você! — ele disse o mais baixo possível, com medo de chamar a atenção dos demais. — Havia retratos falados seus espalhados por quase todas as comunidades do Brasil!

— Pois você me encontrou, cara. Acaba com a minha raça. Por mim, pode me matar agora mesmo. — Fernando abriu de leve os braços, em sinal de rendição.

Mas Artur tinha outros planos. Aquela era uma oportunidade única, e não podia ser desperdiçada.

— Escute com atenção: nunca, jamais fale seu verdadeiro nome pra ninguém, tá bem? Fique quieto, faça tudo o que te mandarem e aguente firme. Vem uma época dura por aí, mas você suportou tudo até agora, e tenho certeza de que consegue dar conta. Você me entendeu? — Artur notava outros soldados olhando para eles, porém não estavam próximos o suficiente para escutar o que ele dizia. Se alguém ouvisse a conversa tudo estaria perdido, para os dois.

Fernando estava exausto para discutir, mas não tinha ânimo para se recusar a fazer o que Artur lhe pedia. Assim, ele apenas concordou.

Artur deixou o rapaz a cargo dos seus subalternos e entrou em contato por rádio com uma velha amiga de Ilhabela. Estava na hora de começar a colocar um antigo plano em ação antes que fosse tarde demais.

\* \* \*

Por fim, o grupo de soldados partiu, após recolher tudo o que ainda poderia ser útil de um dos últimos rincões de resistência contra Otávio, que agora podia afirmar com certeza que detinha o controle de todo o Brasil. Praticamente todos retornaram para Ilhabela, menos um pequeno time, que tinha uma missão adicional e aproveitou o ensejo para conduzir Fernando a outro lugar, bem mais distante e inóspito: os campos de trabalhos forçados da Usina Moreno, no interior do estado de São Paulo.

# CAPÍTULO 7
# UMA FAMÍLIA PERFEITA

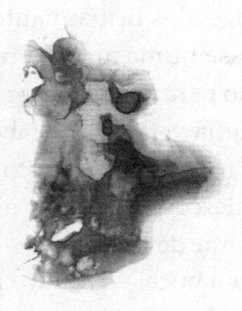

**NAQUELA NOITE, MAURO LEVOU** seu último analgésico à boca, caminhando pelo complexo de pesquisas de Ilhabela. O oficial sentia dores crônicas desde que fora baleado por Fernando, anos antes, e não havia nada que pudesse ser feito, o que desestabilizara mais ainda seu humor.

As notícias vindas do Sul o alegravam imensamente. A colmeia da Abelha Rainha fora destruída, e seus comparsas, eliminados. Haveria uma grande festa para comemorar aquela vitória e Otávio lhe prometera recompensas. Porém, seu ânimo durou pouco.

Mauro colocou o polegar sobre o leitor de digital e entrou no quarto, mas desde o lado de fora já conseguia ouvir o tumulto lá dentro, causado pela presença de Roberto, aquela coisa grotesca cultivada em laboratório por Otávio. Sentia que seria um homem muito mais feliz no dia em que recebesse autorização de Otávio para matar aquele monstro.

Ao entrar, Mauro deparou-se com mais uma cena bizarra. O garoto grunhia e gritava como um animal, balançando a cabeça de um lado para o outro freneticamente, numa tentativa inútil de se soltar. Seus braços e pernas tinham sido amputados, e seu corpo esquálido era mantido afivelado à cama hospitalar. Uma máscara de couro fechada por um engenhoso sistema de tiras grossas trancadas por um cadeado, cobria seu rosto, deixando apenas uma pequena fenda para o nariz e uma mínima abertura para a boca. Apenas Otávio tinha a chave. Sua principal função era não permitir que ele mordesse alguém ou que enxergasse alguma coisa, pois o contato visual do jovem zumbi era sua forma de fazer uso do seu imenso poder.

Porém, mesmo sem enxergar, Roberto induzia as luminárias a chacoalharem, os armários e a cama a vibrarem, e as luzes, a oscilarem. Enfermeiras e enfermeiros tentavam contê-lo, gritando com o garoto e entre si. Quatro soldados armados se encontravam ali, e eles tinham autorização para atirar para matar, caso ele se transformasse numa ameaça real.

Uma mulher e um homem tentavam fazê-lo parar de se mexer enquanto uma enfermeira tentava inutilmente achar uma veia na sua cabeça para poder religar o soro e assim fazê-lo dormir de novo, mas o garoto se recusava a ficar quieto. Seus grunhidos, tão animalescos, causavam um pavor tão grande na mulher que ela não conseguia parar de tremer.

— Façam esse moleque dos infernos calar a boca! — Mauro gritou.

— Senhor, ele não fica quieto! Precisamos de uma veia! — gritou em resposta o médico que tentava ajudar a conter Roberto.

Mauro revirou os olhos, impaciente, e ordenou:

— Soltem-no! Afastem-se!

Em seguida, Mauro tirou uma arma de eletrochoque da cintura e encostou no jovem, eletrocutando-o.

Roberto urrou de sofrimento, enquanto todo seu tronco se retesava ao máximo. Ele era branco e esquálido, e anos de imobilização fizeram com que seu corpo fosse tomado por veias negras e escaras. Com seus poucos músculos contraídos de dor, seu aspecto era ainda mais miserável.

Depois de longos segundos de tortura, observados pela equipe médica, que mal conseguia olhar para tamanho sofrimento, Mauro desligou o aparelho. A cabeça de Roberto pendeu levemente, seu peito arfava e a respiração tornara-se ofegante. Ele quase não se mexia.

— Viram só? Fiquem com isto. Se ele der trabalho, usem isso e tudo ficará bem. — Mauro, vitorioso, entregou o aparelho de choque para o médico responsável.

O homem engoliu em seco diante da possibilidade de ter que causar mais dor ao garoto.

— Se eu tiver de voltar aqui, virei com um maçarico e vou queimar você, entendeu?

Roberto não respondeu. Ele era capaz de raciocinar, mas quase nunca falava. Só se debatia e grunhia.

— Qualquer problema, me avisem. Agora, limpem essa bagunça! — Mauro ordenou, saindo em seguida.

Maria das Graças, a gentil chefe da enfermagem, se compadeceu do estado do garoto. E ficou ainda mais apiedada quando Roberto começou a chorar de modo doloroso e estridente, abafado pela máscara. Ele já não se debatia, só gemia alto como um bebê desamparado.

— Vamos, acabem logo com isso, coloquem-no pra dormir — o médico ordenou, cansado daquele drama e receando que Mauro ouvisse a choradeira e voltasse.

A enfermeira retomou seu trabalho, tentando não tremer, com os olhos cheios de lágrimas diante do desespero do rapaz, cuja aparência estacionara em dezesseis anos desde sua transformação, sete anos antes.

Maria das Graças, então, decidiu intervir. A enfermeira deu a volta na cama e pôs com delicadeza a mão no ombro de Roberto, acariciando de forma quase maternal. Então, para espanto de seus colegas, começou a cantar cantigas infantis.

Conforme ela cantava, o rapaz se acalmava. Há anos ele não sabia o que era ouvir uma palavra de carinho ou receber a carícia de alguém. Ele inspirou, em um esforço para se controlar.

— Maria, o que está fazendo, você enlouqueceu? — o médico perguntou, perplexo. — Ele é um zumbi, um monstro!

— Shhhh... silêncio agora, deixem-no em paz — Maria sussurrou, voltando a cantarolar.

Roberto relaxava, exausto, e não causou mais nenhum problema. Pouco depois, ele dormia profundamente, para alívio de todos os presentes.

— Maria, o que foi isso? O Mauro te mata se sonhar que você tá fazendo amizade com um zumbi!

— Doutor, eu sou a chefe da enfermagem, e eu decido como lidamos com os pacientes. Sugiro que o senhor respeite o meu trabalho. — Maria era gentil, mas também sabia se impor.

— Ele não é um paciente, é uma cobaia, uma experiência científica! — o médico rebateu.

— E também já foi humano e sente medo, raiva e tristeza como qualquer um de nós. Não vou tratá-lo como uma coisa. Todos sabemos que o Roberto entende o que falamos. Viram como foi mais fácil quando ele estava calmo? — Maria argumentou com olhar severo.

O médico suspirou.

— Você está se iludindo, olha a situação dele. Amputaram os braços, as pernas e a dignidade do menino. Esse garoto vai comer o pão que o diabo amassou até o dia da sua morte, você sabe disso. Não se envolva com ele. Lembre-se de que esta sala é vigiada o tempo todo.

— Se alguém questionar, eu paro. A verdade é que todos os dias ele acorda e passamos pelo mesmo estresse. Se conseguirmos mantê-lo calmo e menos dependente dos sedativos, será melhor pra todos. Confie em mim, basta nunca mexermos na máscara e ficará tudo bem.

\* \* \*

Roberto acordou três dias depois, desorientado e preso na rotineira escuridão total. A princípio, o rapaz se mostrou calmo, tentando entender onde estava. Mas à medida que se dava conta de que ainda estava preso naquele inferno, ele começou a se agitar de novo. O jovem começou a virar a cabeça de um lado para o outro, voltando à situação de pânico e descontrole.

— Shhhh... calma, eu estou aqui com você — a voz suave e doce emergiu da escuridão e, sentindo novamente aquele toque suave no ombro, ele parou de imediato.

— Fique tranquilo. Estou vendo que você está suado. Se prometer ficar quietinho, posso passar um pano úmido em você pra te deixar mais confortável, que tal?

Depois de alguns segundos tentando se acalmar dentro daquela prisão escura e solitária que era o seu corpo e sua vida, Roberto respirou fundo e engoliu a saliva.

— Bom garoto! Vamos lá então, vou te dar um banho — Maria falou com imensa doçura. Em seguida, ela pegou uma bacia com água, umedeceu uma toalha e passou na pele dele. O corpo do rapaz estava sempre limpo, como forma de mantê-lo nas melhores condições possíveis, caso fosse necessário usá-lo como arma. Mas ninguém nunca lhe dera um banho de fato, muito menos com cuidado e respeito.

Maria cantarolava uma canção suave e relaxante enquanto cuidava dele. Outras enfermeiras e médicos que eventualmente entravam naquela sala ficavam perplexos com aquela cena, mas ninguém se atreveu a questioná-la.

— Pronto! Sente-se melhor? — Maria perguntou.

Roberto tornou a fazer que sim com a cabeça.

— Ótimo! Tenho uma surpresa pra você. Trouxe um livro que eu adoro. — Ela sentou-se na beira da cama. — Posso ler um pouco todos os dias pra você, mas só se prometer que não vai mais fazer as coisas tremerem, tá? Nós temos um acordo?

Roberto concordou de imediato. Ele se encontrava numa situação tão vulnerável e desesperadora que qualquer gesto de humanidade funcionava como um bálsamo.

Maria leu o título em voz alta:

— "O garoto quase atropelado", de Vinícius Grossos. Você vai gostar. É a história de um garoto com a idade muito perto da sua que aprende a lidar com seus sentimentos.

E assim ela leu por horas, fazendo pausas para poder explicar uma ou outra referência que ele não teria como entender sozinho. Depois de algum tempo, Roberto, que a tudo escutara com total atenção, pegou no sono, sem que fosse necessário aplicar-lhe nenhum sedativo naquela noite. A primeira e melhor noite de sono que ele tivera em toda sua vida de zumbi.

\* \* \*

Aquela passou a ser a rotina deles. Maria lia para Roberto, trazia músicas para ele escutar num antigo aparelho eletrônico e cantava para o menino enquanto o banhava. Os colegas de trabalho da enfermeira reconheciam que o rapaz agora se encontrava muito mais calmo, e alguns passaram até mesmo a ajuda-la.

Como o trabalho de Maria era dedicado exclusivamente ao jovem, ela tinha tempo de sobra para cuidar dele. Certa vez Maria trouxe um felpudo filhote de chinchila, que a enfermeira colocou entre o pescoço e o ombro do jovem. Na hora, Roberto se assustou, mas depois inclinou a cabeça de leve, sentindo os pelos macios do bichinho tocando a sua pele.

— Macia, né? Seu nome é Roberta, em sua homenagem. Quer que a traga mais vezes?

E mais uma vez Roberto concordou. Mesmo sem ver o rosto do rapaz — e ciente que essa era a última coisa que desejaria ver na vida —, Maria tinha certeza de que ele estava, na medida do possível, mais feliz, e isso a deixava orgulhosa. Porém, um dia ela foi chamada à sala de Otávio, e seu coração quase parou.

\* \* \*

Maria seguia, assustada, pelos corredores do complexo até a sala de Otávio, acompanhada por dois seguranças armados. A pobre senhora tremia de medo, perguntando-se o que iria acontecer. Seu pavor era tão grande que estava quase arrependida de ter ajudado o garoto; mas agora era tarde demais.

Um dos seguranças bateu na porta e entrou, enquanto o outro aguardava do lado de fora com Maria, que rezava em silêncio. Instantes depois, o homem mandou que ela entrasse.

Ela obedeceu, perguntando-se que tipo de coisas perturbadoras iria encontrar. Imaginava que a sala de Otávio fosse como os laboratórios de cientistas loucos nos livros.

Para sua surpresa, porém, não viu nada de extraordinário. Tratava-se de uma sala pequena e sóbria, com uma pesada mesa de madeira maciça com um computador no centro, três cadeiras, estantes, gaveteiros e prateleiras abarrotados de pastas e livros. A típica sala de um homem que estudara muito e guardara grande parte dos seus materiais de pesquisa.

Otávio estava sentado à mesa, e Mauro também. Ambos a observavam e Otávio pediu que ela se sentasse, indicando a cadeira à sua frente, bem ao lado de Mauro. Bastaria um olhar mais firme de Otávio para fazê-la chorar; mas a conversa tomou rumos bem menos assustadores do que Maria imaginara.

— Maria, estou de posse de um material indicando que você vem estabelecendo vínculos com nossa principal experiência. Veja estas fotos. Creio que não tem como negar, certo? — Otávio espalhou sobre a mesa fotografias que a mostravam lendo para Roberto, dando banho, fazendo carinho e até mesmo brincando com ele com um urso de pelúcia.

Maria teve de reunir toda a coragem possível para responder:

— Não, senhor, não vou negar.

— E por qual motivo faz isso? — Otávio quis saber.

— Sinto pena do garoto, senhor, só isso — Maria respondeu com simplicidade.

— Entendo. — Otávio se virou para o chefe das forças de segurança. — Mauro, segundo seus levantamentos, houve uma economia no uso de sedativos e o fim dos eventos de perturbação criados por Roberto desde que essa abordagem começou a ser utilizada, certo?

— Sim, senhor. A economia é significativa, e o aumento da paz e da ordem também. — Mauro afirmou, diligente.

Otávio sacudiu a cabeça positivamente.

— Maria, vamos prosseguir usando sua abordagem, mas as normas de segurança precisam continuar sendo observadas, fui claro? — Otávio a encarou, sério. — Lembre-se de que estamos monitorando Roberto o tempo todo e, consequentemente, você também.

— Sim, senhor, sem dúvida! — Maria se sentia aliviada, e até mesmo feliz, por se dar conta de que poderia continuar ajudando o pobre rapaz. — Será melhor pra todos assim!

Otávio a cumprimentou:

— Siga em frente, parabéns. Obrigado por seu tempo, Maria. Pode voltar ao trabalho.

Assim que a enfermeira deixou a sala, visivelmente mais relaxada, Mauro se dirigiu a Otávio:

— Essa é uma péssima ideia. Essa mulher está conquistando influência sobre ele, e queremos que ele seja obediente a nós, não a uma reles enfermeira.

— Sossegue, eu sei o que estou fazendo. Por enquanto, temos o ganho de reduzir as chances de outro evento como aquele de sete anos atrás, que matou várias pessoas dentro deste prédio. Do jeito como as coisas estão evoluindo, ele jamais fará nada por medo de machucá-la. — Otávio fez algumas anotações no computador no projeto referente a Roberto. — Além disso, ela pode ser um ótimo meio de persuasão, caso um dia venhamos a precisar.

— Entendi... — Mauro murmurou, pesando as palavras de seu chefe. — De qualquer forma, prefiro não arriscar. Vou mandar reforçar a segurança.

— Sim, faça isso.

Naquela tarde, Maria organizava o quarto quando percebeu que Roberto acordara. Era sempre igual; apreensivo, ele se remexia e tentava descobrir se ela estava ali, e ela o tranquilizava.

— Boa tarde, querido, está tudo bem, eu estou aqui. — Maria sentou-se na cama ao lado de Roberto. — Tive uma conversa muito boa com o prefeito, e ele me autorizou a continuar tomando conta de você. Boa notícia, não acha?

Roberto fez que sim várias vezes.

— Veja só, eu te trouxe uma surpresa. Tenho aqui várias músicas muito animadas, pra deixar o dia de hoje mais divertido. — Maria colocou fones de ouvido em Roberto.

Ele estranhou um pouco aquilo e se sobressaltou quando começou a ouvir uma antiga música dos Rolling Stones. Mas, aos poucos, o rapaz começou a balançar a cabeça ao ritmo da música, dando claros sinais de que estava gostando.

— Viu só que legal? Eu vou trazer seu alimento, está bem? Já volto. — Maria se referia a uma pasta feita de carne crua liquefeita, que diariamente era enviada para o estômago de Roberto através de uma sonda.

Mas quando Maria chegou à porta, Roberto falou com ela pela primeira vez, apesar de não conseguir enxergá-la, nem saber ao certo onde a enfermeira estava.

— Maria.... eu te.... amo... — a voz dele soou abafada e insegura.

— Eu também te amo, querido. — Maria sorriu, e uma discreta lágrima caiu pelo canto de seu olho. — Não demoro, tá?

# CAPÍTULO 8
# ENTRE ESCRAVOS E ASSASSINOS

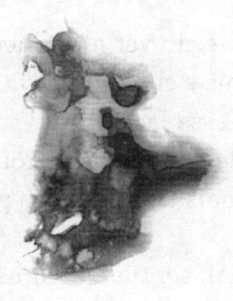

**A ROTINA DE SARAH NO CASARÃO** das Sereias era muito tranquila. Durante o dia, sua função era de fazer compras, pagar fornecedores e resolver problemas operacionais do bordel, como a supervisão dos jardineiros ou de pequenos consertos e manutenções da casa.

À noite, ela recepcionava os clientes. De vestido e salto alto, ela se transformava na gerente do estabelecimento, recebendo os frequentadores com cordialidade, porém séria. Controlando as contas e cobrando os valores, ela fazia com que a engrenagem funcionasse.

Sarah aprendeu com Madame Bianca a lidar com homens de todos os tipos, dos mais educados e galantes até os mais grosseiros, inclusive os bêbados, polidamente recusando quando perguntavam quanto ela cobraria para se deitar com eles, e se livrando com habilidade até das abordagens mais grosseiras.

No começo, ela até achou divertido trabalhar no casarão, mas com o tempo começou a ficar incomodada. Aquele lugar não era para ela, uma garota virgem de dezessete anos. Mesmo porque, naquele ambiente de artificialidades e promiscuidade, ela não via como poderia fazer Otávio pagar pelo que fez. O desgraçado que matara sua mãe, Isabel e tantos outros morava na mesma cidade que ela, e Sarah sentia que estava perdendo tempo em sua vingança.

Com o passar dos meses, a irritação de Sarah começou a se tornar cada vez mais evidente. E isso atingiu o limite com um episódio ocorrido no casarão.

Ao ouvir uma gritaria vinda de um dos cômodos, Sarah se apressou até lá e viu uma das mulheres, alta e forte, ameaçando uma adolescente recém-contratada com uma faca.

Madame Bianca chegou naquele momento e, ao ver a mulher com a lâmina encostada no rosto da mocinha, que tremia e choramingava, gritou:

— O que você está fazendo, Malu? Solta já essa faca!

— Esta vadia tá me devendo dinheiro, e ela vai me pagar com juros, ou vou cortar a cara dela! — Malu ficou ainda mais transtornada pelo flagra, que provavelmente a faria ser expulsa.

Sarah, que a tudo assistia com olhar glacial, sentiu o sangue ferver nas veias quando a mocinha a fitou, suplicante, com lágrimas nos olhos.

— Larga a menina! Agora! — Sarah ordenou, furiosa, e se colocou entre Madame Bianca e Malu.

— Não largo porra nenhuma! E você vai fazer o que, hein? — Malu a desafiou. Por um instante ela imaginou que Sarah estava intimidada, pois a garota não a fitava nos olhos, apenas olhava para seu tórax.

Na verdade, Sarah estava colocando em prática uma técnica que aprendera com Nívea. A mulher explicara certa vez que, para desarmar um oponente, era mais útil olhar o meio do corpo dele. Isso melhorava a visão periférica, o que facilitava antecipar o próximo movimento do adversário. Confrontos visuais, dizia ela, eram coisa de amadores.

— Dá pra você me explicar por que está fazendo isso? O que ela fez de errado?

— Eu já falei! Esta infeliz aqui tá me devendo dinheiro, e eu...

Mas Sarah interrompeu Malu, prendendo-lhe o pulso com tanta força que quase o quebrou, enquanto com a outra mão agarrava-lhe a garganta. Pega de surpresa, Malu se desequilibrou para trás, soltando a jovem, que caiu no chão em lágrimas. Segurando Malu pelos cabelos, Sarah torceu seu pulso para trás com violência, o que levou sua oponente a gemer e soltar a faca, enquanto a xingava de todos os palavrões possíveis. Então, ela bateu a cara de Malu contra uma parede, diante do olhar perplexo de Madame Bianca e de todas as demais.

Malu caiu de joelhos, arfando, com a testa ferida e o braço completamente virado para trás, se rendendo na mesma hora. Fora derrotada com uma facilidade absurda.

Sarah a soltou apenas quando Madame Bianca pediu, mas foi taxativa: Malu tinha dez minutos para ir embora do casarão, ou ela mesma a expulsaria. A mulher, humilhada, aceitou de imediato e partiu.

Sarah suspirou e apanhou a faca do chão, enquanto as outras garotas a fitavam, espantadas com sua incrível habilidade. Madame Bianca, no entanto, tinha algo diferente em mente.

Depois que os ânimos serenaram e todas voltaram a cuidar de suas tarefas, ela procurou Sarah em seu quarto, e a encontrou sentada na cama, com as pernas cruzadas, olhando pela janela.

— Eu às vezes esqueço que você é, acima de tudo, uma guerreira.

— Madrinha, preciso ir, me desculpe. Agradeço todo o seu apoio, mas sinto que me perdi quanto aos meus objetivos. Não deveria ter deixado passar tanto tempo. Nesse período, o Otávio e o Mauro continuam vivos por aí, fazendo sabe-se lá o que.

— Sim, eu entendo, minha menina. Na realidade, estão correndo notícias de que eles esmagaram mais uma comunidade que lhes fazia oposição. Isso já aconteceu antes e vai acontecer de novo, é mera questão de tempo. — Madame Bianca respirou fundo, pesarosa.

— Por isso mesmo preciso ir. Eu jurei que tentaria acabar com essa loucura.

— Admiro sua coragem, menina. Me lembro de quando você chegou. Eu jamais tinha visto tanta determinação no olhar de uma criança. Mas qual é o seu plano? Como pretende fazer isso, sem armamento, dinheiro, munição, nada? Sinceramente, você acha que foi a primeira pessoa a ter essa ideia?

Sarah mordeu o lábio inferior, contrariada. Madame Bianca tinha razão. Porém, era necessário começar, e quanto mais o tempo passava, mais distante ficava seu objetivo.

— Posso te pedir dois dias de paciência, Sarah? Só isso. Se eu não conseguir te convencer a me escutar, prometo que deixo você fazer o que bem entender sem questionar. É tudo o que te peço, em nome desses anos de convivência. — Madame Bianca a encarava.

A adolescente ponderou por instantes. A verdade era que em dois dias ela não conseguiria fazer nada; portanto, não faria diferença.

Enquanto isso ela poderia esboçar um plano. Otávio e Mauro tinham de pagar, custasse o que custasse.

— Certo, madrinha, eu espero mais dois dias — Sarah concordou, por fim.

\* \* \*

Dois dias após o incidente com Malu, Madame Bianca pediu que Sarah a ajudasse com algumas compras. O movimento de clientes continuava intenso e os estoques de comida e bebida do casarão precisavam ser repostos com frequência.

A adolescente saiu com a madrinha. Ela fazia tudo para ajuda-la, mas naquele dia a ansiedade para descobrir o que a velha cortesã tinha a lhe dizer a torturava.

— Madrinha, a senhora não esqueceu aquele assunto do qual falamos, né?

— Não, Sarah, juro que não esqueci. Confie em mim, mais tarde conversamos, tá bem?

A moça respirou fundo, tentando manter a calma. Enquanto isso, procurou se ocupar das compras.

Ela e Madame Bianca precisavam visitar diversos estabelecimentos. Sarah solicitava o que precisava sem a ajuda de lista, devido à sua memória fotográfica.

Depois de passarem por lojas de bebida, mercados e feiras, Sarah se deu por satisfeita. Elas haviam encomendado o que precisavam, e podiam retornar ao casarão para aguardar os fornecedores realizarem as entregas. Foi quando Madame Bianca pediu uma ajuda extra à moça.

— Ouvi falar de uma peixaria nova, bem próxima daqui, que está sendo muito elogiada. Quero ir até lá e verificar os preços. Se for boa mesmo, talvez mudemos de fornecedor.

Sarah concordou de imediato. Ela adorava buscar melhores preços e condições de pagamento para o casarão, por isso estava sempre aberta a novas oportunidades.

As duas caminharam em silêncio algum tempo por uma rua bastante calma, e depois viraram à direita em outra via, um lugar ermo, com pouco comércio e nenhuma residência.

— Tem certeza de que estamos no lugar certo, madrinha? Não parece ter nada aqui.

— Sim, tenho certeza, é naquele prédio mais adiante.

Sarah viu que se tratava de um velho galpão no final da rua, isolado das demais construções. Ela arqueou as sobrancelhas, surpresa. Aquilo parecia tudo, menos uma empresa de fornecimento de peixes. Mas, como não havia motivo para duvidar, ela seguiu em frente, acompanhando a idosa.

Quando chegaram, Madame Bianca bateu três vezes na grande porta de aço do galpão. Sarah percebeu que alguém olhou por uma fenda na porta para conferir quem batia, e depois desapareceu. Em seguida, ela ouviu vários passos do lado de dentro, como se diversas pessoas estivessem se aproximando. E aquilo ligou todos os alarmes de autopreservação na cabeça da adolescente.

— Madame, isto aqui não é uma peixaria! Nós precisamos sair daqui! Agora!

— Não, filha, nós precisamos entrar. É muito importante que entremos no galpão agora mesmo.

A porta se abriu e Sarah soltou o braço da cortesã, dando um passo para trás. Madame Bianca virou-se na direção da adolescente com um olhar duro, enquanto Sarah fitava dez pessoas dentro do galpão, portando fuzis. O que parecia ser o líder se aproximou da idosa.

— Vejo que você a trouxe pra nós. A pergunta é: será que ela valerá o meu investimento?

Madame Bianca se voltou para ele e disse:

— Só tem uma forma de descobrir, não acha?

Sarah começou a tremer e transpirar, mas encarou o grupo com bravura. A garota não ia se dobrar, mesmo estando diante de uma das situações mais adversas de toda a sua vida.

— Tragam-na pra dentro imediatamente — o homem ordenou.

Dois rapazes e uma moça se adiantaram, apontando as armas para a cabeça de Sarah, que nem piscava. A mulher olhou para ela e falou, com rispidez:

— Levante as mãos, agora!

Sarah olhou no fundo dos olhos da estranha e, a contragosto, ergueu as mãos, devagar. Ela notou que um dos olhos da moça não se mexia; parecia ser uma prótese.

— Está olhando o que, menina? Para de me encarar senão eu estouro seus miolos!

— Estou apenas decidindo como é que eu vou te arrebentar, só isso — Sarah falou com simplicidade e um sorriso cínico.

A mulher arqueou as sobrancelhas diante da audácia da adolescente e quase perdeu o controle da situação. Mas respirou fundo e virou-se para um dos seus companheiros.

— Enfia o saco nela, vai.

O outro pegou um velho saco de estopa e o enfiou na cabeça de Sarah, deixando-a na mais profunda escuridão.

\* \* \*

Sarah ia sendo conduzida para dentro do galpão, com os pulsos presos às costas com um tipo de fita de náilon muito resistente.

Por sua mente passava um turbilhão de pensamentos. Quem eram aquelas pessoas? O que queriam com ela? E acima de tudo, por que Madame Bianca estava envolvida?

Enfim, ela e o grupo que a conduzia pararam, e as mãos que a seguravam a soltaram. Sarah sentiu-se parada no meio de diversas pessoas e ouvia cochichos aqui e acolá.

— Podem começar — um homem ordenou, o mesmo que conversara com Madame Bianca momentos antes.

Sarah se surpreendeu quando alguém se aproximou e deu um murro em seu estômago, fazendo suas pernas vacilarem e o ar fugir de seus pulmões devido à violência do golpe.

A garota oscilou para a frente, mas, antes que pudesse cair, levou outro golpe contra seu rosto, que a fez cair. Ela começou a se erguer, mas quando conseguiu se pôr de joelhos, alguém chutou-a na cara, fazendo-a girar e cair com o nariz no chão.

Em instantes, a adolescente estava sendo chutada por todos os lados, e girava de um lado para o outro, sem chance de defesa. Ao seu redor, apenas silêncio.

Passados alguns instantes intermináveis, a surra terminou, e ela foi deixada lá, sentindo-se como se tivesse sido atropelada por um caminhão, mas sem derramar uma lágrima sequer.

— Acho que foi o suficiente. Tirem o capuz e soltem-na — o homem comandou.

Alguém se adiantou e cortou as fitas de seu pulso e arrancou o saco do seu rosto. Sarah não se espantou ao ver que se tratava da mesma mulher de antes, que a encarava com olhar feroz. Porém, para espanto da mulher, Sarah a olhou com tamanha frieza que parecia que era ela quem dominava a situação, e não o contrário. A adolescente lentamente se colocou de pé e cuspiu de lado, lançando uma bolota de sangue no solo.

Ao olhar ao redor, Sarah constatou que todos a encaravam, inclusive Madame Bianca, formando um círculo. E ela e a mulher misteriosa estavam bem no meio.

No fundo, a adolescente sabia o que viria a seguir. Por isso não foi pega de surpresa quando a mulher a atacou, voando para cima dela e aplicando-lhe um golpe de perna.

Lembrando do seu treinamento, Sarah desligou a chave da dor e do cansaço e se concentrou única e exclusivamente na adversária. Assim, ela deu um passo para trás, saindo do alcance da mulher.

Sarah aparou com relativa facilidade os ataques de sua oponente, e quando essa tentou golpeá-la com um cruzado de direita, Sarah desviou-se e soltou um murro que explodiu contra a mandíbula da outra.

A mulher girou e caiu de cócoras no chão, com a boca sangrando. Sarah contornou o corpo da adversária e com um violento chute em suas costelas fez com que ela caísse de costas no piso empoeirado. Em seguida, a adolescente deu-lhe um chute na cara, praticamente nocauteando-a, e arremessando longe seu olho de vidro. A mulher ficou estirada, de barriga para cima, arfando, mirando o teto com seu único olho bom, sem conseguir entender o que acontecera. A jovem a encarou com ódio, e depois se virou para o líder, que estava espantado.

— Próximo — Sarah falou com simplicidade.

O homem esboçava um leve sorriso, que ele tentava disfarçar a todo custo.

— Você é atrevida, garota. Bem que minha amiga Bianca disse. Como será que se sai com alguém muito mais forte?

— Pode mandar quem você quiser. Quero dar apenas um aviso: sairão todos quebrados daqui. — Sarah empinou o nariz, com empáfia.

— Jesus Cristo, como você é arrogante! Igor, vai! — E ele fez sinal com a cabeça para um dos seus homens.

Aquele era bem diferente da mulher anterior. Igor era careca, tinha uma densa barba ruiva, era alto e forte, com os braços repletos de tatuagens. E Sarah simpatizou com ele de cara, sabe-se Deus por quê.

— Não vou te machucar muito, prometo. — Ele olhava para Sarah com seriedade. Aquele era um profissional, ao contrário da oponente anterior, que parecia ser novata.

— Também prometo não te machucar demais — Sarah afirmou com um meio sorriso. Discretamente ela olhou para os pés do homem e viu que ele calçava confortáveis tênis de corrida. *Péssima escolha*, ela pensou.

Igor assumiu posição de combate. Sarah percebeu que ele tinha a postura de um boxeador. Ela procurou se concentrar e respirou fundo, mais uma vez buscando ignorar a dor no corpo, que agora diminuíra, após a explosão de adrenalina da primeira luta.

Quando Igor avançou e tentou golpeá-la, trocando jabs de direita e esquerda, ela foi se esquivando, um golpe de cada vez, andando para trás, deixando seu oponente ganhar terreno. De repente, ela caiu para trás, como se tivesse tropeçado.

Vendo-a no chão, Igor avançou sobre ela. Quando ele se curvou para agarrá-la, Sarah atingiu-lhe o rosto com um chute, e seu salto cortou o rosto do homem com o impacto. Sarah decidira pegar leve. Se quisesse, poderia ter enfiado o salto no olho dele e o deixado cego.

Igor se desequilibrou para a direita, e levou a mão à cara, que estava suja de sangue.

Aquilo o enfureceu. Igor se virou na direção de Sarah e disparou contra ela, alucinado. A adolescente, naquele instante, já estava de pé.

— Ah, não, assim você me decepciona! — Sarah comentou, irônica, ao constatar que já havia desestabilizado o adversário.

Igor a agarrou pela cintura, erguendo-a do chão com extrema facilidade. Aquele era o tipo de combate corporal favorito de Sarah. Sempre fora boa em luta de curta distância.

Sarah bateu com as duas mãos em concha nos ouvidos dele, e a pressão nos tímpanos e mecanismos auriculares causou-lhe uma dor tão grande que ele sentiu que a cabeça ia explodir. Igor bateu Sarah contra a parede, mas ela quase não sentiu o impacto porque ele já a estava soltando.

Sarah girou o corpo, ficando de costas para ele, e passou a realizar uma sequência de golpes tão rápida que Igor mal conseguia respirar. Em segundos, ela pisou com violência no pé dele, e seu salto alto rasgou o tênis e fraturou o dedo médio do homem. Então ela socou-lhe na virilha e desferiu cotoveladas em seu fígado e queixo, atingindo-o de baixo para cima.

Todos piscaram quando Igor caiu de costas no chão, desacordado, com os dois braços abertos. Sarah nocauteara um homem duas vezes mais forte que ela sem sofrer nenhum arranhão. Madame Bianca não conseguiu se conter, e sorriu, orgulhosa da sua protegida.

— Próximo! — Sarah gritou, desafiadora, para a sua pequena plateia. — Podem vir em duplas também, se preferirem, assim acabamos mais rápido!

Todos os presentes se entreolharam, nervosos. Ninguém parecia disposto a enfrentar aquela maluca, extremamente violenta embora de aparência tão delicada. No entanto, eles também nunca tiveram de enfrentar alguém treinado em tempo integral durante anos por Sílvio e Nívea, dois dos melhores soldados que já haviam caminhado por aquelas terras.

— Não será necessário, Sarah, já vimos o suficiente. Você é mesmo tão impressionante quanto a sua madrinha afirma. Você já era famosa antes de pisar em Ilhabela. Todos nós ouvimos falar de como matou mais de trinta soldados armados a caminho desta ilha. Por muito tempo todos pensamos que você estivesse morta. — Ele a encarava com um leve sorriso.

— Como você pode ver, estou bem viva, e bastante irritada com tudo o que aconteceu aqui hoje. Posso garantir que vocês não vão querer me ver brava. — Sarah bateu as mãos nas pernas, para tirar parte do pó. — Agora, vamos à pergunta mais importante de todas: quem são vocês e o que querem de mim? Aliás, quem é você?

— Eu sou Artur, oficial das forças de segurança de Ilhabela e único neto da bruxa Isabel.

\* \* \*

Artur e Sarah conversaram por mais de uma hora, diante dos demais. Todos estavam sentados em velhas cadeiras do galpão abandonado e, próximo deles, sentados em um sofá vermelho, Igor e Andréa, a moça do olho de vidro, usavam bolsas de gelo nas suas escoriações.

O pai de Artur o incumbira de localizar e amparar Isabel, o que ele nunca conseguiu fazer. Ele perguntou para Sarah sobre a avó e contou como Madame Bianca o amparou quando ficara órfão.

— Lembra-se quando eu te disse que tinha uma relação antiga com a família da Isabel? Fiz o que pude quando soube que seu único neto passava por dificuldades. — Madame Bianca deu uma piscadinha para a garota.

— Você precisa saber, Sarah, que jurei no leito de morte do meu pai que iria ajudar minha avó, e foi por isso que entrei para as forças de segurança, com a esperança de cuidar dela quando a encontrássemos, o que não aconteceu. Otávio e um outro pelotão de soldados a acharam primeiro. Eu vinha discutindo há tempos com pessoas de confiança o que fazer para dar um basta às loucuras de Otávio, e quando ouvi sobre a morte dela tive vontade de dar um tiro na cabeça dele durante alguma operação. Mas isso seria burrice.

Artur deu de ombros e prosseguiu:

— Foi quando começamos a reunir simpatizantes pro nosso movimento. O que você vê aqui é apenas uma parte do nosso grupo. Temos reunido equipamentos, armas e recursos para nos preparar, além de acompanhar a caçada por você e Fernando. Foi uma surpresa quando minha madrinha me confidenciou, alguns anos atrás, que vinha te escondendo esse tempo todo. Temos aguardado desde então a hora certa pra fazer um convite: você quer se juntar a nós?

Os olhos de Sarah brilhavam. Era tudo o que desejara ao longo de sete anos de espera.

— Sim, é tudo o que mais quero! Mas qual é o plano? Imagino que vocês não pretendam lançar um ataque contra a prefeitura, certo? — Sarah notou, com curiosidade, os olhares de alívio dos demais. Pelo jeito, todos temiam que ela se recusasse a unir-se a eles.

— De fato não pretendemos lançar uma ofensiva desse porte. Seriam necessárias centenas, provavelmente milhares de homens para termos uma chance de sucesso. Mas podemos tentar atingi-lo, e, na pior das hipóteses, minar parte do poder dele — Artur respondeu com convicção. — Que bom que você aceitou! Seja bem-vinda à Armada de Ilhabela.

Rapidamente um a um dos presentes começaram a se apresentar e cumprimentá-la. Andrea e Igor foram os primeiros, tecendo elogios à garota, com os sacos de gelo em mãos.

A última pessoa a se aproximar foi Madame Bianca.

— Quero que saiba que estou muito orgulhosa de você, e me perdoe se te fiz passar por isso. Era necessário.— Madame Bianca segurou o rosto de Sarah com ambas as mãos.

— Não se preocupe. Eu nunca deixei de confiar na senhora. Eu sabia que deveria haver um bom motivo pra tudo aquilo estar acontecendo. — Sarah a abraçou com carinho.

Artur a olhou profundamente.

— Sarah, preciso te contar que encontrei Fernando alguns dias atrás. Ele ainda está vivo.

Sarah arregalou os olhos e o encarou, sem saber o que dizer. Jamais imaginou que aquilo fosse possível.

— Meu Deus, isso é sério? Precisamos trazê-lo pra cá! Onde ele está? — a empolgação crescia em seu peito. Por anos Sarah se perguntara o que teria acontecido com seu adversário.

— Nem queira saber. Ele está preso num lugar muito ruim — Artur disse, com seriedade.

\* \* \*

A Usina Moreno se localizava a mais de quatrocentos quilômetros de Ilhabela, no município de Luiz Antônio. Tratava-se de uma gigantesca usina de álcool e açúcar, que nos seus tempos áureos era capaz de produzir até um milhão e duzentos mil litros de etanol por dia.

A gigantesca instalação permaneceu abandonada por anos após o surgimento dos zumbis, até que as forças de Ilhabela, lideradas por Ivan, retomaram o lugar. Com o tempo, centenas de pessoas foram viver na usina, que passou a produzir combustível para inúmeras comunidades do Brasil e se tornou a principal fornecedora de combustível do país. Na época de Ivan, o fornecimento era praticamente gratuito. Porém, no governo de Uriel os valores cobrados por galão de etanol se tornaram extorsivos.

Com a demanda crescente e a deterioração dos equipamentos, o plantio e a colheita da cana-de-açúcar passaram a serem feitos manualmente, o que aumentou a necessidade de mão de obra. Em certo momento, ninguém mais aceitava trabalhar nas usinas por conta das más condições de trabalho.

E então Uriel, sempre criativo, transformou a Usina Moreno em uma prisão agrícola, resolvendo dois problemas de uma vez só. O que na teoria era um centro de reabilitação para criminosos perigosos, na prática se mostrava um campo de trabalho escravo, em que homens de todas as partes do país trabalhavam até dezesseis horas por dia. Muitos dos que ali entravam só saíam para serem enterrados num precário cemitério em frente ao complexo.

A Usina Moreno passou a ser destino final de todos aqueles que eram indesejáveis para Uriel, e, depois, para Otávio — opositores, conspiradores, jornalistas que criticavam o regime, e assim por diante. Galpões foram erguidos para servir de alojamento, aonde os homens dormiam em centenas, e era comum ver ratos e baratas circulando entre os detentos.

Era necessário renovar a força de trabalho o tempo todo, pois muitos morriam de pneumonia ou febre amarela, e por isso qualquer justificativa servia para enviar alguém para a usina: assassinatos, assaltos, sonegação de impostos ou dirigir embriagado. Era uma longa lista.

Andarilhos e desvaliados que vagavam pelas estradas, sem família ou identidade, também eram presos, muitos sem acusação formal. Por não serem acusados, também não eram libertados, e trabalhavam até morrer, sendo enterrados como indigentes.

Fernando se encaixava nessa categoria. O rapaz olhava para a usina com a testa franzida. Seu olhar correu até os infinitos campos de cana-de-açúcar que cercavam a propriedade. Havia trabalho suficiente para matar milhares de homens de exaustão.

— Bom, estou no lugar certo — murmurou, apático. Sua tristeza por ter perdido Gabriela e Jennifer se tornara insuportável. Morrer seria um alívio e uma verdadeira bênção.

Ele estava num caminhão com outros homens, mão de obra gratuita enviada para a usina para garantir o projeto de dominação de Otávio.

Mais de cem zumbis vagavam preguiçosamente ao redor. O enorme calor fazia com que as criaturas ficassem sem ânimo, e mal se moveram ao ver o veículo adentrando o complexo.

O caminhão parou no pátio externo, e um soldado ordenou que todos descessem. Fernando sentiu os pés queimarem ao pisar no asfalto quente, e seus olhos foram ofuscados pelo sol. Uma reforçada tela de arame cercava toda a usina, e policiais armados vigiavam o complexo e os detentos.

Eles estavam diante do prédio principal da usina e, ao fundo, era possível avistar os enormes galpões que serviam de alojamento. Uma fumaça negra saía da chaminé de um prédio.

Os novos detentos estavam parados lado a lado. Alguns tremiam e choramingavam, outros pareciam resignados. Fernando dirigiu-se a um homem negro e careca, que também não demonstrava nervosismo:

— O que você fez pra ser mandado para cá? — Ele tentava não se ater demais ao olho esquerdo meio caído do sujeito.

— Assassinato e tráfico de drogas — o outro respondeu, seco. — E você, garoto?

— Eu não fiz nada. Fui mandado pra cá sem ter cometido nenhum tipo de crime.

— Todos dizem a mesma coisa. Somos todos inocentes. — O homem deu um sorriso irônico.

Fernando, entretanto, não se intimidou, e apresentou-se como Ivan.

— Meu nome é Tobias. Vou te dar um conselho, Ivan. Leva essa a merda a sério. Um garotão branco de olhos claros como você vai virar saco de pancadas aqui dentro. Ou algo pior.

Fernando arqueou as sobrancelhas, porém não respondeu.

Um oficial se aproximou dos detentos com uma lista e começou a chamar os nomes, mandando os prisioneiros que haviam sido mencionados aguardarem ao lado. O único que não foi chamado foi justamente Fernando, que ficou parado no pátio com os braços para trás.

— Veja só. Pelo visto temos mais um vagabundo na nossa comunidade. Qual seu nome?

— Ivan.

— Ivan do quê?

— Somente Ivan, senhor.

— Sei... — O guarda fazia anotações numa folha. — De qual crime você é culpado, Ivan?

— Nenhum, senhor.

O oficial sorriu.

— Vou colocar que você é culpado de estupro e pedofilia. Com sua aparência e esse currículo, seu rabo vai fazer sucesso entre os membros da sua nova família — o guarda comentou com ironia, sem interromper suas anotações.

Fernando franziu a testa e encarou o oficial, que fechou a cara quando notou o olhar do jovem sobre si. Naquele lugar, desafiar um guarda era um péssimo negócio.

— Qual é o problema, moleque? Não gostou do seu novo currículo? Posso escrever que você foi preso fodendo com animais, que tal? Isso te deixaria mais feliz, talvez?

Fernando suspirou, encarou seu interlocutor e olhou para o lado, com ar de deboche, o suficiente para enfurecer o oficial, que agarrou o queixo do jovem e virou sua cabeça com força.

— Olha pra mim quando eu estiver falando, seu bosta! Eu sou Jeremias, o chefe da guarda, e exijo respeito! Quando falamos, você deve olhar pro chão ou para nós. Entendeu?

O jovem, mudo, apenas o encarava com um olhar glacial, duro.

— Mais um frangote que chega aqui pensando que é muito durão. Não mereço uma merda dessas! — O guarda chamou dois soldados armados que vigiavam o grupo e ordenou: — Levem esse imbecil pro forno. Deixa o bostinha lá por uma semana pra ver se o juízo dele volta!

— Não é perigoso, senhor? — O subordinado nunca vira alguém ficar tanto tempo lá.

— De forma alguma! O rapaz quer mostrar que tem culhões, então vamos dar essa chance pra ele. Vai lá, fodão! Mostra quem manda nesta porra! Pro forno, já!

Fernando agora o fitava com desprezo e uma raiva mal disfarçada. Ele não fazia ideia do que se tratava o forno, mas não precisava ser adivinho para saber que boa coisa não era.

O rapaz foi levado pelos dois vigias, com os demais detentos observando em silêncio.

Eles caminharam por cerca de duzentos metros até chegar a uma construção pequena e curiosa, um antigo forno usado para fazer carvão vegetal, que se assemelhava a um iglu feito de tijolos de barro, e ficava entre os alojamentos e o edifício principal.

Fernando suou frio. Era impossível ficar de pé ali dentro, pois a parte mais alta do forno não tinha mais que um metro e setenta de altura. Uma rajada de ar quente escapou pela pequena portinhola quando os guardas a abriram. Ao redor da construção, alguns tijolos das paredes tinham sido quebrados para permitir a entrada de um pouco de ar.

— Nós vamos trazer um litro de água por dia pra você, garoto. Sugiro que você economize. — Um deles apontou o interior do forno. — Entre, a casa é sua.

Fernando não teve nenhuma reação. Em silêncio, adentrou o cômodo minúsculo e extremamente quente, prestes a enfrentar a mais terrível provação de toda sua vida.

Em seguida, a porta se fechou atrás dele, e o rapaz se viu na escuridão e no calor, acompanhado apenas pelos seus demônios.

\* \* \*

Por mais de dez mil minutos, Fernando lutou para se manter vivo. O calor era insuportável e a atmosfera, asfixiante. O vazio total daquela solitária improvisada causava uma estranha sensação de privação sensorial, como se a cabeça não tivesse nada com que se ocupar.

Já nos primeiros instantes ele arrancou as roupas, ficando só de cueca. Depois, até mesmo essa última peça foi tirada. Completamente nu, ele esperava e tentava enfrentar o calor.

No dia seguinte, quando enfiaram um prato de comida e uma garrafa com um litro de água dentro do cômodo, Fernando bebeu tudo com desespero, e só então pensou em comer. E aquela foi uma péssima ideia; poucas horas depois, já sentia sede de novo.

Seus lábios começaram a ressecar e rachar. O jovem começou a emagrecer rapidamente, e a fome o dominava, já que ele só tinha direito a uma refeição por dia. Ele evitava se mexer para não consumir mais energia e para sentir menos calor.

Embora a noite fosse um alívio pela diminuição da temperatura, o forno se enchia de pernilongos, que zumbiam a noite toda, levando-o à beira da loucura. Sua pele começou a se encher de bolhas causadas pelo calor e pelas feridas que se formavam quando coçava as picadas.

No terceiro dia, ele se horrorizou ao ver seus braços e pernas inchados e vermelhos, e ao perceber que seu rosto estava nas mesmas condições. Não suportando mais a falta de água, ele começou a beber a própria urina para tentar se manter hidratado.

Entretanto, o rapaz permaneceu sob controle, valentemente esperando, com o ódio estampado em seu semblante. Em poucas horas ele partiria do luto à ira e ao desejo de vingança cego e implacável. Otávio e Mauro tinham de morrer. Os dois eram os responsáveis por todo o mal que se abatera sobre Gabriela, Jennifer, Isabel, Sílvio, Nívea, seus pais e... Sarah.

Fernando engoliu em seco ao se lembrar da garota de longos cabelos negros e pontaria prodigiosa. O fascínio exercido por Gabriela a afastara de sua mente por anos, mas agora seu pensamento se voltava para ela, perguntando-se se Sarah estava viva e tentando reconstituir seu rosto na sua memória.

E assim Fernando esperou, esperou e esperou. E sua raiva só crescia. O rapaz era uma panela de pressão, pronta para explodir. E, como seria de esperar, a explosão aconteceu.

\* \* \*

Ao final do sétimo dia, os mesmos dois guardas que trouxeram Fernando ali e que se revezaram na tarefa de levar-lhe comida e água apareceram para libertá-lo, acompanhados pelo oficial que havia mandado encarcera-lo. Ao abrir a pesada portinhola e olhar para dentro, o cheiro de fezes, urina e suor fizeram seus estômagos revirarem. Nu, Fernando estava deitado de lado, imundo.

O rapaz ergueu a cabeça com dificuldade, à beira do colapso.

— Muito bem, moleque, acabou a vida boa. Agora você vai começar a trabalhar no corte de cana. Aqui todos ajudam se querem comer. Levanta, rápido! — o guarda ordenou.

Com dificuldade, Fernando se ergueu, e então foi possível ver seu rosto inchado e deformado em virtude do longo tempo preso naquelas condições desumanas. O guarda, entretanto, não se compadeceu. O trabalho dele era manter os presos sob controle e zelar pela disciplina, e nenhuma cara triste iria desviar seu foco.

— Que nojo, saí daí logo, moleque do caralho! Sai! Sai! — Ele se afastou. Se ficasse com o rosto próximo da porta mais um pouco iria vomitar. — E veste as roupas, porra!

Sem dizer nada, Fernando vestiu-se com dificuldade e saiu do forno. O sol de final de tarde o cegou por um instante, mas ele pode respirar fundo o ar puro e sentir o vento em seu rosto, diferente da atmosfera viciada e fétida dos últimos dias. Jeremias, o chefe da guarda que o prendera, comentou com ironia:

— Você está horrível, sujeito. Nunca vi nada tão repugnante. Espero que tenha aprendido sua lição, pois não serei tão gentil da próxima vez. Entendeu? Ou será que quer mais uma semana lá dentro?

Fernando o olhou com ódio, mas decidiu usar o bom senso. Assim, ele baixou a cabeça negativamente, deixando claro que não seria necessário aplicar mais castigos.

— Agora estamos nos entendendo, frangote. Levem-no pra enfermaria e providenciem um uniforme pra ele. Amanhã cedo você começa a trabalhar. Isto aqui não é a merda de um hotel cinco estrelas não, ouviu? Some da minha frente, caralho! — Jeremias ordenou, ríspido.

Na enfermaria, Fernando foi medicado e teve sua cabeça raspada, ficando completamente careca. Por fim lhe entregaram um uniforme composto de camiseta branca e calça laranja e o conduziram ao refeitório, onde já começara o jantar.

— Você terá direito a café da manhã e jantar, graças à generosa contribuição dos impostos dos trabalhadores de Ilhabela. Faça por merecer. Nada de preguiça nem confusão. Sua cela será a número dez, da hora do toque de recolher até tocar a sirene de acordar. Esteja de pé no horário certo, porque nós fazemos chamada todos os dias. Caso contrário, sua residência será o forno durante um mês. Fui claro? — o guarda perguntou com frieza.

— Sim, senhor, muito claro — Fernando respondeu com simplicidade e amargura.

Ele olhou o refeitório imenso, onde vários homens comiam. Alguns o avaliavam, outros se perguntavam se ele estaria com alguma doença contagiosa, em virtude da péssima aparência e do mau cheiro.

Em silêncio ele atravessou o salão, serviu-se de um imenso prato de comida e sentou-se num canto, sozinho, comendo com desespero aquela comida insossa e quase fria, finalmente aplacando a fome de uma semana de privações.

Dois detentos o observavam, sentados do outro lado do salão. Eles pertenciam a uma facção que contava com mais de vinte homens e eram conhecidos por dominar presidiários mais fracos, transformando-os em sacos de pancada e, não raro, escravos sexuais.

— Carne fresca no pedaço. Esse rabo é meu, ninguém tasca — falou o homem de aparência indígena e braços cobertos de tatuagens, conhecido apenas por Índio.

— Tá, mas deixa alguma coisa para os amigos. Da última vez você matou o novato — o negro forte resmungou.

— Combinado — Índio garantiu, sem tirar os olhos de Fernando.

* * *

Fernando saiu do salão em silêncio e de cabeça baixa. Ele precisava urgentemente de um banho, e por isso perguntou a um guarda, que lhe disse que havia um banheiro coletivo. Obviamente não havia aquecimento ou chuveiro, apenas um cano do qual saía água gelada, mas que seria o suficiente para o rapaz se limpar. Foi informado que deveria ir depressa porque a fila era longa e o toque de recolher começaria em menos de uma hora. Quem não conseguisse tomar banho teria de esperar a noite seguinte.

Fernando rumou até o local indicado. Ele também recebera uma toalha velha junto com seu uniforme; seria com aquilo que ele precisaria se secar pelos próximos anos.

Ao chegar ao local indicado, ele se deparou com uma imensa fila, todos aguardando sua vez. O jovem arqueou as sobrancelhas, soltou um suspiro e esperou, tentando manter a calma. Mais homens foram chegando, entre eles Índio e seu amigo, que não tiravam os olhos dele.

O rapaz permanecia quieto, de braços cruzados, olhando os arredores de tempos em tempos. Foi quando avistou uma cara conhecida.

Tobias, o homem com o qual ele conversara no seu primeiro dia na prisão, estava saindo do banheiro. Ele vinha sem camisa, exibindo o corpo musculoso e coberto de tatuagens, além de uma antiga cicatriz, resultado de uma briga com facas. A toalha estava pendurada no ombro.

Ele parou por um instante, observou Fernando, olhou para Índio e o colega, e soltou um suspiro. Em seguida, aproximou-se de Fernando, que o cumprimentou:

— Boa noite, seu Tobias, como tem passado? — Fernando perguntou, educado. Porém, aquela ferocidade recém-adquirida se fazia presente em seu semblante o tempo todo.

— Você é burro mesmo, menino. Eu já te falei pra mudar de atitude. Você se comporta como se estivesse numa colônia de férias. Vai durar muito pouco neste lugar, moleque!

Fernando abriu mais os olhos diante do comentário, mas nada disse.

— Aqueles dois ali atrás estão de olho em você. É melhor ficar esperto — Tobias falou baixo, indicando os homens, que agora o encaravam também.

— O índio tatuado e o negão com cara de psicopata? Eu sei. — A naturalidade de Fernando foi tanta que Tobias franziu a testa. Em seguida, o adolescente se virou e encarou os dois. — E agora eles também sabem que eu sei. Muito obrigado pela sua colaboração.

— E não está preocupado? Eles vão te currar, moleque! Isso não é brincadeira não, te garanto! — Tobias murmurou, sério, como se tentasse colocar juízo na cabeça de Fernando. — Cansei de ouvir histórias. Ninguém mexe com eles, principalmente com o Índio. Ele é maluco!

Fernando fitou o homem a sua frente, que tinha idade para ser seu pai, e sorriu pela primeira vez em vários dias, ao perceber a preocupação genuína de Tobias.

— Por que tanto interesse? Você mal me conhece. Aposto que nem lembra o meu nome. — Fernando, curioso, media Tobias dos pés à cabeça.

— Você se chama Ivan. É bom que me escute: ninguém vai te ajudar. Se você entrar ali — Tobias apontou para a casa de banhos coletiva. — e eles te pegarem, é provável que os outros presos aproveitem a chance pra tirar uma casquinha. Já vi homens serem estuprados por dezenas de presos. Te garanto que não é uma cena bonita. Vá pra sua cela, é o melhor a se fazer.

— Discordo de você. Tem algo muito melhor pra se fazer num caso como esse — Fernando falou sério, muito sério, e instintivamente Tobias deu um leve passo para trás.

— Como assim? O que tem em mente?

— Vou resolver o problema. — Fernando pegou a toalha e a pendurou no pescoço do seu interlocutor, como se fossem amigos íntimos. — Segura isso para mim, volto em um minuto.

Em seguida, ele deu as costas a Tobias e caminhou decidido na direção de Índio e seu colega.

— Puta merda, esse moleque é maluco... — Tobias sussurrou.

Índio e seu amigo se entreolharam ao verem Fernando se aproximar. Eles pensaram que o rapaz desistira do banho, mas, para surpresa de ambos, ele parou diante deles, sério.

— O que foi, seu filho da puta, que diabos você... — o negro começou a vociferar, avaliando o adolescente.

Sem hesitar, Fernando desferiu um golpe rápido e potente no pomo de adão do homem, partindo a sua traqueia. De olhos arregalados, ele tentou dizer algo, mas a voz não saiu. Então, ele agarrou Fernando pela camisa com sua mão pesada, deixando claro que era muito forte.

Fernando agarrou o pulso do infeliz com a mão esquerda e desferiu um golpe de cotovelo em seu antebraço que causou uma fratura exposta. O oponente tentou gritar de novo, mas a voz falhou, e ele perdia o fôlego sem conseguir respirar.

— Que porra é essa? Seu filho da... — Mas Índio também não teve tempo de reagir: Fernando deu-lhe um chute certeiro nos testículos.

Ainda assim, Índio avançou contra Fernando, cego de dor e ódio, e levou as mãos à garganta do adolescente, que agarrou seus dois punhos e lhe deu uma cabeçada, fazendo com que ele revirasse os olhos e caísse de joelhos. A força do rapaz era descomunal, e ele parecia conseguir fazer uso de toda a potência dos músculos com esforço mínimo.

Fernando olhou para o homem atordoado, caído de joelhos, e observou os vários detentos que se aproximavam para apreciar a confusão. A fera que ele criara e alimentara desde a morte de Gabriela escapara da jaula, e ele não pretendia tornar a aprisioná-la.

O adolescente bateu com a palma da mão no nariz de Índio, esmagando a cartilagem e enfiando os ossos para dentro, fazendo o sangue jorrar e destruindo o rosto do presidiário, que caiu sentado, olhou para a frente, apático, e caiu para trás, imediatamente sofrendo violentas convulsões e espasmos devido ao dano cerebral sofrido.

Tobias se aproximou de olhos arregalados, vendo o homem estrebuchando no chão. Ao lado dele, o negro já estava morto.

— Puta merda, o que você fez, Ivan? Você enlouqueceu?!

— Sim, eu enlouqueci completamente. Perdi o juízo no dia em que mataram a mulher que eu amava. Isto não foi nada perto do que farei com quem se meter comigo de novo, Tobias. A boa notícia é que esses dois montes de merda não vão importunar mais ninguém, nunca mais — Fernando afirmou, sombrio, diante dos olhares de espanto de todos.

Um grupo de guardas armados chegou correndo, liderado por Jeremias. Quando se aproximaram, viram Ivan sujo de sangue e os dois detentos mais perigosos da prisão mortos.

— Que diabos você fez? — Jeremias perguntou, estupefato.

— Posso tomar banho antes de o senhor me mandar de volta pro forno?

— Como é que é? Tá falando sério? — Jeremias olhava para Fernando, bastante confuso.

— Sim, estou falando sério. Não pude tomar banho porque esses dois estavam me seguindo desde o refeitório. Não teve jeito. Ninguém levanta um dedo contra mim e vive pra contar vantagem — Fernando decretou. — O senhor me permite tomar banho? Por favor?

Jeremias analisou o rapaz, ainda inchado e sujo, e depois fitou os dois detentos que mais haviam lhe trazido problemas ao longo dos últimos anos, e deu de ombros.

— Três minutos de ducha, depois vai direto pro forno, entendeu? E vai ficar duas semanas lá desta vez!

Assentindo, Fernando pegou a toalha com um Tobias totalmente pasmo, e seguiu para os chuveiros. Os demais presidiários foram abrindo caminho conforme ele passava. O mais assustador de tudo era seu olhar; o rapaz ultrapassara um limiar perigoso.

— Dessa vez pode levar dois litros de água por dia pra ele — Jeremias falou, por fim. — E limpem essa sujeira! — Ordenou, apontando para os cadáveres.

\* \* \*

Foram duas semanas muito difíceis, mas Fernando suportou bem. Com mais água e o ânimo renovado após ter derrotado dois homens perigosos de uma só vez, ele atravessou aquele castigo com mais facilidade que o primeiro.

Tobias foi importante nesse período. Todo dia o homem levava alguma coisa para Fernando, que ele passava através das aberturas para ventilação existentes nas paredes do forno. Eram coisas mínimas, mas que ajudavam muito. No primeiro dia ele levou uma vela, uma caixa de fósforos, duas maçãs e cascas de limão.

— Queime a casca de limão com a vela para ajudar a espantar os pernilongos — Tobias explicou, quando ele perguntou. — Não aprendeu isso no treinamento militar?

— Não, só me ensinaram a matar gente e zumbis — Fernando sussurrou, comendo as maçãs com avidez. — É o que sei fazer de melhor. Como você sabe que recebi treinamento?

— Estava na cara. Você matou dois homens de mãos limpas sem dar chance de defesa. Eu nunca tinha visto nada parecido.

Tobias olhou os arredores. Um guarda já havia passado por ali, mas, pelo jeito, ele decidira ignorar aquela visita ao prisioneiro, e Fernando percebeu isso.

— Por que será que o guarda não veio te expulsar daqui? — Fernando questionou, acabando de vez com as maçãs.

— Todo mundo está impressionado com você. Aqueles dois eram muito odiados, e até os guardas devem gostar de você agora, e os presos não falam de outra coisa. — Tobias comentou, empolgado. — Algumas das coisas que trouxe foram enviadas por outros detentos.

— É isso que me preocupa. Em breve vão querer que eu faça favores pra se livrar de seus adversários, e não farei isso. Não sou matador de aluguel. Só fiz aquilo antes que aqueles dois me sacaneassem. Aliás, o que você pretende ganhar vindo aqui me ajudar?

— Não se preocupe, não vou te pedir nada. Mas eu conheço o sistema, garoto. Num lugar como este, ficar do lado mais forte tem muitas vantagens. E você foi eleito o novo fodão da cadeia, por isso é do seu lado que eu vou ficar. — Tobias esboçou um sorriso malandro.

— Pelo menos você é sincero. — Fernando se espantou com a cara de pau do seu interlocutor.

— Sempre, rapaz, sempre. Você pode ter certeza que eu só minto para a polícia — Tobias afirmou, sério. — Posso não ser a pessoa mais honesta do mundo, mas não sou mentiroso.

E assim as duas semanas passaram muito mais rapidamente do que os dias iniciais de castigo, e Fernando saiu do forno bem menos abatido do que da primeira vez.

— Posso contar com a sua colaboração pra que ninguém mais morra, moleque? — Jeremias olhava fixo para Fernando.

— Sim, senhor, pode — Fernando respondeu de imediato. — Sem novas mortes.

— Não sei por que, mas não consigo acreditar nisso. Conheço seu tipo, Ivan. Você é um maldito assassino por natureza. Aposto que tem muita gente apodrecendo por aí graças a você.

— Muito mais zumbis do que pessoas, senhor, isso eu posso garantir.

— Dá na mesma. Neste mundo de merda, tanto faz passar fogo em gente ou mortos-vivos. Só espero que você não me traga mais problemas, senão eu te tranco no forno até você morrer, como um animal enjaulado — Jeremias garantiu, com ferocidade.

Fernando foi liberado e juntou-se aos seus colegas.

\* \* \*

A adaptação do adolescente à rotina da cadeia foi fácil no que dizia respeito aos demais presos. Até mesmo os antigos aliados de Índio e seu colega não confiavam na dupla de pervertidos.

E Tobias tratou de apresentar o menino a seus colegas em seu primeiro dia no dormitório. Assim que ele chegou ao galpão decrépito no qual os presos se amontoavam, o homem o cercou com mais de dez companheiros, que o olhavam incrédulos e o enchiam de perguntas, sem acreditar que ele havia matado os outros dois detentos.

— Fui treinado durante anos. O estrago que consigo fazer com um fuzil é muito maior, acreditem. — Fernando cruzou os braços. — Já despachei pro inferno mais de duzentos zumbis; isso sem falar de alguns imbecis das forças de segurança de Ilhabela.

— Você já lutou com aqueles cuzões? — um detento chamado Bruno franziu a testa. —Só rebeldes e terroristas os enfrentam, e a maioria não sobrevive. Os filhos da puta são foda!

— Não foram foda o suficiente pra me enfrentar. Certa vez eu acabei com meia dúzia de uma só vez. — Fernando encarava seu interlocutor com seriedade.

No momento em que foi questionado sobre quando e onde aquilo acontecera, ele desconversou, lembrando-se dos conselhos de Artur.

— Prefiro não revelar onde aconteceu, mas tenham certeza que eles não me intimidam. Se um dia o Diabo me der oportunidade, irei até Ilhabela. Tenho uma dívida pra cobrar de algumas pessoas. Eles estão mortos, só não sabem ainda — Fernando falou de forma sinistra.

Os detentos se entreolharam e se voltaram para Tobias. Ele tinha razão, aquele adolescente não era comum. Havia algo de obscuro nele.

— Quem foi que eles mataram, moleque? Tanta raiva só pode ser morte de alguém querido — um outro preso, chamado Luiz, quis saber.

— Minha mãe biológica, minha mãe adotiva e minha namorada. Meu pai desapareceu; provavelmente também está morto. — A voz de Fernando chegou a falhar de tanto ódio. Ele só conseguia pensar em vingança. — Uma amiga minha, Sarah, também foi levada, e não sei o que aconteceu com ela. Ela é a menina com a pontaria mais espetacular que já conheci na vida. Se ela me encontrasse neste lugar, eu estaria fora deste inferno num instante.

O grupo de prisioneiros cochichou entre si, alguns meneando a cabeça em sinal de aprovação. Todos tinham histórias para contar quanto ao terror imposto por Ilhabela ao resto do país. Quem não sofrera nas mãos deles conhecia alguém que tinha sofrido. Não havia um único desafortunado no Brasil que não tivesse algum tipo de ressentimento contra eles.

— Você tem seus motivos, moleque, mas precisa manter o controle. Essa conversa de vingança pode te trazer problemas aqui. Sei que existe em Ilhabela uma ala inteira de pessoas que desafiaram os soldados e se ferrou. Alguns nem conseguem falar mais. Dizem que o Otávio fez experiências com eles, coisa com o cérebro, parada muito sinistra. Cola na gente e faz seu trabalho, e de repente você consegue sair daqui vivo.

— É, Ivan não se mete com o exército. Eles são foda, é impossível vencer. — Luiz complementou. — Cuida da sua vida, porque aqui o bicho pega. Se não trabalhar direito, o pau vai comer, e não poderemos te ajudar. Você começou todo errado, puxando duas solitárias e mandando dois vagabundos pra vala de uma vez. Pode apostar que o Jeremias tá de olho em você.

Fernando pesou bem as palavras de Luiz. Ele sabia que o detento mais velho tinha razão. Estava claro que a morte de um preso não era lamentada nem investigada por ali, e Jeremias certamente perderia a paciência se ele se envolvesse em confusão.

— Escuta o que eles estão falando, Ivan, larga mão de ser cabeça-dura, senão você vai rodar. — Tobias encarou o rapaz.

— Podem deixar, eu vou manter a calma. Não darei motivos pra ninguém acabar comigo, eu não tenho esse direito. Preciso continuar vivo pra um dia ir pra Ilhabela e poder torturar e matar meus inimigos.

Tobias revirou os olhos, impaciente, mas nada disse. O garoto era teimoso como uma mula.

* * *

E assim, Fernando passou a viver sua exaustiva rotina no corte de cana na Usina Moreno.

Munido de um facão e constantemente vigiado por guardas armados, Fernando acordava todo dia às cinco da manhã e, antes mesmo de o sol raiar, começava a labuta. Junto com um verdadeiro exército de detentos, ele cortava e limpava os pés de cana às centenas.

Eles usavam os uniformes da prisão e pesadas bonitas de couro, sem nenhum equipamento de segurança, e a fumaça negra e a fuligem causadas pelas queimadas da palha da cana faziam os olhos lacrimejar e causavam problemas respiratórios em várias pessoas.

Todo preso tinha de cortar no mínimo uma tonelada de cana por dia, mas era comum que cortassem muito mais. Ao final do primeiro dia, Fernando sentia tanta dor nos braços que mal conseguia se mexer. As mãos se encheram de bolhas, que em pouco tempo se transformaram em calos. Ele levaria meses para conseguir se adaptar àquela rotina tão pesada.

À noite, Fernando e seus colegas de dormitório retornavam para a usina, se banhavam, comiam e conversavam sobre a dureza do dia. De tempos em tempos, ouviam notícias sobre presos que morreram de febre amarela, dengue hemorrágica ou picada de cobra, mas logo novos detentos chegavam e o ciclo continuava, lento e implacável. Os presos trabalhavam como escravos, esperando pacientemente suas penas acabarem ou o alento da morte.

E Fernando, infelizmente, estava no segundo grupo, sendo um dos muitos detidos que, não tendo pena a cumprir, jamais seriam soltos. Sua única opção era esperar pela morte.

Ou talvez não.

* * *

— Não há nada que possamos fazer pra tirá-lo desse lugar? — Sarah se sentia aflita após ter ouvido o relato de Artur sobre as agruras da Usina Moreno.

— Por enquanto, não, Sarah. Mandá-lo pra lá era minha única alternativa. As ordens eram matar todos, e a usina é o único lugar para o qual se pode mandar um homem sem que ninguém faça perguntas, já que toda mão de obra escrava é sempre bem-vinda.

Sarah respirou fundo e passou as mãos na imensa cabeleira negra, pensando no garoto de olhos claros e tristes que ela um dia detestara e que, nos últimos momentos da comunidade na qual ela nascera, se mostrara um cavalheiro, bom e sensível.

Ela desejara de verdade a oportunidade de conhecê-lo melhor; era como ter descoberto que havia uma conexão poderosa entre os dois e, no instante seguinte, ter esse elo rompido. E agora ela sabia onde ele se encontrava. E tinha certeza de que Fernando estava sofrendo.

— Isso é inaceitável. Nós temos de tirar o Fernando daquele inferno. Essa é a minha condição. Irei sozinha se não me ajudarem, e nossos caminhos se separam a partir de agora.

A determinação de Sarah fez todos se entreolharem.

— Sarah, por favor seja razoável. A usina é fortemente protegida e está em uma região cercada de zumbis, a centenas de quilômetros daqui. — Artur suspirou. — O que você está pedindo é suicídio.

— Então me ajudem a tirá-lo de lá. Se ele continua o mesmo, garanto que será uma contribuição valiosa pra nós. Quando garoto ele já era um verdadeiro prodígio. Nem imagino como deve estar hoje. — O desejo de libertar o rapaz começava a se tornar insuportável.

Artur ponderou diante da determinação da jovem. A ideia de ter duas das pessoas mais perigosas e procuradas da história de Ilhabela no seu grupo já havia lhe ocorrido, e era tudo de que ele precisava. Mas o preço a pagar poderia ser altíssimo.

— Tudo bem, eu posso considerar essa hipótese, mas cobro pagamento antecipado.

— E qual seria o pagamento, Artur?

— Madame Bianca me contou que você disse ter uma pontaria perfeita, capaz de acertar qualquer alvo a centenas de metros de distância. Isso é verdade?

— Sim. Eu nunca erro o alvo. — Sarah afirmou, confiante. — Faz anos que não disparo, mas garanto que se me arrumarem um rifle e me derem condições pra treinar, eu volto aos meus bons tempos de franco-atiradora. Isso é o que eu faço de melhor, desde muito menina.

Artur olhou para Igor e fez um sinal. O homem se levantou, indo buscar algo. Em instantes ele trouxe uma sacola pesada, que abriu, e dela retirou uma arma impressionante. Era um rifle imenso, muito pesado e com uma grande mira telescópica. Ele tinha até mesmo dois suportes inferiores, para que pudesse ser apoiado para disparar. Era notável que o coice da arma era violentíssimo; se disparada incorretamente, poderia derrubar um homem adulto.

— Esse é o rifle L115A3, a arma de longa distância mais eficiente do mundo, capaz de abater alvos a mais de mil metros. Já usou um desses? — Artur quis saber.

Sarah, entretanto, olhava hipnotizada para aquela peça. Jamais vira nada como aquilo antes e, ao mesmo tempo, aquele rifle era-lhe estranhamente familiar. A moça sentia estar reencontrando um velho companheiro de batalha.

— Quem era a dona dessa arma? — Sarah perguntou, com um brilho no olhar.

— Como sabe que era uma mulher? — Artur arqueou as sobrancelhas.

— Sei lá, só me pareceu óbvio. — Sarah de fato não fazia ideia de onde tirara aquela informação, que carregava no seu subconsciente desde o nascimento.

— A arma diante de você pertenceu a ninguém menos que nossa grande fundadora, Estela. Ela o chamava de Doutrinador. Esse é o preço que cobro pra tentarmos libertar o Fernando, Sarah: faça o que for necessário pra ceifar seis vidas, e nós iremos te ajudar.

Sarah lançou um olhar enigmático para Artur, e ele não conseguia interpretar se ela estava avaliando aquela oferta ou se pretendia negá-la.

— Quem seriam essas pessoas? — Sarah perguntou por fim.

— Niuma, Jiani, Leonardo, Dênis e Marcela; além do próprio Otávio, é claro. Os cinco são os principais conselheiros do prefeito. Como sabemos que será necessário um milagre pra você conseguir atingir o Otávio, cuja segurança é impenetrável, queremos ao menos eliminar todos seus prováveis sucessores, que são ainda piores em termos de caráter. O ditador será a cereja do bolo que tentaremos conseguir.

— Acabando com o Otávio e toda a linha sucessória, já que o prefeito não tem filhos, esperamos garantir o fim do regime, que é a nossa meta final — Andréa explicou.

— Tenha certeza que ninguém decente e honesto sentirá falta desses cinco infelizes. São corruptos, cruéis e implacáveis. — Igor complementou.

— E quanto ao Otávio, não é preciso dizer que o país inteiro comemoraria sua morte como se fosse o novo Dia da Independência.

O olhar de Sarah percorreu os semblantes dos seus interlocutores, um a um, olhando por último para Madame Bianca, que lhe sorriu. No fundo, a cortesã sabia que a sua protegida já aceitara a proposta; ela só estava pesando todas as dificuldades envolvidas.

— E como é a segurança ao redor deles?

— Intensa e bastante profissional. Eles são pessoas neuróticas e cientes da quantidade de inimigos que reuniram, e por isso todo o primeiro escalão do governo do Otávio é extremamente precavido nesse aspecto. Eles quase nunca aparecem em ocasiões públicas, sobretudo ao ar livre, e suas agendas jamais são divulgadas. Por isso é impossível saber onde eles vão estar. — Artur fez um esgar. — Se fosse algo fácil, nós já teríamos resolvido a situação.

A garota refletiu sobre aquela missão por instantes. Estava resolvida a tirar Fernando daquela prisão, mas as condições impostas demandariam tempo. Mas ela não via alternativa. O rapaz teria de esperar e aguentar firme.

— Tudo bem, eu aceito. Mas tenho de me infiltrar na estrutura de alguma forma. Podem se passar anos se ficarmos do lado de fora esperando por uma oportunidade.

Ao ouvir aquilo, todos sorriram.

Madame Bianca, orgulhosa da coragem da garota, disse:

— Por isso insisti que você aprendesse a se comportar, querida. Pra atingir em cheio os poderosos de Ilhabela é necessário circular entre eles sem despertar suspeitas. Com a sua beleza e educação, ninguém conseguirá enxergar a assassina que habita em seu íntimo.

Sarah sorriu para a madrinha.

— Vocês conseguem me colocar lá dentro? — Sarah encarava Artur. — É possível?

— Ainda não, mas vamos achar um jeito, ainda que demore. E, depois que você estiver no covil do lobo, ainda assim será necessário conquistar a confiança das pessoas até ter acesso às informações de que precisamos. Mas eu tenho certeza de que acharemos um meio — Artur garantiu, confiante.

— Então eu aceito. Mãos à obra!

# CAPÍTULO 9
# A CIDADE DAS ABERRAÇÕES

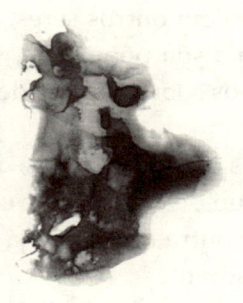

**SETE ANOS SE PASSARAM SEM QUE** nenhum ser humano se aproximasse do Congresso Nacional, em Brasília. A última vez fora no duelo entre a horda de aberrações e o grupo composto por Sílvio, Nívea, Sarah e Fernando. Sem quem os aniquilasse, o bando de seres crescia sem parar; monstruosidades de várias partes do país começaram a confluir para aquela direção, como que atraídas por uma força especial. Primeiro às centenas e, com o passar dos anos, aos milhares.

Teve início, então, a formação de uma sociedade primitiva. Eles não dominavam a fala, mas tinham vagas lembranças dos tempos em que eram humanos e, assim, alguns indivíduos caçavam animais para alimentar o grupo, outros vigiavam os arredores, e a maioria vagava por Brasília, relativamente calma devido à total ausência de pessoas.

Ao longo dos anos, passaram a aprender a manusear objetos simples, como machados, facões e porretes, como crianças que começavam a desbravar o mundo. Mas, predadores por natureza, tudo o que aprendiam parecia convergir para apenas uma coisa: matar.

Um dos seres, que estivera na cidade de São Paulo anos antes, nas instalações do exército, se destacava entre os demais. A criatura, naqueles tempos conhecida por indivíduo número 1, servira de cobaia para o doutor Oscar, pesquisador que dedicara seus últimos dias de vida a entender os zumbis e que viria a ser um dos melhores amigos e também uma das maiores decepções de Mariana Fernandes, a inseparável amiga de Isabel, que com ela empreendera a dramática fuga de Ilhabela quando Uriel tomou o poder.

O ser fora libertado das mãos do doutor Oscar por Jezebel, a Senhora dos Mortos, e com o passar dos anos se transformou em uma imensa, poderosa e praticamente invencível aberração que ela batizara de Lúcifer. Dela ele recebera a missão de se reproduzir com outros seres, contaminando outros humanos, aumentando assim a sua população, vingança por ela planejada para caso seu embate com os sobreviventes de Ilhabela fosse sua sentença de morte.

E então Lúcifer, que tinha longos e ralos cabelos brancos, diferentemente dos demais, reuniu inúmeros indivíduos, e era como se cada nova criatura que surgia ao ser contaminada por outra aberração já nascesse sabendo que precisavam passar a maldição adiante.

O surgimento de Sílvio e seu pequeno grupo de combatentes, que matou um punhado daqueles seres e feriu vários outros, só fez aumentar essa convicção. Lúcifer, apesar dos seus instintos primitivos, continuaria a obra de sua mãe e erradicaria a humanidade da face da Terra. Mesmo com suas limitações de raciocínio, ele sabia que uma aberração sozinha era capaz de contaminar — ou matar — dezenas de pessoas.

Por esse motivo, quando sua horda chegou a mais de três mil aberrações e berserkers, algo impensável e terrível, ele seguiu seus instintos. Um dia a criatura simplesmente soltou um urro de guerra, gutural e intraduzível, e com esse pequeno gesto comunicou a todos que era hora de partir. Milhares de seres gritaram em resposta e puseram-se a marchar, deixando para trás primeiramente o Congresso Nacional, depois o Eixo Monumental e finalmente Brasília.

Lúcifer não sabia o nome do lugar, mas tinha uma lembrança muito clara da direção a seguir. Seus instintos o levariam para o local certo. Caminhando com passos decididos, armados de clavas rústicas, pedaços de aço e armas rudimentares de diversos tamanhos e tipos, a mais poderosa e letal horda de criaturas que o mundo jamais conhecera rumou para onde tudo começara para Lúcifer.

Ao longo do caminho, vários outros seres, inclusive zumbis convencionais, passariam a seguir o bando, que podia não ser tão grande, mas tinha o diferencial de ser composto pelos seres mais fortes e perigosos que vagavam pela Terra.

Aquela horda marchava para São Paulo.

LIVRO III

# MATURIDADE

# CAPÍTULO 1
# SEIS VIDAS

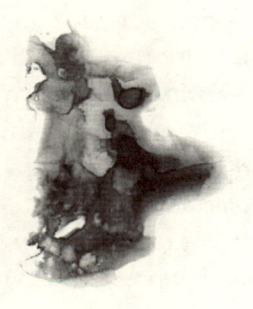

*Três anos depois...*

**NIUMA CAMINHAVA APRESSADAMENTE** pelos corredores do complexo de segurança de Ilhabela, aonde trabalhava. Conselheira de Otávio, era responsável por toda a área de Transportes, o que significava garantir o fornecimento de combustível, manutenção dos veículos — sobretudo os de combate — transporte público etc.

Sua equipe era formada por centenas de indivíduos, entre mecânicos, técnicos, supervisores e gerentes, que viviam sob constante pressão. Algumas pessoas acabavam surtando. Um dos seus funcionários mais antigos certa vez enfartou dentro do prédio após uma longa e desproporcional repreensão. Ela parecia se divertir ao massacrar seus subordinados, e quando ela passava, do alto de seu metro e noventa de altura, ninguém se atrevia a encará-la.

No entanto, ela era apenas sorrisos e delicadeza quando estava com Otávio, que a adorava. Havia quem acreditasse que ele tinha uma queda por ela e que gostaria que ela fosse a futura prefeita, quando ele deixasse o cargo. Niuma se aproveitava disso ao máximo.

Depois de um longo dia de trabalho, Niuma decidira que estava na hora de ir para casa. Reuniu alguns papéis que pretendia estudar antes de dormir, já que no dia seguinte, pela manhã, teria uma reunião com Otávio, e pretendia apresentar alguns resultados para o chefe.

A mulher se encontrou com os sete soldados à paisana, todos armados, que lhe serviam de segurança, e juntos seguiram em frente até a garagem, no subsolo. Um dos soldados subiu numa moto, outros quatro entraram num sedã preto, e Niuma e os outros dois adentraram uma SUV preta — ambos os veículos eram blindados. Embora o prédio contasse com detectores de metais e aparelhos de raio X para controlar o acesso e evitar a entrada de armas não autorizadas, nenhum conselheiro deixava os corredores em direção à garagem desacompanhados

Niuma se acomodou no banco de trás e passou a folhear seus papéis. Sem demora, o comboio se colocou em movimento. Como a garagem era um pouco escura e o carro contava com películas pretas nos vidros, ela acendeu a luz de leitura para enxergar melhor.

Os veículos saíam do prédio e ganhavam a rua quando o sol iluminou o interior da SUV. Estavam em horário de verão e o sol ainda não se pusera, apesar de ser quase sete da noite.

Niuma fez uma careta quando a claridade atingiu seu rosto. Ela preferia trabalhar até tarde da noite, mas uma dor de cabeça a fez sair mais cedo naquele dia.

Niuma percebeu que algo se mexia bem adiante, no encosto do banco da frente. Ela apurou a visão para enxergar melhor. E arregalou os olhos. Uma barata imensa, em tons amarronzados, caminhava tranquila no banco do motorista, que dirigia alheio ao inseto.

Niuma ficou sem voz. Seu nojo de baratas beirava à psicose. A mulher fez menção de mudar de lugar antes de ordenar que matassem aquele ser abominável, mas, ao pisar do outro lado da cabine, ela ouviu um barulho estranho, de algo estalando.

Foi então que ela percebeu que dezenas de baratas caminhavam pelo assoalho, confusas, apavoradas. Duas delas já começavam a escalar pelas pernas da mulher que, desesperada, tentou coloca-las para cima do banco. O motorista freou imediatamente, o que fez todo o comboio parar na rua em frente ao complexo.

— O que houve, senhora? — O homem sacou a pistola do coldre.

— Baratas! Baratas! Preciso sair daqui! — Niuma estava histérica.

Toda a sua agitação fez as baratas se irritarem ainda mais, e várias delas começaram a subir no banco, na direção dela.

— Calma, nós vamos voltar, iremos resolver...

Mas era tarde demais. Ao sentir mais baratas subindo nas suas pernas, Niuma destravou a porta e saltou do veículo, pulando na calçada em uma tentativa de espantar os insetos.

Os seguranças desciam dos veículos correndo, para ajudá-la e protegê-la.

Foi nesse momento que Niuma olhou para a frente, talvez para ver um veículo ou encarar algum dos pedestres que paravam, curiosos. E então, sua cabeça explodiu.

Um projétil de alta potência, disparado por um poderoso fuzil de longo alcance, entrou pela sua testa, pulverizou seu cérebro e atravessou a parte de trás do crânio, despedaçando-o.

A mulher despencou fulminada para trás, lavando a calçada com sangue e miolos, diante dos olhares atônitos dos seus seguranças. A última barata, vitoriosa, caminhava tranquilamente sobre o seu cadáver, enquanto os primeiros berros dos transeuntes subiam nas alturas.

\* \* \*

Jiani bebericava uma taça de vinho em sua casa, um imóvel bastante amplo próximo da região central de Ilhabela. Havia duas horas que deixara o escritório, e relaxava antes de um evento.

Ela era a conselheira responsável pela área da Saúde de Ilhabela. Tratava-se de uma mulher de meia-idade que já exercera o cargo de vereadora diversas vezes, até finalmente se tornar uma das assessoras mais influentes de Otávio.

Entretanto, seu nome passou a ser associado a diversos escândalos de corrupção, em grande parte referente ao desvio de dinheiro público. Otávio controlava todos os órgãos de imprensa, o que impedia que os episódios ganhassem muita visibilidade. Mas não havia dúvida, para os cidadãos, quanto à falta de honestidade de Jiani em uma área tão carente em Ilhabela.

Jiani acendeu um cigarro para acompanhar a bebida, e apanhou um velho volume de um livro policial que vinha lendo. Era possível ouvir sirenes de carros de polícia e ambulâncias, mas ela não chegou a se preocupar, atribuindo os barulhos a algum acidente.

Naquele instante, entretanto, alguém bateu à porta, apressado. Como morava sozinha, ela concluiu que só podia ser um dos seus seguranças. E isso significava problemas. Ela ordenou que entrassem, e então um dos soldados entrou, enquanto outro permaneceu à soleira. Ambos armados.

— O que está acontecendo? — Ela franziu a testa.

— Há relatos de ataques a membros da prefeitura. Vamos reforçar a segurança, e seria melhor que a senhora não saísse hoje a noite.

— Como assim? Tenho um jantar com um grupo de empresários, não posso faltar! Mandem mais soldados pra me escoltar, é simples!

— Senhora, é mais complicado do que isso. Trata-se de algum tipo de ação coordenada, não podemos arriscar. As notícias estão muito desencontradas, mas já se fala em dois mortos do alto escalão — o guarda-costas explicou. — Está sendo veiculado na rádio sem parar.

— Calma aí, deixe-me ver. — Inconformada, Jiani atravessou a sala e alcançou o aparelho de som, que permanecia sempre sintonizado na única rádio da cidade. — Espero que essa palhaçada seja séria. Se eu descobrir que alguém está me... — Ela apertou o botão de ligar, e o aparelho explodiu com violência.

Uma bola de fogo engoliu a sala inteira, destruindo boa parte dos móveis e incendiando cortinas, estofados e carpetes. Todas as janelas se despedaçaram, arremessando cacos de vidro na garagem e no quintal da propriedade.

Jiani e os dois guarda-costas morreram na hora.

\* \* \*

Trinta minutos antes da explosão na casa de Jiani e apenas uma hora depois do assassinato de Niuma, o conselheiro Leonardo, responsável pela área da Defesa, encontrava-se em um pequeno apartamento que mantinha num prédio situado em um bairro afastado da cidade.

Leonardo era casado e pai de cinco filhos, um deles com apenas dois anos de idade, e morava com sua família num imóvel de luxo numa das praias mais badaladas da ilha. Seu casamento parecia perfeito, e ele e a esposa estavam sempre posando para fotos com as crianças em eventos sociais, ostentando seu poder econômico.

Mas a realidade era outra. Leonardo era viciado em sexo. Seus relacionamentos extraconjugais lhe renderam um número incalculável de doenças venéreas e brigas com a mulher, que já o colocara para fora de casa diversas vezes. Porém, ele sempre usava seu charme e sua lábia para conseguir voltar, fazendo juras de fidelidade e arrependimento.

Sua determinação em se manter fiel, entretanto, durava pouco, e ele logo voltava à ativa. E, por isso, mantinha aquele apartamento em segredo. Ninguém sabia da existência daquele lugar. Ou melhor: ninguém além de seus seguranças, suas muitas amantes e prostitutas.

O homem estacionara o carro na garagem do prédio, conferindo no retrovisor sua escolta de seguranças parada no meio-fio em frente. Em seguida, ele subira dois lances de escada, chegando ao apartamento que, embora pequeno, era bem-arrumado e confortável.

Leonardo jogou o casaco numa poltrona e foi até o banheiro. Lá chegando, foi pegar uma toalha dentro do móvel sob a pia, mas, ao tentar abrir a porta, a chave não funcionou.

— Que merda! Essa porcaria emperrou? — Resmungou, irritado.

Leonardo deu alguns murros na porta, frustrado. Mas não tinha jeito, a chave não girava de forma alguma.

— Foda-se. Deixa pra depois. — Ele pegou uma cerveja na cozinha e foi para sala. Sua acompanhante em breve chegaria. Passado algum tempo, um segurança chamou-o pelo rádio.

— Senhor, ela está aqui. Nós já verificamos, ela está limpa.

— Certo, obrigado — ele respondeu, seco.

— Entretanto, senhor, ouvimos notícias de um possível atentando contra a conselheira Niuma. Seria aconselhável cancelar seu compromisso de hoje e partirmos imediatamente.

— Atentado contra a Niuma? Ela está bem?

— Senhor, ao que parece a conselheira morreu. Mas as informações são extraoficiais, nós estamos tentando apurar.

Leonardo refletiu por um instante, surpreso. No entanto, ele era viciado demais para conseguir ir embora. Seu nível de ansiedade estava altíssimo.

Além do mais, ele detestava Niuma e a considerava um empecilho para as suas aspirações políticas. Aquela era uma ótima notícia. A vaca loira não faria falta alguma.

— Serei breve. Daqui a pouco eu desço, entenderam? — Leonardo falou, áspero. — Mande a moça pra cá imediatamente.

— Sim, senhor — o soldado respondeu contrariado. — Ela já está subindo.

Leonardo desligou o rádio e sorriu. Finalmente iria começar.

Em instantes, a campainha tocou, e ele abriu a porta rapidamente, para ver surgir uma jovem de cabelos loiros encaracolados, vestido justo e corpo insinuante, com olhar manhoso.

— Leonardo? Eu sou Natasha.

— Uau, você é um sonho! Madame Bianca caprichou desta vez. — Leonardo quase babava. — Entre, Natasha, fique à vontade.

Ela passou por ele requebrando, e Leonardo admirou a bela mulher que deveria ter no máximo vinte anos. Seus olhos correram pelas costas esguias, as nádegas firmes e as pernas grossas, ressaltadas pelo salto alto.

— Você se incomoda se eu for ao banheiro antes? — Natasha sorriu, exibindo dentes brancos e perfeitos, emoldurados por uma boca carnuda pintada com batom vermelho.

— Claro que não, meu amor. — Leonardo se aproximou, passando a mão pelo rosto da moça e descendo, acariciando seus seios firmes. — Mas não demore. Estou louco pra conferir o que tem debaixo desse vestido. — Ele lhe ofereceu a garrafa. — Tome um gole para relaxar.

A moça piscou um olho e deu um longo gole na bebida, devolvendo-a para ele.

— Não se preocupe, você vai adorar cada minuto. — Sorrindo, ela o deixava acariciar seus seios à vontade.

— Então vai, gostosa. Vai, que eu estou esperando.

A jovem entrou no banheiro, levando a minúscula bolsa de mão que fora revistada pelos seguranças. Ali dentro, entretanto, seu sorriso morreu, enojada por aquele homem repugnante. Nunca ninguém a tocara daquele jeito; mas fora necessário.

Sem demora, ela apanhou da bolsa um chaveiro e um lenço, para evitar impressões digitais, e com uma das chaves abriu o pequeno armário de madeira sob a pia. De lá, retirou uma bolsa de porte médio, de onde pegou um par de luvas, que calçou. Em seguida, começou a tirar as peças de um fuzil, que fora desmontado para caber ali.

Ela montou a arma com habilidade impressionante, encaixando por último um silenciador e um municiador de trinta projéteis. Por fim, a jovem arrancou a peruca loira, deixando surgir um imenso rabo de cavalo negro, que descia até a sua cintura.

— É isso aí, querido, prepare-se para a sua surpresa — Sarah murmurou, e então destravou o fuzil e saiu do banheiro com a arma em punho.

— Oi, gostosa, você demo... — Mas Leonardo se deteve ao vê-la com aparência diferente e armada. — Mas que diabos você está...

Sarah deu dois tiros no coração do homem, que a encarou com perplexidade, caindo de joelhos. Quando ele fez menção de abrir a boca, Sarah deu-lhe um tiro certeiro na testa, matando-o de imediato. O cadáver despencou, inerte, em uma poça de sangue.

Sarah caminhou até a janela e observou os seguranças sentados tranquilos dentro do sedã preto, sem imaginar a gravidade do que acontecera dentro do prédio naquele momento.

Como nenhum deles vigiava a janela da qual ela os observava, Sarah decidiu que era o momento certo de agir. Aquele era o ponto fraco do plano. A garota sabia que só conseguiria sair daquele prédio usando a força bruta. Os homens tinham visto seu rosto, e a peruca loira era apenas uma pequena distração. Eles conseguiriam identifica-la, e por isso tinham que morrer.

Ela buscou mais um pente de balas na bolsa e o colocou na mesa debaixo da janela. Respirando fundo, ela abriu a vidraça e apontou o fuzil para o vidro do carro, que ela sabia que não era blindado — eis por que ela optara por aquele plano — e disparou à vontade.

O para-brisa se despedaçou, crivando de balas o motorista e o outro segurança no banco da frente, que estrebucharam ao serem alvejados diversas vezes.

— Puta merda, o que é isso? — gritou um deles, no banco de trás.

— Que porra é... — Seu companheiro foi interrompido pelos vários disparos que atravessaram o teto.

O primeiro foi atingido na cabeça, e sofreu perfurações nos ombros e no estômago. O segundo abriu a porta do carro, desesperado, sem saber de onde vinham os disparos.

Quando ele se jogou na calçada, olhando os arredores, um projétil atravessou sua nuca, e depois mais três tiros atingiram suas costas. O homem se estatelou com o rosto contra o solo.

Sarah conferiu o estrago. Como ninguém se mexia, ela recolocou a peruca loira, juntou suas coisas e saiu decidida do apartamento, deixando o cadáver de Leonardo fechado lá dentro.

Ao passar pelos quatro homens baleados, ela ainda desferiu um tiro de misericórdia no último deles, bem na cabeça. Sem demora, correu até o carro que deixara estacionado ali perto e partiu em alta velocidade, sem olhar para trás.

* * *

Dênis e Marcela deixaram o escritório por volta das dezoito horas, como de costume. Os dois seguiam para suas respectivas casas no mesmo carro e, por isso, utilizavam a mesma equipe de segurança, composta por oito homens fortemente armados distribuídos em dois veículos.

Eles fizeram sua encenação diária da mesma forma de sempre, dando as derradeiras ordens para seus subordinados, fazendo os últimos despachos e depois se encontrando perto da garagem, onde seus guarda-costas os esperavam.

— Boa tarde, Marcela, como estão as novidades da pasta da Educação?

— Boa tarde, Dênis. O mesmo de sempre: reivindicações de professores, reclamações de alunos e pais. Sinceramente essas pessoas deviam cuidar das próprias vidas — Marcela respondeu, amarga. Ela detestava cuidar daquela área da prefeitura, mas era um mal necessário, sobretudo para suas ambições políticas. — E o Conselho de Justiça, muita dor de cabeça?

— Sim, como sempre. Opositores, conspiradores, bandidos de toda espécie pra combater. Nosso trabalho não acaba nunca. As pessoas parecem se recusar a aceitar a nova ordem administrativa. Se não ficarmos de olho nesses indivíduos, uma hora dessas iremos ter de lidar com uma rebelião. — Dênis fez uma careta.

Marcela acenou com a cabeça afirmativamente.

Após serem autorizados pelos seguranças, os dois entraram no sedã de luxo de Dênis, muito confortável, e partiram do complexo, com um veículo repleto de soldados à frente e outro atrás. Todos que viam aquela cena acreditavam que eles chegavam e partiam juntos por serem vizinhos, o que economizaria dinheiro dos cofres públicos. Mas a verdade era outra.

Quando o carro de Dênis, que utilizava uma película extremamente escura que impedia ver seu interior, parou num semáforo, ele e Marcela se beijaram com paixão.

— Dá tempo pra uma escapadinha? Sua mulher não vai desconfiar? — Marcela quis saber, louca de desejo, apertando com firmeza o pênis ereto de Dênis.

— Ela está estudando hoje, e as crianças estão com minha sogra. Tenho a noite livre — ele sussurrou na orelha dela e conferiu se o semáforo ainda estava fechado. — E você?

— Meu marido viajou, e só volta amanhã. Mesmo lugar de sempre?

— Sim! — Dênis a olhava com lascívia.

Ele acelerou em direção a um motel que eles costumavam frequentar desde que começaram aquele relacionamento. Os guarda-costas sabiam de tudo, assim como muitas pessoas que trabalhavam no complexo, mas ninguém se atrevia a se colocar no caminho de dois dos mais poderosos e influentes conselheiros de Otávio.

Ao chegar ao hotel, o casal de amantes subiu as escadas às pressas. Dois seguranças se deslocaram até a entrada do quarto, por precaução, como sempre faziam.

Lá dentro, Marcela arrancou a roupa e se lançou na cama, sobre Dênis, que abriu suas pernas e a penetrou com violência, sem direito a preliminares. Marcela gritou de dor e prazer, enquanto ele arremetia com selvageria.

Dênis segurava os pulsos dela com firmeza, mantendo-a presa e submissa, entrando e saindo sem parar, até que ambos explodiram em um poderoso orgasmo. Aquela era a natureza do relacionamento deles: sexo selvagem e violento, sem espaço para romantismo.

Ele caiu de costas na cama, arfando, com Marcela descabelada ao seu lado, ainda sentindo as ondas de calor após atingir o clímax.

— Você é muito gostosa! Por mim, faríamos isso toda noite. — ele acendeu um cigarro.

— Por mim também. Meu marido não me deixa louca assim. Mas preciso manter as aparências se quero ser prefeita. — ela tomava fôlego. — Temos que nos contentar com isso.

Dênis deu de ombros. Para ele aquele arranjo era perfeito; ele não nutria sentimentos por Marcela, só achava a conselheira um verdadeiro tesão. Não queria que nada mudasse.

— O problema é que com a Niuma no caminho as nossas chances são quase nulas.

— Ela não passa de uma vadia que chupou o pau dos superiores pra subir na vida. — Marcela fez uma careta. — Dizem que até o Uriel cansou de foder com aquela loira falsificada.

Dênis franziu a testa. Ele não gostava de Niuma e de nenhum dos outros membros do conselho. Mas a pessoa em quem ele menos confiava era justamente sua amante, Marcela. Dênis sabia que aquela mulher era capaz de matar as próprias crias para salvar o pescoço e conseguir o que queria. Mas ela era um furacão na cama, e isso fazia a convivência valer a pena.

Os dois permaneceram mais três horas no quarto, fazendo sexo e falando sobre amenidades do dia a dia, aproveitando o tempo livre. Sua intenção era ficar ali até madrugada, mas batidas urgentes na porta os sobressaltaram.

— Quem veio aqui encher o saco? — Dênis dera ordens muito claras para seus guarda-costas para que ninguém os incomodasse. Sem mencionar o fato de que ameaçara mandar para a Usina Moreno aquele que se atrevesse a falar do caso que mantinha com Marcela.

Dênis andou rápido até a porta e a abriu, e se surpreendeu ao ver todos os seguranças, seus e de Marcela, parados com expressão de preocupação.

— Senhor, precisamos partir agora mesmo — o chefe da segurança falou em tom grave. — Recebemos informações de que os conselheiros Niuma, Jiani e Leonardo foram brutalmente assassinados nas últimas horas. Temos de levá-los neste instante para um lugar seguro.

— Puta merda, estamos saindo! Nos deem cinco minutos! — Dênis bateu a porta na cara dos guarda-costas. — Marcela, se veste, rápido!

— Como assim, o que houve? — Ela apanhou a calcinha caída no chão.

Dênis deu uma breve explicação da situação, enquanto se vestia às pressas.

— Quer dizer que a puta loira foi pra vala? Bem feito pra aquela vadia! — Marcela riu.

— Sério que você está contente? Nós somos os próximos! — Dênis a encarou, perplexo.

— É claro que estou contente, isso merece uma comemoração! — Marcela falou, exultante. — Nossos caminhos estão abertos, são três concorrentes a menos, meu amor! O Mauro não é um político, ele não entende nada de articulações e muito menos de gestão. Pra mim, o Otávio nunca o apoiaria pra porcaria nenhuma. Eu serei a próxima prefeita!

Dênis confirmou. Como alguém podia comemorar uma coisa daquelas, ainda mais sabendo que eles estavam em perigo?

— Anda logo, Marcela, temos de voltar pro complexo. O Otávio e o Mauro já devem estar lá, junto com todos os líderes da segurança. Aquele é o lugar mais seguro pra se ficar por ora, a segurança decerto foi toda reforçada. — Dênis calçou os sapatos.

Marcela se apressou, acabando de se arrumar. Em minutos eles pagaram a conta do motel e partiram, acompanhados dos dois carros repletos de seguranças, que agora se encontravam em alerta máximo. Dentro do veículo, Marcela continuava agindo como uma criança feliz que recebera a melhor notícia do mundo.

— Eu vou ser a segunda pessoa na linha de comando a partir de amanhã, com certeza!

— Para com isso! Você está me irritando! Não vê que estamos sob ataque?

— Larga mão de ser covarde, Dênis, que merda! Para de se lamentar e vamos aproveitar essa oportunidade. A prefeitura de Ilhabela praticamente caiu no meu colo!

— Isso quando o Otávio morrer ou decidir sair. Ou está esquecendo que nós ainda temos um prefeito? — Dênis perguntou, sarcástico.

— É muito mais fácil se livrar de um prefeito. O difícil era tirar aquele povo todo da fila, mas fizeram esse favor pra nós. — Marcela lamentou não ter uma garrafa de champanhe para celebrar, mas sabia que não deveria chegar embriagada ao complexo, devido às circunstâncias.

Em dez minutos eles chegariam ao complexo. O problema era o trânsito, comum naquele horário. Num determinado momento, o sinal vermelho obrigou os três veículos a parar. Na rua perpendicular, um caminhão de lixo estava parado com o pisca alerta ligado.

Quando o semáforo abriu, o veículo da frente acelerou, sendo seguido por Dênis. Foi quando o inesperado aconteceu.

O caminhão de lixo arrancou, sem aviso prévio, furando o sinal vermelho e atingindo o carro da frente, repleto de guarda-costas. Com a violência do impacto, a suv preta capotou e foi empurrada pela avenida. Dênis freou bruscamente, assim como o automóvel de trás. Se tivesse demorado um pouco mais, o conselheiro teria batido contra a lateral do caminhão.

Atrás do caminhão de lixo vinha uma van branca com porta de correr. Quando o caminhão acabou de atravessar o cruzamento, empurrando a SUV destruída, a van parou, fechando a passagem de Dênis. Os seguranças, percebendo que aquilo era uma armadilha, começaram a descer do veículo de trás com armas em punho.

A porta da van se escancarou, revelando uma metralhadora de .50 milímetros dentro do veículo, instalada sobre uma base de aço aparafusada no assoalho. Uma longa cinta de projéteis se achava conectada à sua lateral, e, atrás da arma, uma mulher de imensos cabelos negros presos num rabo de cavalo os encarava. Ela tinha um lenço amarrado sobre o rosto, cobrindo a boca e o nariz, deixando apenas os olhos à mostra.

Marcela gritou diante daquela cena surreal. Por impulso, Dênis engatou a ré, mas a SUV de seus seguranças estava logo atrás dele. O veículo que deveria servir de cobertura, naquele momento, estava justamente impedindo-o de fugir.

A mulher da van nada disse, não fez nenhum tipo de gesto ou ameaça. Ela apontou a arma para o grupo de seguranças, que vinha em formação de ataque, e disparou.

A arma de grosso calibre, capaz de atravessar a blindagem de um carro-forte ou um colete à prova de balas, despedaçou os atacantes em segundos. Cada tiro abria rombos do tamanho de uma laranja numa pessoa, e o som dos disparos, um tanto abafado, era intimidante.

As balas abriram caminho pelo grupo de guarda-costas, arrancando-lhes os membros e fazendo suas vísceras se esparramarem pelo chão, partindo seus ossos.

Marcela e Dênis se entreolharam, seus semblantes estampando absoluto terror.

Os tiros deixaram um verdadeiro rastro de buracos no asfalto. Em questão de segundos os faróis foram despedaçados e os pneus furados. O motor foi triturado e suas peças voavam pelo ar. O para-brisa foi reduzido a estilhaços. Tiros perfuraram os corpos de Dênis e Marcela, que vomitaram sangue, e as balas chegaram até mesmo a atingir a SUV de trás.

Igor saiu do caminhão de lixo, usando uma máscara, e pulou para dentro da van, junto com Sarah, que acabara de executar seis pessoas em questão de segundos. Andréa dirigia a van, que arrancou em alta velocidade, deixando para trás testemunhas perplexas diante da chacina.

— Não posso acreditar nisso! — Otávio estava no hospital em que todos os cadáveres daquele dia se encontravam. Seus cinco conselheiros estavam cobertos por lençóis brancos encharcados de sangue. O corpo de Jiani, carbonizado, ainda soltava fumaça. Doze corpos de guarda-costas também repousavam, E duas vítimas do desastre de carro estavam internados em estado grave.

— Dezessete mortos num intervalo de duas horas. A última vez que isso aconteceu foi quando a terrorista infantil matou os soldados na balsa — Mauro comentou. — Mas ela morreu.

— Será mesmo que morreu? Vocês não foram capazes de achar o corpo dela, Mauro, pensa que eu esqueci? — Otávio falou, com os nervos à flor da pele.

Mauro deu de ombros; ele também estava sob grande estresse, e não iria se incomodar com as alfinetadas de Otávio.

O prefeito foi até o corpo de Marcela, cujo lençol estava tão encharcado de sangue que praticamente mudara de cor. Com cuidado ele ergueu o pano e olhou para o que sobrara dela.

O estado de Marcela era deplorável. Faltava um braço, um quarto da cabeça tinha sido pulverizada, e ela apresentava buracos do tamanho de maçãs no tórax e nos ombros. Seu abdômen se rompera, e parte de suas vísceras estavam espalhadas na mesa.

— Que tipo de monstro faria uma coisa dessas? — Otávio.

— O tipo que está com muita raiva. — Mauro também fitava o cadáver semidestruído. — Posso mandar colocar o exército nas ruas? Nós agora realmente temos um grupo terrorista com que lidar. — Ele achou irônico que dessa vez a notícia fosse real.

— Sim, pode. Estou decretando Estado de Sítio, e quero que esses desgraçados sejam encontrados. Os demais conselheiros estão em segurança?

— Sim, estão todos seguros, conforme o senhor pediu.

E então ouviu-se uma explosão do lado de fora do prédio, e ambos viram um clarão pela janela do hospital. Otávio se aproximou da vidraça para checar o que estava acontecendo, e nesse momento Mauro entendeu tudo. Ele gritou e se jogou contra o chefe, derrubando-o contra o chão uma fração de segundo antes de um tiro atravessar a janela e estilhaçar o vidro. Se Mauro tivesse demorado um pouco mais, a bala teria acertado a cabeça de Otávio.

— Quem é o filho da puta que está atirando? Caralho!

— Atenção, oficiais, verifiquem os prédios ao redor do hospital. Um atirador de elite acabou de tentar matar o prefeito! — Mauro gritava no rádio, forçando Otávio a ficar deitado.

— Vai atrás desse desgraçado, Mauro! Ele tentou me matar, porra! — Otávio estava louco de ódio e medo; não podia acreditar na audácia daqueles terroristas.

Soldados entraram na sala empunhando suas armas. Mauro deixou o prefeito sob a proteção deles e saiu correndo pelos corredores, sacando a pistola do coldre.

Centenas de homens vasculharam todos os imóveis que ficavam na direção daquela janela e que poderiam ter servido como ponto de disparo, mas não encontraram nada. O atirador desaparecera sem deixar rastros.

\* \* \*

— Nosso serviço de inteligência fez uma varredura em toda a região. O senhor pode ir pra casa tranquilamente, já reforçamos a segurança. — Mauro informou, demonstrando competência.

— Tranquilamente? Você acha mesmo que eu vou ficar tranquilo? Você só pode estar brincando! — Otávio berrava, fazendo com que Mauro se encolhesse. — Encontre esses desgraçados imediatamente! Quero todos presos ou mortos!

— Sim, senhor. — Mauro saiu, deixando Otávio na companhia de seus conselheiros mortos e seus temores.

O prefeito demoraria para reunir coragem suficiente para voltar para casa.

Deu-se início a uma verdadeira caçada armada em Ilhabela durante as horas seguintes. Casas foram invadidas por soldados armados que, em nome da segurança pública, arrancavam seus moradores e os jogavam na rua para revistar todos os cômodos às pressas. Armários, camas e banheiros eram revirados, e protestos eram recebidos a coronhadas ou ordens de prisão.

Rapidamente as ruas ficaram desertas, e as celas, lotadas. Apenas veículos repletos de soldados armados circulavam pelas vias, e a ordem era de atirar para matar.

Houve casos de abordagens que resultaram em execuções sumárias por excesso de pressa e nervosismo, o que levou a cidade a um estado de terror que nunca mais seria desfeito. Os cidadãos se trancavam em casa com suas famílias e rezavam por suas vidas.

Mauro e seus soldados interrogaram centenas de pessoas, em vários casos sob tortura, e realizaram mais de oitenta prisões, algumas tão arbitrárias que beiravam o ridículo. Até mesmo Madame Bianca foi presa, o que chocou Otávio, que questionou Mauro.

— Estamos considerando a hipótese de uma prostituta ter assassinado Leonardo, já que ele usava aquele apartamento para encontros amorosos, e testemunhas viram uma mulher muito atraente deixando a cena do crime. Porém, não foi possível fazer um retrato falado; tudo ocorreu rápido e parece que ninguém conseguiu tirar os olhos da bunda da tal mulher.

Mauro suspirou, frustradíssimo.

— Prendemos e interrogamos diversas mulheres com quem ele se relacionou, mas não achamos nada. Ele era um pervertido, e quem o matou deveria saber disso. — Mauro explicou.

— Tá. Mas, supondo que isso seja o que aconteceu, como ela passou pelos seguranças com a porra de um fuzil? Se Leonardo foi morto primeiro, eles deveriam ter visto algo.

— Nossas investigações indicam sinal de invasão. Alguém entrou no apartamento mais cedo para plantar a arma, possivelmente a escondendo no armário do banheiro, cuja fechadura foi trocada. Os seguranças não acharam nada de suspeito com a mulher, e foram surpreendidos.

— Muito bem, Mauro, o que mais vocês acharam? — Otávio quis saber.

— Havia baratas no carro de Niuma. Alguém as plantou dentro do veículo, o que fez com que Niuma se desesperasse e saísse do carro às pressas, colocando-a na linha de tiro.

— Baratas? Você tá me dizendo que alguém matou minha principal conselheira usando baratas como arma? — O queixo de Otávio caiu.

— Sim, senhor, isso mesmo. A conselheira Niuma, segundo relatos, tinha um pavor fora do comum de baratas. Tudo indica que quem fez isso tinha informações privilegiadas sobre esse medo paralisante dela, e pensou numa forma simples de pegá-la de surpresa. Chama a atenção também a capacidade do atirador. De fato, foi um disparo impressionante.

— Como assim, o que você quer dizer? — Otávio ficou muito preocupado com aquela última afirmação.

— Os exames de balística do projétil disparado contra o senhor no hospital e do que sobrou da cabeça da conselheira Niuma indicaram duas coisas. A primeira é que em ambos os casos foi usado um rifle modelo L115A3, uma arma raríssima, dificílima de usar e incrivelmente potente, que mata o que atingir. E a segunda coisa é ainda mais interessante: os tiros partiram de prédios a mais de mil metros de distância dos seus respectivos alvos.

— Como assim? Alguém é capaz de fazer isso? — Otávio questionou, perplexo.

— É possível se o atirador for muito talentoso e contar com uma arma desse calibre. Sendo sincero, acho impossível acreditar que algum dos soldados de Ilhabela seja capaz de fazer algo do gênero. Essa pessoa é, desculpe o termo, um gênio. E o senhor sabe o que isso significa.

— Sim. Algum maluco habilidoso anda por aí com uma arma capaz de arrancar cabeças. Estamos todos em perigo. — Otávio, que mal havia dormido, se afligia a cada nova informação.

— Sim. Recomendei a todos os alvos em potencial que não saiam em carros comuns, não se aproximem de janelas e não façam aparições em público. Estamos em alerta máximo. Nossos esquemas de segurança são bons, mas todos precisam colaborar. Uma simples bomba em um carro foi suficiente para quase torna-lo a sexta vítima dos terroristas.

— Muito bem, eu concordo. Tudo isso nos dá algo em que pensar... E quanto à Jiani?

— Alguém plantou uma bomba dentro do rádio que ficava em sua sala. Nossos peritos também encontraram sinais de invasão na residência dela.

— Os endereços dos conselheiros não deveriam ser mantidos em sigilo? Como é possível que alguém soubesse tantos detalhes assim? — Mas Otávio já sabia a resposta.

— Sim, de fato deveriam, alguém descobriu onde ela morava.

— A mesma pessoa que fez uma emboscada cinematográfica para matar o Dênis e a Marcela de uma só vez — Otávio observou. — E que sabia detalhes como o motel no qual eles costumavam se encontrar e o caminho que faziam pro complexo.

— Isso mesmo, eles estavam contando que ambos iriam pro complexo, pois foi no meio do caminho que prepararam a emboscada

— Os matadores sabiam que quando fossem informados das mortes, eles seguiriam para o complexo.

— E não puderam defender-se de uma arma capaz de derrubar um helicóptero — Mauro complementou. — Encontramos a van em um terreno baldio, incendiada. Tratava-se de um veículo roubado no dia anterior. O caminhão de lixo fora roubado duas horas antes da chacina.

— Você acha que eles decidiram matar todos nós no mesmo dia só pra nos intimidar?

— Acho que foi uma questão de estratégia. Eles sabiam que depois do choque inicial iríamos nos cercar de cuidados, e atacaram tão rápido que não tivemos tempo de nos organizar. Agora só nos resta nos precaver e avançar com as investigações.

— Você já percebeu o que todos esses crimes têm em comum, não é mesmo, Mauro? — Otávio o encarava, muito sério.

— Sem dúvida. Todos se basearam em informações confidenciais. Isso só pode significar uma coisa. — Mauro engoliu em seco.

— Existe um traidor entre nós. — Os olhos de Otávio brilhavam de ódio. — Mas quem será o desgraçado?

\* \* \*

Sarah chegou ao complexo militar por volta das nove da manhã, e estacionou seu carro no lugar de sempre, uma rua logo atrás do prédio. Em seguida, se dirigiu à entrada do edifício, aonde apresentou seu crachá de funcionária e passou pelos procedimentos rotineiros de segurança para o acesso ao prédio. Um dos guardas puxou conversa com a jovem:

— Bom dia, Estela, tudo bom? Viu a loucura de ontem? Quase vinte pessoas mortas! — o homem comentou, empolgado. Ele adorava aquela garota, sempre tão simpática e sorridente.

— Eu ouvi no rádio! Quem seria capaz de fazer algo desse tipo? — Sarah fingia inocência.

— Só Deus sabe. São terroristas! Espero que sejam todos pegos e mortos. — O guarda chacoalhou a cabeça.

— Com certeza é isso que o prefeito pretende fazer.

Ela se despediu e se dirigiu à área de tecnologia da informação, onde trabalhava como analista. A jovem cumprimentou seus colegas e sentou-se à mesa, ligando o computador. Embora trabalhasse no complexo havia quase três anos, Sarah procurava não se envolver demais com aquelas pessoas, pois sabia que sua permanência ali tinha data de validade e estava acabando.

— Quem poderia imaginar uma chacina dessas? Inacreditável! — sua vizinha de mesa comentou. — Dizem que o prefeito está tão apavorado que nem teve coragem de sair de casa.

— Sério? Que coisa absurda, né? — Sarah teve de se esforçar para não rir. Era ótimo imaginar Otávio apavorado em algum lugar, com medo de sequer se aproximar das janelas.

— Sim! Dizem que tem um espião entre nós, porque os terroristas sabiam detalhes das vidas pessoais e das rotinas dos conselheiros — a colega comentou. — O que você acha, Estela?

— É melhor não falar disso pra não correr o risco de acharem que estamos envolvidas. Somos da área de informática e temos acesso aos bancos de dados de toda a prefeitura.

Sua interlocutora arregalou os olhos.

— Nossa, é verdade, você está certa! Será que seremos investigadas?

— Lógico que sim, todos nós! Não faz sentido eles não nos chamarem pra um interrogatório, nem que seja mera rotina. — Sarah tentava permanecer impassível, mas no fundo sentia vontade de contar tudo para todo o mundo.

— Meu Deus, e se ninguém acreditar que não estou envolvida? O que é que eu faço?

Todos ali sabiam que Otávio e seus asseclas não seguiam regras e certamente acabariam com a vida de qualquer um que julgassem ser uma ameaça.

— Você precisa de um álibi. Eles não vão se estender nas investigações a seu respeito se você provar que se encontrava longe das cenas dos crimes — Sarah afirmou com simplicidade.

— Eu estava em treinamento! — A mulher suspirou, aliviada. — Você tem um álibi?

— Pode ter certeza de que sim. — Sorrindo, Sarah deu uma piscadinha para a colega.

— Parabéns, minha querida, estamos orgulhosos de você! — Madame Bianca abraçou a moça.

Sarah retribuiu o abraço caloroso. Mas, embora grata pelos elogios, ela não estava feliz.

— Obrigada, madrinha, mas eu não teria conseguido sem a ajuda do Igor e da Andréa, eles foram fantásticos. — Ela se virou para seus dois companheiros, que sorriram em resposta. — Pena que o Otávio escapou. Com ele vivo, não há muito que possamos fazer neste momento.

— É verdade. Mas pouco importa, vocês formam realmente uma equipe e tanto! — Artur falou com entusiasmo. Ele tivera dúvidas em relação ao audacioso plano, mas tudo correra bem. Ao menos tinham provado que os poderosos de Ilhabela não eram intocáveis.

— Que nada, nós dois fomos meros coadjuvantes, a Sarah é a estrela principal. — Igor sorria de orelha a orelha. — Essa garota é mesmo durona.

Todos acharam graça do gentil comentário de Igor, sobretudo Sarah. Ele e Andréa tinham dado condições para que ela praticasse seus tiros até retornar à antiga forma.

Mas agora havia um assunto bem mais sério a tratar.

— Vocês vão mesmo partir? — Madame Bianca perguntou, triste.

— Sim, madrinha, é preciso seguir o plano. O que fizemos é imperdoável, e seremos caçados até o fim. A cidade é pequena, e quando eles não tiverem mais opções, arrombarão casa por casa, revirando gavetas e armários. É questão de tempo até sermos descobertos.

— Mas vocês foram tão cuidadosos! Será mesmo que eles vão te encontrar, Sarah?

— Sem sombra de dúvida. As peças começarão a se encaixar quando começarem a investigar as pessoas que trabalham lá. O simples fato de eu ter faltado ao trabalho ontem irá despertar suspeitas. E se eles pegarem um de nós, acabarão pegando todos. O Otávio não brinca em serviço quando quer arrancar a verdade de alguém. A senhora tem certeza de que não quer vir conosco? É inevitável que alguém bata à sua porta quando as suspeitas recaírem sobre mim.

— Minha filha, não se preocupe, eu tenho as costas quentes. Quando me chamaram ontem para interrogar sobre a misteriosa garota de programa, todos estavam com medo de me importunar; meus clientes são poderosos. E eu minto muito bem. Direi que desde que você deixou o Casarão das Sereias, perdemos contato, e eu não fazia ideia do que você vinha fazendo. Faz três anos que ninguém nos vê juntas, e eu cultivei o boato de que você não ligava mais pra mim. Eles tem muitas pistas para seguir, e cedo ou tarde perderão o interesse por essa. — A cortesã era mesmo astuta.

— E o que vocês pretendem fazer, Artur? Vão tentar conseguir ajuda?

— Sim. O líder da comunidade de São Paulo, Felipe, sabe que o grupo dele corre o risco de ser completamente dominado pelo Otávio, como aconteceu na Cidadela de Vitória. Ele pretende tentar convencer o conselho da comunidade a colaborar conosco, pois a Armada de Ilhabela é sua melhor chance de tentar enfrentar o prefeito antes que ele decida invadir.

Sarah deu a sua opinião:

— Aqui somos muito poucos. Para ter chance de sucesso, precisamos reunir mais pessoas. Pude estudar centenas de opções observando o funcionamento da estrutura de poder dele de dentro, e não consigo enxergar uma forma de destronar o Otávio sem ajuda. Conseguimos dar um golpe certeiro bem no coração do poder de Ilhabela, mas isso foi pouco, e terá um custo alto. Ele usará esse ataque como justificativa pra perseguir ainda mais as pessoas.

— Vou sentir saudade de vocês. — Madame Bianca continha a custo a emoção. — Se pudesse, iria junto, mas agora não passo de uma velha doente, seria um grande empecilho.

Artur se dirigiu a Igor, Andréa e Sarah:

— É isso, senhores, amanhã nos vemos no ponto de encontro. Carreguem apenas o absolutamente necessário, porque nossa jornada será longa. Nosso tempo em Ilhabela se encerra agora. Os demais ficarão aqui, e manteremos contato pela frequência segura do rádio.

Todos assentiram com um nó na garganta. Não tinha mais volta, eles precisavam seguir em frente.

No dia seguinte, eles partiriam para a Comunidade Unidos por São Paulo, bem longe das garras de Otávio, em busca de uma aliança com o maior grupo de sobreviventes do Brasil.

Mas havia uma missão a ser realizada antes, que para Sarah era inegociável. Ela não sabia exatamente o porquê, mas havia um lugar para onde precisava ir, algo que tinha de fazer, não importava o quão difícil e perigoso fosse. A sua grande obsessão dos últimos anos.

Antes de rumar para São Paulo, todos eles iriam até a Usina Moreno.

# CAPÍTULO 2
# SEGUINDO EM FRENTE

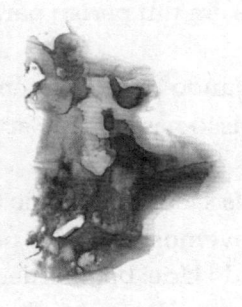

**FERNANDO ENCAROU MAIS DE DOIS ANOS** de luto. Ele não conseguia entender nem aceitar a morte de Gabriela e de sua mãe adotiva. Sofria como sofrera a morte de sua mãe biológica e o desaparecimento de seu pai, e sentia que não havia nenhuma razão para continuar vivendo.

A dura rotina de trabalho era a única coisa que o mantinha vivo: ele não tinha tempo nem energia para pensar em fazer alguma besteira.

A saudade de Gabriela doía na sua alma. O destino fora cruel ao extremo ao lhe dar o que ele mais desejava para depois arrancá-la dos seus braços da forma mais banal do mundo.

Ele sentia a vontade de matar alguém. Estava cansado daquela guerra, que insistia em persegui-lo aonde quer que ele fosse. Era como se os demônios de Ilhabela estivessem obcecados por massacrá-lo até levá-lo à loucura.

Tobias, mais velho e experiente, se mostrou um verdadeiro amigo. Ele escutava pacientemente os relatos de Fernando, preocupado com os rumos dos pensamentos do rapaz.

— Eu sinto raiva e tristeza o tempo todo, Tobias. Isso me consome. Acho que estou enlouquecendo — Fernando desabafou certa ocasião. — Tenho vontade de assassinar alguém.

— Não fala besteira, garoto, calma lá! Quem você está querendo matar?

— Qualquer um serve. Sinto necessidade de acabar com a raça de algum filho da puta. Queria quebrar tudo, fazer sangue correr sem motivo nenhum. Eu disse, estou enlouquecendo.

Fernando levou as mãos ao rosto. O excesso de trabalho pesado vinha deixando-o fortíssimo, o que era preocupante. Um homem de força descomunal, talento para matar e desejo de sangue era um perigo para si mesmo e todos os demais.

— Fica calmo, garoto, todo o mundo, quando perde alguém importante, fica meio desnorteado das ideias. Mas isso passa, pode apostar, eu sei bem o que estou falando.

— Você perdeu alguém? — Fernando quis saber, encarando o amigo.

— Neste mundo do caralho em que vivemos, todos já perderam alguém. Eu perdi minha filha quando o puto do Uriel bombardeou o grupo em que eu vivia. Fomos expulsos como mendigos. Minha menina tinha dois anos. Nunca vou me esquecer daquele dia, tenho pesadelos até hoje! — Tobias comentou, amargo, com o olhar perdido no vazio. — Minha mulher morreu no caminho pra São Paulo. Uma horda nos surpreendeu antes que conseguíssemos chegar a um lugar seguro. Desde então eu sou sozinho. Decidi nunca mais ter uma família nesta vida maldita.

Fernando se apiedou do terrível relato do amigo. Às vezes ele se esquecia que, em tempos obscuros, o sofrimento se fazia sempre presente, e famílias destruídas eram uma realidade diária.

— Sinto muito, Tobias, de verdade. Só não sei o que fazer. Parece que essa dor só aumenta, não sei quanto tempo posso aguentar — Fernando murmurou, em meio ao desespero.

— O melhor conselho que posso te dar é que não brigue com a dor. Engolir tudo e ignorar só piora as coisas. Você tem que chorar tudo que der, até o sofrimento se esgotar. Só o tempo cura a dor da morte, você tem que ter paciência. — Tobias encarou Fernando. — E quando a dor passar, não se agarre a ela, simplesmente deixe que vá embora.

Aquelas palavras deveriam ter trazido algum tipo de alívio, como se estourassem um dique de sentimentos arduamente represados. Mas Fernando engoliu o sofrimento, enterrando-o ainda mais fundo, se recusando a enfrentar a ferida que carregava no coração.

Além do mais, ele estava cercado por presidiários perigosos num local onde sinais de fraqueza poderiam ser fatais. Apesar de ser temido dentro da usina, ele não se atreveu a tentar descobrir o que aconteceria se botasse para fora as lágrimas que trazia represadas no peito.

Mas finalmente, depois de muito tempo, Fernando um dia acordou e não sentiu vontade chorar. Era como se aquele buraco negro que ele carregava na alma tivesse sido fechado de um dia para o outro. Ainda havia uma tristeza amarga e sutil, mas a dor aguda arrefecera.

Ele se lembrou das palavras de Tobias e tentou seguir o conselho do colega e deixar a dor ir embora. O jovem se levantou, lavou o rosto e foi, junto com os demais detentos, até o refeitório, onde encontrou o amigo e demais companheiros.

— A maldita fera foi embora, Ivan? Conseguiu botar aquela merda toda pra fora? Tobias indagou, percebendo uma leve melhora do estado de espírito do rapaz.

— Veremos. Acho que agora as coisas vão melhorar; pelo menos assim espero. — Fernando soltou um suspiro de cansaço e alívio por, enfim, não sentir mais aquela saudade e ira incontroláveis, mesmo sabendo que a mágoa estava toda lá ainda, intacta, escondida.

E com o tempo tudo melhorou de fato. Fernando se tornou uma pessoa mais calma e controlada. Seu espírito de liderança nato fazia com que ele tivesse imensa facilidade em distribuir e organizar tarefas, definir passos e controlar prazos, o que o levou a chefiar o processo de corte de cana. Sob seu controle, a produção aumentou muito com o passar dos anos.

Jeremias estava muito satisfeito. De garoto-problema, Fernando se transformara na solução de todas as suas dificuldades. Por isso, o chefe da guarda não parava de dar mais atribuições a ele. O jovem cuidava do trabalho de mais de cem homens, e todos o obedeciam. O respeito que surgira pela violência dele se fortalecera à medida que ele se mostrara um líder eficiente e firme. Até o número de mortes por incidentes de trabalho se reduziu, e os presos souberam reconhecer isso.

Dessa forma, três anos voaram. Alguns dos seus amigos e subordinados foram embora, ao fim de suas penas. Fernando, entretanto, não via nenhuma luz no final do túnel. Ele chegou a conversar com Jeremias, que foi sincero com ele:

— Esquece, Ivan. Me desculpe, mas você tá fodido. Não tem nada que posso fazer se você não tem uma data pra sair. Eu sei que é uma merda, mas pense que ao menos você está aqui dentro, sem ter que se preocupar com aqueles putos ali. — O chefe da guarda apontou para os zumbis que se acotovelavam na barreira de arame que cercava o complexo. Grupos de presos eram designados para matar os seres e queimar os cadáveres.

Fernando fez que sim e se retirou, embora não estivesse conformado. Ele sabia que um dia surgiria a oportunidade de fugir daquele inferno, e ele não pensaria duas vezes. Apesar de saber que aquela conversa seria inútil, ele nutria a esperança de que Jeremias pudesse ajudar.

Por isso o rapaz não conseguiu esconder sua frustração ao encontrar seus parceiros de cela no refeitório, na hora do jantar.

— Sem chance, você tinha razão. — Fernando, falou para Tobias, inconformado, e levou uma colher cheia de arroz e feijão à boca.

— Que novidade... Eu sempre tenho razão! — Tobias deu de ombros.

— Relaxa, Ivan. Quem sabe trocam o diretor desta merda e ele pede pra revisar os casos dos presos? Eu ouvi falar que isso já aconteceu antes. — Luiz partiu um pedaço de pão.

— Quem sabe, né? — Fernando se voltou para o seu prato e passou a ignorar as conversas ao redor.

E de repente a lembrança de Sarah lhe ocorreu, tão vívida que lhe apertou o coração. Fernando adoraria saber aonde ela estava.

# CAPÍTULO 3
# COMO SOBREVIVER À NOITE INFERNAL

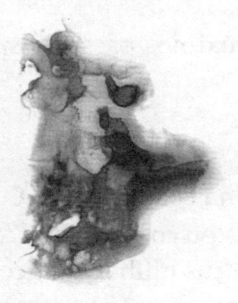

**ARTUR, IGOR, ANDRÉA E SARAH SE** despediram de Ilhabela em meio a uma providencial tempestade que se abateu sobre a região e serviu de camuflagem para o pequeno grupo. O controle de saída da ilha se tornara muito mais rigoroso após os atentados, e eles partiram usando um pequeno barco que Artur providenciara meses antes, protegidos pelo tempo ruim e pela noite sem luar.

O grupo seguiu em silêncio até Caraguatatuba, aonde pegaram um carro que fora escondido tempos atrás, parte dos preparativos previstos no plano concebido ao longo de três anos. Era dolorosa a sensação de deixar o lugar que se acostumaram a chamar de lar.

Ao rumarem para a rodovia dos Tamoios, Sarah observou a rodovia Rio-Santos, repleta de grotescos zumbis que se viravam, curiosos, na direção daquele veículo solitário. Anos de abandono haviam desgastado o asfalto, tornando impossível atingir uma velocidade alta.

— Eu já tinha esquecido como era a sensação de estar em meio aos zumbis.

— Imagino, Sarah. Você passou os últimos dez anos em Ilhabela. Deve ser assustador. — Era Igor quem dirigia. — Mas não se preocupe, conosco você estará bem.

— Sem problemas, eu nasci entre eles em meio ao frio da Serra Catarinense. Sou capaz de me adaptar de novo — Sarah respondeu, um tanto dispersa.

— Você parece desligada. Algum problema? — Andréa perguntou, afável. Ela desenvolvera um grande carinho por Sarah, apesar das circunstâncias em que se conheceram.

— Estou apenas pensando em nossos próximos passos. Espero que dê tudo certo.

Andréa olhou bem para a jovem e sorriu.

Artur tentou tranquilizar Sarah:

— Sossegue. Estaremos bem protegidos na comunidade. O Felipe é um homem muito honrado e odeia o Otávio. Estou convicto que conseguiremos convencer o conselho a nos apoiar com seus milhares de combatentes. Espero que seja o suficiente para tentarmos uma ofensiva.

— Ela não está preocupada com isso. Está pensando é no namorado que vamos buscar.

— Ele não é meu namorado, nem começa com essa história! E eu não estava pensando nele, estava lembrando de outra coisa. — Sarah disse, indignada pelo comentário de Andréa.

— Até parece! Desde que te conheci você fala sem parar sobre como ele atira bem, como luta bem, como é corajoso, como ele sofreu, sobre os pais dele, os olhos verdes dele. Pelo amor de Deus, Sarah, você tem ideia fixa por esse cara!

— Não é isso! Eu quero... ou melhor, eu acho que ele pode se juntar a mim... a nós, na nossa luta! — Sarah, se enrolou nas palavras, e todos riram. — Vão se ferrar! Faz dez anos, ele nem deve se lembrar de mim!

E por essas e outras todos estavam mais que ansiosos para chegar logo à Usina Moreno e pôr os olhos sobre o tal Fernando.

Eles tinham fardas e documentos falsos de transferência que permitiriam retirar o rapaz sem disparar nenhum tiro, como se viessem em missão oficial. Fariam algumas escalas no caminho, pois, como as estradas eram muito perigosas, só era possível viajar durante o dia e em baixa velocidade. Mas, se tudo desse certo, em uma semana Fernando estaria fora da usina.

Entretanto, o destino, que mais uma vez rolava os dados, tinha outros planos.

A Comunidade Unidos por São Paulo se formara de modo peculiar. Décadas antes, nos primórdios do apocalipse zumbi, um grupo de pessoas se escondera na Catedral da Sé, no centro da capital paulista, para tentar se proteger.

Com o tempo, o grupo conseguiu se organizar e criou bloqueios — que foram substituídos por muros de tijolo e concreto — que isolavam a Praça da Sé do resto da região central. A cada quarteirão fechado, dezenas e até centenas de prédios de imóveis formavam barreiras de contenção livres de zumbis, podendo ser ocupados por sobreviventes. A geografia da região propiciava a criação de uma grande área de exclusão sem muito esforço.

Com o passar dos anos, o espaço da colônia passou a equivaler ao de uma pequena cidade, e milhares de sobreviventes do apocalipse zumbi vinham dos quatro cantos da cidade de São Paulo para se proteger. Todos os espaços foram ocupados, e quarteirões inteiros foram destruídos para se transformarem em plantações e áreas para criação de animais.

A Comunidade Unidos por São Paulo funcionava de forma similar às antigas cidades medievais; um local rústico, porém razoavelmente seguro para se morar, e também um ponto de apoio aos viajantes, com quem seus moradores realizavam pequenos negócios.

Os veículos acessavam a comunidade somente através do bloqueio da rua Tabatinguera, cujo portão era uma estrutura de mais de cinco metros de aço soldada de forma um tanto rudimentar, embora eficiente, guardada por soldados armados e larga o suficiente para permitir a entrada de veículos de grande porte. Todas as demais vias de entrada foram seladas com concreto, tijolos e aço, com exceção de uma entrada de apoio pela qual era possível passar a pé.

Ao longo da rua Tabatinguera, inúmeros prédios serviam de moradia, e sobre esses imóveis haviam guardas com armas de longa distância. No final da rua, já chegando à Anita Garibaldi, um segundo bloqueio para casos de emergência fora construído. Tratava-se de gigantescos e pesados blocos de concreto posicionados sobre rolamentos do mesmo material, puxados por um caminhão rebocador de grande porte, que serviriam de bloqueio, se necessário.

Tudo isso mudou numa ensolarada tarde igual a tantas outras. Os quase dez mil moradores daquela que era considerada a maior comunidade de sobreviventes do Brasil cuidavam de suas vidas com a tranquilidade habitual. A cidade de São Paulo se tornara muito calma sem trânsito, metrô e aviões a perturbá-la.

Dos seus postos de vigilância, os guardas Jonas e Diego observavam a via, distraídos. Como de costume, eles não tinham muito o que fazer. Era até um alívio quando chegava algum comboio de militares ou grupo de viajantes, pois lhes dava algo diferente com que lidar.

— Você ficou sabendo que aquele filho da puta do Otávio está querendo dobrar a carga de tributos e levar mais pessoas para o trabalho compulsório gratuito? Que cretino! Eu jamais...

— Jonas, olha ali! Parece que temos visita...

Jonas e Diego se concentraram, apurando a visão.

Duas quadras à frente do portão de entrada da comunidade, um ônibus avançava lentamente, e fez a curva de uma forma tão ruim que devia estar com algum grave problema mecânico. O espelho retrovisor atingiu um poste e foi arrancado durante a manobra.

— Nossa! Quem será que tá viajando naquela lata velha? — Diego franziu a testa.

Diego pegou um binóculo para enxergar melhor, enquanto se comunicava pelo rádio:

— Atenção todos: veículo não identificado se aproximando. Preparar operação padrão de recepção.

Uma dúzia de soldados começou a se posicionar nas guaritas, enquanto mais dez combatentes assumiram posições sobre os prédios que formavam o perímetro da comunidade. Estavam todos tranquilos. Era comum receberem visitantes, que eram bem-vindos. A regra geral era sempre a mesma: todos tinham que entrar desarmados. Fuzis e pistolas eram devolvidos apenas quando os indivíduos partiam. Como a equipe de guardas era muito bem armada e preparada, fazia mais de duas décadas que não se tentava entrar na colônia à força.

Diego ajustou o binóculo para tentar descobrir quantas pessoas estavam no ônibus. Se fosse um grupo grande, teriam que se apressar para revistar todos e liberar a entrada rápido. Em breve haveria zumbis rondando o lugar, seguindo o veículo como normalmente faziam.

Foi quando um arrepio subiu pela espinha do soldado.

Não havia motorista no veículo. O volante parecia ter sido grosseiramente amarrado com trapos velhos, o que explicava a curva malfeita, e notava-se que ele tinha sido incendiado. Era como um navio fantasma com rodas que deslizava sem ninguém para controlá-lo.

— Que merda é essa? Todos a postos, acho que isso é um truque! — Diego gritou e apontou a arma na direção do veículo, que parou suavemente metros depois de entrar na rua.

— Puta merda, como um ônibus que não deve ter nem motor se move sozinho? — Jonas, nervoso, engoliu em seco, sem desviar o olhar do imenso veículo decrépito.

— Esse é o problema: ele não se move! Só se... — Diego tentava enxergar algo que explicasse aquilo, e se calou de imediato diante da visão mais bizarra de todos os tempos.

Um zumbi gigantesco surgiu no teto do ônibus. A criatura tinha quase três metros de altura e longos cabelos brancos e ralos.

O grupo de guardas, atônito, se achava diante de Lúcifer, o indivíduo número 1.

Lúcifer soltou um grito de guerra e brandiu seu machado no ar apontando na direção do grupo de soldados. Em seguida, saltou do teto do ônibus e caiu de pé no asfalto quente. Um segundo depois, milhares de urros e berros ferozes ecoaram por todos os lados, enchendo de terror os corações dos que ali se encontravam.

O ônibus voltou a se mover na direção do portão, a princípio lentamente, depois ganhando velocidade. E foi então que a rua pareceu ganhar vida; aberrações e berserkers passaram a surgir aos milhares, avançando pela rua. Mais de dez seres surgiram de trás do ônibus, que haviam empurrado com facilidade em função de sua força descomunal.

— Jesus, Maria, José, tenham piedade de nós! — Diego murmurou. — Atirem! Fogo à vontade! Protejam a colônia!

Os guardas, aterrorizados, abriram fogo com fuzis e metralhadoras .50. Fazia muito tempo que eles não viam uma aberração, e agora estavam diante de milhares que avançavam enfurecidas em sua direção. Alguns seres caíam, mas muitos voltavam a se levantar em seguida; eles eram demasiadamente fortes e se encontravam em um número absurdamente maior.

Os guardas levaram alguns preciosos segundos para se dar conta de que as criaturas empurravam o ônibus na direção deles. Ninguém acreditava no que via. Eles começaram a atirar nos pneus, mas foi inútil, porque eles já estavam murchos. Aquela era a parte mais assustadora: eles avançavam de forma organizada, dispostos a usar um ônibus semidestruído como aríete.

Em poucos segundos, o ônibus atingiu o portão com um estrondo, fazendo-o vergar para dentro, e um oceano de seres se bateu contra o principal bloqueio da comunidade.

Homens, mulheres e crianças da colônia se entreolharam assustados e puseram-se a correr de volta para suas casas. Alguns se esconderam, outros buscavam suas armas — milhares de pessoas se achavam aptas para lutar em caso de emergência. E aquela era uma emergência.

Os guardas, desesperados, varriam a frente da comunidade com as metralhadoras que derrubavam e arrancavam membros dos seres com facilidade. Mas para cada demônio caído, outras dezenas avançavam logo atrás.

Ao ver que as aberrações subiam no teto do ônibus na intenção de pular o portão, Diego ordenou que o bloqueio de emergência, no final da rua, fosse acionado para fechar a comunidade.

Um soldado subiu no reboque e ligou o potente motor, que rugiu alto ao ser acelerado com força pela primeira vez.

As pessoas que moravam na parte da comunidade situada entre o portão principal e o bloqueio de emergência correram desesperadas na direção da rua Anita Garibaldi. Todos sabiam que, seria impossível entrar após o bloqueio se fechar. Ficar de fora era ser condenado à morte.

— Precisamos fugir! Precisamos fugir! — Jonas berrava feito louco, sem parar de disparar contra os seres, alguns deles já dentro da comunidade.

— Não fujam, continuem atirando! Não recuem! — Diego ordenou, e, com os olhos arregalados de medo, viu um dos seres saltar do ônibus direto sobre ele. — Não...

O guarda, que caiu de costas contra o concreto, ainda tentou disparar contra a criatura, duas vezes maior que ele. A fera, entretanto, foi mais rápida: agarrou-o e mordeu seu ombro com tamanha força que seus dentes afiados penetraram até os ossos, quebrando-os. O guarda urrou de dor quando a monstruosidade arrancou seu braço, vitoriosa.

Diante daquela cena, Jonas disparou escada abaixo, sendo seguido por outros guardas. Em instantes eles corriam na direção do segundo bloqueio, com várias criaturas em seu encalço.

— Corram! Corram! — ele gritava esbaforido, com seus colegas tentando alcançá-lo.

Alguns poucos combatentes mantinham suas posições sobre os muros, por uma questão de dever e numa tentativa desesperada de proteger suas famílias. Mas nem todas as balas da colônia seriam capazes de deter aquela horda de demônios.

Algumas criaturas que tentavam entrar viram Lúcifer empurrar o veículo para trás e foram ajudá-lo, fazendo o veículo recuar vinte metros. Então, eles correram para trás do ônibus.

— Eles vão atacar o portão de novo! Atirem! — alertou um guarda que atirava sem cessar nas costas de um zumbi gigantesco. Ele caiu no asfalto, mas levantou-se e continuou correndo.

O grupo se espremeu atrás do ônibus, protegido das balas, e empurrou o veículo para a frente com toda a força, fazendo-o bater com violência contra o portão mais uma vez e levando a estrutura ao chão, abrindo passagem em definitivo. Os zumbis invadiram a colônia às centenas.

— Atirem, caralho, atirem! — Algo atingiu em cheio o peito do soldado e cortou seu ar, jogando-o longe e fazendo com que caísse no meio da horda que se acotovelava ao entrar.

E foi então que os soldados viram que o colega fora atingido por uma rústica lança de madeira, tão grossa quanto o punho de um homem, que fora arremessada com tamanho vigor que atravessara o corpo do soldado e partira sua espinha dorsal ao meio.

Em seguida, outro guarda foi atingido nas costas por uma arma similar. O homem arregalou os olhos quando viu a ponta de madeira saindo na altura de seu peito após despedaçar um de seus pulmões. Sangue e pedaços de tecido jorraram de sua boca quando tentou gritar.

Em seguida, uma chuva de lanças improvisadas desabou sobre os soldados. Uma das armas subiu vários metros, traçou uma parábola e caiu do céu entrando no tórax de um homem de cima para baixo, empalando-o e cravando sua ponta no chão.

Jonas chegou ao bloqueio com alguns poucos guardas e moradores no momento em que os blocos de concreto eram arrastados. Centenas de pessoas que tentaram imitá-los foram atacadas pelas criaturas no meio da rua. Outras foram emboscadas dentro dos prédios, que eram invadidos pelos seres enfurecidos. Uma das criaturas chegou ao telhado de um dos edifícios e, ao avançar contra um dos guardas, levou um tiro de metralhadora que fez com que ele despencasse do prédio de seis andares, no meio da rua Tabatinguera.

Jonas e os demais se espremeram pela passagem diante dos olhares atônitos dos moradores. Os blocos de concreto vedaram a passagem segundos antes de a horda chegar ao bloqueio, e o som das criaturas atingindo-os pelo lado de fora fez todos estremecerem.

Milhares de demônios esmurravam e empurravam inutilmente a gigantesca barreira de concreto, furiosos e frustrados, tentando entrar. Por ora, a colônia estava a salvo, mas centenas de indivíduos haviam morrido ou foram transformadas em zumbis.

Do lado de dentro, os moradores se aproximavam correndo, armados até os dentes, apavorados com o que acabara de acontecer. Todos sabiam que apenas alguns metros de concreto os separavam da maior horda de aberrações já registrada na história, e dentre as muitas perguntas que se faziam, uma ressoava incessantemente.

Por quanto tempo a barreira iria resistir?

* * *

— Prefeito, nós temos um problema! — Mauro falou após entrar sem sequer bater no escritório do prefeito, e entregou-lhe uma folha de papel.

O prefeito começou a ler com o semblante fechado como sempre. Mas logo arregalou os olhos, perplexo.

— Isso é sério, Mauro? Como é possível?

— Não sabemos, mas eles irão morrer se não ajudarmos imediatamente! — Mauro afirmou, se surpreendendo com o semblante de Otávio.

— O senhor pretende ajudar, não é?

Otávio pensou um pouco, mas era como se estivesse fazendo aquilo contra sua vontade. Ele não estava com disposição de ajudar ninguém, ainda mais em circunstâncias como aquelas.

— Ok, mande bombardear essas coisas, mas o dirigente da Comunidade Unidos por São Paulo vai precisar pagar nossos custos. Isto aqui não é uma instituição de caridade, nós não ajudamos ninguém, eles é que pagam tributos. — Com desdém, Otávio jogou o papel na mesa.

— Não podemos fazer isso. Eles estão cercando os muros. Se lançarmos bombas, pode vir tudo abaixo, e aí será infinitamente pior! Uma vez que as criaturas invadissem, seria necessário lutar por terra, disputando cada viela e rua. O número de baixas seria incalculável.

— Então mande aberrações para lutar! — Otávio ordenou, impaciente. Aquela conversa o estava incomodando, e ele queria encerrá-la de uma vez.

— Senhor, essas coisas não lutam entre si! Nós teremos que mandar soldados e tanques, talvez helicópteros. Cinco divisões inteiras, no mínimo! — Mauro falou com convicção, o que deixou o prefeito ainda mais irritado.

— Você enlouqueceu? Não vou deslocar dez mil soldados e usar nossos melhores recursos pra lutar contra uma horda de malditos! Eles que se virem! — Otávio vociferou, quase sentindo-se ofendido com a ideia. — Esses moradores de comunidades são flagelados, Mauro, não passam de analfabetos e ignorantes. Não tem por que gastar recursos com essa ralé!

Mauro se horrorizou com a decisão. Procurava apoiar Otávio, mesmo não concordando inteiramente com ele. Mas era loucura condenar milhares de pessoas à morte por omissão.

— Senhor, se essas coisas entrarem na colônia e transformarem milhares de pessoas, nós teremos um problema bem grande a apenas algumas centenas de quilômetros daqui. Se o senhor não quiser correr o risco de essas criaturas baterem à nossa porta daqui a algum tempo, acho melhor tomarmos alguma medida, e rápido. — A firmeza de Mauro fez Otávio se encolher, pois, apesar do discurso duro, o prefeito ainda era um covarde.

— Muito bem, envie reservistas, presos, qualquer porcaria desse tipo. Mande que eles resolvam isso. Mas eu não vou usar nossos melhores soldados e equipamentos nessa empreitada, tá me entendendo? Utilize só os dispensáveis, fui claro?

— Sim, senhor. — Mauro suspirou. Não era grande coisa, mas era melhor do que nada.

De repente, Otávio o deteve. O prefeito decidiu dar mais uma ordem, bem mais séria:

— Mauro, se as coisas fugirem de controle e a comunidade cair, use o Projeto Trocano.

— Está falando sério, prefeito? O senhor quer que usemos o Projeto Trocano contra civis? — O chefe das forças armadas se arrepiou.

— Não. Estou dizendo que devemos conter qualquer risco de contaminação em larga escala. Se as criaturas entrarem, a situação fugirá do controle e deve ser resolvida de forma definitiva. Não pretendo encarar mais surpresas. — A verdade é que Otávio queria muito usar seu último brinquedo, encontrado havia pouco mais de um ano numa instalação militar secreta.

— Senhor, nós não fazemos ideia do que aquela coisa é capaz. Os resultados podem ser desastrosos! Eu acho melhor...

— Você acha melhor me obedecer, Mauro, que diabos deu em você? — Otávio tentava se impor diante do seu mais antigo aliado. — Devo lembrá-lo de quem é o prefeito de Ilhabela?

Mauro engoliu em seco e fitou Otávio com desagrado. O prefeito percebeu a revolta de seu braço direito, mas tentou não se intimidar, e o encarou com o máximo de firmeza que pôde.

— Não, senhor, não será necessário me lembrar de nada — Mauro respondeu com uma nota de desprezo.

— Ótimo. Então vá e mande tentar limpar a bagunça em São Paulo, antes que eu mude de ideia e leve o Projeto Trocano pessoalmente até lá. — E Otávio voltou às suas atividades.

Mauro respirou fundo e saiu. Precisava dar algumas ordens decisivas.

\* \* \*

De binóculo, pois era arriscado demais chegar perto, Sarah olhava para a cena, sem acreditar.

— Meu Deus, o que houve? — Ela sussurrou, tentando ver algo que lhe desse um pouco de esperança, por mais que estivesse cada vez mais claro que seria inútil.

— Como algo assim pode ter acontecido? — Igor indagou, inconformado. — O rádio falou algo a respeito?

— Nada, nada. — Artur checava as frequências das forças de segurança. — Como assim? A essa altura devia estar acontecendo uma operação de guerra para lidar com a situação!

— Não pode ser! — A angústia de Sarah beirava a irracionalidade. Não conseguia entender por que se importava tanto, mas sentia uma vontade incontrolável de chorar.

Ao chegarem à Usina Moreno, Sarah e seus companheiros de viagem acabaram encontrando algo pelo qual não esperavam: a usina ardia em chamas. Não só os prédios que compunham o complexo, mas tudo, inclusive as imensas plantações de cana, crepitavam ao sabor do fogo. O lugar estava completamente destruído.

* * *

O grupo caminhava na direção do portão principal, observando os zumbis que se aproximavam, atraídos pelo clarão do fogo e a fumaça. Eles sabiam que precisavam ser rápidos, pois em breve aqueles poucos seres se transformariam em centenas, talvez milhares de criaturas.

— Sarah, nós precisamos ir embora daqui — Artur falou com um fuzil em punho. — Em breve este lugar estará infestado de mortos-vivos, sem falar que mais cedo ou mais tarde as forças de Ilhabela vão aparecer, e, quando isso acontecer, será bom que estejamos bem longe.

— Calma, só mais um instante. Nós temos que verificar...

— Sarah, o lugar está destruído! Quem não fugiu, morreu! Não tem como chegarmos mais perto, eu sinto muito. — Artur se sentia aflito com o número de zumbis, que só aumentava.

Os seres mais próximos estavam a mais de cem metros, mas em breve acabariam se aproximando. E então só restaria correr ou lutar.

— Artur, por favor, me dê um minuto... — Sarah usava a mira telescópica do rifle para vasculhar os arredores, tentando enxergar alguma coisa dentro do complexo.

— Precisamos ir embora, Sarah, por favor — Andréa disse, com o máximo de delicadeza possível, apesar de seus nervos à flor da pele.

— Nós viemos até aqui por um motivo, não podemos ir embora! Temos que prosseguir!

— Prosseguir para onde? — Artur gritou, impaciente. — Sarah, você está sendo irracional! A usina está destruída, o Fernando está morto ou fugiu, não podemos fazer nada!

— Então vocês podem ir, Artur. Não ficarei com raiva. Sigam em frente sem mim. — Sarah olhava o amigo dentro dos olhos. — Eu não vou embora, esqueçam essa ideia.

E ela deu continuidade à sua busca, ignorando o calor e a imensa quantidade de mortos-vivos que os cercavam. Em menos de três minutos os primeiros seres estariam sobre eles.

— Meu Deus, menina, use o cérebro! O que você está querendo fazer é suicídio. — Artur chacoalhou a cabeça. — Nós temos de ir antes que...

De repente, urros ferozes se elevaram por todos os lados e, de um instante para o outro, dezenas de seres saltaram do meio do mato que cercava a usina, a pouco mais de trezentos metros de distância, e começaram a correr na direção daquele pequeno grupo de presas.

— Merda, berserkers! Corram! — Artur correu na direção do carro.

Andréa e Igor se entreolharam e fizeram o mesmo. Ninguém era maluco o suficiente para tentar enfrentar um bando de criaturas como aquele em terreno aberto.

Para piorar a situação, conforme Artur previra, agora os demais zumbis, mesmo muito mais lentos, ameaçavam fechar o caminho de volta.

Eles começaram a atirar nas criaturas mais à frente, procurando abrir passagem, sem coragem de olhar para trás, pois decerto os berserkers encurtavam a distância bem rápido. Foi quando começaram a ouvir tiros de uma potente arma de fogo que estava estranhamente longe.

— Merda, Sarah! — Andréa gritou.

Artur e Igor pararam. Só então eles se deram conta de que a moça não correra.

Os três a viram com um joelho no chão, disparando contra os berserkers que corriam na direção deles. A cada disparo uma criatura caía fulminada, com a cabeça destruída.

— Nós temos de voltar! — Igor já fazia menção de retornar, mas parou quando viu que parte dos berserkers avançava contra eles, enquanto outros partiam na direção de Sarah.

Duas grandes paredes de zumbis se encontraram logo atrás deles, fechando a passagem, fazendo Sarah sumir de vista. Ainda assim, era possível ouvir os disparos, mas a garota estava condenada, cercada por criaturas e caçada por uma dúzia de predadores rápidos e fortes.

— Cara, temos de ir, ela morreu! Acabou! — Artur puxou o braço todo tatuado de Igor.

— Artur, é a Sarah! A nossa amiga, ela precisa de nós...

— Temos de ir, agora! A Sarah ia querer que você se salvasse, vamos, vamos! — Artur não parava de puxá-lo, ajudado por Andréa, tentando tirar Igor do seu torpor.

Com muita dificuldade eles fizeram o soldado voltar a correr, ouvindo o fogo crepitar ao longe e os sons dos zumbis gemendo cada vez mais alto ao redor. E então os disparos de Sarah cessaram, deixando tudo perturbadoramente menos barulhento.

— O que você fez, menina? — Igor sentiu os olhos queimarem com as lágrimas. Ele se afeiçoara muito à garota nos últimos anos. Para Igor, Sarah era a filha que ele nunca tivera.

Os três chegaram ao carro cercados pelos zumbis. Quando o veículo arrancou, um berserker deu um salto poderoso, voou cerca de oito metros e se chocou contra o para brisa, trincando-o e deixando uma grande mancha de sangue. O ser, magricela e feroz como o próprio diabo, arrebentou o crânio contra o vidro e caiu para trás, rolando sob os pneus do veículo.

Dessa forma, os três partiram da usina, inconformados com a morte da maior atiradora que conheceram. A situação era grave, e só havia uma conclusão lógica: Sarah estava morta.

\* \* \*

Quando Artur mandou todos correrem, Sarah não titubeou: começou a atirar freneticamente, sem parar sequer para respirar. Ela estava disposta a seguir em frente e ainda por cima salvar seus amigos. Se conseguisse matar os berserkers mais rápidos e atrair a atenção de ao menos uma parte das criaturas, talvez seus colegas tivessem uma chance de escapar.

Ela abateu sete criaturas, mas se assustou ao ver que o grupo de berserkers se dividira. Cerca de meia dúzia de seres continuava no encalço de Artur e dos demais, mas o resto corria em alta velocidade em sua direção, por entre os demais mortos-vivos.

— Puta merda! — Sarah exclamou ao ver que agora ela era a caça.

Ela interrompeu os tiros, e constatou que já não conseguia mais ver seus companheiros; diante dela havia uma verdadeira multidão de demônios. Atrás, a Usina Moreno, em chamas.

Sem opção, Sarah correu para o portão do complexo, que estava aberto, e entrou às pressas no pátio principal, cercada de edifícios pegando fogo, alguns em vias de desabar. Ela olhava em todas as direções, tentando encontrar algum lugar que pudesse servir de esconderijo. Foi quando Sarah avistou uma curiosa construção, uma espécie de iglu feito de tijolos e barro.

A garota correu, não sem antes olhar para trás e ver os primeiros zumbis adentrando o complexo, vindo em seu encalço. Os berserkers estariam ali em questão de segundos. Sarah corria cercada de fogo e fumaça, sentindo um calor infernal.

Quando chegou ao mesmo local em que Fernando estivera preso anos antes, ela se arrepiou ao ver que havia um cadeado fechando a pequena porta que dava acesso àquela construção minúscula que ela pretendia usar como abrigo. Lutando contra o pânico, Sarah sacou a pistola do coldre e deu um tiro certeiro na peça, destruindo o cadeado.

Entretanto, quando ela fez menção de abrir a porta, um berserker saltou sobre o forno e caiu em cima dela, derrubando-a no chão. A pistola foi arrancada de sua mão, e ela rolou no chão de terra com o ser mirrado, esquelético e muito mais forte que ela jamais sonharia ser. Seu fuzil também ficou caído próximo dela.

Sarah gritou de ódio quando girou o corpo e acabou sobre a criatura. Ela apoiou a mão na cara raivosa do ser, cujos olhos vermelhos brilhavam como brasa. O hálito do berserker era fétido, cheirava a peixe podre, e sua pele era rugosa, áspera, nojenta.

A jovem empregou todo seu peso e força para empurrar o rosto da fera contra o chão de terra, tentando dominá-lo à medida que levava a mão direita à faca em sua cintura. Se conseguisse pegar a arma, teria uma chance de acabar com aquele demônio. Mas seu tempo se esgotava; ela já ouvia os gritos dos demais berserkers, que haviam entrado no complexo.

Entretanto, quando Sarah finalmente consegui sacar a faca, o ser desferiu um golpe tão forte no seu rosto que ela caiu estatelada. Sua visão saiu de foco, e Sarah sentiu o corpo inteiro amolecer, como se estivesse prestes a desmaiar. Sua faca caiu a um metro e meio dela.

Vitorioso, o berserker subiu sobre Sarah e sentiu o aroma suave da moça. A criatura soltou um grito triunfante para atrair o resto de seu bando, e preparou-se para o banquete.

\* \* \*

Sarah, praticamente desacordada, não conseguiu acompanhar direito os eventos seguintes. Ela notou a criatura subindo nela, pronta para devorá-la viva. E então, um grito de guerra se elevou. Um berro humano, enfurecido. E, no instante seguinte, o berserker tinha sumido.

A cabeça de Sarah girava, mas ela se ergueu e conseguiu ver um homem vestindo apenas uma calça e descalço que lutava com o berserker, com a faca dela em punho. O homem estava de costas para ela, mas dava para notar que ele era alto e forte, e seus cabelos loiros eram mal cortados e desgrenhados. Ele esfaqueava o berserker como um louco, fazendo o sangue jorrar, indiferente aos urros de ódio do ser. E, quando a faca penetrou a testa da criatura, o monstro desabou, aniquilado.

Sarah sacudiu a cabeça, tentando entender o que estava acontecendo. Porém, numa fração de segundo o homem a arrastara para dentro do iglu de tijolos e fechara a portinhola de ferro, um instante antes de os demais berserkers chegarem àquele lugar.

A moça ainda tentava organizar os pensamentos, olhando ao redor. A construção era pequena, empoeirada e abafada. Sem entender o que acontecia e com seu instinto de sobrevivência mandando sinais confusos, ela fez menção de abrir a porta para sair.

— Quem é você? Deixe-me sair daqui seu filho da...

O homem se jogou sobre Sarah, rolando agarrado a ela. Com o braço esquerdo ele a prendeu pela cintura, encaixando as costas dela no seu peito. E com a mão direita, forte e pesada, ele cobriu-lhe a boca, impedindo-a de falar.

Confusa e assustada, Sarah tentava se libertar do captor, que cheirava a suor. Ela puxava a mão dele com força, mas ele parecia ser feito de pedra. Quando ela ia morder a mão dele para tentar se soltar, ele sussurrou próximo ao seu ouvido, e o corpo dela inteiro se arrepiou:

— Se acalma, não vou te fazer mal. Fique quieta. Se eles nos escutarem, estaremos mortos. — Ele a abraçou ainda mais apertado, deixando claro que a conteria de qualquer forma.

E, sem entender por que, Sarah se acalmou. Mesmo sem saber quem era aquele homem, a moça experimentou, pela primeira vez na vida, uma imensa sensação de proteção.

Ela se virou lentamente e olhou para o jovem de densa barba loira, que aparentava ter a mesma idade que ela. Seu olhar era de uma pessoa forjada pela aspereza do mundo, mas não havia rancor em seu semblante, apenas a sabedoria de alguém que teve que amadurecer rapidamente para continuar vivo.

O homem demorou para olhar para ela. Sua preocupação inicial era se certificar que os berserkers não poderiam entrar. Quando finalmente olhou para baixo e seu olhar cruzou com o da mulher que acabara de salvar, ambos sorriram. Era uma sensação estranha, de familiaridade. O inconfundível sentimento de reencontrar alguém querido que ficara longe tempo demais.

— Fernando, é você? — Sarah perguntou, embora não tivesse dúvidas em seu coração.

— Sarah?!

\* \* \*

Fernando a abraçou apertado, ambos ainda deitados no chão sujo do forno. Sarah o estreitou junto ao peito, sentindo os dois corações disparados. E assim, tudo parecia perfeito.

— Não acredito que eu te encontrei! — Sarah afrouxou o abraço e libertou Fernando, que ainda sorria.

— Que saudade! Pensei muito em você! O que está fazendo aqui?

— Vim te salvar, mas me sinto uma idiota, porque foi você quem me salvou! — ela riu.

— E eu agradeço. Se você não tivesse aparecido, eu estaria perdido. Me largaram trancado aqui enquanto o incêndio destruía tudo, e eu ia acabar morrendo de fome ou assado. Aliás, nós temos que sair daqui logo, antes que algum prédio em chamas desmorone sobre nós. — O sorriso de Fernando se desfez. Ele quase se esquecera quão precária a situação deles era.

Sarah sacudiu a cabeça concordando.

Ele se colocou de joelhos e deu a mão para Sarah, que se ajoelhou também. Fernando pôde reparar no quanto ela ficara bonita enquanto ela tirava o pó da calça jeans justíssima.

— Nossa, como você cresceu! Você está... diferente — ele disse, um pouco sem graça.

Sarah achou graça do comentário, e sobretudo de seu jeito desconcertado.

— Vou considerar isso um elogio — ela afirmou, espirituosa. — O que vamos fazer?

Fernando se abaixou e olhou pelos respiradouros nas paredes, tentando enxergar o que acontecia lá fora, com cuidado. A melhor estratégia naquele momento era não ser descoberto.

Sarah se aproximou para observar também.

Os dois viram diversos berserkers do lado de fora, que agora pareciam muito calmos, fitando o incêndio que a tudo destruía. Os seres pareciam ignorar o calor que só aumentava.

— Eu contei dez criaturas. Por que eles vieram parar aqui se não gostam do fogo?

— Bom, talvez eu tenha, por acidente, é claro, atraído os desgraçados até aqui.

Fernando a encarou, incrédulo, e ela tratou de complementar:

— Mas lembre-se: eu vim aqui pra te salvar! E funcionou! Certo?

Fernando sorriu. Ele não conseguiria ficar bravo nem se ela o tivesse condenado à morte.

— Tudo bem, dessa vez eu te perdoo. — Ele se sentia estranhamente bem-humorado, considerando que aquela situação não tinha nada de engraçado. — Eles não estão muito próximos da porta, então creio que podemos sair atirando. Você tem uma arma de fogo, certo?

Sarah se lembrou do seu fuzil e da sua pistola, ambos caídos do lado de fora do forno. Sua expressão deixou evidente que aquela parte do plano não seria tão simples assim.

— Você deixou lá fora, né?

— Eu já mencionei que viajei centenas de quilômetros só para te salvar, Fernando?

— Sim, eu entendi essa parte. — Ele suspirou, mas ainda assim não se irritou; muito pelo contrário. — Sem problemas, eu trouxe a sua faca, já é alguma coisa. O que tem lá fora?

— Um fuzil de alta precisão e uma pistola Glock praticamente carregada. E eu tenho um pente extra de cada arma aqui. — Sarah indicou o colete que vestia.

— Perfeito. Me dê o pente do fuzil. Quando nós sairmos, você pega a pistola.

— De jeito nenhum! você fica com a pistola, o fuzil é meu! — Sarah protestou.

— Continua atirando bem? — Fernando lançou-lhe um olhar significativo.

— Você não faz ideia, garotão. Pretendo fazer uma demonstração daqui a pouquinho pra você. — Ela pôs as mãos na cintura, desafiadora.

— Deus do céu, certas coisas nunca mudam! — Fernando vestiu uma camiseta velha e calçou as botinas, que tirara por causa do calor insuportável ali dentro.

— E outras mudam para melhor... — Sarah murmurou, observando com interesse o amigo se vestir, a última cena que ela imaginara ver naquele dia cheio de reviravoltas.

Fernando tornou a sorrir, e Sarah sentiu-se corar, ao perceber que o estava encarando.

— Muito bem, senhorita, eu fico com a pistola. Alguma ideia de onde você a deixou?

— Suponho que tenha ficado caída próxima à porta. Aquela coisa pulou sobre mim bem na hora em que eu ia entrar pra salvar sua vida.

— Droga, mulher, você estava fugindo, para de me enrolar! — Fernando deu a faca para a menina e colocou o pente da pistola no bolso. Em seguida, pôs a mão na porta. — Pronta?

— Pronta! — Sarah respondeu determinada, segurando a faca, em posição de ataque.

— Vamos!

E em seguida, os dois saíram do forno, dispostos a fazer o que fosse necessário para continuar vivos.

\* \* \*

Fazendo o máximo de silêncio possível, eles saíram do forno e olharam os arredores. Havia apenas um berserker à vista, que circulava a esmo perto dali. Os demais estavam do lado oposto.

Sarah encarou Fernando, apontou para a criatura e passou o dedo pela própria garganta, indicando que ia matar o ser com a faca. Fernando concordou, porem estava preocupado. Os berserkers eram fortes demais, e não havia margem para erros em um combate corpo a corpo.

Sem se intimidar, a menina caminhou com passos leves como os de um felino, se aproximando do zumbi pelas costas. Então, agarrou seus cabelos ralos e enfiou a faca em sua nuca, de baixo para cima, perfurando seu cérebro. A criatura se debateu um pouco, caiu desfalecido, e Sarah avistou seu fuzil, bem como a pistola, dois metros à frente.

Fernando, por sua vez, tentava encontrar as armas do lado oposto. Apenas a luz bruxuleante das chamas iluminava a noite, e o calor era insuportável. A cena fantasmagórica dos prédios queimando dava-lhe nos nervos. De tempos em tempos ele olhava para Sarah, e esboçou um meio sorriso ao vê-la matar o zumbi com tanta facilidade.

Sem encontrar as armas, ele se aproximou da borda do forno, tentando ver sem ser visto. Avistou meia dúzia de criaturas nos arredores, distraídas. Zumbis circulavam pelo pátio.

Fernando se escondeu rápido quando um dos berserkers se virou, e quando olhou para Sarah, ele a viu com as duas armas nas mãos. Finalmente as coisas começavam a dar certo.

De repente, ouviu-se um estalo alto. Era um som abafado e ameaçador, que lembrava pedras sendo quebradas. E então os dois viram o momento exato em que um dos prédios, algumas dezenas de metros para trás, desabou parcialmente. De imediato, centenas de zumbis se puseram a caminhar na direção do som e, consequentemente, de encontro aos dois.

— Mas que merda! — Fernando já podia escutar o primeiro berserker se aproximando.

Sarah arregalou os olhos e se pôs a correr, tentando vencer os metros finais o mais rápido possível.

Quando o primeiro berserker contornou o forno e deu de cara com Fernando, o rapaz reagiu com presteza: com um grito de guerra, ele agarrou o ser pela cabeça e arrebentou-lhe o crânio contra a estrutura de tijolos. A criatura caiu inerte, e outros seres surgiram na frente dele.

— Aqui, Fernando, pega! — Sarah jogou-lhe a pistola, e, apoiando um joelho no chão, levou o rifle à altura do ombro.

E assim teve início o tiroteio.

Fernando enfiou a arma entre os olhos de um dos berserkers e disparou à queima-roupa, estourando-lhe os miolos. Outra criatura lançou-se furiosa contra sua presa.

Ele tentou mirar no ser, mas sabia que era impossível fazer aquilo a tempo, pois eles eram rápidos demais, e ele estava muito perto. Entretanto, antes mesmo que Fernando acabasse de erguer a arma, a cabeça da criatura explodiu graças a um tiro certeiro de Sarah.

E então os dois abriram fogo com tudo que dispunham, fulminando os berserkers restantes, um feito até então inédito para duas pessoas sem equipamento de guerra.

Depois, sem trocar uma única palavra, eles se organizaram e passaram a atirar nos zumbis, que se aproximavam às centenas, ela disparando à distância e ele, nos mais próximos.

Sarah trocou o pente da arma com velocidade impressionante, assim como Fernando. Em seguida, os disparos recomeçaram. As criaturas caíam às dezenas, porém diversos outros continuavam avançando, implacáveis. Depois de alguns instantes, a munição acabou.

— Pega! — Sarah jogou-lhe a faca e virou o fuzil para usar a coronha como arma.

E assim os dois avançaram contra a multidão. Eles sabiam que era impossível matar todos, mas pretendiam atravessar em meio à horda e sair do complexo. Os zumbis avançavam de forma dispersa no imenso pátio. Espalhados daquela forma, era possível enfrentá-los com coragem e domínio de técnicas de combate corpo a corpo — o que os dois tinham de sobra.

Com golpes letais na cabeça, eles matavam os zumbis e avançavam até a criatura seguinte. A dupla de assassinos mais letal do mundo produzia uma trilha de corpos à medida que ganhava terreno. Ao todo, eles derrubaram mais de trinta seres em poucos minutos.

Quando finalmente se aproximaram do portão, os dois correram como loucos, deixando o complexo para trás e ganhando a noite. Lado a lado, Sarah e Fernando fugiram daquele inferno, enquanto a Usina Moreno queimava até virar pó.

* * *

Fernando e Sarah correram mais de cinco quilômetros até chegar a uma área mais fechada, repleta de árvores. Ofegantes, os dois se recostaram num tronco e tentaram recuperar o fôlego.

— Puta merda... Por um instante achei que não íamos conseguir...

— Pra ser franco, eu também. — Fernando enxugou a testa. — Você está bem? — Perguntou, reparando que a jovem estava toda suja de sangue.

— Sim, isto aqui é só sangue de zumbi. E desculpe falar, mas você está pior.

Fernando sorriu ao olhar para si mesmo. Ele tinha sangue espirrado até no rosto.

— Sarah, agradeço por você ter vindo. Mas como sabia que eu estava aqui? — Fernando pôs as mãos nos joelhos, tentando se recuperar. — Aliás, por onde você andou todos esses anos?

— É uma longa história.

— Não tem problema, eu tenho bastante tempo. Acho que devemos pernoitar por aqui, e amanhã seguimos em frente. É muito perigoso caminhar por esta região à noite.

Fernando começou a subir na árvore. Aquela era uma norma padrão de segurança ensinada por Sílvio e Nívea: eles nunca deveriam pernoitar no chão, sem proteção ou vigilância.

Sarah o seguiu, e ambos sentaram num galho grosso, apoiados no tronco. Não era muito confortável, mas era alto e seguro o suficiente para que não caíssem, caso adormecessem.

— Fazia tempo que não passava a noite assim, e confesso que não senti falta.

— Acredite, existem formas piores de dormir. — Fernando sorriu, ainda admirado da beleza de Sarah.

— Eu posso imaginar, Fernando. Desculpe não ter vindo antes. — Sarah sentia culpa por não ter tentado libertar o rapaz antes, mas as circunstâncias não permitiram.

— Não se preocupe, valeu a pena esperar. — Fernando deu risada.

— Pronto pra uma história bem longa? — Sarah perguntou.

— Pronto e ansioso.

E a jovem deu início a sua longa narrativa de dez anos em Ilhabela, terminando com os detalhes de como ela e seus companheiros mataram cinco conselheiros de Otávio, que escapou por pouco do seu tiro fatal, a fuga da ilha e a chegada à Usina Moreno.

— Eu lembro bem desse tal de Artur. Ele me pareceu ser um cara decente — Fernando comentou, pensativo. — Sério que você colocou a minha libertação como condição para ajudar?

— Sim, é verdade. Pra mim, isso era inegociável.

— E por que fez isso, Sarah? — Fernando indagou, com um jeito divertido. — Sempre fui um chato, não sei como você me suportava!

— Na verdade, fui muito injusta com você. E no fundo eu te admirava e sabia que poderíamos formar uma bela equipe. — Sarah notou o meio sorriso de Fernando. — Por que está com essa cara?

— Bom, acho que isso significa que você finalmente me perdoou. — De repente, ele se sentiu feliz de novo.

— Claro que perdoei. Na realidade, eu não deveria ter te julgado. Eu era muito nova, e fui extremamente infantil e injusta. Eu é que peço perdão. Amigos? — Sarah estendeu a mão.

— Amigos, sem sombra de dúvida. — Ele apertou a mão de Sarah. E se surpreendeu ao se dar conta do quanto ela era pequena, macia e delicada.

Os dois continuaram conversando. Fernando fez a menina lhe narrar com detalhes todos os aspectos possíveis da vida dela em Ilhabela, sobretudo seu período como espiã infiltrada.

— Mal consigo acreditar que você foi a autora dos atentados de Ilhabela, Sarah. Todos na prisão souberam que alguém quase conseguira dar cabo do Otávio. Estou impressionado.

— Pois é, infelizmente eu errei o tiro. As coisas agora talvez estivessem mais fáceis. — Sarah deu de ombros.

— Não se culpe, o problema de Ilhabela é outro. Apenas matar o Otávio não é suficiente para resolver tudo. Teria sido preciso derrubar todos, matar ou prender os líderes e convencer os soldados a se unir a nós, ou entregar suas armas e abandonar essa guerra. Faz meio século que o Uriel tomou o poder, e as coisas só pioram. Isso não mudará matando um homem só.

Sarah refletiu. Fernando tinha razão; acabar com Otávio era uma questão de honra, mas se apenas cortassem a cabeça da hidra, várias outras cresceriam no lugar, e nada mudaria.

— Sim, você está certo. Não sei como faremos isso. Talvez seja impossível vencer sendo tão poucos. — Sarah soltou um suspiro desanimado. — Conseguimos acabar com boa parte dos possíveis sucessores imediatos do Otávio, mas receio que não estejamos perto de uma solução.

— Não se preocupe, nós daremos um jeito. Tenho contas a acertar com ele, e posso afirmar que vocês não são tão poucos quanto pensam. — Fernando esboçou um sorriso maroto.

— Como assim? — Sarah franziu a testa.

— Eu tenho mais uns duzentos homens pra acrescentar à sua cruzada.

— Tá falando sério? Como é possível? — Sarah sentia a empolgação crescer no peito.

— Sarah, eu ainda não contei o que aconteceu aqui. As coisas se complicaram muito nas últimas quarenta e oito horas. Você não se perguntou que diabos houve com a usina?

— Claro, essa pergunta não sai da minha cabeça. Me conta.

— Eu comandei uma rebelião, e as coisas fugiram do controle. Muitos morreram, mas a maioria escapou. A culpa foi minha, mas era necessário, a alternativa seria muito pior.

— Por que você precisou fazer uma loucura dessas? — ela perguntou, perplexa, mas sem crítica em sua voz. Ela sabia reconhecer que aquele homem era uma força a ser respeitada.

— Vocês estavam indo pra São Paulo, certo?

— Sim, exato.

— É melhor planejar muito bem essa parte, Sarah. São Paulo está sitiada. Ir pra lá é perigoso.

— Por quê? Como assim, sitiada?

— Um exército saído das profundezas do inferno atacou aquele lugar e matou uma quantidade enorme de pessoas — Fernando afirmou, com gravidade.

# CAPÍTULO 4
# A REBELIÃO

**DOIS DIAS ANTES DA CHEGADA DE SARAH** e seus companheiros, Fernando e seus colegas trabalhavam, como sempre, no corte de cana, quando uma sirene ecoou, estridente, pelo local. Aquele era um sinal de emergência, e o procedimento era sempre igual: todos os presos tinham que encerrar as atividades e retornar ao pátio principal, onde aguardariam novas ordens.

De maneira muito organizada, eles guardaram todas as ferramentas numa picape e marcharam em passo acelerado. Fernando procurava apressar os colegas, pois um atraso poderia significar uma punição para todos.

O grupo dele foi o primeiro a chegar, enquanto vários outros se aproximavam. O lugar estava repleto de guardas armados, que os encaravam de forma pouco amistosa. Quando todos chegaram ao local, podia-se ouvir o burburinho de perguntas e comentários por todo lado. Então, o diretor da usina se aproximou e subiu num caixote, segurando um microfone sem fio.

— Boa tarde, cavalheiros, eu tenho um comunicado urgente a fazer. Ao menos mil e quinhentos de vocês precisarão ser removidos com urgência nos próximos dois dias. Portanto, todos devem reunir suas coisas e se preparar para partir em breve. Fui claro?

Fernando e os demais se entreolharam, preocupados.

— Mil e quinhentos serão transferidos? Por quê?

— Pra nosso benefício é que não há de ser, Ivan. — Tobias fez uma careta.

Após o comunicado, os presos voltaram aos seus afazeres. Mas em pouco tempo os boatos passaram a correr, pois os seguranças começaram a revelar o que estava acontecendo, e logo o falatório na prisão começou a aumentar consideravelmente.

— Lutar contra aberrações? Você tá brincando, né? — Fernando falava com Bruno, cujos olhos estavam injetados de pânico.

— Não cara! Disseram que milhares de aberrações atacaram a colônia de São Paulo, morreu gente aos montes! Nós estamos fodidos, aqueles desgraçados de Ilhabela querem nos mandar pra enfrentar uma coisa invencível apenas pra poupar seus soldados, porque sabem que isso é suicídio! E dizem que essas coisas estão lutando igual gente, com porrete e lança!

— Não, calma aí. Isso só pode ser mentira! Essas coisas não conseguem raciocinar, não tem como eles fazerem alguma coisa desse tipo — Tobias interpôs.

Os demais começaram a assentir.

— Não é mentira, não — Fernando comentou com seriedade, causando um sobressalto nos demais. — Eu já vi acontecer. Esses zumbis gigantes estão mesmo mudando.

E ele contou com riqueza de detalhes desde sua ida à Brasília até o duelo com aquelas criaturas, que quase custara a sua vida e de seus colegas.

— E nós vamos enfrentar isso? Não tô gostando nada disso! — Luiz disse, assustado. — Esses seres têm a força de um urso, não há como lutar contra uma coisa dessas!

Todos assentiram, inclusive Fernando. Mais do que ninguém, ele sabia que aquela era uma causa perdida.

A notícia se espalhou em instantes por todo canto, e, à medida que novos pormenores surgiam, o clima só piorava.

— Ilhabela não vai interferir diretamente. Eles estão mandando reservistas, civis e presidiários aos montes, mas não vão lutar contra as criaturas — alguém comentou.

— Já se fala em mais de mil mortos em São Paulo. Ou melhor, mil contaminados! O exército de criaturas só faz aumentar! — Outro preso falou, em pânico.

Então, Fernando decidiu procurar Jeremias. O chefe da guarda na certa saberia dizer o que de fato vinha acontecendo. A questão era: ele falaria a respeito com um presidiário?

Quando chegou à sala dele, Fernando se espantou ao ver que o guarda havia esvaziado tudo, e acabava de colocar alguns papéis na gaveta. Ao erguer a cabeça, deparou com o rapaz.

— O que quer, Ivan? Estou ocupado.

— Chefe, desculpe incomodar, mas eu posso fazer uma pergunta?

— Já falei que estou ocupado. Não tenho tempo pra conversa, depois falamos. — Jeremias trancou a gaveta e se levantou da cadeira, dando a entender que já estava saindo.

— Senhor, é verdade que estamos sendo mandados pra uma guerra contra as aberrações? — Fernando olhou Jeremias nos olhos.

O chefe da guarda encarou Fernando. O rapaz engoliu em seco, mas sustentou o olhar.

— Quem foi que te falou isso, Ivan?

— Todo o mundo, senhor. E eu sei por experiência própria que isso é algo muito sério. Por esse motivo vim te perguntar se é verdade.

Fernando finalmente se deu conta de que o homem suava e tinha a testa franzida, deixando transparecer que se achava sob imenso estresse. Essa constatação tornou claro que algo de grave acontecia. E mais uma certeza o acertou em cheio naquele momento.

— E eles também estão enviando parte dos guardas pra frente de batalha, né? O senhor está com pressa porque tem medo de ser transferido, é isso? — Fernando perguntou, astuto.

Jeremias apoiou as duas mãos na mesa e mordeu o lábio inferior. Ele parecia estar enfrentando um dilema, dividido entre o dever de guarda e a própria consciência.

— Sim, Ivan. Vou partir antes que alguém diga que devo ir com os primeiros quinhentos detentos pra São Paulo. E até depois de amanhã vários outros, inclusive você, vão partir também.

— Senhor, isso é loucura! Vamos todos morrer!

— Olha, Ivan, eu sempre simpatizei com você e achei que não devia estar aqui, neste lixo de lugar. Por isso serei franco, até porque acredito que nunca mais botarei os pés nesta prisão: fuja! Arrume um jeito de escapar e vá pra bem longe, e nem pense em ir pra São Paulo. A primeira leva de reservistas que chegou lá morreu em menos de duas horas de confronto.

Fernando se arrepiou ao ouvir aquilo. Por um momento Jeremias deixou de ser o guarda da prisão para ser apenas um homem dando um conselho difícil a outro, bem mais jovem.

— Pra onde o senhor vai? — Fernando sussurrou.

— Vou largar tudo e tentarei me unir aos meus parentes para fugir, essa merda é uma causa perdida. Ilhabela está mandando pessoas aos montes, e estão todas morrendo. Já se fala que o governo acabará desistindo de São Paulo e irá bombardear tudo, matando gente e zumbis.

Fernando não sabia mais o que dizer.

— Eu entendo senhor, sinto muito.

— Não sinta muito, Ivan. Estou sendo covarde, quero apenas salvar a minha vida e esconder a minha família. Fuja antes que seja tarde. Quem se recusa ou tenta fugir é morto pelos próprios combatentes. Você não tem mais do que quarenta e oito horas pra se salvar. Para os demais, o tempo se esgotou. — Ele agora olhava pela janela de forma significativa.

Fernando franziu a testa e, sem pedir autorização, caminhou até lá. O comboio que conduziria os primeiros detentos para a linha de batalha chegara, repleto de soldados armados.

— Aquilo ali é o que vai levar todos à morte. Preciso ir imediatamente. Boa sorte, garoto! — E, batendo com sua mão pesada no ombro do rapaz, Jeremias saiu da sala.

— Boa sorte, senhor — Fernando murmurou, olhando para baixo, como estivesse pesando tudo o que acabara de descobrir.

Logo em seguida, ele saiu também, com uma decisão tomada. Fernando não se deixaria matar tão facilmente; tampouco permitiria que seus companheiros de infortúnio fossem levados para se sacrificar por um déspota como Otávio. Não sem uma boa briga.

\* \* \*

Dois dias depois, logo cedo, mais ônibus chegaram à Usina Moreno, prontos para levar mais detentos para São Paulo. Cerca de duzentos soldados faziam a escolta dos veículos que iriam transportar mais de mil infelizes designados para participar da batalha.

Em São Paulo, o cenário era desesperador. A leva de prisioneiros, junto com milhares de reservistas, fora trucidada com facilidade no dia anterior, e centenas de soldados fugiram. Otávio já avisara que aquela seria a última tentativa; depois disso, ele lavaria as mãos.

Um oficial do exército de Ilhabela vindo de São Paulo desembarcou de um jipe e se dirigiu ao novo chefe da guarda, que substituía Jeremias:

— Boa tarde, eu sou o tenente Morgado. Os combatentes estão prontos pra partida?

— Sim, senhor. Vou tocar o alerta pra que eles saiam. — O guarda observou os velhos veículos com grades de metal soldadas às pressas para impedir tentativas de fuga.

— Ótimo. Vamos embora, então. Estamos precisando de mais soldados imediatamente.

— Parecem poucos ônibus pra tanta gente. — O guarda franziu a testa.

— Eles terão que revezar, e metade irá de pé. Algum problema com isso, guarda?

— De forma alguma, senhor. — Mas o guarda se perguntava como seria viajar mais de quinze horas até São Paulo naquelas condições, atravessando estradas abandonadas e decrépitas, lotadas de zumbis. Felizmente ele não iria partir naquela viagem suicida.

Em seguida, o guarda tocou o alarme, sinal para que os prisioneiros saíssem escoltados pelos soldados que se encontravam pelos corredores para conduzi-los ao pátio. No entanto, depois de alguns instantes, os dois se entreolharam. Ninguém saíra dos alojamentos.

— É comum essa demora? — Morgado questionou, impaciente.

— Não é não. Eles costumam se apresentar em menos de cinco minutos. Vou tocar de novo — o guarda afirmou, irritado. Ele não simpatizava com o esnobe soldado de Ilhabela.

Então, ele soou o alarme novamente, de forma mais longa. Mas nenhum detento saiu.

— Guarda, eu não tenho tempo a perder! Verifique o que está acontecendo já!

— Está bem, tenente, está bem, calma! — Em seguida, o guarda pegou o rádio para contatar um dos responsáveis pela vigilância interna. — Cadê todo mundo? Estamos esperando.

A única resposta foi o silêncio absoluto.

— Vamos, imbecis, saiam logo, porra! Vou precisar entrar aí pra buscar vocês?

— Pode vir, cara, estamos esperando.

— Como é que é? Calma aí, quem tá falando? O que diabos tá acontecendo? — respondeu o guarda, sentindo uma gota de suor cair pela testa ao ouvir aquela voz sinistra.

— Aqui quem fala é o seu pior pesadelo! Podem vir. Nós só vamos sair daqui livres ou mortos, tanto faz! — Fernando afirmou com dureza, e desligou.

Em seguida, um verdadeiro brado de guerra se elevou dentro do prédio. Mais de mil homens gritaram, em desafio, e todos os que estavam do lado de fora estremeceram.

— Mas que caralho é isso? — Morgado perguntou, tenso.

— Pelo visto é uma rebelião. Tenho quase certeza de que foi o Ivan, um dos líderes da prisão, que falou comigo!

— Era só o que me faltava! Manda esse imbecil parar com essa putaria e sair logo de lá, senão vou buscá-lo pessoalmente! Não temos tempo a perder!

— E como o senhor pretende fazer isso? Nós temos milhares de ladrões, assassinos e estupradores lá dentro. Acha mesmo que eles vão me obedecer se eu pedir com jeitinho? — O guarda encarou Morgado com raiva.

— Isso é um absurdo! Sou um oficial do exército de Ilhabela! Eu ordeno que vocês... — Mas então algo chamou a atenção de Morgado. Uma fumaça negra começava a sair pelas janelas do prédio e as primeiras labaredas não tardaram a surgir. — Puta merda, agora fodeu!

\* \* \*

Pouco antes, vários guardas caminhavam pelos corredores do prédio, se certificando de que todos os detentos se preparavam para sair para o pátio e iniciar o procedimento de embarque.

Os presos se perfilaram lado a lado, com a trouxa de roupa que levariam na viagem. Estavam nervosos e ansiosos, mas por motivos muito diferentes do que os guardas imaginavam.

Fernando e Tobias estavam parados próximos, enquanto Bruno e Luiz se encontravam a alguns metros de distância. Vários dos presos ali presentes se entreolhavam, tensos.

Um dos guardas sacou o cassetete da cintura e o brandiu junto ao rosto de Bruno, que o encarou, mas o olhar de fúria do homem era tão intimidador que ele tratou de baixar os olhos. Outros guardas fizeram o mesmo com outros detentos, exigindo que eles se mexessem.

Fernando olhou profundamente para Tobias e acenou. O amigo correspondeu o gesto. O que se deu em seguida foi muito rápido. Sem nenhum aviso, Fernando deixou a formação, deu quatro passos na direção do guarda e, antes que o homem pudesse se virar, agarrou a cabeça do infeliz e torceu seu pescoço, quebrando-o com facilidade.

O guarda o encarou com espanto, enquanto caía quase em câmera lenta. O movimento foi tão preciso que Fernando tomou o cassetete dele antes mesmo de o homem bater no chão.

— O que você fez? — o guarda mais próximo gritou, buscando sacar seu cassetete.

Fernando disparou até ele e desferiu um golpe certeiro em sua cara, partindo-lhe a mandíbula e os dentes. O pobre coitado foi atirado longe. Outros guardas correram para acudir os colegas, mas todos os presos se precipitaram sobre eles, agarrando-os e derrubando-os.

Fernando avançou contra Malaquias, um guarda muito forte de quase dois metros de altura que adorava intimidar os presos. O rapaz o agarrou pelas pernas e girou o tronco, atirando-o longe. Malaquias caiu de bruços e, com ódio nos olhos, fez menção de se erguer, mas Fernando girou seu pé direito ao contrário, quebrando seu tornozelo e joelho e fazendo-o urrar de dor.

— Moleque maldito, eu vou te matar, porra! Eu vou te...

Fernando desferiu um golpe de cassetete na têmpora do guarda, que bateu com violência a cabeça contra o piso de concreto e começou a sofrer espasmos musculares.

Em menos de cinco minutos os presos desarmaram e mataram vários guardas. Logo não havia mais ninguém para detê-los. O mais importante de tudo era que fora possível neutralizar todos sem que ninguém tivesse conseguido emitir nenhum tipo de alerta.

— Preparem-se, em breve eles vão entrar! — Fernando berrou. — Vamos seguir o plano!

Os homens assentiram e e arrombaram armários de produtos de limpeza, buscando tudo que fosse inflamável. Outros buscavam empilhar mesas, assentos de madeira, baldes de plástico e até livros da minúscula biblioteca que nunca era usada. Naquele momento, o chefe da guarda cobrou a saída dos detentos pelo rádio, sem imaginar o que estava por vir.

Os presos gritaram quando Fernando lhes deu o comando para atear fogo à pilha. Para muitos, aquela era a chance de fugir. Para vários outros, era a oportunidade ideal para se vingar.

Do lado de fora, todos observavam assombrados as labaredas que surgiam pelas janelas, lambendo o teto do prédio.

— Mas que merda, teremos de entrar! Se não fizermos algo, eles vão destruir a usina inteira! — E Morgado comandou: — Em formação! Preparar pra invadir!

— Precisamos pedir reforços! — o chefe da guarda suplicou, acovardado.

— Que reforços, idiota? Se formos esperar alguém, o incêndio já terá tomado conta de tudo, e eu serei responsabilizado! — Morgado insistiu: — Preparar para invadir, vamos!

Os soldados obedeceram de imediato, embora receosos. Invadir um prédio em chamas, controlado por presidiários perigosos e em número muito maior, parecia ser suicídio.

— Sigam-me! Atirem pra matar, entenderam? — Morgado berrou de fuzil em punho, seguido por duzentos homens armados, que começaram a invasão do edifício em chamas, dispostos a esmagar aquela rebelião. Foi quando a tragédia começou.

Os soldados começaram a tossir assim que entraram no prédio, pois não possuíam nenhum equipamento para proteger as vias respiratórias. Os guardas da prisão vinham junto, também armados, mas usando máscaras e escudos de choque, apropriados para a ocasião.

A visibilidade era muito ruim ali, mas era possível avistar vários guardas caídos, alguns deles ensanguentados. Os presos gritavam mais à frente, logo depois da imensa fogueira cujas chamas já haviam atingido os pavimentos superiores.

— Péssima ideia, temos que sair daqui! — um dos soldados murmurou, apavorado, sufocando com a fumaça.

— Se você fugir, eu mesmo te mato, entendeu? Não seja covarde, seu filho da puta! — Morgado falou, observando um guarda com a garganta ensanguentada ao seu lado, com os olhos abertos, vidrados. — Olha o que esses malditos fizeram! Vamos acabar com essa merda!

Eles continuaram avançando, ouvindo os gritos cerca de trinta metros à frente. Os soldados tossiam e engasgavam com a fumaça, mas sabiam que não tardariam a enxergar melhor os primeiros presos. Quando isso acontecesse, abririam fogo contra qualquer um que se mexesse.

O último soldado passava pelo guarda ensanguentado, e deu uma boa olhada em seus olhos vidrados. De repente, o homem virou o rosto na sua direção, quase matando-o de susto.

— Mas que porra...

Rápido como um raio, o homem se colocou de pé e avançou contra o soldado, agarrando sua arma e dando uma cabeçada em sua cara e fazendo com que ele caísse. Em seguida, ele virou o fuzil e descarregou uma leva de tiros nos soldados e nos guardas pelas costas.

Vários homens se viraram, atraídos pelos berros do soldado, mas não tiveram tempo de se esquivar das balas. Uma fileira de combatentes caiu, enquanto os demais atiravam.

Vestido com o uniforme de um dos guardas mortos, Fernando agarrou o fuzil de um dos soldados caídos e o jogou para Tobias, também disfarçado de guarda, que se levantou como se renascesse dos mortos e começou a disparar, correndo de costas em meio à fumaça.

Os soldados e guardas abriram fogo contra os dois, que se esconderam atrás de duas colunas de concreto, disparando sempre que podiam. Aproveitando a distração causada pelos dois homens, centenas de detentos avançaram contra os invasores, armados com cassetetes roubados dos guardas, além de estiletes e porretes improvisados.

Uma gritaria e confusão sem limites tomou conta daquele lugar, num confronto sangrento e feroz. Em meio à fumaça e com milhares de detentos cercando-os por todos os lados, as armas de fogo se tornaram ineficazes. Os soldados disparavam a esmo, acertando os amotinados, mas em certos momentos atingindo seus próprios colegas.

Cabeças eram quebradas por cassetetes e barrigas abertas por estiletes enferrujados. Presos eram mortos por rajadas de fuzil. Soldados em pânico eram desarmados e mortos. A cada combatente que caía, mais um preso conseguia se armar e passava a atirar na tropa de choque. Fernando e Tobias juntaram-se ao grupo, distribuindo coronhadas quando a munição acabou.

Após minutos intermináveis, finalmente as coisas começaram a se acalmar. Um verdadeiro mar de sangue cobria todo o piso, e os olhos de

Fernando lacrimejavam por causa da fumaça quente e negra. Por todos os lados podia ver cadáveres caídos e um número razoável de detentos em pé, alguns feridos, outros apenas imundos de sangue.

Tobias e Bruno se aproximaram, ofegantes e sorridentes.

— Caralho, Ivan, nós vencemos! Mas que merda tivemos que fazer! — Tobias exultava.

— Sim, eu já sabia que seria foda... — Fernando respondeu, exausto. — E o Luiz?

— Levou um tiro no meio da cabeça. — Bruno suspirou. Ele tinha um ferimento no rosto.

Fernando sacudiu a cabeça, triste, pois gostava de Luiz. Porém, havia um problema que teriam de enfrentar. O fogo havia se alastrado de uma forma tal que se tornara impossível sair pelo acesso principal. Eles teriam que usar as saídas no fundo do prédio, que permaneciam trancadas e cujas chaves ficavam em poder de poucos guardas, entre eles, o chefe da segurança.

— Procurem o chefe da guarda! Temos de sair daqui, rápido! — E Fernando começou a revirar os cadáveres, numa frenética procura.

Não demorou para encontrarem o corpo do guarda que substituíra Jeremias, e, sem perda de tempo, arrancaram de sua cintura o molho de chaves que abriam as portas do fundo.

Centenas de homens exaustos, feridos e cobertos de sangue correram para o fundo do prédio, vários portando fuzis e pistolas roubados dos atacantes mortos. Eles se viraram quando ouviram o som de parte das vigas do teto desabando com a potência do incêndio. O tempo deles realmente se esgotara; aquele lugar estava condenado.

Fernando destrancou a porta às pressas e a escancarou, liberando o caminho para que todos ganhassem o pátio de trás do edifício. Foi um alívio respirar o ar puro da usina, após saírem daquele espaço quente e enfumaçado. Foi quando eles ouviram um tiro, e todos se viraram.

Um dos soldados que guardavam a guarita fez um disparo de advertência contra eles, tremendo de medo diante daquele pelotão grotesco de detentos fortemente armados.

— Mãos ao alto, todos vocês! Estão todos presos!

— Não seja ridículo, meu chapa! — Fernando ergueu o fuzil e deu um tiro certeiro na parede da guarita, logo ao lado da cabeça do guarda, que olhou apavorado para o buraco perto de si, imaginando que o próximo disparo seria bem no meio dos seus olhos. — Larga essa merda e desce daí. Nós somos centenas contra alguns poucos vigias. Não seja idiota!

O homem largou o fuzil na hora. Se todos os presos decidissem disparar contra ele, seu corpo seria reduzido a pó. Assim que o guarda desceu, Fernando o pegou como refém. Nos arredores, vários zumbis se acotovelavam próximos à cerca, atraídos pelos tiros e pelo fogo.

Fernando e seu séquito de presos chegaram ao pátio principal e viram os demais guardas nas guaritas, em dúvida do que fazer. O rapaz tratou de esclarecer os fatos rapidamente:

— Vocês têm cinco minutos para largar as armas e fugirem. Depois disso, resolveremos na bala. — Fernando gritou, segurando o guarda apavorado pelo pescoço, usando-o como escudo, seguido por centenas de homens mal-encarados e armados.

Os guardas, vendo que não havia como enfrentar aquele grupo, também se renderam e desceram de mãos erguidas e expressão de pânico.

— Vão embora daqui antes que eu mude de ideia! — Fernando ordenou, empurrando o seu refém na direção dos colegas que tinham se rendido.

— E quem vai vigiar a usina? — Um deles perguntou, aturdido.

— Ninguém precisará vigiar nada. Quando nós acabarmos, não haverá mais ninguém aqui pra ser trancado. Agora, vão! — Fernando apontou a saída com o indicador.

Os guardas correram até os veículos de apoio da usina e partiram em disparada.

Enquanto isso, Fernando dirigiu-se com vários homens até o prédio em que os demais presidiários se achavam confinados. O diretor da prisão ordenara que todos ficassem trancafiados durante a operação de transferência, para não prejudicar a segurança.

Sem guardas para proteger aquele lugar, em breve todos estavam livres, gritando e comemorando. Rapidamente eles passaram a espalhar ainda mais o fogo pela usina. Fernando dava ordens ao mesmo tempo que espalhava litros de álcool pelo canavial.

— Ivan, se o Otávio te encontrar, ele vai mandar arrancar a sua pele. — Tobias sorriu.

— Quero que ele se foda! Quero ver o desgraçado bombardear a casa de alguém sem combustível. — Depois de anos pensando em como atingir o poder de Otávio, finalmente a oportunidade surgira, e Fernando não iria desperdiçá-la. Aquela era uma chance de ouro.

Até o diretor do presídio e funcionários como técnicos e engenheiros foram colocados para fora, espremidos dentro de carros velhos e um caminhão.

— Vocês estão cometendo um erro, garoto. Esta usina é a principal fonte de combustível do Brasil. Muitos serão prejudicados pelo seu ato de vandalismo.

— O maior prejudicado será aquele ditador do Otávio, e eu não ligo de ferrar com ele. — Logo em seguida, Fernando bateu no capô do veículo, mandando que o motorista partisse.

Os ônibus também saíam, acompanhados de caminhões-tanque lotados de combustível roubado, levando presidiários que fugiam para todas as partes do Brasil. Alguns tentariam chegar ao Rio de Janeiro e à Bahia; outros rumavam para a região Centro-Oeste. Fernando e seus seguidores pretendiam experimentar uma fórmula que já funcionara antes.

— Lembrem-se do plano. Nós iremos para a Serra Catarinense, aonde minha antiga comunidade sobreviveu por décadas. Ninguém deve estar preocupado com aquele lugar, pois tudo foi destruído; nos estabeleceremos com tranquilidade. Teremos que desaparecer completamente para não levantar suspeitas. Vamos levar no mínimo três caminhões-tanque.

Aos poucos, seu grupo foi partindo em ônibus, rumo ao ponto de encontro, levando os caminhões cheios de etanol. Fernando, Tobias e alguns homens ficaram para trás para carregar o último ônibus com parte dos alimentos, armas e tudo que conseguiram reunir. O incêndio se espalhava rápido, e acabaria atingindo a usina inteira.

Quando terminaram, ele mandou Tobias e os demais acabarem de arrumar as coisas no ônibus, pois queria fazer a última checagem geral para não deixar nada para trás. O grupo era grande, e eles precisariam de todos os recursos possíveis para conseguir se estabelecer.

—Preparem-se pra partir que eu já volto! — E Fernando entrou no prédio de novo.

O galpão ao lado daquele edifício já estava em chamas, mas aquele era o menor dos problemas. O grande perigo seria quando o fogo atingisse os grandes reservatórios de combustível da usina. Fernando pretendia estar bem longe quando isso acontecesse.

Ele correu pelas salas checando tudo, mas pelo visto nada fora esquecido. O rapaz sorriu ao ver que seu trabalho naquele lugar estava encerrado.

Foi quando sons de tiros de fuzil chegaram aos seus ouvidos, causando-lhe um sobressalto. Correndo, Fernando voltou para o pátio no qual estava o último ônibus, e mal pôde acreditar no que viu. Um caminhão cheio de soldados invadira o complexo, provavelmente o restante do contingente enviado para ajudar na transferência dos detentos. Quando viram o incêndio a distância, os homens se prepararam para o confronto e chegaram à usina atirando.

Tobias e os demais reagiram, mas ao menos meia dúzia de homens foram baleados. O próprio Tobias levou um tiro de raspão no ombro e caiu, se arrastando para dentro do ônibus.

— Merda, cadê o Ivan, caralho?

— Não sei, mas temos que ir embora agora mesmo! Vamos! Vamos! — Bruno sabia que seria loucura enfrentar dezenas de soldados armados, ainda mais após serem surpreendidos.

Tobias engoliu em seco, mas não havia tempo para nada. Os vidros do ônibus se estilhaçavam à medida que os disparos dos soldados os atingiam. Eles precisavam partir imediatamente e rezar para não serem alcançados.

Tobias ligou o ônibus e acelerou com tudo, fazendo o motor soltar um barulho estridente, então arrancou com o imenso veículo, deixando para trás os soldados que atiravam.

Fernando deu um passo para trás e fez menção de voltar para o prédio e se esconder dentro do edifício, mas dois soldados se aproximaram correndo com as armas em punho.

— Mãos na cabeça, seu filho da puta! No chão! No chão! — O primeiro combatente apontava a arma para a cara de Fernando, enquanto o outro vinha logo atrás, furioso.

Fernando suspirou e lentamente se deitou, ciente de que mais uma vez as coisas tinham se complicado para ele.

\* \* \*

— Mas que merda, quem foi que fez isso tudo, seu maldito? Responde! — O oficial responsável por aquele pelotão gritava, colérico.

— Senhor, eu não sei dizer — Fernando mentiu descaradamente. — Um bando de malucos começou uma rebelião e saiu matando todo o mundo. Eu mesmo achei que ia morrer.

— E pra onde foram todos? Pra onde aquele último ônibus foi?

— Pra Palmas, se unir a um grupo de sobreviventes. Eu ia com eles — Fernando dizia, olhando sem piscar para o oficial.

— E então? Vamos atrás deles? — um soldado perguntou ao oficial, que parecia na dúvida; dois soldados morreram e outros dois ficaram feridos no confronto com Tobias.

— Eles que se fodam! De que adianta ir atrás de algumas dezenas de presos se os outros fugiram ou morreram, e a usina está condenada? Vamos cair fora. Tem zumbi aos montes por perto, e à noite eles virão aos milhares atraídos pela claridade. Não temos combustível pra desperdiçar numa perseguição inútil, e se ficarmos parados na estrada estaremos lascados!

Discretamente, Fernando suspirou de alívio. Ao menos Tobias e os demais teriam uma chance de fugir. Mas o que aconteceria com ele permanecia um mistério.

— Senhor oficial, vossa senhoria me permite ir embora? Um ladrão de galinhas desarmado não oferece perigo pra ninguém, não é mesmo? — Fernando falou de forma humilde, quase tacanha.

O oficial o encarou, inquisitivo. Ele não estava convencido da história de Fernando, mas também não tinha tempo para discutir. Foi quando ele reparou nas manchas na roupa do rapaz.

— Se você não participou da rebelião, por que suas roupas estão sujas de sangue? Acha que sou algum idiota, seu puto? — O homem quase encostou o rosto na cara de Fernando.

*Eu tinha esperanças de que sim*, Fernando pensou, ainda posando de humilde e covarde.

— A gente mata esse filho da puta e se manda, senhor. Nós temos que partir!

Fernando sentiu um frio na espinha. Pelo visto, o caminho acabara para ele.

— Não tem por que desperdiçar munição. Tranca o vagabundo naquela cela, deixa ele cozinhar lá dentro! — O oficial esboçou um sorriso cruel, apontando para o forno que servia como solitária.

*Cacete, de novo não*, Fernando pensava enquanto era arrastado e trancafiado naquele lugar mais uma vez. De todas as ironias do destino, aquela era a maior. Sua vida na usina terminaria no mesmo lugar em que começara.

Sem demora, os soldados deixaram para trás aquele inferno em chamas e seu último morador, cujo destino parecia estar selado.

* * *

— Meu Deus, Fernando! E pensar que eu me achava uma encrenqueira! Perto de você, sou uma verdadeira santa! — Sarah comentou, admirada, olhando o rapaz, que a encarava, divertido.

— Eu não procuro briga, mas quando entro numa é pra arregaçar. — ele riu.

Repentinamente o semblante de Sarah mudou, e isso não passou despercebido a ele.

— Algo errado, Sarah?

— O Artur me disse que ele e seus homens te ajudaram a enterrar a doutora Jennifer — Sarah falou com extrema delicadeza, pesando com cuidado cada palavra.

— Sim. Graças ao Otávio, tive que deixar meu lar e ver entes queridos morrerem pela terceira vez. O Artur me encontrou diante dos escombros da Fortaleza São José, não sei se sabe.

— Sim, e sinto muito. Ele falou também que te ajudou a enterrar uma moça muito bonita, e o quanto aquilo te deixou transtornado. Quem era ela? Sua namorada?

— Mais do que isso. A Gabriela era o amor da minha vida. Vê-la morta foi como observar o meu pior pesadelo se tornando realidade. — Fernando suspirou. — Levei muito tempo pra me recuperar. Pensei até em me matar após mais aquele duro golpe do destino.

— Mas o que importa é que você se recuperou. Foi assim comigo e a minha mãe. Eu pensava nela todas as noites, mas quando a dor passou, ficaram apenas as boas lembranças e a saudade. — Sarah se apiedou de Fernando. — Eu nunca me apaixonei, mas imagino que deve ser duro perder alguém tão amado. Ainda mais de um jeito tão terrível.

— Você não faz ideia, Sarah. Bem, agora é melhor dormirmos um pouco, temos que partir ao amanhecer. Em breve, tropas de Ilhabela virão ver o que está acontecendo na usina, e posso até imaginar a cara de ódio do Otávio quando ele descobrir que tudo foi pelos ares.

Sarah se reclinou no tronco da árvore, exausta após um dia tão estressante. Fernando a imitou, tentando arrumar uma posição minimamente confortável para descansar.

Eles começaram a ouvir as explosões dos tanques de combustível. Quando os soldados de Ilhabela chegassem, não teria sobrado nada que eles pudessem salvar.

— Obrigada por ter vindo, Sarah. Tô feliz por você estar aqui. Senti saudade.

— Não precisa agradecer, também senti saudade. Fico feliz por estar aqui.

Em seguida, ambos adormeceram profundamente.

# CAPÍTULO 5

# DOIS CORAÇÕES

**SARAH ABRIU OS OLHOS, MAS TINHA CERTEZA** absoluta de que estava sonhando. A situação era tão sem sentido que ela não teve dúvida de que não era real.

Ela caminhava por uma cidade estranha, com prédios relativamente novos. Uma enorme construção mostrava o letreiro que dizia "Shopping Colinas". Do lado oposto, atrás de um muro era possível divisar casas dos mais variados tamanhos e formas, todas lindas. Grandes avenidas se cruzavam, e carros circulavam por todos os lados. Pessoas corriam, carregavam sacolas de hipermercados ou esperavam o ônibus no ponto. O sol a pino indicava que era meio-dia.

Por estranho que fosse, Sarah achou tudo aquilo muito familiar, apesar de jamais ter visto aquele lugar antes, e tampouco vivenciado aquele tipo de situação.

Ao mirar o céu, ela se deparou com um imenso planeta vermelho cercado por anéis azulados. Uma visão única, linda, algo simplesmente sem precedentes.

— Absinto... — Sarah murmurou, admirando a beleza do misterioso corpo celeste.

De um momento para o outro, entretanto, a paz chegou ao fim. Diversos carros começaram a perder o controle e bater, alguns atropelando pedestres, outros se chocando contra postes ou outros carros. Pessoas caíam desacordadas pelo chão, sem aparente motivo e de forma sincronizada e instantânea.

Sarah observava tudo com atenção, ciente do que viria a seguir. Valéria, sua mãe, e sobretudo dona Isabel, já tinham conversado várias vezes com a garota sobre o dia em que o apocalipse zumbi teve início. Logo eles entrariam em cena. Então, ela ouviu uma voz atrás de si:

— Foi assim que tudo começou. Quem de nós poderia imaginar que haveria tantos desdobramentos funestos após esse dia?

Ao se virar, Sarah deu de cara com uma jovem de belos traços, com longos cabelos encaracolados. Apesar de tudo, Sarah a reconheceu de imediato.

— Dona Isabel, que saudade! — Sarah abraçou a recém-chegada, que sorriu para ela.

— Meu Deus, como você cresceu, Sarah! Da última vez em que te vi, você era apenas uma guria de dez anos; agora se tornou uma mulher!

— E a senhora está ótima. Até que enfim eu te reencontrei! Sofri muito com a sua morte, jurei me vingar do Otávio pelo que ele te fez.

— Não se preocupe comigo. Como você pode ver, estou muito bem. — Isabel piscou, espirituosa. — Eu te trouxe até aqui porque queria te mostrar algo.

— E o que seria? Aliás, que lugar é este? Ele me parece muito familiar, não sei por quê.

— Nós estamos em São José dos Campos, em frente ao shopping e ao Condomínio Colinas, aonde nossa brava história de resistência começou. Aqui, pessoas valorosas ergueram a pedra fundamental do que seria a nossa nova sociedade, atos de coragem que ecoam até hoje por todo o Brasil — Isabel explicou. — É uma pena que nada disso exista mais.

— Sim, eu lembro das histórias que a senhora me contou. Esses lugares foram destruídos pra matar sua irmã, Jezebel, né? Ela era a Senhora dos Mortos.

— Quando alguém vira zumbi, por contaminação ou pelo planeta Absinto, sua alma se vai, mas o corpo continua vivo, irracional, selvagem e faminto. Minha irmã morreu pela mordida de um zumbi, e seu cadáver se ergueu dentre os mortos, mas esse zumbi em particular preservou a capacidade de raciocínio. Pena que não manteve nada da personalidade da Jezebel. Ela era incapaz de ferir quem quer que fosse, enquanto aquela coisa era a encarnação do mal.

— Eu entendo. Mas mesmo assim a senhora a perdoou.

— Não tinha como não perdoar. Aquilo era o que sobrara de minha irmã. Quanto à destruição do condomínio, eu não me arrependo, mas confesso que senti saudade deste lugar. Aqui vivi momentos de tristeza, mas também experimentei a felicidade ao lado do meu marido.

Sarah começou a escutar urros vindos de todos os cantos. Centenas de zumbis começaram a vagar ao redor delas, em meio a gritos de pessoas que corriam, lutavam para se defender ou mesmo tentavam socorrer os que ainda se encontravam desacordados.

— E assim os zumbis tomaram conta de tudo — Sarah concluiu, fitando as criaturas ferozes que circulavam, ignorando-as por completo como se fossem invisíveis.

— Exatamente. Nesse dia, tudo mudou. — Isabel franziu a testa.

— Dona Isabel, estou feliz em vê-la, mas acho que a senhora não veio até aqui hoje apenas pra me dar uma aula de história. Algo vai acontecer. Do que se trata?

— É verdade, tem algo vindo. Uma coisa mais letal do que qualquer outra que já tenhamos visto nessa vida. Uma verdadeira obra do demônio.

— Mais perigosa do que aquele garoto da cadeira de rodas, que matou a senhora? — Sarah se espantou.

— Muito mais, pode ter certeza. Os soldados do Otávio a encontraram algum tempo atrás, e ele não faz ideia do que tem em mãos. Aquele homem não é apenas louco e cruel, ele é inconsequente. E seus atos podem levar a tragédias inimagináveis.

— O que a senhora quer que eu faça? Nós devemos tentar ir atrás dessa ameaça?

— Meu amor, essa coisa irá atrás de vocês, não importa o que façam. Não há nada que possamos fazer pra impedir, portanto eu vim apenas pra te dar um aviso: se você vir um igual àquele ali se aproximando, fuja o mais rápido que puder. — Isabel apontava para o céu.

Sarah estreitou os olhos e avistou um avião militar de grande porte, que voava lentamente, quase planando na direção do Condomínio Colinas, para sumir de vista.

— E para onde devemos fugir?

— Correr não adianta. Vocês precisam ir pra baixo; quanto mais fundo, melhor. Lembre-se das minhas palavras: vá para baixo. Entendeu? Promete que fará isso, Sarah?

— Prometo, dona Isabel, pode contar comigo. — Apesar de Sarah não entender o motivo daquilo, estava confiante de que no momento apropriado aquelas palavras fariam mais sentido.

— Boa menina! — Isabel sorriu.

Em seguida ouviu-se uma detonação ensurdecedora, e um clarão gigantesco as ofuscou. Então, uma colossal bola de fumaça e fogo se ergueu no céu a milhares de metros de altura. Até as nuvens se deslocaram com a energia descomunal liberada pela explosão. O chão começou a tremer, como se um imenso terremoto tivesse sido desencadeado.

Naquele exato momento, Sarah acordou sobressaltada, ainda acomodada nos galhos da árvore.

\*\*\*

— Você teve um pesadelo? — Fernando olhava para Sarah, que parecia não saber onde estava.

— Sim, por assim dizer. — Ela esfregou as pálpebras, e reparou que o sol já estava raiando. Em seguida, olhou para baixo, conferindo os arredores.

Cerca de uma dúzia de seres circulavam sob a árvore, de forma lenta e desajeitada, alheios à presença deles.

— É melhor sairmos daqui, Sarah. É questão de tempo até que os soldados de Ilhabela cheguem. Já ouvi o som de diversos aviões de reconhecimento sobrevoando os arredores. Dentro de algumas horas isto aqui estará infestado de militares. — Fernando conferiu a quantidade de seres ao redor.

— Tem menos desgraçados do que eu podia imaginar. Que sorte!

— É verdade, mas é melhor nos apressarmos antes que a sorte acabe de vez. — Sarah prendeu os longos cabelos. Num confronto como aquele, usar os cabelos soltos podia comprometer o resultado da luta.

Fernando passou-lhe a faca e quebrou um pedaço de galho de árvore grande e pesado.

— Eu vou primeiro. Me siga e não saia de perto de mim, tá? — Fernando a provocou, pois sabia exatamente qual seria a reação dela.

— Nem vem com essa conversa machista! — E Sarah desceu rapidamente até o chão.

Quando o primeiro zumbi se aproximou, ela aplicou um golpe de perna no rosto do ser, que girou e caiu de nariz no chão, sem os poucos dentes que lhe restavam. Na sequência, Sarah pisou com o coturno no crânio do morto-vivo com tamanha força que a cabeça dele se despedaçou por completo.

*Totalmente previsível*, Fernando pensou, descendo para ajudar a eliminar os zumbis.

\* \* \*

Sarah e Fernando marcharam em passo acelerado por horas, quase sem parar. Eles avançavam pela mata, se guiando pela bússola de Sarah. Quando encontravam algo para comer, como uma árvore frutífera, se alimentavam às pressas e seguiam em frente, sem perda de tempo. Quase não falavam, mantendo a disciplina militar à qual haviam sido duramente condicionados.

Eles procuravam se manter contra o vento para evitar chamar a atenção das criaturas, e matavam sem demora os zumbis que surgiam. Em outras circunstâncias eles conversariam por horas intermináveis, mas naquele momento precisavam avançar depressa. Eles não tinham carro, armas, comida ou água. Portanto, desperdiçar tempo era um luxo que não podiam se dar.

As primeiras duas noites foram as piores. Eles tiveram que dormir sobre os troncos de árvores, no mais absoluto silêncio, pois a região que tentavam atravessar era infestada de zumbis e berserkers. Fernando identificou marcas tão profundas em uma árvore que só poderiam ter sido feitas por uma dessas criaturas.

— Seguiremos com muito cuidado. Se toparmos com um bando deles, poderemos nos considerar mortos. Já vi uma dessas coisas escalar árvores de mais de vinte metros — ele sussurrou.

Ao fim do terceiro dia, eles depararam com um antigo casebre em meio à mata, provavelmente um sítio que fora engolido pela floresta, abandonado há anos.

— Um hotel cinco estrelas. Vamos ficar por aqui? — Sarah sussurrou, quebrando um silêncio de horas. Estava na hora de finalmente descansarem de verdade.

— Sem dúvida! Muito melhor do que dormir sobre uma árvore. — Fernando finalmente relaxou um pouco, pois não via sinal de zumbis há horas. — Você invade ou vai caçar comida?

— Comida, deixa comigo. — Sarah puxou a faca da cintura.

— Eu já sabia. Ótimo, eu invado. — Fernando girou seu porrete.

— Tome cuidado. É provável que tenha alguma coisa lá dentro, sempre tem. — Sarah já rastreava algo se movendo no mato.

E Fernando avançou na direção da casa com passos firmes, com os olhos fixos na porta. Quando Sarah retornou, vinte minutos depois, carregava no ombro um filhote de tamanduá-bandeira morto, que devia pesar uns dez quilos. Diante da casa ela deparou com dois zumbis mortos, com as cabeças diladeradas. A jovem saltou sobre eles com desinteresse e abriu a porta.

Lá dentro, Fernando quebrava uma cadeira em pedaços para improvisar uma fogueira. Sarah depositou a caça no chão empoeirado e sacou a faca. Fernando sorriu.

— Excelente! Desde os tempos de treinamento com o Sílvio e a Nívea eu não como um desses. Estou faminto.

— Então hoje é seu dia de sorte. Aqui tem carne pra alimentar umas cinco pessoas. — E Sarah se pôs a arrancar o couro do animal. — Posso fazer uma pergunta?

— Pode fazer várias. Eu também tenho muitas, quase não pudemos conversar por dois dias. — Fernando acendeu a fogueira improvisada.

— Você sabia que eu preferia ir caçar. Você lembra da nossa viagem da Grande Imersão?

— Eu penso naquela viagem sempre. Lembro que todos os dias você se oferecia pra caçar e limpar a presa, exatamente dessa forma. — Fernando sorriu. — Se a comida traz lembranças reconfortantes, você está em várias das boas recordações da minha infância.

Sarah sorriu largo, porém um pouco sem graça diante daquele comentário tão sincero. Ela sentiu inclusive o rosto queimar, e poderia jurar que estava ficando vermelha.

— Que responsabilidade! Pode deixar que vou cozinhar pra você sempre, então.

Os dois engataram uma conversa animada sobre a Grande Imersão, suas aventuras e percalços. Eles tinham muito em comum, apesar de tantos anos distantes, e compartilhavam de um impulso para lutar que os tornava quase idênticos. Os dois jovens riam e faziam comentários sobre as muitas coisas que tinham vivido juntos.

— Não acredito que você não matou o Mauro! Eu teria acertado de olhos fechados!

— Eu sei. Pensei muitas vezes que se fosse você no meu lugar, o mundo teria um imbecil a menos pra estragar tudo! — Fernando deu risada. — Mas você sempre guardou o segredo da sua pontaria a sete chaves! A culpa disso é toda sua, na verdade!

O relacionamento dos dois agora era leve, tranquilo, caloroso, apesar das dificuldades, completamente diferente de quando eram crianças.

Sem demora, eles colocaram no fogo os nacos de carne espetados em pedaços de madeira. O cheiro começou a se espalhar pelo casebre, deixando-o mais aconchegante.

Sarah, se recostou num sofá velho, observando o fogo crepitar, num momento de silêncio. Fernando, também sentado no chão, próximo dela, a observava discretamente.

— No que você está pensando? — Ela murmurou, sem desviar o olhar do fogo. Estranhamente Sarah sentiu uma preocupação repentina.

— Em nada de especial. Eu pensava no quanto você é diferente.

— E qual era mesmo o nome dela?

Fernando piscou diante daquela pergunta, e até se remexeu no chão.

— Como assim? Ela quem?

— A moça com quem você está me comparando neste exato momento. Foi ela quem morreu, certo? — Sarah perguntou com delicadeza, desviando o olhar do fogo e fitando o rapaz. — Não quero incomodar e entendo se você não quiser falar sobre isso.

— Como é possível que você tenha ficado ainda mais esperta? — Fernando se admirou, com um sorriso um tanto melancólico no rosto. — Sim, eu falava da Gabriela. Como percebeu?

— Você falou que eu era diferente. Imaginei logo que estava me comparando a ela — Sarah afirmou. — Você disse que ela era o amor da sua vida. Vocês tinham um relacionamento?

— Mais ou menos. Fomos muito amigos durante anos, mas só três dias antes de a comunidade cair é que enfim ficamos juntos. Mas infelizmente durou apenas algumas horas. Quando eu voltei, estava tudo destruído. Eu não cheguei a tempo.

— Sinto muito, Fernando, de verdade. Você não merecia passar por mais essa provação. Lamento mesmo — Sarah sussurrou com genuíno pesar.

O fogo crepitava e lançava tons alaranjados na escuridão do casebre.

— Está tudo bem, já passou. É como eu disse: senti vontade de me matar, mas superei.

— Mentira, você não superou. Fernando, não foi culpa sua.

— Sim, eu sei, fica tranquila.

— Fernando, olha pra mim, por favor. — Sarah aguardou, paciente, que ele desviasse o olhar do fogo e a encarasse. — Não foi culpa sua.

— Eu sei disso, Sarah, não se preocupe.

— Você precisa acreditar em mim, não foi culpa sua — ela insistiu, encarando o rapaz como se tentasse mergulhar fundo na sua alma.

— Eu sei, Sarah, eu juro, está tudo...

— Você não tinha como salvar as duas. Ninguém tinha. Não foi culpa sua.

— Por favor Sarah, não faça isso... — Fernando sentia a pulsação acelerar.

— Não... foi... culpa... sua — Sarah repetiu pausadamente. — Você precisa se perdoar.

— Claro que a culpa foi minha, se eu não tivesse... — Fernando começou a falar às pressas, mas um nó se formou na sua garganta e a voz se recusou a sair.

— A culpa não foi sua. E sei que a Gabriela concorda comigo onde estiver — Sarah falou de forma tão doce que Fernando levou as mãos ao rosto e começou a chorar dolorosamente, sem ter que se preocupar se alguém o consideraria fraco, após três anos obrigado a se controlar.

Sarah arrancou o veneno de seu coração da mesma forma que Jennifer fizera anos antes. Fernando soluçava, e a menina se ajoelhou diante do amigo, enlaçou-o pelo pescoço e apoiou o rosto dele em seu ombro, acolhendo o rapaz em seus braços e afogando seus cabelos loiros.

— Está tudo bem. Coloque pra fora. Chega de sofrer — ela murmurava com doçura.

Enquanto isso, Fernando urrava de dor.

— Não está nada bem, eu sou amaldiçoado! Todos com quem me importo morrem de formas terríveis! — Fernando chorava descontroladamente. — Talvez você devesse ir embora, Sarah. É suicídio ficar comigo! Eu nasci pra ficar sozinho! Meus pais, minha mãe adotiva, a Gabriela, a dona Isabel, Sílvio, Nívea, todos estão mortos!

— Eu nunca mais irei embora, e ninguém me fará mal. Estou aqui pra te proteger, ouvir e aconselhar. Prometo que você nunca mais ficará sozinho de novo. — Sarah estreitou ainda mais o abraço. — Enquanto eu viver, a palavra solidão não fará parte da sua vida novamente.

Depois de longos minutos purgando dez anos de dor acumulada, Fernando afastou o rosto do ombro de Sarah. Por um lado, ele se sentia exausto. Por outro, se sentia livre.

Segurando o rosto do rapaz com as mãos, ela o fitava com doçura. Fernando a olhava com gratidão. Lentamente o rapaz encostou a testa na dela, e seus rostos se aproximaram.

— Sério mesmo que um dia eu te odiei? — Fernando sussurrou.

— Sério que se passaram apenas dez anos? Esses sentimentos parecem tão distantes que só existiram numa outra vida. — Sarah estava um pouco assustada, com o coração marretando furioso dentro do peito de uma forma inédita.

Os dois permaneceram naquela posição por alguns instantes, e então se afastaram, ainda ajoelhados um diante do outro. Desconcertados, eles não sabiam o que fazer ou dizer.

— Bom, acho que devemos comer. A carne já deve estar boa, né? — Sarah esboçou um sorriso tímido.

Fernando, entretanto, não respondeu. Ele sonhava acordado, olhando para sua recém-reencontrada amiga como se ela fosse uma pedra preciosa. Seria possível o raio cair duas vezes no mesmo lugar?

— Tem razão, estou faminto! Parece que a fome tomou o lugar da tristeza, sei lá. Fernando sentia-se subitamente leve, vivo.

Os dois falaram de assuntos mais amenos ao comer. Ela contou sobre a vida em uma cidade sem zumbis e com segurança. Fernando escutou o relato, maravilhado, imaginando como seria viver num local como aquele, com paz de verdade, mesmo que sob a sombra de um tirano.

— Parece um lugar pelo qual vale a pena lutar — Fernando comentou, pensativo.

— Não sei, mas certamente é um local que merece ser compartilhado com pessoas de vários estados, do país inteiro. Todos merecem essa oportunidade, não apenas alguns indivíduos que, além de tudo, vivem com medo por serem controlados por um ditador.

— Isso soa mais como utopia.

— Sonhos pequenos, realizações pequenas. Sonhos grandes... — Ela arqueou as sobrancelhas de modo significativo.

Fernando mirou o teto.

— Quem sabe, né? Temos que lidar com um problema de cada vez. Acho que agora deveríamos ir para São Paulo.

— Jura? Eu tinha entendido que seria suicídio ir até lá.

— Sim, mas as pessoas de lá foram abandonadas à própria sorte, e eles contam com milhares de combatentes. Se nós os ajudarmos, talvez consigamos apoio pra enfrentar o Otávio.

— E como duzentas pessoas mal equipadas conseguirão enfrentar uma ameaça que milhares de soldados não estão conseguindo combater? — Sarah perguntou, curiosa.

— Um problema de cada vez, minha cara. Primeiro temos que chegar à Serra Catarinense, que está muito longe daqui, para convencer os demais. Então pensaremos em algo.

— Você faz parecer muito fácil. Eu queria ser tão otimista assim.

— Eu vejo as coisas de forma diferente, agora; não me concentro mais em problemas, apenas nas soluções. — Ele sorriu. — Um problema é um conjunto de pequenos percalços. Se você se concentra na solução de cada um deles, o problema deixa de existir como um todo.

Sarah concordou, admirada. Seu ex-colega de treinamento era agora um homem maduro e sagaz que, aos vinte anos de idade, enxergava saídas onde os outros viam obstáculos.

Os dois conversaram durante muito tempo, fizeram brincadeiras e até contaram piadas. Seus gostos eram inegavelmente parecidos, assim como suas opiniões e a paixão pelo ofício de lutar. O confronto era, para eles, como uma droga incrivelmente viciante.

— É melhor irmos dormir, amanhã vamos ter que andar muito — Sarah ponderou, apesar de sentir vontade de continuar batendo papo com Fernando a noite inteira.

— E depois de amanhã, e depois de novo, e de novo, e de novo... — Fernando tentava achar uma posição no chão para dormir.

— Nem fale! Meus pés vão encher de bolhas, mas beleza, temos que seguir em frente. — Ela suspirou. Em seguida, levantou-se e se aproximou de Fernando para dar um beijo de boa noite no rosto do rapaz. E quando o fez, as bocas de ambos ficaram estranhamente próximas.

— Sarah...

A moça, incapaz de se controlar e sem entender o porquê, beijou Fernando de repente. Um beijo suave, trêmulo, cheio de insegurança. O primeiro beijo de sua vida.

Pego de surpresa, Fernando não disse nada; fechou os olhos e correspondeu, do modo como Gabriela lhe ensinara anos antes, na única noite de amor que tiveram juntos.

O contato durou segundos e, quando Sarah o interrompeu, disse apenas uma frase:

— Eu vou levar esta lembrança pra sempre. — Olhando-o profundamente nos olhos, ela voltou a beijá-lo, espantada com a naturalidade e a velocidade com que aquilo acontecia.

— Eu também, com toda a certeza! — Fernando sorriu.

Foram longos minutos de beijos, abraços e trocas de carícias, de modo um pouco desajeitado a princípio, mas que aos poucos ganharam intensidade e paixão. Quando Fernando tocou o seio de Sarah, ela não protestou; colocou a mão sobre a dele, incentivando-o.

— O que estamos fazendo? — Fernando murmurou, sem deixar de beijá-la.

— Não sei, mas não consigo parar. — Sarah afagou o tórax de Fernando e tremeu ao se dar conta de que queria muito mais do que aquilo, não conseguiria se contentar com tão pouco.

Os dois despiram um ao outro com delicadeza e cuidado. Sarah o olhava nos olhos, de pé e com os seios descobertos, enquanto Fernando se abaixava diante dela e puxava-lhe a calça apertada para baixo. As pernas dela eram grossas, e a pele, macia e quente.

Em instantes, os dois jovens faziam amor em total entrega.

# CAPÍTULO 6
# COMUNIDADE UNIDOS POR SÃO PAULO

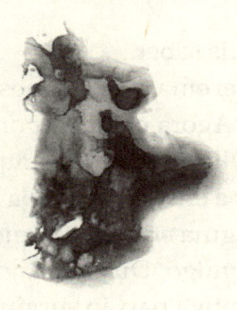

**FERNANDO E SARAH CAMINHAVAM PELA MATA,** avançando na direção da região Sul do país. Tendo centenas de quilômetros pela frente, não havia alternativa a não ser marchar o mais rápido possível. No entanto, nenhum dos dois conseguia parar de pensar nos eventos da noite anterior.

Sarah suspirou aliviada quando encontraram um riacho, pois estava louca de vontade de tomar um banho. O calor era infernal. A garota se despiu diante do olhar incrédulo do rapaz e mergulhou na água refrescante. Fernando a observava, maravilhado, sem saber o que dizer.

— Você não vem? A água está uma delícia! — Ela convidou, sorridente. Depois da experiência da noite anterior, Sarah se sentia completamente à vontade diante dele.

— Teria que ser muito idiota pra não aceitar. — E Fernando tirou a roupa e mergulhou.

Os dois se banharam por alguns minutos e, quando ela o abraçou, aquela faísca poderosa aconteceu de novo. Em instantes, os dois jovens estavam se amando.

As coisas entre eles estavam se desenrolando de uma forma muito rápida, mas quis o destino que fosse assim, aquele reencontro estava previsto há décadas.

Após terminarem, os dois permaneceram juntos, abraçados, como se fossem um só.

— Eu queria que esse momento nunca acabasse.

— Eu também, Sarah. Achava que essa sensação só acontecesse uma vez na vida; mas estava enganado. — Ele a ergueu com facilidade dentro da água.

Sarah cruzou as pernas nas costas dele, deixando-os presos um ao outro, e sorriu.

— Em que você está pensando? — Ele quis saber.

— Em como as coisas se resolveram. Pensei em você por anos, preocupada onde você estava e se estava protegido. Agora entendo por que. No fundo, acho que tudo mudou desde o nosso último dia no acampamento, enquanto conversávamos após você me ajudar a enfrentar aquela horda de zumbis. Algo aconteceu ali, mas eu não conseguia entender o que era.

— Pra ser sincero, o mesmo aconteceu comigo. Durante anos pensava diariamente em você. Quando a... minha antiga paixão surgiu, esqueci de você por um tempo, mas você continuava lá, como um fantasma que vinha me assombrar quando eu menos esperava.

— Pode falar o nome dela, eu não ligo. A Gabriela foi marcante na sua vida, não há nada de errado em lembrar dela ou mesmo sentir saudade.

— É, eu diria que ainda sinto um pouco de saudade, sim. Mas o que importa é que nós estamos aqui, juntos. O resto é irrelevante.

— Não é não. A Gabriela é uma parte importante do seu passado. Eu sou o seu presente; e, se você se comportar, talvez o seu futuro também. — Sarah lançou-lhe um olhar divertido, abrindo os braços e esticando-os sobre a água, com as pernas ainda presas ao redor do corpo dele.

Fernando sorriu ao ouvir aquilo. Sarah parecia conhecê-lo melhor do que ninguém. Ela era capaz de tornar tudo mais leve com apenas uma frase.

De repente, o som de um veículo estacionando próximo deles os fez se virar. E o que eles viram foi preocupante.

Um jipe militar, munido com uma metralhadora de grosso calibre e ocupado por três homens, se aproximava.

Os dois saíram rápido da água, e Sarah se cobriu com os braços, ciente de que os soldados não tiravam os olhos dela.

— Ora, ora, o que temos aqui? Quem são vocês e o que fazem neste fim de mundo? — o sargento perguntou em voz alta, dirigindo-se aos dois jovens, mas olhando mesmo para Sarah.

— Estávamos apenas nos refrescando antes de seguir viagem, senhor. Somos andarilhos em busca de uma comunidade pra nos abrigar

— Fernando afirmou, educado. — O senhor poderia nos indicar algum grupo próximo onde possamos buscar proteção?

— Não há nada perto daqui garoto. Como se chamam?

— Ivan — Fernando disse.

— Estela — ela falou, quase ao mesmo tempo.

Os dois jovens se entreolharam com aquela coincidência de nomes falsos, que faziam parte do imaginário de quase todos os sobreviventes do apocalipse zumbi. Até o sargento estranhou.

— Ivan e Estela? Só pode ser piada... Então eu sou o prefeito de Ilhabela. Venham aqui! — O sargento ordenou. Os dois soldados portavam seus fuzis e os encaravam com dureza.

Sarah e Fernando se aproximaram lentamente.

— Senhor, me parece correto afirmar que eles estão desarmados — um dos soldados comentou com ironia, baixando o fuzil.

— Mas será que a moça possui alguma arma oculta? Vou averiguar pessoalmente. — O sargento mediu Sarah dos pés à cabeça. — Garota, você é um espetáculo. Nunca vi nada assim!

Sarah se manteve calma e em silêncio sob os olhares dos três. Ela evitava encará-los para não levantar suspeitas.

— Fiquem de olho no suspeito enquanto eu interrogo a moça na mata. Vocês também podem interrogá-la depois, se quiserem. — Em seguida, o sargento levou Sarah na direção dos arbustos.

Fernando observava, cheio de raiva. No íntimo ele tentava permanecer tranquilo, mas era impossível não temer pelo pior. Porém, Sarah sabia se cuidar.

— Não adianta fazer cara feia, moleque. Fica quietinho e ninguém se machuca, entendeu? — Um dos soldados gritou, fitando Fernando nos olhos.

O rapaz o encarou com frieza.

— Eu duvido muito. — Fernando vestiu a calça.

— Como assim, o que quer dizer? — O soldado de repente pareceu preocupado.

— Eu quero dizer que o seu sargento já deve estar morto. — Fernando sorriu.

Os soldados trocaram olhares, mas, antes que pudessem falar, ouviram um abafado pedido de socorro vindo da mata. O chamado de um homem que não conseguia respirar.

Uma vez a sós atrás dos arbustos, o sargento virou Sarah com violência, forçando-a a encará-lo.

— Não tente nenhuma gracinha, ou você vai morrer e vamos castrar seu namorado!

— Sim. — Sarah avaliava suas opções.

— Boa menina — ele respondeu. Em seguida, jogou-a no chão, e Sarah caiu sentada, ressaltando suas coxas. O sargento sentiu uma excitação extra.

— Isso, assim você está perfeita. Fique quieta e acabaremos isso muito rápido.

Ele retirou o pênis de dentro da calça de forma um tanto atrapalhada, e a voracidade em seu olhar chegava a ser patética. Sarah lembrou-se de imediato o que acontecera com sua mãe, e um ódio feroz cresceu dentro de seu peito. Entretanto, ela se esforçou para que seu agressor acreditasse que tinha a situação sob controle.

— Fique calma, não vou machucar uma menina tão linda assim. Vamos só nos divertir.

Quando o homem se ajoelhou diante dela e a pegou pelos tornozelos, Sarah o agarrou pelas mangas do uniforme e apoiou os pés nos quadris dele. Depois, enfiou um dos pés embaixo do braço do sargento e girou o corpo, passando a perna direita sobre a nuca do homem, que mal reagiu. Em seguida ela cruzou a perna esquerda também, travando o pescoço do sargento.

O homem arregalou os olhos ao se ver preso num triângulo perfeito aplicado pela jovem.

— Não, pare! Socorro! — Ele gritou, estupefato. — Soco...

Sarah puxou o braço do sargento e apertou suas pernas com força, cortando o fornecimento de oxigênio e deixando o homem mudo enquanto o estrangulava. Ela fitou com fúria os olhos esbugalhados do sargento, que tentava se desvencilhar do perfeito golpe.

— O que foi, desgraçado? Não está divertido? — E Sarah aumentou a pressão.

O homem se debateu, desesperado, e o medo fez com que perdesse o fôlego de imediato, tornando a situação ainda mais desesperadora. Em segundos, o sargento sentiu sua consciência se esvair. Seu coração disparava, diante da morte certa.

Sarah o manteve preso até que o homem parasse de se debater. Seu corpo ainda emitia leves espasmos, mas não havia dúvida de que estava morto. Os soldados deveriam vir atrás dela em breve. Sarah empurrou o cadáver e arrancou a pistola da cintura do estuprador.

Naquele mesmo instante, um dos soldados avançou na direção da mata, em posição de ataque, nervoso, chamando pelo sargento. O outro, trêmulo, cuidava de Fernando.

— O que você quis dizer? Quem é aquela vadia? Quem são vo...

Num gesto brusco, Fernando virou o cano do fuzil para a direita, saindo da linha de tiro, e quebrou a mandíbula do soldado com seu cotovelo esquerdo antes que ele pudesse puxar o gatilho. Agarrou-o pelo pescoço e o girou, usando o corpo do infeliz como escudo.

O outro soldado, com o barulho, virou-se de imediato, e se arrepiou de pavor ao ver seu parceiro com a boca ensanguentada, enquanto Fernando segurava o fuzil com a outra mão.

— Que merda é essa?! Larga ele, seu filho da puta, senão eu...

E o soldado foi silenciado por um tiro no lado direito da cabeça, caindo inerte.

Sarah surgiu caminhando com a pistola em punho, olhando para Fernando, que segurava o outro soldado, que observava horrorizado.

Fernando sorriu. Sarah era a fuzileira mais competente que ele conhecera. Em um simples movimento, Fernando quebrou o pescoço do soldado e largou o corpo no chão.

Os dois caminharam em silêncio até a margem do rio, próximos ao jipe dos militares.

— Ele te machucou? — Fernando perguntou, embora soubesse a resposta.

— Jamais. O desgraçado não teve chance. Morreu, do jeito que um estuprador merece.

Fernando sorriu, orgulhoso de Sarah, que agora parecia mais linda.

— Você é incrível, sabia?

— Sim, eu sei! — Debochada, ela sorriu largo.

Aquela seria a imagem que Fernando carregaria de Sarah pelo resto da vida: uma mulher linda e cativante, mas absolutamente mortal e impiedosa quando necessário.

Os dois se vestiram, reuniram as armas e partiram no jipe. Agora faltava pouco. Com aquele veículo, Sarah e Fernando chegariam à Serra Catarinense em apenas algumas horas. Durante o trajeto eles conversaram longamente sobre como iriam libertar a Comunidade Unidos por São Paulo. Os dois agora tinham um plano. Só precisavam de ajuda para executá-lo.

\* \* \*

— Puta merda, eu não tô acreditando, é o Ivan, porra! — Bruno gritou ao ver o jipe se aproximando, dirigido por Fernando, e com Sarah ao lado.

Imediatamente vários de seus colegas de rebelião começaram a surgir por todos os lados, sorridentes. A maioria se espantou ao ver que o jovem não vinha só.

— Ivan, você é o cara! Conseguiu escapar e ainda por cima arrumou um avião pra te fazer companhia! — Um deles falou, zombeteiro.

— Você trouxe minha noiva! Vou te convidar pra ser nosso padrinho! — Outro gracejou.

— Seus amigos são simpáticos e educados, parabéns — Sarah murmurou, com mais de cem homens a olhando de forma quase obscena. — Tem certeza de que essa foi uma boa ideia?

— Fique tranquila. Eles morriam de medo de mim na prisão e quando souberem do que você é capaz também vão temer você. — Fernando acenou para Tobias, que sorriu ao vê-lo.

— Eu não quero ser temida, isso é coisa de homem. — Sarah deu de ombros. — Vá cumprimentar seu amigo e me deixe sozinha no jipe. — Ela indicou Tobias com o queixo.

— Tem certeza? Eles vão cercar o jipe pra te ver. — Fernando franzia a testa.

— Sim, estou contando com isso. Confie em mim. — Ela lhe deu uma piscadinha.

Sarah já demonstrara que sabia se cuidar. Assim, ele estacionou o veículo, desceu e foi correndo até o amigo, abraçando-o apertado.

Sarah ficou para trás, dentro do jipe, com vários homens cercando o veículo. Alguns assobiavam, outros a chamavam de gostosa. Mas ela não se intimidou. Ao constatar que Fernando se afastara, ficou de pé no banco e falou em voz alta, voltando-se para o grupo:

— Será que algum cavalheiro pode me ajudar a descer, já que meu namorado sem educação saiu correndo?

O grupo de homens berrou e aplaudiu, e vários se ofereceram para auxiliá-la. Bruno, que era o mais próximo, se adiantou e pegou a mão. Sarah sorriu e desceu com graciosidade, como se estivesse num desfile.

— Sério que você é namorada daquele zé-mané? Não faça isso, você merece coisa melhor, minha princesa! — Bruno beijou-lhe a mão com delicadeza.

— Pois é, não se fazem mais cavalheiros como antigamente. Vocês deviam ensiná-lo a ser mais gentil! Mas o que posso fazer? Estou apaixonada por ele! — Sarah falou para que todos ouvissem, e os homens gritaram ainda mais; alguns aplaudiam, outros se ofereciam para tomar o lugar de Fernando. — Que bagunça este lugar está! Na minha época era tão organizado!

— Você morava aqui? — um deles perguntou, ainda sorrindo. — Qual o seu nome?

— Sarah, meu caro. Já ouviram falar de mim?

Todos ficaram sem fala. Fernando já havia contado várias histórias sobre a garota com quem ele aprendera a lutar quando criança. Ninguém poderia imaginar que ela ressurgiria daquela forma, menos ainda que fosse uma mulher tão bela.

— Caralho, é a Sarah, a garota da pontaria sinistra! Porra, agora eu me apaixonei de vez! — Um deles aplaudiu.

— Sarah, eu te amo, larga aquele otário e casa comigo! — Outro berrou, gargalhando.

— Não posso, meu amigo, estou mesmo namorando aquele maluco. Mas tenho um monte de amigas em Ilhabela que eu espero poder apresentar pra vocês um dia.

— E elas são tão lindas quanto você? — Outro perguntou, empolgado.

— São as garotas mais lindas do Estado de São Paulo! — Sarah afirmou com sinceridade, omitindo o fato de que suas amigas cobravam caro para se relacionar com qualquer homem.

Palmas e assobios ecoavam no ar. O grupo parecia um bando de fãs diante de um artista.

Fernando e Tobias a tudo observavam a alguns metros de distância.

— Sua namorada está fazendo sucesso, Ivan. Ela é sempre assim?

— Quando criança ela era mal-humorada. Essa é uma versão melhor. — Fernando sorria e admirava a jovem, que ria e conversava com os detentos como se fossem velhos amigos.

Tobias, entretanto, ficou analisando o rapaz por alguns instantes, de forma sagaz.

— Nossa... você tá apaixonado por ela, cara! Faz alguns dias que não te vejo, e você me aparece assim, acompanhado de uma garota e caído de quatro por ela! — Tobias debochou. — Esse mundo tá muito mudado mesmo. Pouco tempo atrás você não parava de falar da Gabriela!

— Puta merda, velho, acho que estou mesmo! Eu não me senti assim nem com a Gabriela. Essa mulher virou a minha cabeça! — Fernando admitiu, um tanto sem graça. — Só espero não quebrar a cara outra vez. Não sei se aguento outra perda na minha vida.

— Fica tranquilo, Ivan, vai ficar tudo bem. Você sempre disse que ela sabe se cuidar.

— Sem dúvida. E hoje em dia ela está ainda melhor. A Sarah se transformou num soldado da pesada. — Fernando se dirigiu aos demais: — Ei, vocês, nem cheguem perto da garota, já vou avisando: essa gata arranha e arranca pedaço se precisar, ela é foda!

O bando começou a xingá-lo e provocá-lo, rindo com gosto da cara de ciúme do rapaz.

— Vai se foder, Ivan, você não merece esta mulher! Ela é muito pra você!

Bruno a abraçou só para provocar.

A moça riu daquelas brincadeiras. Seguindo os ensinamentos de Madame Bianca, que a ensinara a lidar com todo tipo de homem, ela conseguira estabelecer uma relação de amizade e companheirismo com aqueles indivíduos embrutecidos.

— Tá vendo? A sua namorada arrumou um monte de fãs. Se ficarmos longe de problemas tudo ficará bem. — O próprio Tobias estava louco para conhecer a linda morena.

— Pois é meu, amigo, mas esse é exatamente o ponto. Nós estamos querendo ir atrás de problemas — Fernando afirmou, sério.

Tobias franziu a testa, cismado. Ele não gostou nada do tom do rapaz; aquilo só podia significar confusão das grossas.

— Como assim, Ivan? Do que você está falando?

— Eu vou explicar tudo, Tobias, tenha paciência. E por favor, meu amigo, não estranhe o que eu vou te pedir, mas me chame de Fernando.

\* \* \*

Poucas partes do acampamento haviam sobrevivido ao ataque das tropas de Otávio de dez anos antes, mas os detentos conseguiram se acomodar de alguma forma. Naquela noite, estavam todos sentados ao redor da fogueira, muitos desconfiados da conversa de Fernando e Sarah.

— Fernando, essa ideia é péssima. Nós não vamos pra São Paulo. Pra que iríamos pra lá? Ficou maluco? Nós nos rebelamos justamente pra não ir.

Fernando se dirigiu a todos:

— Nós nos rebelamos pra sermos livres. Se fôssemos pra São Paulo pra sermos empurrados contra os zumbis, nós morreríamos. E, se tivéssemos a sorte de sobreviver, na certa seríamos mandados de volta pra usina, sem um agradecimento. Agora estamos livres pra fazer as coisas do nosso jeito. E eu acho que devemos ir pra São Paulo, mas com um plano nosso.

— Tá. E pra fazer o que lá? — Alguém indagou.

— Nos unirmos à colônia — Sarah afirmou, incisiva —, e depois rumar até Ilhabela.

Os homens trocaram olhares, como se estivessem avaliando se tinham escutado direito. Vários começaram a murmurar e cochichar. Um deles chegou a dar risada na cara de Sarah.

— Essa é a coisa mais estúpida que já ouvi na minha vida! — Pedro, um homem negro e obeso, a encarou, sarcástico.

Sarah o observou com seriedade por alguns segundos, mas o homem não se intimidou com seu olhar. Não era fácil assustar alguém como ele, vindo do sistema prisional. Foi quando ela viu um zumbi caminhando na direção deles a grande distância. Era o terceiro que se aproximava desde sua chegada com Fernando, horas antes.

— Qual é o seu nome? — Sarah inquiriu.

— Pedro. E não adianta ficar brava, moça, você sabe que estou certo — ele zombou.

— Talvez nós dois tenhamos opiniões diferentes sobre o que é a coisa certa, Pedro. Está vendo aquele zumbi? Ele parece inofensivo? — Ela apontou ao longe.

— Eita! Mal consigo enxergar o infeliz daqui. Mas eu acho que sim.

Sarah se levantou e tirou o fuzil do ombro. Alguns dos detentos se remexeram, nervosos. Eles vinham de um lugar onde pessoas de cara amarrada e armadas eram um perigo constante.

Sarah apontou o fuzil na direção do zumbi. Mal dava para enxergar a criatura de onde eles estavam.

— Pelo amor de Deus, moça, você não acha mesmo que... — Mas o disparo do fuzil fez Pedro se calar.

A criatura caiu de costas no chão, com as pernas esqueléticas para cima. Vários deles murmuraram, esperando o zumbi se levantar, mas o ser permaneceu inerte.

Sarah se sentou de novo e observou o fogo, em silêncio. Parte dos presidiários a observava, e outros olhavam na direção do zumbi, imaginando se ele se levantaria. Alguns correram na direção do morto-vivo para conferir o que a jovem fizera daquela distância toda.

— Pedro, você tinha razão: aquele zumbi agora é inofensivo. — A ironia de Sarah fez com que Pedro e vários homens sorrissem. — Mas, por gentileza, não ria de mim de novo, tá bem? Isso me magoa, de verdade. Respeito é tudo o que eu te peço — ela falou com tamanha serenidade que o homem se sentiu mal.

— Desculpe, Sarah, não quis ofender. Mas essa ideia não me agrada — Pedro se expressou pesando cada palavra, com medo de cometer outra gafe.

— Você já esteve em Ilhabela?

— Não, aquele lugar é só para os ricos.

— Não, Ilhabela é de todos. Ela foi recriada pra proteger as pessoas, e é o lugar mais lindo que já vi, com prédios, carros, praias, limpeza, segurança, tudo com que você possa sonhar.

— Mas esse paraíso tem dono, Sarah. Tudo pertence ao prefeito Otávio — Pedro disse de forma quase didática, como se tentasse trazer Sarah de volta à razão.

— Não, Ilhabela pertence às pessoas. É um oásis que foi reconstruído com muito cuidado, e que Uriel roubou, seguido por Otávio. Lá seria possível acomodar praticamente toda a população do país. No entanto, apenas alguns milhares de pessoas têm esse direito, e elas vivem aterrorizadas pelo prefeito e seu bando de mercenários. Isso precisa ter fim. Existem muitas pessoas boas lá que gostariam de viver em paz, e não se importariam de receber mais gente. O problema começa e termina no nosso ditador.

— Moça, eu concordo com você e acho legal essa sua preocupação com o povo. Mas, pra começo de conversa, não tem jeito de salvar a comunidade de São Paulo. E se tivesse, duvido que eles nos ajudassem a enfrentar Ilhabela. Aquele pessoal não passa de um bando de capachos do Otávio. — Pedro não estava gostando nada dos rumos daquela discussão.

— Eu e o Fernando acreditamos que existe uma forma de ajudar a salvá-los, e tenho amigos que têm acesso aos líderes da comunidade. Se conseguirmos libertá-los das criaturas, aproveitando o fato de que o Otávio praticamente abandonou todos eles pra morrer, talvez consigamos conquistar seu apoio pra tentarmos uma investida contra Ilhabela.

— E se eles não quiserem nos apoiar, o que faremos? — Pedro perguntou à queima-roupa.

— Ao menos teremos tentado. Garanto que, no mínimo, conseguiremos refúgio na comunidade, o que já é muito mais do que temos aqui. — Sarah abriu os braços, mostrando os arredores. — Como você vê, não temos muito a perder, certo?

— Só as nossas vidas — Pedro retrucou. — Não fique brava por eu não estar pulando de alegria com a sua ideia de partir pra uma batalha maluca contra os piores monstros do mundo.

— Meu amigo, todos vocês participaram da rebelião, correndo imensos riscos. Isso significa que ninguém aqui estava disposto a morrer pra seguir as ordens do Otávio, mas também quer dizer que todos queriam ter o direito a uma vida livre. Eu garanto que essa liberdade não existe se tivermos que viver com medo dos zumbis, sem poder ir a lugar algum e sem chance de construir um futuro. — Sarah, agora, o olhava profundamente nos olhos, como se apenas os dois estivessem ali. — Você não gostaria de ter a oportunidade de conhecer alguém, constituir uma família, ter um lugar decente pra morar?

Pedro suspirou ao ouvir aquelas palavras. Claro que aquela era uma pergunta que ele e todos os demais vinham se fazendo. Embora eles tivessem conseguido fugir da prisão e da morte certa, não conseguiam decidir se valia a pena ficar o resto da vida escondido na floresta, sem a chance de conseguir conquistar algo melhor. Qual a diferença entre estar preso e permanecer banido na Serra Catarinense? Ao menos na Usina eles estavam a salvo de ataques de zumbis.

— Puta merda, desse jeito eu já começo a sentir saudade da usina. Não tô acreditando nisso. — Pedro sacudiu a cabeça, inconformado.

— Não diga tal coisa. Aqui vocês têm algo que não existia na usina, e que nenhum morador da comunidade de São Paulo ou de Ilhabela tem neste momento — Sarah argumentou.

— E o que seria isso?

— Uma escolha. Todos aqui podem decidir o que vão fazer de suas vidas. Eu só estou lhes pedindo que usem essa alternativa com sabedoria.

A mudança começou sutilmente. Os homens trocavam olhares e cochichavam entre si. Alguns aparentavam dúvida, outros franziam a testa e assentiam. O espírito geral, aos poucos, parecia apontar numa mesma direção.

— Porra, Fernando, essa sua mina é muito convincente! Já deu pra perceber quem é que manda na bagaça. — Com isso, Pedro arrancou risadas dos demais. — Foda-se, eu topo! Não pretendo passar o resto da vida me escondendo neste fim de mundo com um bando de machos.

— Eu também topo. Vamos pôr na bunda daquele filho da puta! — Outro falou, e os demais o aplaudiram.

— Eu também vou — mais um bradou de punho fechado. — Fui mandado pro corte de cana sem ter cometido nenhum crime! Aquele desgraçado do Otávio tá fodido na minha mão!

— Morte ao ditador de Ilhabela! Vamos foder aquele corno! — Bruno instou os demais.

E, assim, as palavras de Sarah instigaram todos eles. A moça, que tinha idade para ser filha de muitos daqueles homens, conseguiu algo praticamente impossível.

— Parabéns, você conseguiu. Estou surpreso. — Fernando disse, admirado.

— Obrigada. Eu só falei a verdade. O Otávio fez o favor de me dar um monte de argumentos muito bons. Aquele homem é um mestre na arte de despertar a raiva alheia.

Tobias, intrigado com a mentira do amigo, decidiu perguntar:

— Fernando, por que diabos você mentiu sobre seu nome?

— É simples. Alguém se lembra das duas crianças que foram chamadas de terroristas e estavam sendo caçadas no país inteiro, dez anos atrás? — Fernando dirigiu-se a todos.

Muitos fizeram que sim; os cartazes tinham sido fixados por todo lado, e não se falava em outra coisa. E vários arregalaram os olhos quando se deram conta do que ele estava dizendo.

— Puta merda, eram vocês? — Pedro arregalou os olhos. — Não brinca! Estamos diante de duas celebridades do crime!

Todos vibraram ainda mais. Ninguém poderia ter imaginado uma coisa daquelas.

— Caralho, Sarah, dizem que você matou umas cem pessoas quando chegou a Ilhabela!

— Isso é exagero, Pedro — Sarah ria. — Mas de fato despachei mais de trinta cretinos pro inferno, não posso negar. Porém, tive meus motivos. Eles destruíram este lugar, mataram as pessoas que cuidaram de mim e do Fernando e estupraram e assassinaram a minha mãe na minha frente — Sarah arrematou, pesarosa.

Um silêncio pesado se abateu sobre o lugar.

— Puxa, desculpe, moça, foi mal, eu não fazia ideia... — Pedro engoliu em seco.

— Tudo bem, são águas passadas. Mas eu jurei naquele dia que me vingaria do Otávio, vou cumprir minha promessa. Mas entendam que minha vingança é problema só meu. O que importa é devolver o controle de Ilhabela ao povo. Todo o resto vem depois.

Os homens concordaram. Ninguém pretendia se arriscar por uma vingança pessoal. Fariam aquilo para tentar melhorar aquela situação de penúria na qual se encontravam.

— Tá certo, vocês conseguiram nosso apoio. Mas quero saber como vocês pretendem operar esse milagre, que ninguém mais conseguiu fazer. Qual é o plano? Ele tem que ser muito bom; do contrário, todos nós mudaremos de ideia rapidinho. — Tobias os encarava, muito sério.

— Me deem apenas um instante. Eu vou explicar o que iremos fazer. Já volto. — Fernando se levantou e saiu correndo. Com exceção de Sarah, todos o observavam, curiosos. Fernando chegou ao antigo carro-forte no qual ele, Sarah, Sílvio e Nívea haviam viajado durante dois anos, atravessando vários estados do Brasil. Ele se lembrava que o veículo ficara parcialmente destruído no dia do ataque, e por isso fora abandonado pelos soldados de Ilhabela, que não sabiam que ali havia um documento muito valioso para aquele momento.

Fernando entrou no carro-forte, cujas portas estavam escancaradas. Na certa ele fora revistado em busca de armas e munição, mas ele tinha esperança de que o que buscava permanecera escondido. O rapaz tateou o revestimento interno do teto do veículo, em busca do ponto no qual era possível soltá-lo. Então, Fernando encontrou vários papéis escondidos entre o forro e a blindagem. Aquele esconderijo improvisado por Sílvio era excelente; não tinha como notar a existência de algo tão discreto. Fernando reuniu as folhas e as levou até os demais.

Sarah respirou aliviada ao ver que ele havia encontrado o que procuravam.

— O que é isso, Fernando? — Tobias ainda tentava se acostumar com o nome verdadeiro do colega.

— Mapas de diversos tipos e lugares que usávamos nas nossas viagens pelo país afora. Existe um mapa em especial que será fundamental para os nossos objetivos. — Enquanto falava, Fernando ia revirando os papéis. E sorriu quando encontrou o que procurava.

Então, ele mostrou a todos um mapa do centro da cidade de São Paulo, no qual tinham sido feitos vários rabiscos e observações. Aquele mapa mostrava, em detalhes, toda a Comunidade Unidos por São Paulo.

— Quando estivemos na colônia, anos atrás, o Sílvio, nosso instrutor, nos explicou em pormenores o plano de retomada da comunidade, que fora traçado para o caso de um dia uma horda acabar por sitiar o lugar. O antigo comando das forças de segurança de Ilhabela previu que esse dia poderia chegar. Mas, pelo visto, depois que o Uriel subiu ao poder, esses planos se perderam. E agora, nós vamos botar o plano em prática! — Fernando afirmou com convicção.

*\*\**

Artur, Andréa e Igor observavam a situação da Comunidade Unidos por São Paulo. Eles haviam se escondido num prédio abandonado próximo, e dali tinham uma visão bem clara da comunidade e de todo o drama que seus moradores vinham enfrentando.

Ao longo de uma semana, mais de quatro mil homens tinham chegado para atacar a horda, que se encontrava estacionada diante dos bloqueios da comunidade, sem sucesso. Com o apoio militar adequado talvez eles tivessem obtido êxito; mas armados apenas com pistolas e armas velhas, o que se viu foi uma sequência de massacres. Muitos se transformaram em zumbis, inúmeros outros foram devorados até os ossos. Os combatentes já tinham avisado ao comando de Ilhabela que aquela campanha estava perdida.

As criaturas tentavam todos os dias entrar na colônia, subindo umas nas outras e procurando escalar a barreira de concreto. Os moradores respondiam com rajadas de metralhadora e fuzil, e os seres arremessavam lanças de madeira nos guardas, que se protegiam da melhor forma possível e depois respondiam com mais disparos.

Alguns berserkers conseguiram entrar na comunidade em momentos diferentes, espalhando terror entre os moradores. As criaturas foram abatidas, mas dezenas de vidas foram ceifadas. Todos ali sabiam que em algum momento eles entrariam às centenas, e, quando isso acontecesse, não haveria como detê-los.

Em estado permanente de alerta, quase ninguém trabalhava nas plantações e na criação de animais. Todos aguardavam, apavorados, o momento do confronto final.

— Nós achamos que éramos muito mais espertos que os zumbis, mas eles deixaram claro que não são tão estúpidos quanto imaginávamos. — Igor engoliu em seco. — O que faremos? Não podemos ficar aqui pra sempre, e não tem como entrar na comunidade. Aliás, mesmo se tivéssemos como entrar, isso seria loucura. Esse lugar está condenado à morte.

— Não sei. Temos bons amigos lá, não me parece certo apenas ir embora. — Desde que eles chegaram, Artur se sentia sem chão. Voltar para Ilhabela não era seguro, e a colônia de São Paulo se tornara um paciente agonizante que esperava os aparelhos serem desligados.

— Mas não há nada que possamos fazer. Os berserkers são invencíveis.

— Estou me perguntando até quando o Otávio continuará brincando. Com reforços de verdade seria possível vencer essas coisas. — Artur não se conformava.

— Ele não mandará ninguém. — Andréa sacudiu a cabeça. — Aquele canalha prefere deixar a colônia queimar até o chão a tentar fazer algo. Temos que ir embora, acabou.

— E pra onde iremos? Pra Ilhabela, pra sermos presos e executados?

Andréa respirou fundo. Infelizmente Artur estava certo. Não havia nada a fazer.

Foi quando uma voz familiar soou no rádio que ele carregava:

— Artur, você está na escuta? Sou eu: Sarah. Câmbio.

\* \* \*

Andréa desceu do carro, atravessou a rua correndo e praticamente se jogou nos braços de Sarah. Mal conseguia acreditar que a amiga estava viva.

— Meu Deus, é você mesma! Pensei que estivéssemos ficando loucos! — Andréa apertava Sarah com força, como se temesse que ela pudesse fugir.

— Sim, sou eu mesma! E também senti saudade. Não pude entrar em contato antes porque estávamos longe, o alcance do rádio não é grande o suficiente. Só teria como falar com vocês quando chegássemos à cidade. — Sarah sorria.

Artur e Igor também se aproximaram e a estreitaram nos braços, emocionados por reencontrar a amiga, que estava parada em frente a um ônibus velho.

— Como você conseguiu escapar daquele inferno? Pensamos que estivesse morta! — Artur segurava Sarah pelos ombros.

— Digamos que tive uma ajudinha. — Então, Sarah olhou para o namorado, que saía do ônibus com um sorriso no rosto. — Este é o Fernando. Ele estava na usina e me ajudou a escapar.

Os três amigos se entreolharam, surpresos. Aquele era um dia repleto de novidades.

— Então você é o famoso Fernando? Isso explica muita coisa. — Andréa reparou nos olhos verdes e no corpo musculoso do jovem, que a cumprimentou de forma calorosa.

— Sou eu mesmo. A minha namorada falava muito mal de mim?

— Namorada? Caramba, acho que temos mesmo muito o que conversar, Sarah!

— Ah, você não faz ideia, minha amiga! — Sarah respondeu de forma tão maliciosa que Andréa entendeu na hora que aquela não era mais uma menina inocente. A garota finalmente se tornara mulher.

Artur cumprimentou Fernando, e reparou que já não havia sinal do adolescente de três anos antes, destruído pela morte da mulher amada. Ele agora era um homem, e estava muito mais forte.

— Você parece bem melhor. Achamos que tínhamos te perdido quando vimos a usina pegando fogo — Artur comentou.

— Verdade, cara, foi um horror ver tudo destruído depois de tanto tempo nos preparando pra tirar você daquele lugar — Igor arrematou, curioso para conhecer o objeto de tamanho esforço por parte de Sarah.

— Vocês não imaginam a confusão que foi aquilo. Vou contar tudo, mas antes quero apresenta-los a algumas pessoas. Entrem. — Fernando indicou o ônibus.

Os dois homens franziram a testa.

— Algo me diz que teremos uma surpresa. — Artur jamais entraria se Sarah não estivesse ali; mas a presença da amiga o deixava mais tranquilo.

Artur e Igor subiram e depararam com dezenas de homens vestidos com uniformes de presidiário. Todos eles eram mal-encarados e os olhavam de um jeito estranho, antipático.

— Puta merda, o que é isso? — Igor sussurrou.

— A salvação, meus amigos. Vamos conversar, preciso saber tudo o que vocês conseguiram descobrir. — Fernando deu-lhe um tapa amigável no ombro.

\* \* \*

Foram horas de conversas dentro do ônibus. Igor, Artur e Andréa revelaram, com o máximo de detalhes, tudo o que tinham observado ao longo da última semana. Eles narraram as tentativas frustradas de ataque à horda e como a colônia vinha resistindo ao poder das feras.

— Zumbis não não cansam, não sentem medo e, nesse caso, são muito fortes. A primeira vista, é um problema quase insolúvel — Fernando falou, pensativo.

— Qualquer exército teria recuado após tantos dias tentando invadir, mas eles mantêm a pressão ao máximo, dia e noite. Os moradores estão por um fio. — Artur deu de ombros.

— Você parece ter muita certeza do que diz. Pelo visto andaram falando com alguém de lá — Fernando observou, interessado.

— É verdade, tenho contato com o Felipe, o líder da comunidade. Eu pretendia atrair o apoio dele à nossa causa de enfrentar o Otávio, mas não esperava encontrar essa situação. — Artur agora se sentia um pouco mais animado ao ver que Fernando e Sarah contavam com tanta ajuda. Talvez houvesse esperança, afinal. — Nós temos nos falado por rádio.

— Ótimo. Era isso que eu queria. Posso falar com ele? Tenho um acordo irrecusável.

— Claro! E qual seria o acordo? — Artur entregou o rádio a Fernando após sintonizá-lo na frequência correta, curioso das intenções do rapaz.

— A salvação de todos eles em troca da ajuda da colônia. — Fernando deu uma piscadinha.

Andréa, Artur e Igor ficaram sem palavras diante daquela afirmação. Ou o rapaz era completamente maluco ou então o plano dele tinha inspiração divina.

— Felipe na escuta, câmbio.

— Senhor, meu nome é Fernando, estou aqui com a minha aliada, Sarah. Somos amigos do Artur, do Igor e da Andréa, que estão aqui. Acho que temos dois problemas em comum.

— Como assim? Quem são vocês? Onde está o Artur? Exijo falar com ele imediatamente! — Felipe retrucou, desconfiado.

— Felipe, estou aqui, tá tudo bem. Ouça o que o Fernando e a Sarah têm a dizer, é importante — Artur tranquilizou o amigo.

— Certo, Fernando, você tem um minuto pra se explicar. Quais são os dois problemas que temos em comum? — Felipe questionou, seco.

— O Otávio em Ilhabela e milhares de zumbis no seu portão — Sarah falou sem rodeios, compartilhando o rádio com Fernando.

— O Otávio é um filho da puta. Eu arrancaria pessoalmente a cabeça dele, se pudesse. Sempre soube que ele não prestava, mas nunca imaginei que não fosse nos ajudar numa situação como esta. Quanto aos zumbis, até onde sei, são um problema exclusivamente nosso.

— Eles podem vir a ser um problema nosso também se vocês quiserem a nossa ajuda. Mas precisaremos contar com o apoio de vocês. Nós temos um plano.

Felipe estreitou o olhar dentro da comunidade, olhando para o bloqueio de concreto. Ele sabia muito bem que não estava em condições de barganhar, seu tempo estava se esgotando.

— Muito bem, Fernando, vocês conseguiram a minha atenção. O que têm em mente? — Felipe perguntou, por fim.

Fernando explicou em rápidas palavras o que pretendia fazer, e Sarah complementava as informações. Felipe escutou, atento, e se surpreendeu com a última parte da estratégia. Eles descreveram algo que ele simplesmente não imaginava que existisse naquele lugar.

— Vocês têm certeza? É sério que há algo desse tipo tão perto da nossa colônia e nós nunca percebemos? — Felipe indagou, surpreso.

— Não há dúvida quanto a isso, de acordo com as orientações do nosso antigo instrutor, o Sílvio. Foi feito há quase cinquenta anos, quando a colônia começou a ficar muito grande e sua importância estratégica aumentou demais. Era um recurso a ser utilizado pelas forças de Ilhabela pra conseguir socorrer a comunidade em caso de necessidade extrema.

— E se o plano não der certo? É uma distância razoável a se percorrer, duvido que vocês sobrevivam. — Felipe não estava muito convencido da eficácia daquele plano, sobretudo com relação às contrapartidas solicitadas por Fernando.

— Se não der certo, nós acabaremos mortos, mas mesmo assim isso poderia, de certa forma, aliviar o cerco sobre vocês e dar uma chance de reação aos seus guardas. A meu ver, você tem muito pouco a perder.

— E se der certo, eu deverei dar guarida a mais de duzentos ex-presidiários, além do nosso apoio pra enfrentar Ilhabela. Sinceramente, acho que temos mais chances contra os zumbis.

— Quanto aos meus companheiros, não se preocupe. Nós nos sujeitaremos às regras da colônia, e ninguém entrará armado. E não vejo motivo para que você queira permanecer ao lado de Otávio. Além dele praticamente ter abandonado todos vocês à própria sorte, é óbvio que suas tropas aparecerão fazendo perguntas assim que ele souber que os zumbis foram derrotados. É bem provável que eles decidam te punir de qualquer jeito por ter aceitado ajuda dos fugitivos que destruíram o maior tesouro de Ilhabela, a Usina Moreno. Mesmo que você nos entregue, é capaz de ele mandar te executar por traição, pois esse é o estilo do nosso ditador.

Sarah complementou com firmeza:

— Pelo meu ponto de vista, senhor Felipe, se vocês não fizerem nada, todos morrerão. Se aceitarem a nossa ajuda, VOCÊ vai morrer. A única chance de o senhor não ser executado sumariamente é enfrentar Ilhabela tão logo essa crise seja encerrada.

— Ao contrário do que vocês pensam, nós temos opções aqui. Uma rota de fuga de emergência foi preparada anos atrás através dos túneis do metrô, justamente para o caso de precisarmos deixar a comunidade sem sairmos pelo nosso portão principal.

Sarah não se deixou abalar:

— Eu acho excelente que vocês possuam essa rota de fuga, mas, depois de deixarem a comunidade para trás, pra onde irão? Vocês ainda não fugiram porque isso equivale a uma sentença de morte pra muitos dos seus moradores, e o senhor sabe disso.

Felipe não gostou nada daquela parte. Detestava lembrar do quão grave era a situação.

— Supondo que eu aceite esse absurdo, o que me impede de entregá-los pro Otávio logo que a situação esteja resolvida? Pra dois estrategistas aparentemente tão bons, é surpreendente que vocês não tenham pensado nisso — Felipe os provocou.

— O senhor conheceu nossos instrutores, Sílvio e Nívea, certo? — Fernando perguntou.

— Eles eram meus amigos. Eu mantinha a presença de ambos em segredo quando vinham aqui, pois sabia que o Uriel e depois o Otávio caçavam os membros do grupo deles, sobretudo Isabel. Quando penduraram pedaços do corpo dela diante do nosso portão como um aviso da vitória deles foi um dos piores dias da minha vida — ele complementou com amargura.

— Imagino. Pois saiba que os dois confiavam muito no senhor. Eles falaram várias vezes que podíamos contar com a ajuda da colônia, mesmo sabendo do controle imposto por Ilhabela. Por isso tenho esperança de que o senhor manteria sua palavra, senhor Felipe.

Felipe respirou fundo. Partes daquele plano soavam como algo suicida, e, se desse certo, ele teria problemas sérios com Ilhabela, e suas experiências anteriores não tinham sido nada boas. Soldados de Otávio já haviam executado sumariamente membros da comunidade por motivos torpes, apenas para deixar claro quem mandava naquele lugar.

— Eu preciso falar com meus companheiros e meu povo, não posso decidir isso sozinho. Isso afeta a vida de todos, e poderá mudar tudo. Não posso decidir dessa forma, às pressas.

— Nós entendemos, senhor. Converse com seus aliados e nos procure, mas não demorem, porque a situação é crítica, e pode acabar fugindo totalmente de controle. — Fernando exalou um suspiro. Não havia jeito; teriam que esperar.

* * *

No dia seguinte, Felipe reuniu seu conselho, composto por cinco homens e cinco mulheres. Aquele grupo era responsável por todas as decisões, mas as reuniões eram abertas aos membros da comunidade, e casos mais graves podiam ser colocados em votação entre os presentes.

Estavam todos dentro da Catedral da Sé, que nunca estivera tão lotada. Uma parte imensa da colônia decidira participar, pois aquela crise era sem precedentes. Apenas guardas e voluntários que se mantinham de prontidão, vigiando a comunidade, não estavam ali.

— Bom dia, amigos, nós precisamos tomar uma decisão crucial, que afeta todos nós — Felipe começou a falar. — Trata-se de algo extremo e que tem de ser debatido por todos.

— Diga, Felipe, estamos todos ansiosos. Eu ouvi dizer que você foi procurado por alguém querendo nos ajudar. Ilhabela finalmente mandará um exército de verdade?

— Não, Henry, pelo contrário. Eles nem respondem mais aos nossos apelos. Acho que eles só vão voltar pra coletar mais tributos, quando e se nós resolvermos essa crise.

Os presentes começaram a murmurar e emitir pequenos protestos, de forma contida.

Os conselheiros insistiam com Felipe, argumentando que a comunidade cumpria suas obrigações há décadas, além de terem sido parceiros de Ilhabela desde os tempos de Ivan.

Lisa, a mais velha do conselho, se adiantou:

— Peça uma audiência com o prefeito, Felipe. Não há motivo pra ele nos abandonar.

Muitos assentiram. Felipe suspirou. Era duro admitir, mas os vícios daquele grupo se impunham novamente sobre o bom senso. E tudo pioraria quando ele narrasse os fatos.

— Meus caros, faz dias que não tenho mais notícias de Ilhabela; mas posso continuar insistindo, conforme vocês estão sugerindo, mesmo sabendo de antemão que será uma tremenda perda de tempo. Porém, o que eu tenho a dizer é algo completamente diferente do que vocês estão imaginando. Um grupo de indivíduos nos procurou e fez uma proposta.

Todos se entreolharam curiosos, e um murmurinho cresceu entre os presentes. Felipe decidiu que não dava mais para adiar. Assim, explicou, com muita honestidade e em detalhes, quem os procurara e o que estava sendo solicitado, sem nada omitir. Os olhares foram da surpresa à revolta em poucos instantes.

— Você enlouqueceu? Não podemos receber fugitivos da justiça na nossa comunidade, muito menos duzentos! — Lisa estava indignada. — Exijo que você entre em contato com Ilhabela e denuncie a presença desses malfeitores! Devemos lealdade ao poder central!

— Sim, com certeza, use essa informação pra barganhar com o Otávio! — Henry se zangara também. — Homem de Deus, não acredito que você está propondo algo desse tipo!

— Calma, amigos, sem dúvida há algum mal-entendido — Victor tentava apaziguar os ânimos. — O Felipe jamais colocaria nosso lar em risco dessa forma. Vamos deixar que ele acabe de explicar. Você está planejando entregar esses bandidos para as forças de segurança, certo?

— Não, Victor, estou sugerindo que nos unamos a eles pra enfrentar esse exército de aberrações que se encontra do lado de fora dos nossos muros. — Felipe encarou o conselheiro.

O semblante de Víctor se anuviou.

— Felipe, você enlouqueceu, não tem outra explicação! Está fora de cogitação fazer isso. Nosso prefeito vai mandar prender todos nós, e com razão!

— Como assim nosso prefeito? De que diabos você está falando, Victor?

— Ora, Felipe, não se faça de desentendido! Estou falando do Otávio!

— Ele não é meu prefeito, nunca foi! Nem ele nem o pai dele! Nunca votei em nenhum deles, ninguém jamais me consultou. E, pelo que sei, vocês também não — Felipe rebateu com dureza, causando espanto em todos.

— Felipe, que bicho te mordeu? Não estou te reconhecendo! — Lisa falou, horrorizada. — Acho que devemos encerrar esta reunião e desconsiderar tudo o que foi dito aqui hoje! — argumentou, diante dos olhares de aprovação dos conselheiros e da assembleia ali reunida.

— Não! Eu convoquei esta assembleia e digo que ainda não terminamos! — O jeito rude de Felipe causou um sobressalto em Lisa. — E repito o que acabei de dizer: o Otávio não é e nem nunca foi nosso prefeito! Vocês dizem isso porque tem medo dele. Sabemos que existem espiões infiltrados entre nós, e isso tudo que acabei de ouvir não passa de um grande teatro. Em particular, todos aqui já falaram mal daquele filho da puta!

— Você está sob muita pressão. Vamos adiar a assembleia. — Henry quase sussurrava.

As muitas pessoas reunidas se remexiam em seus bancos e falavam entre si, assustadas.

— Não, Henry, pra mim chega! Não vou mais me sujeitar a isso. Temos vivido com medo desde que eu era criança. Ouvimos o tempo todo histórias de terror sobre as coisas que Uriel fazia, e nós mesmos presenciamos algumas atrocidades, e Otávio é ainda pior! Prisões, espancamentos e assassinatos, tudo isso já aconteceu aqui, diante de nós e dos nossos filhos! Eles nos cobram tributos absurdos, e engolimos tudo isso porque Ilhabela, em teoria, iria nos proteger. Pois então cadê essa proteção? Cadê a ajuda?

— Felipe, tenha calma, você não sabe o que está dizendo... — Nicolas olhava ao redor, preocupado com as consequências daquela conversa.

— Não, Nicolas, basta! Ele não está aqui, e se recusa a nos ajudar! Não vou mais me sujeitar a um desgraçado que só sabe explorar e impor o medo, sem oferecer nada em troca. Otávio nos enxerga como um grande estorvo, apesar de tudo o que fazemos por Ilhabela. Já ouvi mais de uma vez que se morrêssemos o prefeito não derramaria uma lágrima sequer. Parem de se iludir. Nós não somos nada pra aquele psicopata. Ele não fuzila todos nós pelo simples fato de que seria desperdício de munição. E pra que não nos tornemos uma ameaça, ele nos mantém sob cabresto, através da cobrança de tributos e da intimidação. Ele é um parasita!

Os conselheiros engoliram em seco, e alguns até prenderam a respiração, se imaginando sendo fuzilados em praça pública pelo simples fato de estarem participando daquela conversa. Eles encaravam Felipe com rancor, como se o acusassem de arrasta-los para um precipício.

— Amigos, acredito que devêssemos votar a remoção de nosso líder de sua posição. Está claro que ele sucumbiu à pressão. — Nicolas sugeriu, voltando-se para os colegas.

Felipe estreitou os olhos diante daquilo.

— Nic, calma! Felipe comanda nossa comunidade há mais de quinze anos, tenha bom senso! Você não está propondo que nos voltemos contra Ilhabela, certo? — Guilherme perguntou.

— Sim, Guilherme, é exatamente isso o que eu estou propondo.

E então, centenas de vozes explodiram em protestos, exigindo a renúncia e até mesmo a imediata prisão do líder. O poder central semeara o medo com tamanha eficiência ao longo de décadas que a simples ideia de desafiá-lo soava como algo simplesmente absurdo e, por que não dizer, suicida. No fundo, ele sabia que aquilo aconteceria. Fora burro em cogitar aceitar aquela proposta. Mais do que nunca, seu pescoço corria perigo.

Felipe pretendia retomar a palavra para procurar remediar a situação. Entretanto, uma sirene soou alto dentro da comunidade. Imediatamente todos silenciaram e trocaram olhares. O terror estava em todos os semblantes. Aquele alarme não era ouvido há anos, e só podia significar uma coisa.

A comunidade estava sendo invadida. Os zumbis tinham conseguido passar.

\* \* \*

Momentos antes, os guardas posicionados sobre o bloqueio observavam os berserkers que ocupavam toda a rua Tabatinguera. Muitos estavam nus, outros vestiam restos das roupas que usavam quando ainda eram meros moradores da comunidade — vestimentas que foram reduzidas a frangalhos quando eles foram contaminados.

Poucos homens permaneciam sobre o bloqueio, pois as criaturas tentavam atacar qualquer um que ousasse aparecer desprotegido. A ordem de Felipe fora bem clara: eles deviam permanecer invisíveis o tempo todo.

Fazia algum tempo que as criaturas não tentavam nenhuma investida, e os guardas mantinham viva alguma esperança de conseguir sobreviver.

Foi então que eles notaram algo estranho. Aquele ser de longos cabelos brancos surgiu de novo e começou a grunhir na direção da horda. Eram sons animalescos e sem sentido, mas de alguma forma os seres pareciam entendê-los, pois lentamente as criaturas começaram a recuar na direção do portão principal que havia dias já se encontrava no chão.

— Eles estão indo embora? Será que acabou?

— Não sei, parece que sim. Vamos aguardar antes de dar qualquer notícia.

Passados alguns minutos, o trecho entre o portão principal e o bloqueio viu-se completamente livre, sem nenhum berserker. Os guardas começaram a respirar aliviados.

— Muita calma agora, senhores, vamos deixar os seres recuarem o suficiente. Se eles sumirem, poderemos começar a estudar como consertar o portão e colocá-lo de volta no lugar — um guarda comentou, cauteloso.

— Qualquer bando, quando se coloca em movimento, não para mais, a não ser que algo chame a atenção dos desgraçados. Eles tem que ter ido embora — seu colega comentou.

— Sim, mas nenhuma outra horda do mundo usava lanças e pedras. O que vimos aqui nesses últimos dias mudou tudo. Vamos continuar aguardando em silêncio.

E então, urros de guerra ecoaram próximos do portão destruído. Um som aterrorizante, que deixava claro que era muito cedo para comemorar ou mesmo relaxar. O pior estava por vir.

— Mas que merda...

Para espanto de todos, o ônibus que tinha sido usado como aríete estava em movimento, avançando cada vez mais rápido pela rua Tabatinguera, ganhando velocidade. Uma centena de seres empurrava com facilidade o ônibus, em uma velocidade baixa, porém suficiente para atingir o bloqueio com violência. Com o impacto, o veículo se transformou numa gigantesca sanfona de metal retorcido. Todas as janelas de vidro remanescentes se despedaçaram ao mesmo tempo.

Com o choque, os imensos blocos de concreto se deslocaram mais de um metro para trás, abrindo uma fresta grande o bastante para as criaturas avançarem, uma de cada vez.

Os guardas, desesperados, apontaram as metralhadoras .50 na direção da massa de seres que se amontava abaixo deles e abriram fogo, fuzilando-os à queima-roupa.

Uma massa de criaturas despedaçadas ia se amontoando perto dos blocos, mas para cada ser triturado, dezenas de outros iam chegando. As aberrações escalavam o ônibus para pular por cima do bloqueio. Os soldados respondiam com tiros de grosso calibre, derrubando-os de volta para a horda, sem braços, pernas e em alguns casos sem cabeça, esparramando um sangue negro e pastoso no asfalto quente.

A sirene ecoava pela comunidade, atraindo homens e mulheres armados para o bloqueio. Todos sabiam que chegara a hora da verdade.

Felipe saiu correndo da catedral com seu fuzil em punho, seguido por outros moradores. Todos traziam no olhar o desespero de quem não se sentia preparado para o que estava por vir.

— Acho que agora a teimosia de vocês não faz mais diferença, não é mesmo? Estamos todos fodidos! — Felipe gritou para Henry enquanto corria. O conselheiro não respondeu.

Centenas de pessoas viram as aberrações entrando e caindo, entrando e caindo, sem parar, derrubadas pelas metralhadoras .50. Mas a munição em breve acabaria.

Felipe distribuía comandos, mas quase ninguém o ouvia. Só o que todos conseguiam enxergar eram os zumbis de três metros de altura invadindo a comunidade, um atrás do outro. Era o fim. Eles teriam que enfrentá-los com fuzis, pistolas, carabinas e, depois, com as mãos. As pessoas começavam a rezar, e Felipe ouviu um clique metálico que indicava que a primeira metralhadora sobre o bloqueio estava sem munição. Em seguida, a outra parou também.

— Fujam! Não temos mais como impedi-los de subir! — Um guarda gritava sobre o bloqueio, quando uma lança varou suas costas e a ponta saiu no meio do seu peito, partindo-lhe as costelas. O moribundo caiu lentamente do bloqueio dentro da comunidade.

Os guardas, em uma tentativa desesperada, decidiram pular, mas, ao cair de uma altura de mais de cinco metros, acabaram se arrebentando no chão. O bloqueio estava desprotegido.

Um imenso berserker subiu no bloco de concreto, com um porrete de madeira tão grande que um homem dificilmente conseguiria erguê-lo sozinho. A criatura olhou para o bando de humanos e soltou um urro aterrorizante, deixando claro que a hora da matança chegara.

— Atirem ao meu sinal! — Felipe apontou seu fuzil para a fera monstruosa, que parecia não se importar minimamente com eles. — Um, dois...

E a cabeça do berserker explodiu, diante dos olhares incrédulos de todos. O grupo de sobreviventes viu perplexo o zumbi cair de joelhos no concreto e despencar inerte. Em seguida, o som de veículos em alta velocidade e dezenas de armas sendo disparadas do lado de fora da comunidade encheu o ar.

— Meus Deus, o Fernando e a Sarah estão aqui. — Felipe sussurrou.

\* \* \*

Dois ônibus, dirigidos por Tobias e por Pedro, adentraram lado a lado a rua Tabatinguera, atropelando centenas de zumbis. Os berserkers rolavam debaixo dos veículos e, mesmo sendo tão fortes, eram esmagados por toneladas de aço.

As janelas haviam sido arrancadas, e dezenas de detentos, junto com Andréa, Artur e Igor, posicionados ao longo dos ônibus, disparavam nos zumbis à medida que avançavam.

No começo da rua, sobre o muro que fazia parte da entrada principal, Sarah estava posicionada com o temido Doutrinador. A arma era tão potente que mal importavam seus duzentos metros de distância. Mesmo uma aberração não era páreo para ela.

Sarah mirava apenas nas cabeças das criaturas. A cada disparo, mais uma tombava. Fernando, junto dela, indicava onde atirar, auxiliado por um binóculo.

— Tem mais um subindo no bloqueio — Fernando alertou.

— Já vi. — Sarah apontou para a nuca da criatura, puxou o gatilho, e a parte de trás da cabeça do ser explodiu.

O berserker soltou o bloco de concreto e despencou no meio da horda, que agora se voltava inteira para trás, atraída pelo som dos veículos e, sobretudo, pelos disparos.

— Acelera essa merda, Tobias! — Igor berrou, disparando nos zumbis. No entanto, as armas convencionais não eram efetivas, e pareciam servir apenas para irritar as aberrações.

Ao acelerar, Tobias atingiu em cheio a massa de zumbis que escalava o bloqueio, esmagando dezenas deles contra os gigantescos blocos de concreto, que oscilaram mais um pouco para a frente com o impacto. Milhares de feras os encaravam, enfurecidas.

— Deu certo, vamos voltar! — Tobias engatou a marcha a ré e Pedro, que dirigia o outro ônibus e parara logo atrás do veículo destruído que fora usado como aríete, o imitou.

Os dois ônibus recuavam em marcha a ré pela rua Tabatinguera, e as criaturas avançavam furiosas em sua direção, pisoteando os seres que haviam sido atropelados no ataque, enquanto Tobias e Pedro passavam por cima de qualquer criatura no caminho.

— Eles estão voltando, vamos, vamos! — Fernando gritou para Sarah.

Ele pegou o Doutrinador, que era uma arma bastante pesada, e desceu as escadas correndo, seguido de perto por ela. Lá embaixo, uma picape se encontrava estacionada. Sarah ficou na parte de trás, na carroceria, enquanto Fernando assumia a direção e disparava com o carro no sentido oposto à horda, seguido pelos ônibus.

Ao virar à direita, Fernando viu pelo retrovisor os dois veículos manobrando e seguindo-o, agora virados de frente. Milhares de zumbis imensos ganharam a via, perseguindo-os ensandecidos.

— Excelente, caras, tá dando certo, o bando tá seguindo a gente! — Fernando falou pelo rádio para os motoristas dos ônibus.

Eles poderiam acelerar e deixar as criaturas comendo poeira. Mas não era essa a ideia de Fernando. Eles precisavam que as monstruosidades os perseguissem.

— Espero que o resto do plano também funcione, senão fodeu — Pedro respondeu, olhando pelo retrovisor e engolindo em seco.

As criaturas corriam com determinação, duas vezes mais rápido que um ser humano normal, sem demonstrar nenhum sinal de cansaço.

— Fernando, tá vendo aquilo? — Sarah gritou.

E foi então que Fernando avistou, bem na linha de frente da horda, a criatura de cabelos brancos e ralos com um machado na mão esquerda, que parecia liderar aquela perseguição.

— Sim, é o mesmo zumbi que vimos em Brasília, dez anos atrás. Os desgraçados conseguiram chegar até aqui! Dá pra matá-lo, Sarah?

Ela apoiou um joelho na carroceria, tentando permanecer firme, e mirou bem na cabeça da criatura grotesca. Entretanto, um grupo de seres se organizou em torno do líder para protege-lo, milésimos de segundos antes de Sarah apertar o gatilho. Assim, o tiro que ela disparou atingiu entre os olhos um dos seres, fazendo-o cair para trás e ser pisoteado pelo resto do bando. Várias aberrações urraram furiosas ao ver um dos seus companheiros aniquilado.

— Eles estão protegendo o desgraçado! Essas coisas são muito mais organizadas do que podíamos supor! — Sarah afirmou, espantada.

Um dos seres da linha de frente arremessou uma lança na direção da picape, mas a arma não alcançou o veículo e caiu no meio do asfalto. Sarah piscou ao ver que a criatura tentara matá-la em retaliação, e não pensou duas vezes: mirou na cabeça do berserker e desferiu um tiro bem no meio da sua testa, fulminando-o.

Vários zumbis que circulavam pela avenida começaram a se juntar à perseguição, atraídos pelos tiros e urros selvagens das aberrações, mas logo iam ficando para trás, por serem lentos demais para acompanhar os veículos e a horda de criaturas.

Quando eles se aproximaram de um cruzamento, Fernando pegou o rádio e passou mais uma instrução; era hora de atacar com a segunda leva:

— Todos preparados no segundo ponto de encontro?

— Sim, vamos entrar arregaçando!

— Então, podem ir, boa sorte!

Quando a picape e os ônibus atravessaram o cruzamento, um terceiro ônibus entrou na mesma avenida em que eles estavam, atropelando mais uma dezena de berserkers, que foram arremessados longe, enquanto o veículo fechava a fila. Ele também estava repleto de detentos armados e, na parte de trás do ônibus, havia uma metralhadora .50 instalada sob um tripé, uma das armas que Sarah e seus companheiros tinham trazido de Ilhabela.

A arma abriu fogo sobre o bando, triturando o imenso grupo de criaturas, que caíam aos montes, despedaçadas. Sangue, vísceras e ossos dos seres se espalhavam na avenida, mas mesmo assim a horda não parecia disposta a desistir da sua perseguição.

— Caralho, cara! — O motorista comemorou no rádio. — Nós conseguimos, estamos matando os filhos da... — Mas ele interrompeu sua fala ao ver que um berserker havia conseguido alcançar o ônibus, correndo ao lado do veículo e se pendurando nele.

Um dos homens disparou seu rifle contra ele, mas a criatura ignorou o disparo e o agarrou pelo braço, puxando com tanta força que o infeliz voou pela janela, caindo de cara no asfalto quente. A horda o cercou em questão de segundos, desmembrando-o vivo.

A aberração imensa entrou no ônibus por uma das janelas, e os atiradores, apavorados, dispararam ao mesmo tempo contra a fera. Sem se importar com isso, o zumbi imenso correu contra o motorista e se lançou sobre ele, esmagando-o contra a parede do ônibus e puxando o volante com força para a direita.

O imenso veículo virou de forma brusca, desgovernado, e oscilando, capotou no meio da avenida, atirando os passageiros e suas armas para fora, no meio da via. Várias criaturas atacaram os ex-presidiários caídos no asfalto, ao mesmo tempo que outros seres invadiam o ônibus destruído, tombado de lado. Os demais continuavam a perseguição.

— Que merda, perdemos um! — Fernando gritou no rádio. — Estamos chegando ao terceiro ponto de encontro! Felipe, tá na escuta? — Ele chamou usando outro aparelho, sintonizado na frequência da comunidade.

Felipe e os demais moradores olhavam pela passagem aberta após o deslocamento dos blocos de concreto, ainda surpresos por aquele socorro tão providencial. Como num passe de mágica, todos os zumbis haviam sumido. Foi quando Felipe ouviu Fernando chamando-o pelo rádio, e sacudiu a cabeça para tentar sair do seu torpor.

— Tô aqui, Fernando, bela jogada com os ônibus! Mas ainda não acabou, né?

— Não, estamos indo pro viaduto. Você tem de abrir a porta pra gente, rápido! Nosso tempo está se esgotando!

Felipe se lembrou do plano descrito por Fernando na véspera e piscou. Ele sabia o que viria a seguir, mas só conseguiria manter seus salvadores vivos com a ajuda da comunidade.

— Vamos rápido, eles estão chegando! — E Felipe saiu correndo.

— Vamos aonde? Quem está chegando? É o bando de presidiários? — Lisa perguntou, desconfiada, apesar de estar menos propensa a argumentar devido ao imenso alívio que sentia após os zumbis terem sido atraídos para longe dos seus portões.

— Eles mesmos! O grupo está atraindo os zumbis pra entrada do viaduto Dona Paulina! Precisamos deixá-los entrar! — Felipe continuava em desabalada carreira, com os conselheiros e vários moradores armados acompanhando-o.

— Você tá maluco? — Henry se horrorizou. — Do que adianta atrair os zumbis pro ponto mais frágil da comunidade?

— Vocês não entendem! O viaduto é uma armadilha preparada há vários anos! Eles estão atraindo todos, e a horda precisa estar toda sobre a via elevada pro plano deles dar certo!

— E o que vai acontecer depois que eles atraírem os zumbis? — Victor quis saber.

— Pelo que eles falaram, é bom nos segurarmos, pois tudo isto aqui vai tremer!

O grupo chegou à porta do bloqueio do viaduto Dona Paulina. Naquele ponto, um imenso muro havia sido construído décadas antes, com uma porta de aço reforçada que dava acesso ao viaduto. Aquela entrada era usada como um apoio, por não ser grande o suficiente nem mesmo para um carro passar. Vários cadeados mantinham aquele acesso trancado, e apenas algumas poucas pessoas da comunidade possuíam as chaves. Felipe era uma delas.

Ele começou a destrancar a porta nervosamente, imaginando se aquele plano daria certo. Quando enfim abriu a porta, o grupo ficou perplexo com o que viu.

Havia um grande caminhão-tanque, repleto de etanol, parado sobre o viaduto. Algo que não estava ali apenas algumas horas antes.

— Gente, esses caras tão falando sério! — Felipe exclamou com um sorriso no rosto.

— Que porra é essa? Que caminhão-tanque é esse? — Henry perguntou, confuso.

— Isso faz parte do plano! — Em seguida, Felipe sacou o rádio. — Fernando, a porta está aberta! Cadê vocês?

— Estamos chegando! Mandem todos se afastaram e se protegerem, e deixem a passagem livre! — Fernando gritou, com o som dos disparos de Sarah pipocando ao fundo.

— Todos pra dentro! Protejam-se! Mandem todos procurarem um abrigo, agora!

Obedecendo à ordem de Felipe, todos sacaram seus rádios e puseram-se a fazer a sua parte. Foi possível ver um ônibus entrando no viaduto a mais de cem metros dali, cantando pneus, seguido por outro veículo idêntico e depois pela picape.

— Eles chegaram! Todos pra dentro! Todos pra... — Felipe emudeceu ao ver a horda de aberrações invadindo o viaduto aos milhares, seguindo os três veículos, alucinados. — Puta merda, fodeu!

Os veículos frearam bruscamente atrás do caminhão-tanque, e o cheiro de borracha queimada chegou às narinas de todos.

Fernando e Sarah desceram correndo, a garota carregando o Doutrinador em suas mãos. Vários homens os seguiam, largando os ônibus e a picape para trás.

— Entrem! Entrem! — Fernando gritou.

Felipe e os últimos moradores que ali se encontravam obedeceram sem pestanejar.

— Felipe, você tem certeza de que essa é...

— Cala a boca, Lisa, entra! — E Felipe empurrou a conselheira.

Em seguida, dezenas de homens com roupas de detentos adentraram a comunidade, seguindo Fernando e Sarah. A horda avançava a algumas dezenas de metros de distância.

Os moradores da comunidade arregalaram os olhos ao ver aqueles homens armados entrarem em seu santuário, mas não havia tempo para hesitações. Quando o último deles entrou, Sarah e Felipe bateram a porta com violência, fechando os pesados trincos.

— Tudo pronto, podem passar fogo! — Fernando falou pelo rádio. Então, apontou para os demais: — Todo mundo pro chão!

Moradores da comunidade e ex-detentos se jogaram no asfalto. Mesmo quem não sabia o que estava por vir instintivamente tapou os ouvidos ou protegeu a cabeça. Fernando e Sarah deitaram-se, e ele colou parte do seu corpo ao dela. Eles deram-se as mãos com força.

— Fernando... eu te amo.

— Eu também te amo, Sarah.

Naquele instante, do lado de fora, milhares de criaturas se chocaram contra o bloqueio, ensandecidas, se acotovelando junto à porta, desesperadas para entrar. Outras começavam a subir no caminhão-tanque em uma tentativa de escalar o muro.

A quinhentos metros dali, os detentos restantes se reuniam em uma garagem abandonada de um antigo prédio de escritórios. Naquele lugar eles tinham achado, horas antes, o dispositivo que constava dos planos encontrados por Fernando e Sarah. Tratava-se de um velho detonador ligado a um fio que corria sob a via e chegava ao viaduto a meio quilômetro de distância.

— Hora de mandar brasa, segurem-se! — Um deles falou, girando o botão do dispositivo.

Naquele momento, o viaduto Dona Paulina foi pelos ares.

* * *

O viaduto Dona Paulina, de quase duzentos metros de comprimento e trinta de largura, passava sobre a avenida 23 de Maio e ligava a avenida Brigadeiro Luiz Antônio à praça João Mendes, um dos principais espaços da Comunidade Unidos Por São Paulo. Sob ele, décadas antes, funcionara a funerária municipal.

Naquele lugar, a mando de Ivan, duas toneladas de explosivo de demolição tinham sido cuidadosamente distribuídas. Ao acionar a chave, o grupo de fugitivos detonara tudo de uma só vez, com exceção de duzentos quilos que foram retirados a pedido de Fernando e Sarah para uso posterior.

Milhares de criaturas foram pulverizadas ao mesmo tempo. A gigantesca estrutura de concreto e aço desabou por inteiro, arrastando consigo todos os seres, que caiam em meio ao fogo e calor insuportável, se esmigalhando na avenida 23 de Maio, triturados pela onda de choque e milhares de toneladas de entulho. Alguns ficaram sem as pernas, outros foram despedaçados. Vários foram empalados nos gigantescos vergalhões de aço retorcido.

Lúcifer, o zumbi líder, jazia quebrado em meio a seres mutilados e blocos de concreto e asfalto de várias toneladas. Ao seu redor, várias aberrações gemiam e grunhiam, incapazes de entender o que acontecera. Ele olhava para a parte de baixo do que restara do viaduto destruído com fúria irracional no olhar.

Naquele instante, ele notou o caminhão-tanque, que deslizava pelo que sobrara do viaduto, escorregando para o imenso vão que se abriu. Algumas centenas de criaturas que continuavam vivas observaram aquele veículo, que parecia estar se movendo em marcha a ré.

Depois de alguns segundos, o caminhão-tanque despencou em cima da massa de zumbis destroçados. Ironicamente, o primeiro a ser atingido foi Lúcifer, que morreu na hora.

Dentro da comunidade, o muro e os prédios tremeram com o impacto da primeira explosão. Ao longo de toda a comunidade, móveis pularam como se tivessem vida, e paredes racharam como se fossem feitas de areia.

— Fique abaixada, ainda não acabou! — Artur disse para Lisa, que tentava se levantar.

E então, uma segunda explosão, dessa vez causada pelo caminhão-tanque, sacudiu a comunidade com ainda mais força. Um mar de chamas se espalhou pela 23 de Maio, incinerando praticamente todos os zumbis que ali restavam espatifados. A bola de fogo subiu alto, bem ao lado do muro, causando um sobressalto em todos. A barreira rachou imediatamente.

— Meu Deus, o que vocês fizeram? — Víctor gritou, sem coragem de olhar para cima.

— Explodimos todos e ateamos fogo nos que restaram! Se algum deles se erguer depois de tudo isso, eu juro que troco de nome! — Fernando sorriu.

Aos poucos as pessoas começaram a se levantar, ainda assustadas. O muro havia rachado por completo, e parte dele desabara sobre os zumbis dezenas de metros abaixo.

Fernando olhou pela pequena abertura que permitia enxergar do outro lado da porta e não viu nada além de fumaça e poeira. Com cuidado, ele destrancou a porta e a abriu, com Felipe ao seu lado. E o que viram foi impressionante.

Bem à frente da porta existia apenas o vazio. O viaduto desaparecera, bem como todos os zumbis. Lá embaixo, na avenida, tudo o que se via era uma gigantesca fogueira de milhares de metros quadrados e algumas poucas criaturas se debatendo em meio às labaredas.

\* \* \*

Horas mais tarde, Fernando e Sarah se encontravam diante do conselho. Poucas pessoas da comunidade assistiam à sessão; a maioria se mantinha em suas casas, inseguras com a presença daquele imenso grupo, apesar de estarem todos desarmados, como Fernando prometera.

— Meus caros, não sei nem por onde começar a lhes agradecer. Nunca imaginei que uma tropa tão pequena seria capaz de obter uma vitória incontestável como essa diante de uma força tão mortal. Parabéns! — Felipe sorria. — Nós todos concordamos que vocês podem e devem ficar aqui, no lugar que ajudaram a salvar. Só pedimos que se responsabilizem pelo comportamento dos seus aliados. Não queremos problemas.

— Quanto a isso, podem ficar tranquilos. Nos deem abrigo e comida, é tudo o que pedimos. Os rapazes só querem a chance de reconstruir suas vidas — Sarah falou com seriedade.

— Nesse caso, vieram ao lugar certo. Aqui, todos que quiserem terão comida, moradia e trabalho — Lisa afirmou sem pestanejar. O que ela vira naquele dia provavelmente nunca mais se repetiria. Era como assistir ao vivo à escrita da mais surpreendente página da história daquela gigantesca comunidade.

— E quanto ao nosso outro pedido? — Fernando perguntou, incisivo.

— Garoto, não tem outro pedido. Essa é a nossa oferta final. — Nicolas o encarava. — Queremos que vocês façam parte de nossa comunidade, mas sob hipótese alguma nos voltaremos contra o Otávio. Isso está fora de cogitação. Tudo o que queremos é viver em paz. Pelo seu próprio bem e de todos que vivem aqui, esqueça essa ideia, que é tão imprudente que nem parece ter vindo de pessoas tão espetaculares quanto vocês.

Fernando mediu o conselheiro dos pés à cabeça. Ele sabia que aquela parte seria difícil.

— E vocês acham que dá pra viver em paz com um indivíduo como o Otávio? — Sarah perguntou, ferina. — Não é possível que não vejam que mais cedo ou mais tarde será a sua vez de sentir o peso da mão dele. O simples fato de estarmos aqui já representa um risco.

— Senhorita Sarah, estamos cientes dos eventos da Usina Moreno e do fato de estarmos dando guarida a criminosos. — Lisa respondeu, seca. — Nossa comunidade contribuirá para manter o sigilo, e diremos aos nossos contatos em Ilhabela que nossos guardas venceram os zumbis, sem mencionar nenhum tipo de auxílio externo. Duvido que eles façam perguntas, pois não se importam conosco. Ilhabela não se voltará contra nós se não nos vir como uma ameaça. Só precisamos manter nossa imagem de servidores fiéis, e não haverá perigo.

Sarah revirou os olhos, num claro sinal de irritação. A postura submissa dos conselheiros da comunidade era revoltante. O único que parecia ter alguma disposição para enfrentar Otávio era Felipe, mas estava claro que ele era voto vencido.

— Amigos, somos gratos por tudo que fizeram e reitero que são bem-vindos aqui, desde que respeitem as nossas regras e, sobretudo, a decisão do conselho. Peço que considerem a possibilidade de ficar, mesmo que a nossa posição não seja do agrado de vocês. — Felipe tinha uma enorme dívida de gratidão com aquelas duas pessoas e não queria ofendê-las.

Os jovens se entreolharam. Nada daquilo os agradava, mas jamais desrespeitariam o conselho. Por hora, deveriam acatar a decisão, e continuar tentando convencê-los.

— Nós agradecemos a oferta e creio que falo por todos quando digo que queremos ficar. Esperamos que um dia os senhores do conselho reconsiderem sua posição, antes que seja tarde demais. — Fernando continha a custo a decepção.

Felipe suspirou, aliviado. Pelo menos tinham conseguido convencê-los a ficar.

— Sejam bem-vindos à nossa comunidade. — Lisa esboçou um sorriso doce.

\* \* \*

Um dos conselheiros chegou ao seu apartamento, em um antigo prédio de escritórios que tinha sido convertido, ao longo dos anos, num edifício residencial. Sentando-se numa cadeira, ele se pôs a pensar. Algo o incomodava em relação aos seus mais novos heróis, embora ele não soubesse dizer o que era.

Ele dirigiu-se até uma antiga escrivaninha, na qual guardava anotações, mapas e outras coisas úteis. Várias pilhas de papéis velhos abarrotavam a velha peça de mobília, e o conselheiro revirava a papelada, tentando encontrar algo que lhe desse uma luz.

Após minutos de buscas infrutíferas, ele se deparou com duas folhas amareladas, dobradas ao meio. O conselheiro arqueou as sobrancelhas, tentando se lembrar do que se tratava. Quando abriu os cartazes, arregalou os olhos.

Naqueles cartazes viam-se os retratos falados de duas crianças, com seus nomes na parte de baixo. No topo de cada um lia-se "Procurado Vivo ou Morto", e na parte inferior, em ambos os casos, os textos os descreviam como "terroristas infantis".

Victor sorriu quando se deu conta de que estava diante dos cartazes de Sarah e Fernando.

\* \* \*

Mauro seguia até a sala do rádio, após ter sido alertado que seu principal espião dentro da comunidade de São Paulo o procurava. Ele estava ansioso pelas informações que Victor teria a oferecer. Aquele homem já demonstrara seu valor várias vezes, sobretudo quando passou, com precisão, as indicações necessárias para que fosse possível localizar e derrotar Isabel.

As notícias correram rapidamente, e todos em Ilhabela se perguntavam como a comunidade conseguira fazer o que milhares de reservistas não foram capazes. Se Victor o estava procurando era porque tinha alguma coisa suspeita naquela história, e Mauro queria muito descobrir do que se tratava.

— Boa noite, meu caro amigo, como tem passado? — Victor falou do jeito que Mauro mais detestava.

— Larga mão dessa palhaçada! Já falei que não somos amigos! Abre o bico logo. O que é que você tem para me contar? — Mauro exigiu, impaciente.

— Você vai adorar. Descobri onde estão dois velhos amigos seus. Ambos coordenaram o ataque que derrotou a horda de zumbis, ajudados por uns duzentos fugitivos da Usina Moreno. Eles destruíram a colônia penal, e agora estão todos aqui conosco.

Mauro se espantou. Otávio se enfurecera com a notícia da rebelião e da fuga em massa, sem mencionar o estrago causado na usina, que levaria anos para voltar ao seu antigo poder de produção. Uma recompensa fora oferecida para qualquer um que tivesse informações que levassem aos responsáveis.

— Agora vocês dão guarida a fugitivos perigosos, Victor? Como você espera que eu te nomeie líder da comunidade? — Mauro fez referência a um pleito antigo do seu espião.

— Eu fui contra isso! Mas depois que eles derrotaram os zumbis, não teve como recusar.

— Duzentos bandidos é muita coisa, ainda mais se os moradores decidirem protegê-los. Vocês complicaram a minha vida, tinham que tê-los deixado do lado de fora e me chamado! Agora vou precisar de um monte de soldados pra conseguir acabar com essa quadrilha! — Mauro já conseguia imaginar o acesso de fúria de Otávio.

— A culpa foi do Felipe. Se você tivesse me nomeado líder da comunidade antes, nada disso teria acontecido. — Victor deu de ombros.

— Calma aí. Você se referiu a dois velhos amigos meus. O que isso significa?

— Ah, sim, essa parte é menos importante. Os líderes dos presidiários são aqueles dois terroristas infantis que vocês procuravam, Fernando e Sarah. Eu queria saber se há uma recompensa extra por sua captura — Victor comentou, despreocupado, sem imaginar os desdobramentos daquela afirmação.

Mauro levou um tempo para entender do que ele estava falando, uma vez que dez anos haviam se passado. Mas, enfim, as lembranças voltaram. Ele se recordou de Fernando, o garoto que quase o matara com a clara intenção de se vingar pelo que Mauro fizera a seus pais. E também se lembrou de Sarah, a menina homicida que desaparecera após abater mais de trinta dos seus soldados.

— Está me dizendo que aqueles dois desgraçados estão vivos e escondidos aí, cercados de bandidos perigosos? É isso? — Mauro vociferou de tal forma que Victor se encolheu, mesmo estando a mais de duzentos quilômetros de distância.

— Sim. Isso é tão importante assim? — Victor indagou, assustado. — Eu não poderia nem imaginar que eles eram tão perigosos, principalmente Sarah, que é uma mulher linda! É claro que ela tem uma pontaria inacreditável e consegue acertar qualquer alvo a metros de distância, mas mesmo assim, ela não parecia ser...

— Quieto, Victor! Me explica melhor. A Sarah é uma franco-atiradora muito bonita, é isso? — Os instintos de Mauro agora gritavam bem alto.

— Sim, ao menos é isso que todos estão comentando.

— Como ela é? Tem corpo escultural e cabelos loiros encaracolados?

— A parte do corpo tá correta, mas o cabelo é preto e liso. — Victor estranhava aquelas perguntas.

— Ela usa algum tipo de arma especial, para atiradores de elite?

— Na realidade, sim. Ela tem um rifle muito estranho, nunca tínhamos visto algo parecido. Ouvi comentários de que aquela coisa consegue acertar um alvo a dois quilômetros de distância, se necessário.

Ao ouvir aquilo, Mauro arregalou os olhos e coçou a cabeça, desconfiado. Apenas alguns dias haviam se passado desde que o conselheiro Leonardo fora morto por uma misteriosa mulher de corpo perfeito e cabelos loiros, que aparentava ter vinte anos, e um atirador de elite assassinara Niuma e quase matara Otávio, disparando a uma distância de mais de um quilômetro. E agora ele descobria que Sarah estava viva.

Sua cabeça fervilhava de pensamentos. *E se ela de fato tivesse chegado à ilha, tendo permanecido escondida durante todo esse tempo, planejando sua vingança? E se Sarah, o atirador de elite e a prostituta misteriosa fossem a mesma pessoa?*

Foi quando Mauro se lembrou de algo. Tinha uma forma de descobrir se havia uma conexão entre Sarah e os atentados de Ilhabela.

— Victor, escute com atenção. Vou mandar um grupo de soldados aí pra pegar um item muito especial. Não me importa o que você vai fazer, mas quero que o consiga para mim, fui claro? — Mauro falou de modo tão sinistro que Victor se arrepiou; ele desconfiava de que talvez tivesse sido uma má ideia tentar barganhar com o líder das forças de segurança novamente.

— O que você quer? — Victor engoliu em seco.

\* \* \*

Dois dias depois, Sarah e Fernando almoçavam num dos poucos restaurantes da comunidade. Eles e diversos ex-detentos haviam se juntado à guarda local. Felipe formara uma nova equipe de proteção apenas com os recém-chegados, e o jovem casal era responsável por todos. Aos poucos, o grupo de fugitivos começava a se integrar à comunidade.

Os dois conversavam calmamente enquanto comiam, sem se dar conta de que Victor os observava de longe, encostado no balcão do velho estabelecimento.

Ao fim da refeição, os dois apresentaram suas cadernetas de pontos, nas quais os preços referentes à comida eram anotados. Todos os moradores possuíam uma daquelas para computar valores de entrada e saída em uma espécie de conta corrente, controlada individualmente.

Sarah e Fernando agradeceram a comida e se retiraram, deixando sobre a mesa seus pratos, copos e talheres. O garçom levou parte das coisas para a cozinha e, voltando para recolher o resto, percebeu que faltava um copo, aquele em quem Sarah bebera sua limonada.

\* \* \*

Um grupo de soldados de Ilhabela apareceu na comunidade dias depois. Era um pelotão pequeno, de algumas dezenas de homens. Eles recolheram os tributos diante do olhar de rancor de muitos moradores, que estavam mais furiosos do que nunca por precisar repartir aquilo que produziam com a capital, que os abandonara à própria sorte quando os zumbis atacaram.

— Semana fraca essa, não é, Felipe? Sinceramente, já foi melhor — o oficial debochou, enquanto alguns moradores carregavam o caminhão. — Desse jeito, não vejo por que manter a parceria de Ilhabela com vocês.

— O que queriam? Tivemos de lutar contra aquela horda de malditos por vários dias; mal tivemos tempo pra colheita. — Felipe se esforçava para conter a ira.

— Sim, eu soube. Mandamos um grande número de reservistas pra ajuda-los. Não precisa agradecer — o homem respondeu sem sequer olhar para ele, conferindo numa folha de papel as quantidades de produtos que estavam levando. — Acho que tá tudo certo. Espero que seja melhor semana que vem. Não quero ter que reportar aos meus superiores que vocês não querem colaborar. — Ele sorriu e piscou para Felipe de forma quase ofensiva.

— Claro, ninguém aqui quer causar problemas. — Felipe respirou fundo. Aqueles encontros eram sempre muito estressantes.

— Muito bem. Vamos almoçar por aqui e depois partiremos. Passar bem. — O oficial virou as costas e se retirou.

— Boa viagem, e que o Diabo os acompanhe — Felipe murmurou de forma inaudível.

O oficial almoçou com seus homens, fazendo questão de reclamar da comida e sair sem pagar, como era de costume. Ninguém se indispunha com os soldados de Ilhabela. Era comum que eles entrassem nos comércios da comunidade e pegassem o que quisessem, e até mesmo estupros e assassinatos ocorriam nessas visitas, sem que nenhuma providência fosse tomada. A maioria dos moradores buscava permanecer escondida até que o pelotão fosse embora.

O oficial discretamente foi até a casa de Victor e bateu na porta. O conselheiro atendeu, desconfiado, olhando ao redor para ter certeza de que ninguém os observava.

— Conselheiro Victor? Creio que o senhor tem algo que eu devo levar pra Ilhabela.

— Sim, entregue isto ao Mauro ainda hoje. Ele espera com urgência. — E Víctor entregou ao oficial um pequeno embrulho. — Não toque nele sem usar luvas.

— Estou ciente disso, não se preocupe. — O oficial desembrulhou o objeto com extremo cuidado. Em suas mãos estava o copo que Sarah usara, com suas impressões digitais intactas.

\* \* \*

Mauro adentrou a sala de Otávio, apressado. Seu olhar parecia uma mistura de raiva e satisfação. O prefeito, debruçado sobre algumas das suas anotações médicas, olhou feio para seu aliado; detestava ser interrompido.

— Espero que seja importante, Mauro — Otávio falou, sinistro.

Mauro foi direto ao ponto:

— Descobri onde está a mulher que matou o conselheiro Leonardo, e aposto que foi ela quem tentou matar o senhor. Veja. — Ele apresentou um laudo que comparava as impressões digitais colhidas do copo roubado por Victor, em São Paulo, com as impressões digitais retiradas da garrafa de cerveja encontrada no apartamento de Leonardo. Desde o dia do crime, as impressões digitais de Sarah ficaram arquivadas no processo criminal.

Otávio arregalou os olhos. Não podia acreditar que tinham encontrado aquela vadia.

— Como você chegou até ela? Quem é essa maluca, e o que ela faz em São Paulo?

Mauro repassou-lhe todas as informações recebidas de Victor.

— Portanto — ele finalizou —, ela provavelmente é responsável por todos os crimes, tanto os recentes quanto os passados.

Otávio não se conformava com o que acabara de ouvir.

— Milhares de pessoas contra mim! Justo eu, que tanto ajudei São Paulo! Sacrifiquei muitas coisas pra proteger e amparar aqueles favelados, e o que recebo em troca? Ingratidão!

— Sim, senhor, são todos ingratos, criminosos e pervertidos! Aquela comunidade é uma maçã podre que pode, inclusive, contaminar nossa sociedade, com a mulher que tentou te matar na liderança! Temos que tomar uma atitude imediatamente! — Mauro fez questão de enfurecer Otávio ainda mais. Ele queria vingança pelo atentado que lhe causava tanta dor. Ele faria o rapaz pagar com a própria vida, bem como todos aqueles que se atreveram a ajudá-lo.

— Tem razão. Eles são um câncer e, como tal, precisam ser extirpados. Que todas as comunidades do Brasil fiquem sabendo que ninguém está acima da lei! O alto-comando de Ilhabela é intocável, e quem tentar ultrajar nossa liderança haverá de pagar com sangue!

Os olhos de Mauro brilharam com a fala dramática de Otávio. Ele, que defendera o envio de ajuda à comunidade, agora se empolgava com o que eles fariam para cobrar aquela ofensa.

— Eu ordeno que vocês utilizem o Projeto Trocano imediatamente! Que a fúria de Deus se abata sobre Sodoma e Gomorra!

Mauro sorriu.

— Sim, senhor! Vou iniciar os preparativos! — Mauro bateu continência e virou-se para sair.

— Mauro?

— Pois não, senhor?

— Não se esqueçam de filmar tudo. Quero ver o que vai acontecer.

## CAPÍTULO 7
# A FÚRIA DE DEUS

**SARAH NÃO ENCONTROU FERNANDO** ao seu lado quando acordou pela manhã. Ela se arrumou no banheiro e abriu a porta que levava a uma pequena sala integrada a uma cozinha minúscula.

Aquele alojamento, apesar de não medir mais que trinta metros quadrados, ainda era muito melhor do que as acomodações da maioria dos moradores da comunidade, uma cortesia dos conselheiros da colônia pelos bons serviços prestados.

Assim que girou a maçaneta, Sarah deparou com Fernando, que se sobressaltou ao vê-la. E logo ficou claro por quê. Ele estava preparando um café na cama para ela. Nada de excepcional: um pão fresco, um pouco de geleia caseira, um copo de suco de laranja e uma maçã, mas tudo arrumado com muito cuidado e capricho. Também tinha uma rosa na bandeja improvisada.

— Uau, o que é isso? — Ela perguntou, empolgada.

— Puxa vida, era pra ser uma surpresa! Eu tentei não fazer barulho! — Fernando sorriu, embora um pouco decepcionado.

— Não seja por isso! — Sarah girou nos calcanhares e correu de volta para o quarto.

— Ei, aonde você vai? Volta aqui! — Fernando riu da reação espontânea da namorada.

Vendo que ela não retornava, ele pegou a bandeja e foi para o quarto, onde encontrou Sarah deitada na cama, com os olhos fechados, totalmente imóvel.

Fernando achou graça e decidiu entrar na brincadeira:

— Bom dia, amor, tenho uma surpresa pra você! — Fernando se sentou na cama ao lado da namorada.

Sarah abriu os olhos e se espreguiçou.

— Que maravilha! Eu nunca tomei café da manhã na cama antes! — Sentando-se, ela colocou o travesseiro nas costas e acomodou a bandeja sobre as pernas.

— Não é nada demais, mas eu fiz de coração.

— Tá tudo perfeito, eu amei. — Ela segurou o rosto do namorado com as duas mãos e deu-lhe um beijo suave na boca. — Você vai comer comigo, não vai?

— Vou sim, só preciso de um instante. Já volto! — E ele saiu apressado.

Sarah franziu a testa, se perguntando o que o namorado estaria aprontando. Ele voltou em menos de um minuto, expressando ansiedade em seu olhar.

— O que você foi fazer?

— Fui buscar uma coisa. — Fernando tornou a se acomodar ao lado dela na cama.

— Eu, hein! Você tá muito esquisito!

Fernando respirou fundo e se encheu de coragem.

— Sarah, eu um dia me apaixonei por uma pessoa. Tinha certeza que havia encontrado meu grande amor, e quando ele me foi tirado, acreditei que fosse morrer. — Fernando olhava a namorada nos olhos. — Desejei a morte várias e várias vezes, como se esperasse por uma velha amiga que estivesse demorando demais a chegar.

Sarah o ouvia em respeitoso silêncio.

— E no exato momento que te vi, naquele forno, soube que estava enganado. Eu não pensei mais na morte, e não tinha perdido a oportunidade de amar e ser amado. Naquele instante, eu enxerguei a luz. Eu enxerguei você, Sarah.

A jovem continha as lágrimas, sentindo seu coração pular dentro do peito.

— Por motivos que fugiam do meu controle, permiti que os laços que me ligavam à minha primeira paixão fossem cortados. Mas essa foi a primeira e última vez que isso aconteceu. Eu quero poder ir com você aonde quer que você vá. Meu único desejo nesta vida é estar pra sempre ao seu lado, por todos os dias, até o fim.

— Isso é tudo o que eu quero também. — Sarah sussurrou, presa pelo olhar dele.

Fernando lentamente se ajoelhou ao lado dela na cama.

— Ai, meu Deus... — Sarah sentiu seu corpo inteiro se arrepiar.

Fernando tirou um anel do bolso. Não era uma aliança, artigo raríssimo fora de Ilhabela; apenas um anel comum que ele comprara de um vendedor de bugigangas. Como não tinha dinheiro, o rapaz precisou entrar num acordo com o homem para ir pagando aos poucos.

— Sarah, você me daria a honra de se tornar a minha esposa? Eu não tenho nada pra te oferecer, mas prometo nunca te deixar sozinha e jamais trair sua confiança. Estarei sempre ao seu lado. Quero ser seu marido, seu amante, o pai do seu filho.

— Não.

— Não? — Ele arregalou os olhos.

— Filho, não: filhos. Teremos um menino e duas meninas. Sempre me enxerguei como mãe de três crianças, no mínimo. — Ela sorriu largo. — É claro que a minha resposta é sim!

Fernando gargalhou, louco de felicidade e alívio. Em seguida, a abraçou apertado e colocou o anel em seu dedo, que serviu perfeitamente.

— Eu te amo. — Fernando sussurrou no ouvido dela.

— Também te amo. Nunca mais vou te perder de novo.

\* \* \*

Sarah e Fernando permaneceram um longo tempo abraçados, ele recostado na parede e ela sentada à sua frente, com as costas apoiadas em seu peito. Ela não parava de admirar o anel.

— Você tem muito bom gosto, querido. — Ela esticou a mão pela centésima vez. — É uma pena que Madame Bianca não esteja aqui. Queria compartilhar este momento com ela.

— Talvez a gente consiga ir até Ilhabela vê-la. Não somos mais procurados. Pode ser que consigamos entrar. — Fernando saboreava ao máximo aquele momento de perfeita felicidade.

— É muito difícil. Eu tenho os documentos falsos que Artur me deu, mas você não tem nada, é como se não existisse. Estranhos não são bem-vindos lá, querido. Acho mais fácil tentarmos algum contato por rádio para que ela tente vir acompanhando alguma caravana de soldados. Sei que se pagar bem eles transportam pessoas entre as comunidades, e a minha madrinha tem muito dinheiro e prestígio. Ela adoraria conhecer o lar dos nossos futuros filhos.

— Amor, você percebeu que já está falando como uma moradora permanente da comunidade? Parece que desistiu do seu desejo de derrubar o Otávio.

— É verdade, você tem razão. Acho que eu queria enfrentar o Otávio porque estava triste e ferida. Mas agora me sinto tão feliz! A vontade que tenho é de ficar aqui com você, levando uma vida tranquila, cuidando da nossa casa e dos nossos filhos. Estou sendo egoísta?

— Você está sendo humana. Qualquer pessoa normal iria desejar a mesma coisa. Talvez tenha mesmo perdido o sentido. O pessoal do presídio está se adaptando facilmente; alguns deles já estão até namorando moradoras da comunidade.

— Então... Talvez devêssemos deixar as coisas do jeito que estão, e que as futuras gerações tratem de resolver o problema de Ilhabela. — Sarah suspirou, pensativa.

Foi quando o alarme da comunidade soou.

* * *

Ao saírem de casa, o que Sarah e Fernando viram foi um cenário de completo caos. As pessoas corriam pelas ruas da comunidade sem saber ao certo para onde ir. Os dois olhavam em volta, tentando entender o que estava acontecendo ou localizar algum rosto conhecido.

Então, a voz de Felipe ecoou na comunidade, graças aos alto-falantes espalhados por toda parte, que eram usados apenas para comunicados muito importantes:

— Atenção: permaneçam todos em suas casas. Um avião de grande porte se aproxima e não sabemos suas intenções! Repito: vão para as suas casas e aguardem novas ordens!

Sarah sentiu um arrepio. Com a mira telescópica do Doutrinador ela conseguiu avistar um imenso avião militar que fazia uma grande curva, buscando a melhor forma de se aproximar.

A jovem engoliu em seco ao constatar que o compartimento de carga estava aberto. E se assustou ainda mais ao reconhecer aquela aeronave. Era a mesma que ela vira semanas antes, quando sonhara com Isabel. Não podia ser uma simples coincidência.

—Fernando, ele vai nos atacar! Esse avião veio destruir tudo, nós precisamos impedi-lo!

— Como você sabe?

— Eu simplesmente sei! Fale pro Felipe disparar as baterias antiaéreas e mandar as pessoas fugirem!

— Fugir pra onde, amor? Não tem onde se refugiar! — Fernando a encarou, aflito.

Sarah analisou os arredores. Ele tinha razão. E então, a voz de Isabel ecoou, como no sonho. "Vocês precisam fugir para baixo". Finalmente Sarah entendera o que ela quisera dizer.

— Nós precisamos fugir pra baixo! Fale pro Felipe ordenar que todos corram pra dentro da estação do metrô! — Em seguida, Sarah apoiou o Doutrinador sobre uma mureta antiga e começou a mirar no avião.

Fernando pensou por um instante; Sarah estava certa. A antiga Estação da Sé era imensa, e milhares de pessoas poderiam se esconder ali sem problemas. Sem demora, ele sacou o rádio e procurou por Felipe.

— Vocês têm certeza? Eles não têm motivos pra nos atacar, talvez seja apenas um alarme falso! Nós podemos começar uma guerra se atirarmos num avião de Ilhabela! — Ele respondeu, preocupado.

— Nós temos certeza, Felipe! Atire já! — Fernando não fazia ideia de como Sarah sabia das intenções do avião, mas se ela afirmava que era um ataque, ele acreditava sem questionar.

— Fernando, eu não posso...

— Felipe, você quer que todos morram? Mande as pessoas fugirem, agora! E atire naquele maldito avião! — Fernando ordenou, ignorando a hierarquia da comunidade.

Uma gota de suor escorreu pelo rosto de Felipe. O avião se encontrava a pouco mais de um quilômetro. Se Sarah estivesse certa, eles tinham apenas alguns segundos antes de a aeronave sobrevoar a comunidade. Era preciso tomar uma decisão com urgência.

— Atenção, artilharia, vocês estão na escuta?

— Sim, senhor, artilharia na escuta! — Um homem respondeu de imediato pelo rádio.

— Derrubem aquele avião imediatamente! Fogo à vontade! — Felipe ordenou.

— Sim, senhor! — o soldado afirmou, embora não pudesse acreditar no que acabara de ouvir. Ele informou para o seu parceiro de trabalho que teriam que fazer algo impensável.

Os dois arrancaram a lona que cobria o obuseiro L-118 Light Gun, apontaram a arma na direção do avião, travaram a mira e acionaram o gatilho.

O som que se seguiu a seguir foi ensurdecedor, e o prédio sobre o qual eles se encontravam estremeceu por inteiro. O projétil riscou o ar velozmente, mas errou o alvo por pouco. Entretanto, foi o suficiente para assustar os pilotos da aeronave.

— Que merda foi aquela? — O piloto jamais imaginara que viveria a situação de alguém tentando derrubar seu avião.

— Não sei. Precisamos cumprir nossa missão e cair fora logo! — O copiloto gritou, já com a filmadora em mãos para atender à ordem de Otávio. — Preparar pra entregar o pacote!

Já estava tudo pronto no compartimento de carga. Era preciso apenas acionar o dispositivo para destravar o artefato, e a força da gravidade se encarregaria do resto. Então seria só assistir ao espetáculo.

De repente, outro disparo do obuseiro cortou o ar, deixando para trás uma trilha de fumaça. O piloto imediatamente percebeu que eles seriam atingidos, e desviou fortemente para a direita com o avião, derrubando todos os homens que se encontravam no compartimento de carga. Até mesmo o Projeto Trocano oscilou, ainda que pesasse várias toneladas.

— Cuidado, caralho, quer matar todos nós? — Um soldado gritou.

O piloto, furioso, iniciou uma longa curva para a direita. Agora ele teria que reiniciar a aproximação, o que consumiria minutos preciosos de seu tempo.

Enquanto isso, Felipe gritava ordens pelos alto-falantes da comunidade:

— Fujam todos pra estação do metrô! Repito: todos pra Estação da Sé, rápido!

O pânico se instalou entre os habitantes. Milhares de pessoas corriam pelas ruas, atravessavam as plantações e criações de animais, todas convergindo para a Praça da Sé, o coração da comunidade.

Sarah baixou a arma, frustrada. O avião estava longe demais. Felizmente o projétil disparado pelo obuseiro forçara a aeronave a desviar. Ela sabia que seria por apenas alguns minutos, mas ao menos as pessoas teriam mais tempo de dirigir-se à estação de metrô.

Fernando arrancou a arma das mãos dela às pressas e começou a puxá-la, forçando a noiva a correr.

— Vamos, Sarah, não temos mais tempo, aquela coisa está voltando! — Fernando apontou para o avião, que virava na direção da comunidade outra vez.

Algumas pessoas caíam e eram pisoteadas pelas demais, no desespero de se salvarem de algo que nem ao menos sabiam do que se tratava.

Felipe não abandonou sua posição por um instante sequer. De onde estava, ele enxergava toda a comunidade, e continuava gritando, ordenando a evacuação para a estação.

Quando chegaram à entrada, Sarah e Fernando permaneceram do lado de fora, praticamente empurrando as pessoas para dentro.

Na velha estação, todos se acotovelavam, ocupando os corredores e as antigas plataformas de embarque que há muito foram abandonadas. A iluminação era mínima, e muitos tropeçavam e caíam, alguns até mesmo despencando nos trilhos e se ferindo.

Os artilheiros, ao verem o avião retornando, recomeçaram a atirar. O alvo era muito grande, porém aquela era uma arma de difícil manuseio, e o fato de a terem utilizado poucas vezes tornava seu trabalho ainda menos efetivo.

O piloto olhava para a cúpula da Catedral da Sé com determinação. Dessa vez ele conseguiria passar sobre a comunidade para despejar sua carga letal. Porém, quando estava a cerca de três quilômetros de distância, um dos projéteis acertou sua asa direita em cheio.

A granada causou tamanha explosão que uma das turbinas do avião foi completamente destruída. Pedaços de metal saíram voando em meio a uma fumaça negra e às chamas. Os artilheiros comemoravam e socavam o ar, imaginando que a ameaça tinha sido neutralizada.

— Nós vamos cair, porra! — O piloto sentia a aeronave se descontrolando.

Toda a tripulação gritava ao mesmo tempo. Alguns rezavam. O avião, desgovernado, desviava gradualmente para a direita, enquanto o nariz da aeronave virava para baixo. O piloto puxava o manche com toda a força, tentando inutilmente evitar a queda.

— Desgraçados! — Ele gritou, segundos antes de o avião atingir o solo.

Enquanto isso, Sarah e Fernando conduziam os últimos indivíduos para dentro da estação, entre eles, Tobias, Pedro, Artur e Andréa.

— Cadê o Igor e o Bruno? — Fernando quis saber.

— Ficaram pra trás. O que está...

— Não importa, Tobias, pra dentro! — Então, Fernando viu o avião desaparecer a alguns quilômetros, caindo bem na avenida Brigadeiro Luís Antônio.

Sarah arregalou os olhos.

— Entrem agora! Vão! Vão! — Ela desceu os degraus de dois em dois, sendo seguida pelos demais.

Cada corredor superado era uma possibilidade a mais de escapar do que estava por vir.

Ambas as asas do avião foram arrancadas quando ele passou entre dois prédios. Seus tripulantes gritaram uma última vez antes do impacto.

Felipe, que nunca viria a deixar seu posto de comando, conseguiu enxergar pela janela a aeronave desaparecendo preguiçosamente no meio dos edifícios.

A fúria divina se manifestou em seguida.

\* \* \*

No longínquo ano de 2017 o mundo observou, atônito, a detonação da mais devastadora arma não nuclear conhecida pelo homem, a MOAB, sigla em inglês cujo significado fora popularmente alterado para "Mãe de todas as bombas", que foi liberada sobre o leste do Afeganistão, causando uma destruição equivalente à de uma bomba atômica de pequeno porte.

Dias depois, a Rússia anunciou que possuía um dispositivo ainda mais poderoso, chamado FOAB. O que poucos sabiam era que havia pelo menos mais um país que dominava aquele tipo de tecnologia: o Brasil.

A Trocano, a mãe de todas as bombas latino-americanas, é uma bomba termobárica, composta por cerca de nove toneladas de tritonal, uma mistura de TNT e alumínio. Ela tem cerca de dez metros de comprimento e foi projetada para explodir em duas etapas: a primeira detonação cria um grande vácuo ao redor da área de impacto; com menos atrito, a segunda explosão torna-se dezenas de vezes mais destrutiva.

Quando o avião atingiu o solo, a explosão desencadeada abriu uma cratera de um quilômetro de largura próxima ao centro de São Paulo, começando na alameda Santos e terminando na rua Salto. Todos os prédios, postes e construções num raio de vários quarteirões simplesmente desapareceram. Metade dos edifícios da avenida Paulista tombaram como peças de dominó, mudando definitivamente uma paisagem que persistira inalterada por dezenas de anos.

Centenas de milhares de zumbis que circulavam pelas ruas, avenidas e praças daquela região ou se encontravam dentro das centenas de imóveis desintegrados foram devolvidos ao inferno.

E a Comunidade Unidos por São Paulo, que resistira por décadas aos ataques dos mortos-vivos, foi riscada da face da Terra.

* * *

Vinte e quatro horas após o maior ataque a bomba já ocorrido no continente, Otávio e Mauro sobrevoavam a região num helicóptero. Outros membros do comando militar de Ilhabela se encontravam na aeronave para conferir o estrago.

Eles viram a gigantesca cratera cravada no meio da avenida e o imenso círculo de devastação ao redor. Prédios mais afastados do epicentro, que não tinham sido derrubados, ardiam em chamas.

— Muito bem, senhores, podemos afirmar com certeza absoluta que a Trocano é um sucesso sem paralelo. — Otávio sorria. — Como vocês podem ver, a comunidade evaporou, mesmo estando razoavelmente longe do ponto de impacto.

— E não tem mesmo nenhum traço de radiação? — Um dos presentes perguntou, surpreso. — Não foi uma explosão atômica?

— De forma alguma, tudo limpo. Foi uma destruição equivalente àquela causada por uma bomba atômica, mas sem os efeitos colaterais dela. Os danos se estenderam por mais de quatro quilômetros. Até a Catedral da Sé desapareceu, bem como todos os prédios nos arredores — Mauro explicou, apontando para o local onde antes ficava a comunidade, agora reduzido a milhares de metros quadrados de escombros.

— Algum sobrevivente? — Outro homem indagou.

— Absolutamente nada. Não houve tempo pra isso. Talvez tenha alguma coisa sob os escombros, mas não vamos mandar equipes de busca. Aqui existia um antro de traidores; eles não merecem a nossa consideração.

Ninguém ali se atreveu a questionar Otávio. Depois de tantos anos no poder trucidando outras comunidades, o prefeito se tornara uma pessoa tremendamente temida por todos.

— Excelência, eu não entendo. A Comunidade Unidos por São Paulo sempre foi uma colaboradora muito eficiente. Não teria sido mais sensato tomar o poder e punir os líderes e os fugitivos que estavam ali? — Um militar perguntou com tato, temendo enfurecer o prefeito.

— Coronel, por favor, não ofenda a minha inteligência! — Otávio foi tão agressivo que o oficial levou um susto. — Essa comunidade, bem como as demais do Brasil, não era importante pra Ilhabela. Nós produzimos mais alimentos do que somos capazes de consumir, temos mão de obra abundante e barata à nossa disposição, e recebemos diariamente pedidos de asilo de todas as partes do país. Vejo esses grupos como tumores, parasitas, grandes incômodos que, ao contrário do meu pai, eu não me sinto na obrigação de ajudar. Eles não passam de uma doença!

— Senhor, mas se não queremos fazer parcerias com eles, por que manter contato e cobrar tributos e resultados? — O coronel sabia estar pisando num terreno perigoso.

— Simples, coronel: por questão de controle. Mantemos esses ignorantes ocupados e produtivos para não perdermos o controle do país. Existem várias comunidades que, somadas, têm dezenas de milhares de moradores. Obviamente eles são incompetentes demais pra nos enfrentar. Um soldado de Ilhabela vale por dez desses malditos camponeses. Ilhabela é a luz, e tudo o que existe fora da nossa cidade são trevas. Eu os domino porque preciso, mas seus tributos são tão insignificantes que já houve ocasiões em que mandei jogar tudo no mar.

Otávio gargalhou e prosseguiu:

— O lixo que eles produzem é tão inútil que nem vale a pena deslocar homens para buscar! Mas precisamos manter esses favelados ocupados pra que não tenham ideias nocivas para eles mesmos, como nos atacar. É um ato de caridade deixa-los viver.

— Claro, senhor, compreendo perfeitamente. — O coronel desviou o olhar para a cratera.

Mauro tirava fotos sem parar com uma antiga câmera digital.

— Mauro, encaminhe essas fotos para o jornal e peça uma impactante matéria de capa: "VITÓRIA DE OTÁVIO SOBRE FORÇAS REBELDES." Quero que a nossa cratera esteja na primeira página amanhã, e quero que exemplares do jornal sejam mandados para todos os líderes de comunidades do Brasil, para que eles saibam que não temos mais motivos pra sermos pacientes. Temos em nossas mãos uma solução rápida e barata pra lidar com qualquer sinal de insurreição. Que a comunidade de São Paulo sirva de exemplo pra todos.

— E nós temos bombas suficientes para, digamos, disciplinar tanta gente assim? — O coronel quis saber.

Os demais militares ali presentes se remexeram, desconfortáveis. Aquele homem tinha de calar a boca o mais rápido possível; aquela conversa estava tomando rumos bem ruins.

— Eu estou detectando certa desaprovação na sua voz coronel. É bom se conter — Otávio ameaçou, e o homem se encolheu de leve. — Sim, temos muitos exemplares da Trocano em nossos estoques. E eu não tenho medo de usá-los.

Após aquele último comentário, mais ninguém se atreveu a questioná-lo.

# CAPÍTULO 8
# INSURREIÇÃO

**HORAS DEPOIS DA EXPLOSÃO DA BOMBA** Trocano, alguns zumbis voltaram a circular em frente à entrada da Estação Anhangabaú do metrô, do mesmo modo desengonçado e tranquilo que faziam havia anos.

As portas de aço da estação encontravam-se cerradas, cobertas de pó e teias de aranha. Centenas de seres perambulavam por todo o Vale do Anhangabaú, sem destino certo. Ali também viam-se reflexos da explosão da bomba Trocano, porém numa escala muito menor; poucos prédios tinham sido atingidos.

Dezenas de criaturas se voltaram ao mesmo tempo quando uma das portas de aço se abriu bruscamente, puxada para cima com força.

Segundos depois, Fernando caiu para fora, exausto, arrastando Sarah consigo.

\* \* \*

O ar rarefeito da estação de metrô quase sufocara a todos, e o rapaz respirava de forma dolorosa. Sarah resistira o quanto pôde, mas perdera os sentidos, e Fernando a carregava pelos metros finais. Uma fila imensa de pessoas os seguia, alguns sendo carregados, outros auxiliando os mais fracos. Todos ansiavam por respirar ar puro, após a complicada travessia pelo túnel do metrô desde a Estação da Sé até a Estação Anhangabaú.

Milhares de pessoas emergiram das trevas, armadas com fuzis, rifles e pistolas. Estavam todas esgotadas, porém, vivas, e isso era uma enorme vitória. Indivíduos caíam no chão, exauridos, ignorando a ameaça dos zumbis ao redor.

Sarah arfava, com o rosto encostado no chão empoeirado; milhares de indivíduos respirando naquele lugar completamente fechado foram o suficiente para consumir grande parte do oxigênio em pouco tempo, e ela achara que iria morrer durante a travessia.

— Amor, você está bem? — Fernando perguntou, ajoelhado ao lado de Sarah, enquanto observava os arredores e avaliava a situação. Os zumbis, atraídos pelos sons, já se encaminhavam até eles com olhares famintos e ferozes.

— Estou! — Sarah respondeu com dificuldade. — Zumbis... cuidado! — Ela apontou para os primeiros seres que avançavam, vacilantes, até eles.

Fernando respirou fundo e encarou as feras, puxando o facão da cintura. Ele não chegara tão longe para morrer pelas garras daquelas criaturas; tampouco permitiria que algum deles se aproximasse de sua noiva.

Quando o primeiro zumbi, esquelético e furioso, chegou perto, Fernando o golpeou com tanta força que seu facão abriu a cabeça da criatura ao meio, matando-a instantaneamente. O zumbi seguinte levou um golpe similar, porém dessa vez o facão penetrou sua cabeça na altura do olho, abrindo-a na horizontal, da direita para a esquerda.

Fernando golpeava sem cessar, à frente de várias pessoas que mal conseguiam se mexer. Quando Artur o alcançou, o jovem já tinha derrubado uma dúzia de criaturas.

— Eu... te ajudo. — Artur também ofegava. Seria muito mais fácil se eles tivessem ao menos cinco minutos para se recuperar da falta de ar, mas não havia outra escolha que não fosse lutar. Assim, Artur enfiou a faca no crânio da primeira criatura.

Pedro chegou, suando e arfando. Quando ergueu seu fuzil, Fernando o impediu:

—Não faça barulho, tem muitos zumbis nos arredores, talvez até berserkers. Nós estamos numa imensa área desprotegida, e não temos para onde fugir com tanta gente. Precisamos usar o cérebro.

— Cara, estamos exaustos.... não dá pra lutar!

— Então, senta e respira, Pedro! Quando puder, nos ajude! — E na sequência Fernando esfaqueou e matou mais um ser.

Se levantando com dificuldade, Sarah viu o noivo e Artur matando criaturas em sequência, tentando não chamar a atenção de todos os zumbis remanescentes no centro de São Paulo, que ela sabia estar na casa dos milhões. E foi então que ela se lembrou que, quando distribuíram o arsenal de armas para todos da comunidade, inclusive algumas crianças, ela fora uma das poucas que conseguira um fuzil AR15 com um silenciador na ponta.

Caminhando até Fernando, Sarah parou e ergueu sua arma, fuzilando uma dezena de zumbis em instantes, com o mínimo de ruído.

— Ótimo! Pegue os da esquerda; eu e o Artur derrubamos os demais — Fernando comandou. — Precisamos dar tempo para as pessoas se recuperarem. Daqui a pouco teremos que nos pôr em movimento, ficar aqui é suicídio!

Sem responder, Sarah passou a atirar sem parar. Sozinhos, os três seguraram os zumbis, cada vez mais numerosos, por dois longos minutos. Em seguida, Tobias se juntou a eles. Depois, Andréa, Henry e cada vez mais gente, atacando com facas ou aplicando coronhadas nos seres,, que caíam aos montes. Milhares de pessoas lutaram com determinação, em terreno aberto.

Sob a liderança de Fernando, a coluna avançava, ganhando o Vale do Anhangabaú e se batendo contra um número incalculável de zumbis, famintos e vorazes, protegendo seus idosos, feridos e crianças em uma luta desigual e desesperada. Mas Fernando era um líder nato, e fez com que cada um desse o melhor de si.

E dessa forma ele liderou os membros da comunidade rumo à salvação.

* * *

Fernando caminhava entre os vários feridos deitados na Estação Anhangabaú. Não tinha quase nada que pudesse ser feito por eles. Não havia remédios, água, comida. A situação era caótica, numa escala impensável. Tudo de que eles dispunham era o amplo espaço da estação para servir de abrigo e várias armas. O resto se perdera.

— Vou voltar até o que sobrou da comunidade. Talvez parte do estoque de comida tenha permanecido intacto.

— Sim, Sarah, faça isso. — Fernando se abaixou ao lado da conselheira Lisa, que trazia na cabeça um curativo improvisado.

Parte do teto da Estação da Sé desabara após a explosão, soterrando muita gente, como Guilherme e outros conselheiros. Henry, Lisa e Victor conseguiram sobreviver.

— Conselheira, você está bem?

— Não me chame assim. Não sou conselheira de mais nada — Lisa respondeu, apática.

— Não diga isso. Nós estamos vivos. Ainda há muito que podemos fazer.

— Pra mim, não, mas há muito pra você e Sarah. Eu vi o que vocês fizeram. É de soldados como vocês que essas pessoas precisam, não de uma velha rabugenta e covarde como eu.

— Conselheira, isso...

— Fernando, eu atribuo a liderança do grupo a você. Como membro mais velho do conselho e primeira na linha de sucessão, agora que o Felipe está morto, abdico da minha autoridade. Por favor, mostre o caminho a eles. Seja paciente e gentil; estão todos feridos, assustados e famintos, mas esse é um grupo valoroso. Se forem bem conduzidos, poderão fazer maravilhas junto com você e a Sarah. — Lisa o encarou. — Essa é a minha decisão final.

Fernando se emocionou diante daquele pedido. Aquela era uma responsabilidade pela qual ele não esperava. Mas era também uma honra que não podia recusar.

— Conte comigo, conselheira, fique tranquila. Prometo tomar conta de todos eles.

Ela concordou com um olhar que combinava gratidão e imenso cansaço.

Fernando se ergueu e analisou os arredores. Ele podia ver cerca de mil pessoas feridas, além de outros milhares de indivíduos desamparados. Tratava-se de uma tarefa hercúlea para qualquer pessoa.

— Meu Deus, o que eu vou fazer? — Fernando murmurou.

Em seguida ele caminhou até outro alguém. Era o conselheiro Victor, também deitado no chão. O caso dele era mais grave, pois um pedaço de concreto afundara seu crânio. Era um milagre que ainda estivesse vivo;

mas um dos médicos da comunidade acreditava que o pobre homem não passaria daquela noite.

— Conselheiro, como se sente? Tem algo que eu possa fazer pelo senhor?

— Fernando? É você? — Victor perguntou, confuso e angustiado. — Eu não estou enxergando direito, vejo tudo turvo!

— Sim, senhor, sou eu, fique calmo. Posso ajudar de alguma forma?

— Pode sim, Fernando. Preciso que você ouça o que tenho a dizer, mas peço que não me odeie depois. Eu já estou me odiando o suficiente.

Em seguida, Victor fez sua terrível confissão.

* * *

Horas depois, Sarah retornou à estação, acompanhada de Pedro, seu mais novo e fiel guarda-costas, assim como vários outros homens.

Eles alcançaram resultados razoáveis no retorno à comunidade. Apesar da devastação inacreditável, tinham conseguido liberar a saída da Estação da Sé e recuperar parte dos alimentos estocados. Assim, todos eles traziam sacas de grãos — e havia muito mais para trazer. Seria possível alimentar os sobreviventes, ao menos por algum tempo.

— Vamos precisar de mais gente. Trarei tudo pra cá antes que os zumbis invadam e se torne impossível voltar àquele lugar. — Entretanto, Sarah notou que Fernando parecia distante. — Que foi? Aconteceu mais alguma coisa?

— O conselheiro Victor faleceu há cerca de uma hora, mas antes de falecer ele me confessou que foi ele quem nos traiu, duas vezes. Dez anos atrás ele vendeu a informação sobre a nossa posição na Serra Catarinense e, há alguns dias, ele nos denunciou pro Otávio.

Sarah arregalou os olhos, tão chocada que até sentiu falta de ar. Fernando narrou todos os detalhes confessados por Victor, cuja traição os colocara mais uma vez como inimigos públicos de Ilhabela, de forma tão grave que Otávio decidira sacrificar milhares de pessoas.

— Quer dizer que minha mãe, Sílvio, Nívea, dona Isabel e Igor morreram por causa dele? Toda essa destruição foi culpa daquele canalha? — Sarah não conseguia conter a raiva. — Tem certeza de que ele está morto? Porque, se não estiver, juro por Deus que vou matá-lo!

— Sim, foi tudo culpa dele, e o Victor já pagou pelos seus crimes com a própria vida.

— E você não ficou furioso com ele? Não sentiu vontade de esganá-lo após tudo o que o desgraçado fez? — Sarah não se conformava.

— Claro que tive ódio do sujeito. Mas passou rápido, porque tudo o que ele fez me trouxe até este momento com você. Nem imagino se o resultado teria sido o mesmo, mas o fato de ter você ao meu lado faz todo o resto valer a pena.

Sarah suspirou ao ouvir aquilo.

— Ah, Fernando... você sabe mesmo fazer uma garota se sentir especial. — Ela segurou a mão dele. — Está preocupado porque agora ficou claro o motivo do ataque, né? Isso significa que estamos muito mais encrencados do que podíamos imaginar.

— Sim. Seremos caçados aonde quer que a gente vá. E todas essas pessoas também. Se o Otávio sonhar que tantos sobreviveram, será mera questão de tempo pra mais bombas choverem do céu. E talvez não tenhamos tanta sorte assim da próxima vez. — Fernando deu de ombros. — E isso significa apenas uma coisa.

— O quê? — Sarah já antecipava o que viria a seguir.

— Que teremos de contra-atacar. Agora é sério. O Otávio precisa morrer.

\* \* \*

Um mês após o ataque à Comunidade Unidos por São Paulo, tudo corria normalmente no grupo de sobreviventes Os Universitários, em Minas Gerais, que recebera aquele nome por ter sido erguida dentro do complexo de prédios da Universidade Federal de Minas Gerais, localizado no bairro Pampulha, em Belo Horizonte. A comunidade era comandada com mãos de ferro por Patrick, um ex-militar que lutara sob o comando do lendário coronel Oliveira, em Ilhabela.

Como tantas outras, ela começara com um pequeno grupo de sobreviventes que escolhera aqueles prédios como esconderijo. Mas, aos poucos, a comunidade prosperou e cresceu, sobretudo com a ajuda de Ivan e Estela. Com mais de duas mil pessoas morando atrás dos seus gigantescos muros, cuja construção fora supervisionada pessoalmente por Canino e Mariana, ela era um porto seguro para gente de todo o estado.

Com quase setenta anos, Patrick aparentava menos. Era alto e corpulento, com cabelos brancos sempre cortados curtos, em estilo militar. Apesar de mancar o tempo todo e só conseguir andar com a ajuda de uma bengala, resultado da explosão de uma granada durante a última operação de retomada do porto de São Sebastião, era respeitado e temido em toda a região Sudeste. Patrick fizera parte da mesma turma de Sílvio e Nívea durante a Grande Imersão.

Era tão rígido e sério que ganhara o apelido de Reitor. Sua constante irritação tinha motivo. As absurdas exigências de Ilhabela tornavam impossível manter os moradores da comunidade calmos, e tudo piorou ainda mais quando os soldados da ilha surgiram exibindo as fotos da comunidade de São Paulo devastada. O medo e a raiva dos seus comandados tornaram-se imensos. Patrick sentia estar sentado sobre um barril de pólvora prestes a explodir.

Todos sabiam que grandes comunidades como aquela viviam na mira de Ilhabela, e agora Otávio contava com uma arma que podia aniquilar todos de forma implacável.

Patrick foi retirado de seus devaneios pelo rádio. Um dos soldados que vigiavam o muro o chamava.

— Senhor, creio que temos um problema. Acho melhor o senhor vir até aqui.

— O que é agora? — Patrick perguntou com sua voz rouca e áspera.

— Temos visitas. Um monte delas. E estão pedindo que o senhor não notifique Ilhabela antes de ouvir o que têm a dizer.

Ao ouvir aquilo, Patrick franziu a testa.

* * *

Patrick olhava com severidade para Fernando e Sarah no seu escritório dentro da comunidade. Apesar de fazer anos que não os via, ele se lembrava vagamente dos dois.

— Então vocês são aquelas crianças que Sílvio e Nívea trouxeram anos atrás? Eles acreditavam que vocês podiam jogar merda no ventilador, e tinham razão. Posso saber o que fazem na minha porta com mais de mil pessoas armadas? De onde veio tanta gente, Fernando?

— Viemos todos da Comunidade Unidos por São Paulo. Nós conseguimos...

Mas Patrick interrompeu Sarah:

— Seu nome é Fernando, moça? Eu não perguntei porra nenhuma pra você, estou falando com seu homem aqui.

Sarah ergueu uma sobrancelha.

— Vejo que vocês são um casal moderno, do tipo que divide responsabilidades. Não gosto dessa merda. O comando precisa ser do homem. Fala, garoto, o que vocês estão fazendo aqui? Ainda mais depois de esse absurdo ter acontecido. — Patrick abriu a gaveta e retirou um exemplar de O Diário de Ilhabela, no qual a cratera de São Paulo ocupava toda a primeira página.

Fernando olhou sério para Patrick e lançou um breve olhar para Sarah, que fez sinal com a cabeça indicando que estava tudo bem. Então, ele começou:

— Patrick, desculpe chegarmos sem aviso, nós...

— Senhor Patrick pra você, moleque. Ou pode me chamar de Reitor, se preferir.

Fernando o mediu de cima a baixo. Aquilo seria realmente desagradável, mas se quisesse atingir seu objetivo, teria que continuar engolindo muitos sapos.

— Senhor Patrick, estamos aqui pra propor uma aliança. Como o senhor já sabe, nossa comunidade foi destruída pelo Otávio, mas conseguimos sobreviver e fugir com todo o equipamento de combate. Estamos enfrentando dificuldades imensas pra alimentar tanta gente, temos diversos feridos e doentes, porém estamos determinados a revidar. E queremos sua ajuda.

— Você fala como se fosse o chefe, o que obviamente não é. Cadê o Felipe? — Patrick perguntou, grosseiro. — Não discuto alianças com moleques, traga-me o chefe dessa porra!

— O Felipe está morto. Eu estou no comando — Fernando respondeu.

— Nem fodendo! Me traga a Lisa, o Henry, o Victor ou qualquer outro membro do conselho — Patrick exigiu, impaciente.

— Nenhum deles está aqui. A Lisa está ferida, o Henry, junto com o resto do grupo, e o Victor nos confessou, antes de morrer, que foi ele quem nos traiu aliando-se ao Otávio.

— Claro, lembrei agora. Vocês fazem parte do maldito grupo de fugitivos que destruiu a Usina Moreno. Por isso o Otávio passou fogo em São Paulo, tá tudo na reportagem do jornal. Por sua causa, seus imbecis, o combustível está sendo racionado! — Patrick vociferou. — Muito obrigado por isso. Como se não tivéssemos problemas suficientes.

Fernando o encarou de forma estranha, mas Patrick não se importou. Após anos lidando com todo tipo de gente, o velho soldado não se intimidava com mais nada.

— Enfie sua aliança no rabo, moleque. — O idoso se levantou. — Tire esse bando de cornos da minha porta e agradeça a Deus por eu não entregar vocês pro Otávio agora mesmo. Mas é melhor se apressar, senão posso mudar de ideia.

— Senhor Patrick, por favor... — Sarah se levantou, tentando fazê-lo reconsiderar.

— Quieta! Não discuto com bandidos, muito menos com as vadias deles!

— Senta, velho desgraçado! — O tom de Fernando foi tão ameaçador que Patrick parou.

— O que foi que você disse, moleque? — Uma veia saltava no pescoço de Patrick, tamanha a sua raiva. — Repete se tiver coragem!

— Eu mandei você se sentar, seu filho da puta! Se você falar com a minha mulher desse jeito de novo, eu te mato com as minhas mãos, entendeu? — Fernando deu um murro na mesa e ficou de pé, furioso.

Patrick o encarou, impressionado.

— Ora, ora, ora... O moleque tem colhões, no final das contas. Você não faz ideia com quem está lidando! Eu vi coisas caminhando por esse mundo que te fariam cagar na calça. Acha que vai me intimidar?! — Patrick bateu a bengala na mesa com violência.

Alguns dos seus muitos seguranças que acompanhavam a conversa fizeram menção de se aproximar para expulsar Fernando e Sarah.

— E eu matei coisas que te fariam chorar feito uma menininha. Por isso, repito: ou você trata a minha mulher com educação, ou eu te despacho pro quinto dos infernos! — Fernando, então, se virou para os seguranças de Patrick: — Sugiro que vocês nem tentem chegar perto, a não ser que queiram dormir numa cova rasa esta noite, cambada de filhos da puta!

Patrick o encarou de um jeito estranho. Ele não aceitava nem ao menos ser interrompido, quanto mais ser ameaçado em sua própria sala. Mas tinha de admitir que fizera um primeiro juízo errado do rapaz. Fernando não era apenas um garoto cheio de empáfia brincando de ser soldado; ele tinha algo mais.

Assim, Patrick fez um gesto para os seguranças, impedindo-os de se aproximar.

— Tá bom, moleque, se é tão importante assim, peço desculpas pela minha falta de modos, Sarah. — Patrick olhou para a moça com uma carranca, e em seguida voltou-se para Fernando. — Satisfeito?

Fernando o encarou com dureza, e o idoso sustentou seu olhar. Lentamente o rapaz tornou a se sentar, diante do semblante apreensivo de Sarah.

— Muito bem, senhor Patrick, acho que podemos retomar nossa conversa. — Fernando cruzou as mãos sobre a mesa, dando a entender que fazia um favor ao Reitor ao aceitar continuar com aquela reunião.

— Garoto, a sua arrogância não tem limites. Você não vai chegar muito longe desse jeito. — Patrick se acomodou também. — Eu mantenho minha posição anterior: não negocio com bandidos. Vocês destruíram a usina e fugiram, e ainda espera que eu os ajude?

— Nós fugimos porque estávamos sendo mandados pra lutar até a morte contra as aberrações que cercavam São Paulo, e eu prefiro queimar no inferno do que lutar e morrer pelo Otávio. Ele não passa de um maldito ditador, e é uma obrigação moral matar aquele verme. É por isso que viemos te procurar. Quero ajuda pra derrubar aquele monstro, antes que ele decida bombardear outra comunidade. Nós conseguimos escapar com apenas algumas centenas de mortes, mas poderia ter sido muito pior. Poderíamos estar todos mortos agora.

Patrick franziu a testa; aquele garoto só podia ser maluco.

— Você enlouqueceu? Quer mesmo atacar Ilhabela? Menino, aquele lugar é invencível. Essa é a maior piada de todos os tempos! — Patrick quase sorriu.

Seus seguranças chegaram a rir entre si. Para surpresa do Reitor, Fernando também sorriu; um sorriso debochado e irritante.

— Não me diga que você acha que essa sua ideia maluca tem alguma chance de dar certo! Quantos combatentes você tem pra essa empreitada?

— Treze mil soldados armados — Fernando informou com simplicidade, cruzando os braços diante do peito.

Patrick fechou a cara e o olhou com desconfiança.

— Conta outra, moleque. Tá me achando com cara de idiota? A comunidade de São Paulo não tinha tantos moradores assim, e eu garanto que nem todos lutavam. Não tem como esse número estar correto! — Patrick se remexeu na cadeira, desconfortável.

— Senhor Patrick, veja onde estamos! Viajamos quase seiscentos quilômetros pra termos esta conversa! O senhor acha mesmo que essa é a primeira comunidade que visitamos? Há um mês que não fazemos outra coisa a não ser procurar outras comunidades!

— Em quantas comunidades vocês estiveram antes da nossa?

— Dezesseis.

— E quantas aceitaram participar dessa maluquice?

— Todas.

— Não é possível! Ninguém aceitaria encarar essa luta perdida! Você sabe que eu posso confirmar tudo isso com alguns chamados pelo rádio, né? — Patrick continuava cético.

— Eu não só sei como conto com isso. E todos estão aceitando exatamente por causa desse pedaço de papel nas suas mãos. — Fernando apontou para o jornal. — O Otávio fez questão de avisar que quem se indispusesse com ele receberia o mesmo fim da nossa comunidade, não é verdade?

Patrick engoliu em seco. É claro que ele também recebera o recado. O velho soldado mal conseguira dormir aquela noite, imaginado uma bomba daquelas caindo no meio do lar que cuidara por tantas décadas. Patrick só conseguia pensar nos seus netos, tão pequenos, virando cinzas numa fração de segundo.

— Sim, o recado dele chegou, em alto e bom som, e estão todos apavorados. — Por um instante o Reitor parecia tão vulnerável quanto qualquer outro ser humano.

— E o senhor sabe que, ao bombardear a nossa comunidade, o Otávio deixou muito claro que não dá a mínima para os sobreviventes, certo? É por isso que estão todos com medo. Se aquele cretino foi capaz de tentar matar todos os moradores da maior comunidade de sobreviventes do Brasil, que nunca causara problemas e que era um dos grupos que mais colaboravam com Ilhabela, imagine só o que ele fará com as comunidades menores.

— Eu comando este lugar há décadas, frangote! Enfrentei ameaças de todas as espécies! Não fale como se tivesse algo pra me ensinar! Eu dou as lições aqui, entendeu? EU! — Patrick falou grosso, encarando Fernando com olhar de pedra. O rapaz sustentou o olhar mais uma vez. Não havia nada que o Reitor dissesse que fosse capaz de o intimidar. Patrick deu de ombros.

— Muito bem, Fernando, o recado está dado, mas prefiro me arriscar com o Otávio. Soube conduzir as coisas com o pai dele durante toda minha vida, e venho lidando com aquele maluco há mais de dez anos. Não vou trocar o certo, embora péssimo, pelo duvidoso.

— Senhor Patrick, eu sei qual é o seu problema, e posso te assegurar que você não tem com que se preocupar — Fernando falou, matreiro. — Creio que você está se perguntando o que aconteceria caso o Otávio morresse amanhã. Afinal de contas, assim que a cabeça dele rolar, não faltarão candidatos pra ocupar o lugar de prefeito. E pior que um ditador maluco é outro mais maluco ainda, principalmente se esse alguém for eu.

— Sim, é essa a minha preocupação. Não vejo qual seria a vantagem em trocar um psicopata por outro. O Otávio sempre foi um fraco, e agora tá dando as cartas com muito mais crueldade do que eu podia imaginar. Me pergunto o que aconteceria se um encrenqueiro como você conseguisse o emprego dele. — Patrick desafiava Fernando.

— Não existe nenhuma chance de isso acontecer, senhor Patrick, pelo simples fato de que meu único interesse é derrubar o Otávio e abrir as portas de Ilhabela pro resto do Brasil, pra que todos possam ter a chance de viver em paz. Durante anos a ilha foi o porto seguro de todos os que não aguentavam mais a eterna luta com os zumbis. Agora é quase impossível obter uma permissão pra morar lá. O legado do Ivan e da Estela se perdeu, e queremos recuperá-lo.

A incrível seriedade e total convicção de Fernando fizeram Patrick titubear. Aquele também era o sonho do Reitor; aliás, era o sonho de todos.

— Belo discurso, Fernando. Agora, me diga: quem você acha que poderia assumir o lugar do Otávio quando, e se algum dia ele for derrotado? — Patrick indagou com ironia.

— O senhor.

— Como é que é? Do que você tá falando?

— Eu quero que o senhor assuma o lugar dele. Foi pra isso que viemos até aqui. Precisamos da sua ajuda, mas também queremos um nome de consenso, alguém em quem todas as comunidades confiem, que seja respeitado inclusive em Ilhabela. O seu nome foi apontado por todos com quem falamos, sem exceção.

O idoso se alarmou com aquela proposta; era a última coisa que esperava ouvir. Toda a irritação e desprezo que ele vinha sentindo evaporaram na hora.

— Fernando, você não faz ideia do que está me pedindo. Isso é simplesmente impossível. — Dessa vez, o tom de Patrick era o de um homem experiente que tentava aconselhar um jovem bem-intencionado. Não havia nenhum sinal de sarcasmo ou ironia.

— É possível, sim, tem que ser. — Fernando se inclinou sobre a mesa, chegando mais perto do seu interlocutor. — Unifique o povo, senhor Patrick, é tudo o que te peço. Ajude a gente a reunir todas as comunidades do Brasil sob uma única e poderosa bandeira.

— Fernando, eu...

— O senhor sabe o que vai acontecer, não sabe? Mais cedo ou mais tarde, outra coisa igual àquela será lançada sobre um lugar como este aqui! Basta um pagamento ser atrasado ou alguém falar mal do Otávio, ou então basta que ele acorde de mau humor um dia! Sabe quantos prédios aquela bomba derrubou? Nós calculamos: foram mais de cem! — Fernando parecia estar dando uma bronca num soldado que se recusava a fazer direito o seu trabalho — Eu vejo força no senhor. É da sua experiência que iremos precisar quando isso terminar.

Patrick parecia querer devassar a alma de Fernando com o olhar, pra descobrir o quão sério ele falava.

— Ilhabela tem cerca de trinta mil soldados, tanques de guerra, helicópteros, aviões e munição suficiente para que tenhamos a Terceira Guerra Mundial, além de ser uma ilha. Se... e enfatizo o se... você e seus soldados tomarem o porto de São Sebastião, ainda assim não teriam como lançar um ataque.

— Claro que não. Por isso é que não vamos atacar o porto. Iremos desembarcar direto em Ilhabela. Lançaremos o único tipo de ataque que eles não esperam: uma invasão em larga escala da ilha, diretamente por alto mar.

Patrick franziu a testa, perplexo. Fernando estava apontando uma direção que nunca fora considerada por ninguém, pelo simples fato de parecer impossível.

— Eu não creio que dê pra fazer isso. — Patrick sacudiu a cabeça, como se quisesse afastar aqueles pensamentos fantasiosos.

Sarah interveio:

— Senhor, a defesa do porto é impenetrável, sabemos disso. Foi planejada visando uma possível invasão de zumbis ou de grupos armados, que obrigatoriamente viriam por terra. Mas a segurança das praias é relativamente pequena. Ninguém espera o desembarque de milhares de pessoas armadas. Isso nunca foi previsto.

— Você fala com muita propriedade, como se já tivesse vivido lá.

— Eu morei metade da minha vida em Ilhabela, e trabalhei por um bom tempo na prefeitura. Tive a oportunidade de levantar diversas informações da secretaria de segurança. Eu sei do que estou falando. Nunca aconteceu um ataque armado por via marítima, e duvido que eles estejam pensando nisso agora, sobretudo após essa demonstração de força com a bomba Trocano. — Sarah deu de ombros. — Essa parte do sistema defensivo da ilha é muito frágil, pois eles simplesmente contam com o mar para protegê-los.

— E vocês estão me dizendo que, se vencerem, vão entregar o governo da ilha pra mim? Assim mesmo, como um presente? — Para Patrick, essa parte era a mais absurda de todas. As pessoas sempre o procuravam para arrancar algo dele, jamais para oferecer.

— Não se iluda, senhor, isso não é um presente. Garanto que será um fardo. Se der certo, iremos enfrentar conspirações, traições, protestos e desconfianças de todos os tipos. Por mais que o povo de Ilhabela esteja cansado de ser oprimido, garanto que não faltarão pessoas que se oponham a nós. Levará anos para que as coisas se acalmem. Portanto, a minha única condição é que, no prazo máximo de dois anos, novas eleições sejam convocadas e, antes disso, a Lei da Mudança seja reimplantada — Fernando falou sério.

— Pra que, dessa forma, eu não possa me candidatar.

— Sim, isso mesmo. Não quero iniciar uma nova dinastia de políticos que se eternizam no cargo. Quero devolver uma democracia limpa e sem vícios pra Ilhabela, pra que ela volte a assumir o seu papel de protetora dos sobreviventes. Esses são os meus termos. Eles são aceitáveis pro senhor?

Patrick encarou Fernando. A sua cabeça fervilhava de perguntas. Aquele rapaz falara apenas o básico; era necessário entender o resto do plano, que na certa precisaria prever diversas variáveis. Mas era certo que estava farto daquela situação. Desde o golpe de Uriel, o Reitor passara a maior parte de sua vida sentindo medo. Patrick queria ter a chance de viver seus últimos dias com um mínimo de paz, para si, para suas filhas e seus netos.

— Muito bem, Fernando, me conte mais.

\* \* \*

Ao longo de meses, Fernando, Sarah, Patrick e um grande número de homens e mulheres armados percorreram o Brasil. Eles visitaram mais de sessenta grupos de sobreviventes, para os quais Fernando apresentou seu plano. Com Patrick junto com eles, todas as dúvidas ainda existentes foram derrubadas de vez. Apesar do temperamento forte, o Reitor era de fato respeitado no país inteiro, após anos de colaboração com as demais comunidades.

Eles enfrentaram poucas resistências. A maioria esmagadora prometeu apoio, mesmo que alguns grupos tivessem se declarado incapazes de mandar combatentes ou armas.

Em todas as comunidades foram tomadas as mesmas medidas: a condição básica para participar do levante era dar refúgio para parte dos sobreviventes de São Paulo, sobretudo as crianças, os idosos e os feridos; e em todos esses lugares, Fernando e Sarah colocaram pessoas de sua confiança como encarregados de monitorar todos os contatos via rádio. Fernando queria ter certeza de que ninguém os trairia novamente, como Victor.

E assim aquela tropa rumou país afora, visitando Rio de Janeiro, Bahia, Goiás, Tocantins e vários outros estados. À medida que avançavam, trabalhavam mais e mais na costura do plano. Previam possibilidades, desenhavam cenários, definiam alternativas.

A cada nova visita, uniam-se a eles alguns dos melhores líderes do país, pessoas que ao longo dos anos enfrentaram todos os tipos de aberrações com determinação férrea, e que vinham se opondo sistematicamente a Uriel e Otávio. Esses indivíduos foram os mais fáceis de convencer; todos que já tivessem se indisposto com o comando de

Ilhabela sabiam que eram fortes candidatos a sofrer as terríveis represálias da capital, e por isso aderiam à causa sem pestanejar.

Otávio cometera um erro estratégico ao matar Isabel e, depois, ao bombardear São Paulo. Ele criara um ambiente de tamanha insegurança que ninguém mais parecia disposto a continuar esperando chegar a sua vez de morrer. Fernando, Sarah e Patrick surgiam com uma opção, uma escolha. E quase todos optaram por lutar, diante do perigo de uma morte inevitável.

E foi dessa forma que a revolução começou.

# CAPÍTULO 9
# GUERRA

**O DIA COMEÇARA COMO OUTRO QUALQUER.** Os moradores de Ilhabela saíam de suas casas para trabalhar, levarem seus filhos à escola e cuidarem de suas rotinas. O clima de tensão persistia, imutável. Os tanques e carros de combate continuavam espalhados pelas esquinas, e soldados armados patrulhavam as ruas de forma ostensiva.

Uma senhora rechonchuda e muito conhecida em Ilhabela caminhava pela via pública, sendo cumprimentada por soldados e transeuntes, alguns de modo mais afável, outros discretamente, porque receavam se comprometer por conhecê-la.

Madame Bianca se dirigia à entrada do aeroporto, após ter estacionado seu carro a alguns metros dali. Não havia saguão de embarque ou guichês de atendimento no aeroporto, que era usado somente para fins militares e protegido por uma cerca de aço de quase três metros de altura. Era composto por uma grande pista de pouso e decolagem, alguns hangares para manter os aviões guardados, a torre de comando e jipes com soldados de patrulha.

Ela parou diante da cancela que fechava a passagem. Elegante como sempre, a senhora estava de vestido e salto baixo, com uma grande bolsa a tiracolo e um imenso colar, ornado com um grande pingente negro. A velha cortesã aguardou que alguém viesse atendê-la, mexendo com o pingente e olhando os arredores. Em instantes, um soldado surgiu com um fuzil pendurado no ombro e olhar sério.

— Bom dia, Madame Bianca, que surpresa vê-la aqui! — O soldado, que era frequentador assíduo do casarão, a olhava com curiosidade. — Em que posso ajudá-la?

— Bom dia, querido. Eu gostaria de falar com um velho amigo, o engenheiro Sant'Anna. Ele se encontra? Creio que está me aguardando.

— Madame Bianca, deve haver algum engano. O engenheiro Sant'Anna se aposentou há mais de um mês. Receio que a senhora tenha perdido a viagem. — O soldado franziu a testa.

— Não é possível. Você pode verificar, por favor? Ele esteve comigo dois dias atrás, e eu falei que o encontraria aqui. Ele disse que sua aposentadoria aconteceria em algumas semanas.

— Creio que a senhora está enganada. Deixe-me confirmar, só um segundo. — E o soldado voltou para a pequena guarita, onde ele e um colega controlavam o acesso de veículos.

Enquanto isso, a senhora esperava, mexendo no pingente, distraidamente.

Logo, o guarda retornou, após ter obtido informações pelo rádio.

— Isso mesmo, senhora, ele realmente se aposentou, sinto muito. Imagino que a senhora tenha entendido errado, às vezes as festas no casarão são muito barulhentas. Preciso pedir que a senhora se retire. Esta é uma zona de segurança, só gente autorizada é admitida.

Madame Bianca franziu a testa e olhou de novo em torno, sempre remexendo o pingente, como se tentasse decidir o que fazer.

— É, pode ser que eu tenha entendido errado. — Ela se voltou para o rapaz. — Posso lhe pedir um favor? Tem como você conseguir o endereço dele? Sei que é complicado, mas preciso falar com o Sant'Anna ainda hoje — Madame Bianca pediu com gentileza.

— Não sei, as informações do pessoal são muito restritas... — O vigia ficou sem jeito.

— Pode ao menos tentar, por favor? É importante! Talvez alguém da administração possa abrir uma exceção.

O rapaz suspirou, mas decidiu que não custava tentar. Além do mais, podia ser uma boa ideia cair nas graças da cortesã. Quem sabe ela lhe daria um desconto quando fosse ao casarão.

— Vou ver o que posso fazer. Espere aqui, por favor. — E ele voltou para a guarita.

Madame Bianca aguardou, sem jamais soltar o pingente, rolando-o entre os dedos com naturalidade. Ela sorriu quando o soldado retornou com uma expressão vitoriosa, trazendo um pedaço de papel.

— Aqui está, senhora, eis o endereço dele. Espero ter ajudado.

— Você não faz ideia do quanto me ajudou, muito obrigada! Vá até o casarão um dia desses, as bebidas serão por minha conta! — Ela garantiu, agradecida.

O soldado exultou.

Madame Bianca retornou ao carro e partiu. Depois que virou a esquina, jogou fora o pedaço de papel.

\* \* \*

A dois quilômetros do aeroporto, Fernando e Sarah conferiam num notebook as fotografias tiradas por Madame Bianca usando a mini câmera escondida no pingente. Ela tentara fotografar de todos os ângulos possíveis, dando uma boa noção da situação do aeroporto. O único ângulo que permitia visualizar a pista era justamente a partir da cancela de entrada, e qualquer um que tivesse tentado se aproximar para bisbilhotar teria levantado suspeitas e possivelmente sido preso. Por isso, fora uma alternativa inteligente utilizar a cortesã para coletar informações.

— Veja, eles têm dois aviões de carga. Eles são a nossa prioridade. — Fernando apontava uma das fotos. — Pra nossa sorte, estão ambos muito próximos um do outro.

Um grupo, no qual se incluíam Henry, Artur, Tobias e Andréa acompanhava aquela conversa.

— Não seria melhor atacar os helicópteros primeiro? — Madame Bianca indicou cerca de meia dúzia de aeronaves estacionadas do lado oposto da pista.

— Eles serão o próximo alvo. Nossa preocupação inicial é de que o Otávio decida soltar outra bomba em alguma comunidade como forma de retaliação. Não sabemos como é essa bomba, mas, como o ataque anterior usou um avião de grande porte e o estrago foi gigantesco, imagino que ela seja grande e pesada, e por isso temos que destruir as aeronaves que seriam capazes de lança-la. — Sarah estava muito feliz em rever a madrinha, após meses de ausência, mas tinha receio de arrastá-la para o que estava por vir.

Eles conversaram mais um pouco, alinhando os últimos detalhes do plano que vinha sendo discutido havia meses. Duas semanas atrás eles tinham conseguido entrar clandestinamente na ilha usando um bote a remo no meio da madrugada, evitando os barcos de patrulha. E agora viam-se prontos para começar, após conseguir a informação que faltava. Existia outro dado importante que não foram capaz de obter, e por isso eles decidiram iniciar assim mesmo.

— Não há nenhuma informação concreta quanto ao garoto zumbi que tem os mesmos poderes de Jezebel. Os boatos que apuramos indicam que ele está no complexo de pesquisa, numa área ultrassecreta que ninguém sabe a localização exata. Também não sabemos quantas pessoas o protegem. Isso é tudo o que temos. — Fernando deu de ombros. — Por isso decidimos que se alguém o encontrar deve matá-lo imediatamente. Essa é a parte mais frágil do nosso plano, mas temos que tentar. Bem, boa sorte a todos. Nós teremos apenas uma chance, e precisamos aproveitá-la. Nos encontramos em breve.

Todos estavam tensos, mas não tinha como ser diferente. Era chegada a hora.

— A casa está pronta, atualizar posições — Fernando falou pelo rádio. Aquela era a senha para iniciar a operação, e agora não tinha mais como parar.

Henry fez o sinal da cruz. Madame Bianca deu um beijo e um abraço apertado em Sarah.

— Tome cuidado, minha menina. Estarei rezando por vocês — Madame Bianca disse, próximo ao ouvido de Sarah.

— Fique tranquila, madrinha. Hoje essa loucura acaba. Amanhã será um novo dia. — Sarah estreitou a idosa em seus braços.

Em seguida, todos partiram. Alguns em duplas, como Sarah e Fernando, e outros sozinhos.

Faltava uma hora para o início.

\* \* \*

Otávio trabalhava calmamente em sua sala, no complexo de pesquisas, atualizando os apontamentos de seus estudos, que haviam sido um pouco negligenciados nos últimos tempos.

Naquele momento, um carro velho estacionou em frente ao complexo, num local proibido. O motorista, um homem alto e negro de meia-idade, trancou o veículo e partiu apressado, virando a esquina e desaparecendo. Alguns dos vigias que protegiam o perímetro estranharam aquilo.

— Que cara folgado! Viu o que ele fez? O infeliz parou em local proibido! — Um deles comentou, indignado.

— Sim, eu vi. Vamos acionar a companhia de trânsito e pedir que envie um guincho. Esse imbecil vai ter uma...

O carro explodiu em frente ao complexo, assustando a todos. A roda dianteira esquerda foi arrancada e caiu, em chamas, perto da entrada do prédio, enquanto fogo e uma nuvem de fumaça saíam do veículo destruído.

\* \* \*

No mesmo momento, exatamente ao meio-dia, uma mulher caminhava pela calçada de uma das principais avenidas de Ilhabela. Em frente a ela, um blindado estava estacionado, com dois homens dentro, enquanto outros dois, do lado de fora, observavam os arredores. Ambos portavam fuzis automáticos e pareciam entediados.

Andréa se escondeu atrás de um poste a cerca de seis metros do veículo. Um dos soldados reparou naquele movimento, mas, antes que pudesse reagir, um veículo roubado minutos antes surgiu em alta velocidade pela via e avançou na direção deles. O vidro do passageiro desceu, e uma mulher disparou nos dois com uma metralhadora, derrubando-os. O carro parou alguns metros à frente.

Os soldados dentro do blindado se sobressaltaram diante daquela cena e voltaram a atenção para o lado de fora, observando o veículo parado adiante. Naquele momento, Andréa agiu. Ela tinha certeza de que os combatentes olhavam para o carro com seus comparsas, e não em sua direção.

Andréa correu até o tanque e colou uma bomba de C4 na sua lateral, o mesmo explosivo que eles tinham retirado do viaduto Dona Paulina meses antes. Em seguida, correu alguns metros, se escondeu atrás de outro poste e acionou o detonador.

O blindado foi pelos ares, e boa parte do seu lado direito foi destruída. Um dos ocupantes morreu na hora, o motorista sofreu ferimentos leves, e o veículo de combate ficou inutilizado.

Andréa embarcou no carro, que arrancou cantando pneu, desaparecendo na primeira curva.

* * *

O principal quartel de Ilhabela, sede da Companhia Motorizada, operava normalmente naquele dia. Soldados vagavam pelo local enquanto outros trabalhavam na manutenção dos blindados, que ficavam estacionados no pátio. Ao menos dez homens cuidavam da segurança permanente do quartel, e outras dezenas trabalhavam nas suas atividades cotidianas nos galpões, nos quais funcionavam as oficinas de manutenção e onde permaneciam estacionados os jipes, que não podiam ficar expostos à chuva.

Um dos guardas estava parado à entrada, observando a avenida. De repente, um estampido alto ecoou, e o homem caiu no chão com a cabeça arrebentada por um tiro.

Um dos seus colegas se sobressaltou, mas, antes que pudesse fazer algo, um novo disparo o atingiu no peito, jogando-o longe.

— Atirador! Protejam-se! — Outro deles gritou.

Um guarda correu em direção à guarita, mas um tiro o atingiu pelas costas. Outro se abaixou atrás de um dos tanques, mas, quando colocou a cabeça para fora, foi acertado na testa.

Todos gritavam ao mesmo tempo, assustados, buscando encontrar a origem dos disparos. Mas ninguém conseguia encontrar nenhum tipo de indício do atirador.

— Fiquem abaixados, esse filho da puta é talentoso!

Naquele instante, o alarme do quartel soou. E isso significava uma emergência. Todos precisavam embarcar nos veículos de combate sem perda de tempo. Ordens começaram a surgir nos rádios.

— Todos os veículos, rumem ao complexo de pesquisas, acabamos de sofrer um ataque terrorista! — Um oficial gritava.

Quando os primeiros soldados surgiram correndo, se surpreenderam ao ver alguns vigias escondidos e outros mortos, caídos no chão em meio às poças de sangue. O primeiro deles caiu fulminado com um tiro no pescoço antes que pudesse entender o que se passava.

Seus colegas, ao verem aquilo, recuaram de volta para o galpão. Um deles morreu com um tiro nas costas antes de entrar, caindo inerte diante dos colegas.

— Puta merda, não temos como sair! — Disse um dos soldados, ao se dar conta de que estavam presos numa emboscada mortal.

* * *

Quatro blindados de patrulha foram destruídos por toda a cidade, de forma muito similar: por bombas de C4. A diferença de tempo entre cada ataque foi de segundos, o que impediu qualquer chance de reação. Tudo exatamente ao meio-dia, coincidindo com a troca da guarda em alguns pontos e o horário de almoço de muitos soldados.

Naquele momento, um caminhão-tanque repleto de combustível entrou na avenida do aeroporto, acelerando ao máximo. Fernando pilotava o veículo, com Henry ao seu lado, que empunhava um fuzil.

— Segura firme, vamos lá! — Fernando gritou, com o som do caminhão enchendo toda a avenida.

Henry prendeu a respiração.

Atrás deles vinha um carro que, assim como o caminhão, fora roubado. Três pessoas o ocupavam, um homem e duas mulheres, fortemente armados.

O alarme do aeroporto soou ao mesmo tempo que o caminhão atingiu a cerca com um estrondo, derrubando-a com facilidade. Fernando avançou pelo gramado, buscando vencer a distância até a pista, enquanto os primeiros vigias começavam a atirar contra o veículo gigantesco, tentando fazê-lo parar.

O carro que vinha atrás parou bruscamente, e os três ocupantes desceram atirando contra os guardas, que precisaram cessar seus disparos para achar proteção, o que deu um pouco mais de tempo para Fernando.

O caminhão entrou na pista do aeroporto e acelerou com força, oscilando perigosamente para a direita. Fernando virava o volante com determinação, procurando não diminuir a velocidade.

Outros soldados vinham correndo, atirando no caminhão invasor, e um jipe com dois guardas armados se aproximava pelo lado oposto, com a intenção de interceptar o veículo. Quando um dos soldados fez menção de atirar nos pneus, Henry baixou o vidro e metralhou o jipe. O motorista manobrou o carro, conseguindo escapar de morrer crivado de balas, mas isso o forçou a se afastar do caminhão, que abriu um pouco mais de vantagem.

— O que esses malucos pensam que vão... — O motorista sacou uma pistola e atirou contra o caminhão, segurando o volante com a mão esquerda, quando se deu conta do que eles pretendiam. — Puta merda, eles estão indo até os aviões!

O caminhão concluiu seu percurso de quase um quilômetro, chegando ao ponto exato onde os aviões de carga se encontravam estacionados. Fernando enfiou o veículo entre as duas aeronaves e freou, parando bem no meio. Uma trilha de borracha queimada se formou atrás dos pneus.

— Pacote pronto? — Fernando gritou para Henry.

— Sim, vamos! — Com a testa encharcada de suor, Henry largou sobre o painel do caminhão uma bolsa contendo uma bomba feita com mais de três quilos de C4.

Ele e Fernando desceram com as armas em punho, atirando contra os guardas que corriam em sua direção.

— Temos que impedi-los, agora! — O motorista do jipe alertou, ao avistá-los a menos de cem metros. — Nós vamos...

O carro que dava cobertura para o caminhão, muito mais rápido, emparelhou com o jipe, e seus ocupantes abriram fogo, acertando tanto o motorista quanto o passageiro. O jipe guinou para a direita, atingiu a cerca de proteção do outro lado da pista e capotou.

Fernando e Henry se protegeram atrás do caminhão, o primeiro na parte da frente e outro na parte de trás, e recomeçaram a disparar contra os guardas, cada um com um fuzil. Os soldados cessaram fogo imediatamente.

— Parem de atirar! — Um oficial ordenou. — Se atingirmos o tanque de combustível, podemos mandar tudo pelos ares, caralho!

O carro encostou ao lado do caminhão, também protegido dos disparos dos soldados. Fernando disparou uma última rajada de balas e correu até o veículo, acompanhado por Henry. Os dois embarcaram às pressas, e o carro arrancou na direção dos helicópteros mais à frente.

— Eles estão fugindo, atirem nos desgraçados! — O oficial gritou, furioso.

Os demais soldados crivaram o carro de tiros. Um dos disparos atravessou o vidro e acertou Henry nas costas.

— Henry? Henry! Merda, ele foi baleado!

O homem ferido caiu para a frente, com um buraco imenso no meio do peito, após a bala ter atravessado seu corpo.

Fernando sabia que aquele ferimento era mortal, e teve que ser pragmático. Eles tinham a chance de chegar até os helicópteros e não podiam desperdiçá-la.

Fernando conferiu a distância, viu que tinham conseguido se afastar o suficiente do caminhão e berrou:

— Segurem-se, fogo no buraco! — E, pegando o controle remoto, ele apertou o botão vermelho.

O caminhão, carregado de combustível e com uma carga letal de C4, explodiu com tamanha violência que até mesmo os pássaros que voavam próximos dali foram fulminados.

Os dois aviões, completamente destruídos, começaram a pegar fogo, e as chamas se espalharam por todo aquele pedaço da pista. Todos os soldados que atiravam neles morreram na hora, mas vários outros se aproximavam em jipes, e até mesmo um caminhão repleto de combatentes surgiu. Todo o efetivo do aeroporto se dirigia para aquela batalha, e dessa vez não seria possível enfrentá-los.

O carro brecou próximo dos helicópteros. Os quatro desceram às pressas, cada um carregando duas granadas de mão, reservadas especialmente para aquele momento.

— Sejam rápidos, temos trinta segundos! — Fernando foi até o primeiro helicóptero e disparou o fuzil no vidro, destruindo parte do painel de controle. Em seguida, ele arrancou o pino da granada e jogou a peça dentro da cabine.

Fernando saiu correndo na direção da aeronave seguinte quando a primeira explodiu. A detonação não foi suficientemente poderosa para destruir tudo, mas bastou para deixar o helicóptero fora de combate.

Quando atirou a segunda granada, Fernando ouviu mais detonações atrás de si, quase simultâneas. Ele e os demais correram de volta para o carro — precisavam partir.

Os quatro combatentes entraram no veículo às pressas, empurrando o corpo já sem vida de Henry. O motorista arrancou no exato momento em que os últimos dois helicópteros explodiram. Mais dois jipes repletos de soldados e em alta velocidade se aproximaram, atirando contra eles.

Fernando e seus camaradas fugiram sob fogo pesado, derrubando mais um pedaço de cerca com o carro e acelerando sem parar. Com aquele ataque fulminante, eles eliminaram quase toda capacidade de Ilhabela de combater pelo ar.

* * *

O caos se abateu sobre Ilhabela. Alarmes soavam ao mesmo tempo, vindos de todos os lados. Soldados ganhavam as ruas aos montes, e os que já estavam em patrulha foram convocados às pressas para defender a prefeitura e o complexo de pesquisas. Outros foram chamados para ajudar a pequena unidade dos bombeiros, que fora acionada para conter o incêndio no aeroporto. Por causa disso, a segurança das praias foi reduzida significativamente. E foi justamente pelo mar que a parte mais ousada do plano se concretizou.

Um contingente de mais de dez mil pessoas realizara uma ousada manobra no dia anterior, a centenas de quilômetros dali. A Base Naval do Rio de Janeiro, que ficava na Ilha do Mocanguê Grande, no munícipio de Niterói, fora um dos mais importantes centros de comando da Marinha brasileira. Nesse importante complexo ficavam várias embarcações, que, depois da retomada de Ilhabela, acabaram sendo incorporadas às forças da capital.

No entanto, esses barcos estavam cada vez mais subutilizados. Na época de Ivan e Estela tinham sido importantes recursos no processo de contato com as comunidades à beira-mar, sobretudo aquelas localizadas nas capitais do Nordeste. Com aqueles navios, comunidades inteiras foram deslocadas para Ilhabela, deixando para trás os horrores das hordas de zumbis. Porém, essa prática foi quase totalmente abandonada com a chegada de Uriel ao poder. Os navios eram usados apenas em missões de reconhecimento ou obtenção de recursos, algo cada vez mais raro, uma vez que era difícil encontrar algo de realmente útil nas cidades brasileiras, abandonadas e em ruínas. A última operação importante da qual aquelas embarcações tinham participado fora a destruição da Fortaleza de São José da Ponta Grossa, quase quatro anos antes.

Entre essas embarcações havia fragatas, corvetas, os rebocadores utilizados no ataque à fortaleza, contratorpedeiros e até mesmo alguns submarinos, estes totalmente inutilizados, e alguns já definitivamente destruídos no fundo do mar. Não fazendo parte dos planos de Otávio e Mauro, poucos homens eram destacados para manter aquela unidade militar funcionando.

O problema é que nunca lhes ocorreu que um dia aquilo tudo poderia ter uma serventia completamente diferente: o transporte de um exército inteiro até a ilha. À operação foi dado o nome de Chave Mestra, pois ela seria o meio pelo qual seria possível escancarar todas as portas de Ilhabela.

Patrick coordenou pessoalmente a operação de ataque. O principal problema seria impedir que os soldados alertassem Ilhabela sobre os planos da invasão. A solução foi mandar dois dos melhores homens de Patrick para explodir a sala de rádio da base.

Depois disso, milhares de homens e mulheres invadiram o local em jipes, carros de passeio e ônibus, num ataque maciço e letal que perdurou por algumas horas. Disparos de fuzil e explosões de granadas fizeram a base estremecer, deixando um saldo de dezenas de mortos. Todos os soldados de Ilhabela morreram ou foram capturados. Os capitães e imediatos foram obrigados a pilotar as embarcações abarrotadas de rebeldes. Alguns ofereceram-se voluntariamente, pois desejavam que Otávio pagasse pelas suas atrocidades.

Dessa forma, a parte mais crítica do plano foi executada com sucesso. Se aquilo tivesse falhado, todo o resto teria sido abortado. Com o sinal verde da tropa que procederia com a invasão, Fernando e Sarah tinham dado início à operação dentro de Ilhabela.

O sincronismo fora muito importante. As embarcações se detiveram a alguns quilômetros das praias da ilha, e, quando a operação de distração se iniciou, elas avançaram.

Equipes de vigilância de Ilhabela avistaram a frota que rumava em direção à ilha exatamente vinte e três minutos após as primeiras explosões. Quinze embarcações transportavam milhares de combatentes vindos de todas as partes do Brasil, na maior mobilização armada da história brasileira desde a Segunda Guerra Mundial.

Muitos desses homens e mulheres não tinham recebido treinamento militar profissional, embora estivessem acostumados a enfrentar as incontáveis hordas de zumbis que infestavam o país. Mas, acima de tudo, achavam-se todos unidos por um objetivo comum: derrubar um tirano e dar a todos o direito de viver em segurança em Ilhabela.

Soldados voltavam às pressas para as praias, em meio ao pandemônio instalado nas ruas e avenidas que, congestionadas, atrapalhavam a execução de uma resposta tática adequada.

Quando os líderes das tropas que precisavam defender as praias solicitaram apoio aéreo, receberam uma resposta que só poderia ser descrita como uma piada de mau gosto:

— Não temos como mandar quase nada! Estamos mobilizando dois helicópteros de combate; todos os demais estavam no aeroporto e foram destruídos!

— Então mandem a Trocano! Vamos bombardear o maior navio, e a onda de choque deve destruir o resto! — O oficial exigiu, impaciente, vendo os navios cada vez mais próximos.

— Não temos aviões de carga capazes de fazer isso, eles foram os primeiros a serem destruídos. Sinto muito, senhor, vocês estão sozinhos! — O soldado respondeu, consternado.

— Mas que merda! Não tô acreditando nisso! Atirem! — E ordenou: — Fogo à vontade!

Dezenas de peças de artilharia, como obuses e canhões, foram disparados contra as embarcações. Os disparos faziam as praias estremecerem, enquanto os projéteis riscavam o ar em direção aos navios.

As primeiras detonações aconteceram no mar, mas os tripulantes sabiam que precisavam revidar, pois a cada novo disparo eles iriam calibrar melhor as armas.

— Preparem-se para responder! Fogo! — Patrick gritou.

Naquele instante, canhões Vickers de 115 milímetros dispararam a partir das fragatas. Os projéteis voavam rentes ao mar, levantando uma trilha de vapor de água ao rasgar o ar mais rápido que a velocidade do som. A primeira detonação em terra atingiu um muro de contenção numa das praias, jogando pedregulhos nos soldados que assumiam posições defensivas à beira-mar.

Várias outras explosões atingiam a costa, numa extensão de mais de mil metros. Os disparos de ambos os lados não eram muito precisos, mas o estrago e o impacto psicológico de cada detonação eram impressionantes.

— Puta merda, esses desgraçados querem mesmo acabar com a gente! Onde estão os blindados? Precisamos da infantaria motorizada! Cadê os Urutus?

— Senhor, recebemos notícias de que os pilotos da Companhia Motorizada estão presos na sede. Um franco-atirador os impede de sair! — O operador de rádio informou, pouco antes de outra explosão arrancar uma árvore do chão com raiz e tudo, a menos de cem metros de onde eles se encontravam.

— Caralho, eles nos acertaram de dentro! Fogo! Fogo!

A alguns quarteirões de distância, um grupo se reunia numa rua deserta. Homens e mulheres de diferentes partes da cidade, todos armados, transpareciam medo em seus semblantes. Mas, ao mesmo tempo, eles sabiam que tinham uma chance real de vencer. O plano vinha se desenrolando muito bem até aquele momento.

— Meus amigos, chegou a hora! Eu sei que agora tudo vai ficar muito mais difícil, mas essa é a nossa chance de vencer! Vocês estão comigo? — Fernando ergueu o punho fechado.

Todos gritaram em uníssono, concordando. Participariam daquela etapa crucial todos os membros da Armada de Ilhabela, bem como diversos ex-detentos e combatentes de diferentes partes do país. Um grupo pequeno, mas bem preparado.

A equipe avançou pela rua. Moradores que estavam nos arredores correram e se trancaram em seus lares ao ver aquele pequeno pelotão. Uma mulher que empurrava um carrinho de bebê começou a correr, tentando fugir, desesperada. Ela entrou em pânico quando a roda do carrinho ficou presa num buraco na calçada, e, quando fez menção de pegar a criança no colo para fugir, Fernando se aproximou, segurou o carrinho e, com muito cuidado, soltou a roda, liberando-o para que ela pudesse seguir seu caminho. Ela piscou diante daquilo, de frente para o homem fortemente armado.

— Leve seu bebê daqui. Vá embora o mais rápido possível — Fernando advertiu, preocupado. — Em breve isso tudo vai terminar.

— E quanto a nós? — A mulher quis saber.

— Quando acabarmos, nenhum de vocês sentirá medo novamente. A ditadura se encerra hoje. Agora vá, por favor. — E Fernando voltou a caminhar, decidido, pela rua.

Sem pensar duas vezes, a mulher saiu apressada, se afastando daquela zona de guerra.

Fernando sacou o rádio. Precisava desesperadamente de notícias de Sarah. Ele tinha de descobrir se ela estava bem.

— Sarah na escuta — ela falou pelo fone operador, sem tirar as mãos do Doutrinador.

— Como você está? — Fernando ouvia os potentes tiros da arma ao fundo.

— Tudo sob controle... múltiplos alvos detectados... nove baixas até o momento... — Sarah falava pausadamente. Ela se esforçava para não deixar ninguém sequer botar a cara para fora do galpão. Sua missão era atrasar ao máximo a saída dos blindados do pátio da Companhia Motorizada. — E quanto a vocês? Não conseguirei segurá-los pra sempre.

— O desembarque vai ter início em minutos. Vamos romper a linha defensiva deles pelas costas. — Fernando destravou o fuzil. — Se você sentir que não dá mais, saia daí.

Sarah estava prestes a responder, quando viu um carro avançando pela avenida em alta velocidade. Com a mira de sua arma ela pode ver soldados que provavelmente foram enviados para verificar o que estava acontecendo na companhia. Sarah mirou no motorista e puxou o gatilho, explodindo o para-brisa e a cabeça do infeliz. Uma mancha imensa de sangue tingiu de vermelho a parte interna do teto do carro. O sedã virou bruscamente para a direita, desgovernado, e se espatifou contra um poste.

— Pode deixar, por enquanto está sob controle. Mas em breve teremos companhia. — Sarah sabia que o próximo time não seria apenas um punhado de soldados. Logo haveria um pelotão inteiro por ali.

— Tudo bem, boa sorte, eu te amo!

— Fique vivo por mim, é tudo o que te peço. — Sarah desligou o aparelho.

Foi quando ela notou que tinha uma visão muito boa dos gigantescos pneus traseiros dos blindados. Talvez aquilo não resolvesse todos os problemas, mas poderia providenciar mais um atraso. Assim, ela começou a atirar em todos os pneus visíveis. Os veículos reclinavam imediatamente a cada disparo, enquanto grossos pedaços de borracha eram arrancados.

— Quero ver vocês andarem desse jeito, desgraçados.

Enquanto isso, o grupo de Fernando se aproximava das tropas da principal praia de Ilhabela. Os soldados de Otávio estavam distribuídos por diferentes praias, sem ter certeza de qual seria a escolhida para a chegada dos navios. Assim que a estratégia dos invasores estivesse clara, os demais contingentes seriam deslocados para ajudar na defesa. Tal qual Otávio, eles consideravam os sobreviventes das comunidades um bando de maltrapilhos ignorantes e famintos. Nunca lhes ocorreu que eles fossem capazes de se organizar daquela maneira.

Os soldados posicionavam metralhadoras .50 pelas praias, e os obuseiros continuavam disparando seus projéteis contra as embarcações. Um dos rebocadores, lotado de gente, foi atingido em cheio, e diversos combatentes foram jogados ao mar, ensanguentados. Em resposta, inúmeras explosões aconteciam por toda a orla, graças aos disparos dos navios de guerra.

Empolgados com o estrago feito no rebocador, que já começava a naufragar, os oficiais decidiram continuar bombardeando os navios até eles desistirem daquela invasão.

— Isso, continuem atirando! Vamos expulsar esses pés-rapados, continuem...

Uma leva de tiros de armas automáticas, disparadas por trás daquele pelotão, crivou de balas o oficial e vários de seus homens. Os soldados caíam com tiros nas costas, na nuca e na cabeça, sem chance de defesa, pois todos mantinham a atenção voltada para o mar.

De forma eficiente e letal, Fernando e os demais abriam caminho na base da força bruta, aproveitando o elemento surpresa. Como o som das explosões era ensurdecedor, muitos soldados demoraram para notar que disparos estavam sendo efetuados à beira-mar. Seus alvos prioritários eram os artilheiros responsáveis por operar os obuseiros e canhões.

Andréa metralhou um dos operadores, derrubando-o. Em seguida, ela varreu tudo a sua frente, fulminando outros soldados que mal tiveram tempo para se virar. Fernando derrubou dois artilheiros em instantes, eliminando todas as ameaças do lado direito da praia. Ele sabia que precisavam se apressar — em breve chegariam reforços.

Artur assumiu a operação de um dos obuseiros, equipamento com o qual era bastante familiarizado. Ele virou a peça na direção do último canhão, que ainda atirava contra as fragatas, e disparou. O projétil atravessou aquele trecho da praia, atingiu o canhão e o destruiu, arremessando a arma longe e reduzindo seu operador a frangalhos.

Em seguida, Artur ouviu o som de um helicóptero, uma das poucas aeronaves de combate da ilha, que vinha para servir de apoio. O ex-oficial apontou o equipamento na direção da aeronave e disparou, fazendo sua cauda se partir ao meio. O helicóptero começou a girar, descontrolado, em espiral até atingir o oceano.

— Parem de atirar, nós tomamos a praia! Desembarquem agora! — Fernando gritou pelo rádio para Patrick.

— Cessar fogo! Todos aos botes! Que Deus os proteja! — Patrick ordenou, de punho cerrado. Várias pessoas gritaram em resposta — aquela era a guerra acontecendo na sua forma mais crua, visceral.

Artur, ainda controlando o obuseiro, avistou um caminhão de tropas que se aproximava pela avenida. Ele apontou a arma para o alvo e disparou de modo certeiro. O veículo explodiu e foi reduzido a sucata.

— Bom trabalho, Artur, vigie a avenida! Destrua quem tentar se aproximar! Grupo um, proteja o flanco norte! Grupo dois, proteja o flanco sul! Não deixem os reforços chegarem, temos que facilitar o desembarque, é a nossa única chance! — Fernando saltou sobre um dos seus companheiros, que jazia na areia, ensanguentado. Ao longo de toda a praia era possível avistar dezenas de soldados mortos, a maioria fuzilada por Fernando e seu pequeno grupo.

Quando Pedro passava correndo por Fernando, ele o chamou:

— Pedro, leva esta .50 pro flanco norte. Mata todos que aparecerem, entendeu?

— Deixa comigo! — Pedro abraçou a peça e a levou consigo até a extremidade.

Ali, vários dos seus colegas, deitados na areia, disparavam contra outros soldados que tentavam se aproximar para evitar o desembarque, que poderia decretar o fim de todos.

As primeiras embarcações começavam a se aproximar. Os combatentes rebeldes pulavam no mar com a água na altura da cintura e caminhavam, decididos, carregando suas armas acima das cabeças, sob intenso fogo inimigo disparado das praias vizinhas. A todo momento algum dos invasores caía, fulminado por alguma bala. Os demais avançavam.

Dezenas de cadáveres boiavam na água salgada tingida de vermelho. Os primeiros reforços já avançavam por terra firme, sendo organizados por Fernando, rechaçando os soldados que tentavam inutilmente retomar o controle e impedir o desembarque.

— Vamos, se apressem! Esta praia é nossa, e aqui fincaremos a nossa bandeira! Juntem-se a nós! — Fernando gritava, feroz, incentivando seus homens a se juntarem à batalha.

Centenas de revoltosos ganhavam a areia, enquanto tantos outros venciam os últimos metros para engrossar o pelotão. Quando Fernando se deu por satisfeito com o grande número deles, emitiu a ordem fatal:

— Avançar! Ao ataque! — Ele, então, saiu correndo contra os soldados que dominavam a praia vizinha, que já vinha sendo bombardeada pelas fragatas.

O grupo de rebeldes corria, atirando, para cima dos soldados leais a Ilhabela, que buscavam se proteger dos disparos dos canhões das fragatas. Quando Fernando e seus combatentes se aproximavam, ele ordenava o cessar-fogo, para não serem atingidos pelos disparos.

As forças invasoras avançavam pelas praias em ambas as direções, sem que os soldados tivessem chance de reagir. Milhares de combatentes das comunidades iam tomando as praias e, em seguida, as avenidas da cidade. Por todo lado, combatentes de Ilhabela e revoltosos caíam. Muitos soldados se entregaram sem oferecer nenhuma resistência, pelo simples fato de que não estavam dispostos a morrer para manter um déspota como Otávio no poder. Um deles, com as mãos erguidas, ao ver Artur correndo, gritou:

— Senhor Artur, sou eu! Quero me unir ao senhor!

Artur o reconheceu de imediato. Era um dos soldados que havia ajudado Fernando a enterrar Gabriela.

— Então, venha! Arranque fora os brasões do exército e se junte a nós! Hoje iremos derrubar o ditador!

O soldado, ao ouvir aquilo, não pestanejou: arrancou sua farda e a jogou na areia, pisando nela. Em seguida, ele correu atrás de Artur, tentando acompanhá-lo.

— Você enlouqueceu? Quer ser fuzilado como traidor? — Outro soldado gritou, com as mãos erguidas, vendo o colega se juntar aos invasores.

— Eu quero ser livre! Eles vão derrubar o psicopata, e eu estarei do lado certo da guerra! O Otávio é um monstro, vamos acabar com aquele desgraçado! — Ele incitava, sorridente. Enfim chegara a hora de lutar por algo que realmente valia a pena.

Seus colegas se entreolharam. Muitos mantiveram-se de mãos erguidas e tiveram seus fuzis e munições tomados, para posteriormente serem perfilados como prisioneiros. No entanto, muitos outros declararam guerra a Otávio ali mesmo, arrancando suas fardas e se juntando aos invasores.

Cadáveres caíam de ambos os lados da batalha, que era franca e aberta. Quase todos os combatentes de Ilhabela rumavam para as praias, tentando desesperadamente conter a invasão. Sem o apoio dos blindados e dos helicópteros, entretanto, o combate tornara-se muito mais equilibrado. Os soldados de Otávio se achavam em maior número, mas o exército de Fernando estava mais bem preparado e muito mais motivado.

Mauro chegou ao campo de batalha com mais uma leva de soldados, e tantas outras estavam a caminho para preparar a linha defensiva.

Centenas de metros à frente, o tiroteio era intenso. As tropas rebeldes vinham rompendo sucessivas linhas de soldados, derrubando combatentes e forçando outros a se render, para depois avançar mais algumas dezenas de metros e se baterem com a leva seguinte.

— Avancem! Avancem! Vão! Vão! Vão! — Fernando gritava sem parar.

Ele estava na linha de frente, avançando sempre, praticamente forçando seus homens a segui-lo. Fernando corria usando como proteção um poste, depois uma árvore mais à frente, um banco de praça, qualquer coisa servia. Ele se protegia, atirava, derrubava mais inimigos, avançava. Isso intimidava tremendamente os soldados adversários, que se perguntavam de qual buraco do inferno saíra aquele demônio.

— Nós precisamos detê-los! Cadê os malditos blindados? — Mauro interpelou um dos seus oficiais.

— Continuam presos, senhor. Os soldados estão sob pesado fogo de atiradores de elite. Todos que tentaram sair morreram! Já mandamos duas equipes de apoio, mas perdemos contato com ambas!

— Merda, isso é ridículo! Eu mesmo vou acabar com isso. Reúna uma equipe agora mesmo, irei até a Companhia Motorizada. Anda, rápido! — Mauro exigiu. — Eles nunca vão conseguir passar por nós, estamos em número muito maior! Deixem que avancem!

Mauro olhava seus mais de mil homens assumindo posição de tiro. Eles poderiam abrir fogo assim que a tropa de Fernando avançasse mais uns duzentos metros.

Entretanto, Mauro mal concluíra a frase quando uma explosão aconteceu dezenas de metros atrás dele, fazendo-o pular de susto e arremessando homens e armas longe, aos pedaços.

Ao se virar, Mauro viu uma das fragatas em paralelo a eles, relativamente perto da praia, disparando seus canhões sobre suas tropas. Com aquele bombardeio, eles quebravam resistência das tropas de Ilhabela, facilitando o avanço das forças rebeldes.

— Puta merda, mandem algum helicóptero atacar aquela coisa!

— Senhor, só temos mais uma aeronave!

— Mandem assim mesmo! Que seja descarregada uma carga de explosivos sobre aquele barco, agora! — Mauro ordenou, ao mesmo tempo que outra explosão jogava longe um caminhão todo pintado de verde-oliva, que, para sorte deles, já não tinha nenhum soldado a bordo.

O cheiro de óleo diesel do imenso veículo que se espalhou pela areia chegou às narinas de todos. O oficial deu a ordem imediatamente. Mauro, por sua vez, partiu dali com dez homens armados. Ele precisava com urgência dos blindados.

\* \* \*

O helicóptero partiu do aeroporto levando pendurada sob a cabine uma bomba de duzentos e trinta quilos, que originalmente fora projetada para ser solta de um avião de caça convencional. Entretanto, os engenheiros de Ilhabela desenvolveram um sistema através do qual o piloto do helicóptero conseguiria descarregar o artefato onde quisesse. A precisão não era tão grande, mas o efeito era o mesmo.

A aeronave atravessou a cidade e passou sobre o campo de batalha, onde milhares de pessoas matavam umas às outras com ferocidade. Centenas de metros à frente, era possível ver uma das fragatas, que disparava bombas contra as forças de segurança sem cessar.

Fernando, ao avistar o helicóptero passando sobre a praia com a bomba acoplada, ordenou para os demais:

— Atirem no helicóptero! Derrubem o desgraçado! — Ele disparou seu fuzil contra a aeronave, bem como os demais.

Todavia, ninguém conseguiu impedir o ataque, pois o helicóptero estava alto demais.

Patrick, que comandava a operação marítima, viu o helicóptero se aproximando da fragata vizinha à sua e mandou todos dispararem contra a aeronave. Mas não houve tempo para detê-la; o helicóptero sobrevoou o navio e soltou a bomba, se afastando rápido.

O artefato atingiu a fragata em cheio, causando uma explosão tão grande que derrubou combatentes de ambos os lados da batalha, que estavam na praia a mais de trezentos metros de distância. A quilha do navio rachou com a detonação, e a embarcação inteira pegou fogo. Todos que estavam a bordo morreram instantaneamente.

Os soldados de Otávio gritaram em uníssono, comemorando a destruição do navio, enquanto o helicóptero fazia uma longa curva e voltava para o aeroporto em busca de mais uma carga. Fernando engoliu em seco, mas, ao ver o olhar de abatimento de muitos dos seus homens, não hesitou:

— Eles mataram nossos camaradas! Avante, homens, iremos fazê-los pagar! Pra cada homem morto eu quero a cabeça de dez soldados! Atacar! — E Fernando correu contra as linhas inimigas, como se possuído pelo próprio demônio.

Seus combatentes, animados pelo exemplo do seu comandante, retomaram a carga com fúria redobrada, surpreendendo os soldados.

E o combate continuou, sangrento e violento, sem direito a trégua.

\* \* \*

Sarah continuava mantendo os soldados da Companhia Motorizada presos. Ela precisava segurá-los o máximo possível. Anular a vantagem dos blindados era a chave da vitória, e Sarah jamais permitiria que qualquer veículo conseguisse sair dali.

Os dois soldados que a acompanhavam observavam tudo com seus binóculos. Eles sabiam que a qualquer momento os reforços chegariam, e seria preciso enfrentá-los, apesar de Sarah ter conseguido deter dois carros com seus disparos certeiros. Foi quando eles viram um ônibus se aproximando. Aquele veículo era diferente. Grades de metal protegiam o motorista e, embora atrapalhassem a condução, tornavam quase impossível acertar a pessoa ao volante. Sarah disparou três vezes, mas nenhum dos disparos surtiu efeito.

— Eles estão vindo, preparem-se! — Sarah gritou ao ver o ônibus estacionando em frente ao prédio no qual eles se encontravam.

Ela mirou no veículo e esperou. Quando o primeiro soldado surgiu, Sarah o fulminou com uma bala na cabeça. No entanto, vários outros soldados começaram a surgir, e era impossível acertar todos. Os soldados que a acompanhavam começaram a atirar também, impedindo parte dos homens de entrar. Mas muitos outros passaram, ganhando o saguão do prédio e alcançando as escadas.

Sarah lançou um último olhar para a Companhia Motorizada. Quando um dos soldados se arriscou a sair, ela o matou com um tiro no rosto. Mas ela sabia que agora teria que parar de atirar até conseguirem se livrar dos seus atacantes. A boa notícia era que todos os blindados estavam com os pneus furados; demoraria um pouco para eles conseguirem sair.

Sarah largou o Doutrinador, pegou seu fuzil e o destravou.

— Temos que defender a nossa posição até a morte, entenderam? Não podemos deixá-los tomar este telhado. Se os blindados se unirem à batalha, nossos amigos se tornarão presas fáceis! Sigam-me! — Sarah correu até a porta que dava acesso ao telhado.

Os três assumiram suas posições perto das escadas, enquanto ouviam vários homens subindo correndo. Quando os primeiros soldados surgiram, foram recebidos a tiros. Dois homens caíram baleados, e os demais se protegeram e revidaram. A guerra prosseguia.

* * *

Otávio suava em bicas na sua sala no complexo de pesquisas, ouvindo o som de milhares de armas sendo disparadas simultaneamente, explosões, gritos e sirenes de carros de polícia e ambulâncias, que cortavam a cidade.

Ele tentava obter informações pelo rádio, mas só recebia notícias desencontradas. Alguns falavam em cerca de cinco mil invasores; outros diziam que eram mais de trinta mil. A única certeza de Otávio era que eles estavam perdendo aquela batalha, que já se arrastava havia horas. Se as tropas rebeldes continuassem avançando naquela velocidade, chegariam às portas do complexo ainda naquela noite. Ilhabela não era grande; apenas alguns quilômetros separavam o ditador da área de desembarque.

— Puta que pariu, agora fodeu! Agora fodeu tudo! Deus, protege seu servo devotado neste momento difícil! Dá-me o poder de expulsar as forças pagãs! — Ele rezava, desesperado.

Cem homens fortemente armados protegiam o complexo, mas Fernando e seu exército cercariam o prédio aos milhares se conseguissem quebrar a linha defensiva da capital. E a Otávio restaria apenas se render ou morrer.

O prefeito balançou a cabeça com veemência, afugentando aqueles pensamentos lúgubres. Se ao menos tivesse como jogar uma das bombas Trocano nos rebeldes!

Foi quando Otávio se deu conta de que havia uma alternativa. Ele ficara tão empolgado com a Trocano que quase se esquecera da sua poderosa arma secreta. *Os rebeldes estão vindo? Que venham, então! Empalarei cada um dos traidores em praça pública e destruirei todas as comunidades até o último tijolo! Zumbis devorarão vivos mulheres, crianças e velhos! Não haverá mais um registro sequer de vestígio de vida humana fora de Ilhabela. Todos irão pagar!*

Abrindo a gaveta, Otávio pegou um controle remoto e sua pistola Glock, que estava carregada. Em seguida, deixou a sua sala, decidido, e caminhou até a ala de segurança máxima, na qual ficava Roberto.

Um dos pesquisadores que respondiam diretamente a ele o abordou, assustado:

— Senhor, apesar das circunstâncias, peço que não use as aberrações em combate. Os camicases vão atacar a população civil também! — Ele temia que aquele fosse o próximo movimento de Otávio.

— Camicases? Quem precisa dessas criaturas estúpidas? — Otávio o encarou. — Mande todos evacuarem o prédio nesse exato instante. Não preciso de nenhum de vocês. Suma da minha frente! — E continuou caminhando.

O prefeito entrou na sala na qual ficava Roberto. O jovem estava acordado, abraçado por Maria das Graças, que procurava mantê-lo calmo, apesar dos tiros e explosões do lado de fora. Ela pensou que alguém viera ajuda-la a tomar conta do rapaz, mas seu sorriso murchou ao ver o prefeito, que mais parecia ter enlouquecido.

— Boa noite, Maria, que bom vê-la! O Roberto vai resolver um probleminha agora, e você irá me ajudar!

A mulher e o adolescente se sobressaltaram. Roberto virava a cabeça de um lado para o outro, tentando entender o que estava acontecendo.

— Afaste-se dele, agora! — O prefeito gritou, apontando a arma para a cara dela.

Apavorada, Maria soltou Roberto, que, com a máscara sobre o rosto, resmungou, sem saber o que viria a seguir. A mulher deu um passo para trás, percebendo que o prefeito de fato enlouquecera de vez.

Otávio sorriu diante do olhar aterrorizado dela. Dando a volta na cama, ele chegou bem perto de Roberto e falou próximo do ouvido do garoto, que se apavorou com o que escutou:

— Muito bem, moleque desgraçado, está na hora de você me deixar orgulhoso.

* * *

Fernando viu o momento exato em que o helicóptero voltava com mais uma bomba, rumando na direção da praia. A segunda fragata, na qual estava Patrick, dava apoio às forças rebeldes, mas também acabaria no fundo do mar se fosse bombardeada por aquela aeronave. Era preciso resolver aquilo rapidamente.

O tiroteio ao seu redor prosseguia, implacável. Seus homens já tinham conquistado muito terreno, e os soldados de Otávio vinham sendo massacrados. No entanto, aquilo poderia mudar muito rapidamente se eles não contassem com a artilharia do navio de guerra.

De repente, ele percebeu que um de seus combatentes disparava contra as tropas inimigas com um rifle de mira telescópica. Ele pensou que aquela arma poderia ter um uso diferente. Só havia um problema: ele não era Sarah. Fernando nunca se igualara à noiva, e seriam necessárias mil vidas para ele atingir o mesmo patamar que ela. Mas ele tinha de tentar.

— Você, troque de arma comigo, anda! — Fernando ordenou às pressas.

O soldado obedeceu de imediato, pegando o fuzil e entregando o rifle.

Fernando levou a arma à altura do olho e mirou no helicóptero. Não fazia ideia de qual era a distância que os separava. Ele só conseguia lembrar das muitas vezes em que tentara acertar alvos a grande distância e fracassara, enquanto Sarah fazia aquilo como se fosse a coisa mais natural do mundo.

Fernando escutava a voz de Sarah falando em sua cabeça, como se buscasse orientá-lo. "Calcule a distância e determine quantos metros a bala é capaz de voar para definir a trajetória da queda. Depois, mire a quantidade necessária de metros acima para compensar a curva descendente".

O rapaz disparou contra o helicóptero, mas nada aconteceu. Ele nem sequer sabia se havia acertado a aeronave.

"Não se esqueça de identificar a direção e a velocidade do vento e calcule o desvio que isso vai causar na bala", Sarah como que sussurrava no seu ouvido. Fernando disparou e errou de novo.

— Merda, está faltando algo, amor, me ajuda! — Fernando engoliu com dificuldade ao ver que o helicóptero já sobrevoava a água. Seu cabelo estava encharcado de suor.

"Prenda a respiração; solte o ar apenas depois de disparar. E, sobretudo, aperte o gatilho, não o puxe. O movimento deve ser realizado apenas pelo indicador; o resto do braço tem de permanecer totalmente imóvel", Sarah falou de novo na sua cabeça. "Agora, derrube esse maldito helicóptero, senão eu não caso com você!".

Fernando se concentrou, prendeu a respiração e, quando faltavam apenas cinquenta metros para o helicóptero alcançar a fragata, ele disparou. A bala rasgou o ar e atingiu em cheio a cabeça do piloto.

O infeliz tombou sobre o manche, fulminado. A aeronave mergulhou para baixo, enquanto o nariz pendia para a direita. O helicóptero despencava de volta para a terra firme, numa curva fechada descendente.

— Puta merda, protejam-se! — Fernando se jogou no chão, e centenas de pessoas tiveram a mesma reação.

O helicóptero despencou, caindo bem no meio do que sobrara do exército de Otávio. O artefato explodiu com tamanha violência que a onda de choque derrubou mais de mil homens de uma só vez, abrindo um buraco de vários metros de largura na areia.

— Atacar! É agora, acabem com eles! — Fernando berrou enquanto sua tropa avançava numa última leva.

Eles correram entre corpos em chamas e pedaços de fuselagem fumegantes, matando quem tentasse resistir. E depois de longos minutos de confronto, quando atravessaram aquele último grupo, no qual a maioria dos combatentes já se encontrava ferida e exausta ou apenas morta, Fernando constatou que acabara. Não havia uma próxima leva. Ali terminava a batalha. À frente deles, apenas carros, caminhões e ônibus estacionados, com diversos soldados correndo na direção oposta, fugindo da refrega.

Fernando voltou-se para seus combatentes. Estavam todos ofegantes, muitos feridos e caídos, espalhados pelas praias, avenidas e praças.

— Obrigado, meu Deus! Vitória! Nós conseguimos, Ilhabela é nossa! — Fernando gritou de punho fechado.

Seus homens gritaram em júbilo. Artur chegou correndo, seguido de perto por Andréa. A moça apertava um pedaço de trapo contra o braço ferido, mas estava bem.

— Irmão, nós conseguimos, vencemos! — Fernando abraçou com força o ex-oficial, que sorria largo.

— Cacete, garoto! Eu sabia que tinha tomado a decisão certa ao te deixar vivo em Florianópolis! Parabéns!

— Eu não fiz nada sozinho, o mérito é de todos nós! Mas ainda é cedo pra comemorar. Temos de rumar até o complexo, vamos! Sigam-me todos. Iremos ocupar as ruas e prender todos os soldados que quiserem se entregar. Busquem manter as pessoas calmas e as orientem a ficar em casa até consolidarmos a nossa vitória. Se alguém ferir um civil vai se ver comigo, entenderam? — Em seguida, Fernando se pôs a marchar com determinação até o complexo; eles estavam a poucos quilômetros de Otávio.

Naquele momento, Fernando pensou em Sarah. E um mau pressentimento o atingiu.

\* \* \*

Sarah e seus dois colegas tentavam a todo custo impedir o avanço de Mauro e seus soldados. Na troca de tiros entre os dois grupos, ela e os companheiros estavam levando desvantagem; já tinham recuado várias vezes, e quase foram atingidos tantas outras.

— Temos de voltar para o telhado, precisamos recuar! — Um deles gritou.

— Não, nós não podemos! É preciso impedi-los de passar! — Sarah gritou.

Naquele instante, parte do contingente de Mauro subiu as escadas correndo, atirando sempre, tentando vencer os últimos metros. Não havia mais forma de fazê-los retroceder.

Respirando fundo, Sarah arrancou o pino de uma granada e jogou o artefato, que rolou pelo chão e parou no meio do grupo de atacantes, a poucos metros dela e de seus companheiros.

A explosão mandou tudo pelos ares, atingindo rebeldes e soldados indistintamente.

\* \* \*

Ainda atordoada, Sarah abriu os olhos, caída no meio de um monte de pó branco. Aos poucos ela conseguiu perceber que aquele pó eram restos de reboco e gesso que tinham caído do teto e das paredes após a explosão. Com dificuldade, sentou-se e olhou ao redor. A poucos metros, a jovem viu seus dois companheiros de luta mortos no chão. Sarah cerrou as pálpebras e levou as mãos à cabeça, que agora doía tremendamente. Naquele momento, ela percebeu que seu supercílio estava ferido e sangrava.

Sarah arriscou um olhar por trás da coluna que usava como abrigo, e pôde ver vários soldados caídos logo atrás, ensanguentados. Havia também braços e pernas decepados e muito sangue, além de um enjoativo cheiro de pólvora misturado com carne queimada. Ela suspirou e encostou a cabeça no concreto, aliviada. O preço fora alto, mas ela conseguira deter o avanço dos inimigos.

E então, o som de passos subindo o último lance de escadas lhe causou um sobressalto. E, para surpresa de Sarah, Mauro surgiu diante de seus olhos, furioso.

Desesperada, ela enxergou ao longe um fuzil caído em meio à confusão, e engatinhou o mais rápido possível até a arma, num último esforço para tentar se salvar. Mas não foi possível.

Mauro soltou um grito gutural e desferiu um violento chute em suas costelas, fazendo com que a garota rolasse pelo chão. Se dobrando de dor, Sarah levou as mãos ao local atingido.

— Quem você pensa que é, sua vadia? — Mauro desferiu mais um chute em Sarah, que tornou a rolar. — Você e seus amigos miseráveis acham que podem nos vencer? Eu sou a lei! Eu sou a ordem, entendeu?

Sarah arfava de dor, e sentiu um gosto amargo preencher sua boca. Quando fez menção de se erguer, Mauro deu-lhe um murro no rosto, levando-a ao chão mais uma vez.

— Venha, sua vaca, vamos dar um passeio. Eu quero ver uma coisa! — Mauro agarrou Sarah pelos cabelos negros e pôs-se a arrastá-la para o telhado, onde encontrou o Doutrinador apoiado na mureta de proteção — Eu sabia! Você é a Sarah, sua desgraçada! Fiz questão de vir pessoalmente, porque desconfiei que o tal atirador de elite fosse a mesma infeliz que matou tantos dos nossos. Eu reconheceria essa arma em qualquer lugar!

— Mauro... — Sarah sussurrou.

— Você sabe o meu nome, piranha? Que bom! Saiba que eu sou a última pessoa que você verá na sua vida desgraçada, entendeu? — Ele desferiu um bofetão, e Sarah caiu de lado, batendo o rosto contra o piso.

Mauro a agarrou pelo colarinho e viu que o rosto da moça sangrava muito mais. Sarah parecia desorientada pela dor.

— Você vai morrer! Todo esse esforço foi em vão. Veja! — Mauro a levou até a mureta, e ela viu os soldados saindo do galpão, receosos, para trocar os pneus dos primeiros Urutus.

— Eu vou dar um fim em você, e depois levarei aqueles tanques de guerra até a batalha. Cada blindado desses é capaz de matar centenas de homens. Seus amigos não perdem por esperar! Quais são as suas últimas palavras?

— O Fernando devia ter te matado em Santa Catarina. — Sarah falou, exausta. — Dizem que você sente dores crônicas no ombro. Bem feito! É o mínimo que você merece.

— Ah, sua piranha! — Ele ergueu a mão para bater nela de novo, mas Sarah arrancou a faca da cintura e cortou o antebraço de Mauro.

Ele a largou e deu um pulo para trás, segurando o braço ferido com uma careta, enquanto ela o golpeava de novo, quase cortando seu abdômen. Sarah se pôs de pé de um salto, ignorando a imensa dor que sentia. Ela o encarava com ódio, apontando-lhe a lâmina.

— Você é durona, admiro isso. Serei legal com você e te matarei rápido. — Mauro andava de lado, ao redor de Sarah.

Ele estava desarmado, mas era um soldado com décadas de experiência militar. De repente, ele fez um gesto brusco com uma das mãos, e Sarah se sobressaltou.

— Viu só? Você tem medo de mim! — Ele repetiu o gesto, e Sarah pulou outra vez.

Mauro brincava com ela, minando sua concentração e, sobretudo, sua autoconfiança.

— E então, Sarah, como vai ser? — Sorrindo, ele começou a pular como um boxeador. — Será que eu vou te acertar um soco? Ou talvez um golpe de perna?

Mauro a provocava, como se achasse aquilo divertido. Sarah, por sua vez, toda dolorida e nervosa, tentava adivinhar o que ele faria.

— Sua mãe morreu, né? Eu me lembro do caso. Encontraram uma mulher naquele caminhão que te trazia pra Ilhabela. Ela foi estuprada e espancada até a morte. Qual era o nome dela? — Mauro perguntou, ferino.

Sarah não respondeu, mas tentou dar uma estocada nele com a faca. Mauro se desviou com facilidade. Ela, por sua vez, quase caiu. Ele sorriu da patética tentativa de feri-lo.

— Sinceramente, nunca entendi por que fizeram aquilo, sabe? Sua mãe era bem feiosa. Acho que aqueles caras estavam a perigo — Mauro provocou, cruel. — Mas, enfim, fazer o que, né? De qualquer forma, eles fizeram um favor pra aquela infeliz. Onde mais uma mocreia daquelas conseguiria que tantos homens passassem a vara nela? Aposto que ela adorou!

Aquilo acabou de vez com o autocontrole de Sarah. Ela soltou um grito de ódio e avançou contra ele, desferindo um golpe bem contra seu peito. Tudo o que Sarah desejava era rasgar o coração dele ao meio. No entanto, Mauro se desviou, agarrou-lhe o pulso e deu-lhe uma cotovelada no rosto, atirando-a no chão. A faca de Sarah ficou na mão dele.

— Viu a diferença entre um soldado bem treinado e uma delinquente? É isso que você é, uma vadia burra e pretensiosa! Eu não devia te matar rápido, mas preciso dos tanques pra poder esfolar seus amigos vivos! — Mauro a encarava com um olhar diabólico. Adorava aquela sensação de poder; ele era tão perturbado quanto Otávio, apenas disfarçava melhor.

Sarah arfava no solo, com uma lágrima escorrendo pelo seu olho inchado. Não era apenas o medo de morrer e o orgulho ferido que a dilaceravam por dentro — era também a sensação de que decepcionaria a todos, sobretudo Fernando.

*Desculpe amor, eu não consegui*, Sarah pensou, exausta, sem condições de se levantar novamente.

— Adeus, Sarah. Você me decepcionou. Minhas lembranças pro Diabo. — Mauro deu um passo à frente para finalizar o trabalho.

Foi quando o estampido de um fuzil fez o topo do prédio inteiro estremecer. Mauro parou abruptamente, sentindo uma queimação no meio do peito. Ao olhar para baixo, ele viu uma mancha vermelha que surgia no meio de seu tórax, enquanto sua farda se encharcava de sangue. Mauro olhou para Sarah com perplexidade, mas ela estava tão surpresa quanto ele.

— Como pode? O que você...?

— Boa tarde, imbecil. Lembra de mim? — Fernando gritou da entrada do telhado.

Mais homens vinham atrás dele.

— Fernando... o moleque que eu quase matei... — Mauro sussurrou.

— Sim, cuja mãe você assassinou. Eu levei dois tiros, mas não foram o suficiente pra me matar.

— Sim, sua mãe... Eu me lembro dela. — Mauro sorriu com ironia.

— Você acredita em justiça divina, Mauro? — Fernando se aproximava, com a arma em punho.

— É claro que sim! — Os dentes de Mauro se tingiram de vermelho após o sangue subir pela garganta e invadir sua boca.

— Eu também. — Fernando, em seguida, deu um tiro certeiro na testa de Mauro.

O homem foi jogado para trás com tamanha violência que rolou sobre o parapeito e despencou do prédio, se estatelando no chão, vários andares abaixo.

\* \* \*

— Meu Deus, você está bem? — Fernando se ajoelhou ao lado de Sarah e tocou com delicadeza seu rosto ferido.

— Eu vou ficar bem, fique tranquilo. Só o fato do rosto daquele desgraçado estar estampando a calçada lá embaixo já faz com que eu me sinta muito melhor. — Sarah segurou a mão de Fernando e se pôs de pé com certa dificuldade. Apesar da dor, ela estava convencida de que não sofrera nada além de escoriações. — Precisamos impedir que os blindados saiam.

— Já cuidei disso. Olha só. — Fernando apontou para o pátio da Companhia Motorizada.

Vários homens se encontravam de joelhos, com ambas as mãos na cabeça, vigiados por membros do pelotão de Fernando, que acabara de invadir o local. A sede das unidades blindadas já estava sob controle. Sarah suspirou, aliviada.

— Nós conseguimos? Acabou? — Sarah perguntou, sorrindo.

— Resta o chefe da quadrilha, o Otávio. Nossos combatentes devem estar chegando ao complexo de pesquisas. Precisamos ir pra lá. Acredito que vamos enfrentar mais resistência.

— Sim, vamos, querido. Não perco isso por nada.

Naquele instante, Fernando foi chamado no rádio. E quando atendeu, Artur gritava desesperadamente:

— Fernando, venha pra cá, estamos sendo massacrados!

— Calma, Artur, estamos indo! O que está acontecendo?

— O demônio! O demônio está aqui! — E o rádio ficou mudo.

Fernando e Sarah se entreolharam, perplexos. Em seguida ele se voltou para um dos seus companheiros de armas:

— Quantos tanques estão prontos pra uso?

— Três, senhor.

— Perfeito, reúna todos: vamos partir em dois minutos.

## CAPÍTULO 10

# ROBERTO

**FERNANDO, SARAH E MAIS DE** trinta soldados chegaram aonde outrora ficava o complexo de pesquisa, sem entender nada. Perplexos, eles desceram dos tanques de guerra.

— Querido, lembra do ser que matou a Isabel? — Sarah perguntou, com o olhar vidrado.

— Sim, lembro.

— Ele está aqui.

O complexo fora reduzido a um monte de escombros, assim como tudo ao seu redor. Incontáveis mortos se encontravam espalhados por todos os lados. Soldados, rebeldes, civis, ninguém fora poupado. Até mesmo aberrações e berserkers se achavam caídos, trucidados.

E, em meio àquela devastação, em um grande espaço aberto cercado por algumas paredes semidestruídas, Roberto estava sentado em uma cadeira de rodas.

O rapaz olhava os arredores com ferocidade, preso pelo tronco à cadeira de rodas. Logo atrás dele, Otávio prendia Maria das Graças com uma das mãos, e com a outra apontava uma pistola para sua cabeça. O prefeito parecia estar adorando tudo aquilo. Otávio sentia que controlava o poder de Deus naquele momento.

— Quem são vocês? Entreguem-se ou morram! — Otávio gritou, vendo o grupo de recém-chegados. — Mostre a eles, Roberto!

E então um pedaço de concreto de centenas de quilos voou do chão e atingiu dois combatentes rebeldes, arremessando-os longe e deixando um rastro de sangue no caminho. Sarah gritou diante da cena insólita.

— Joguem as armas no chão. Agora — Fernando falou pausadamente, depositando seu fuzil no asfalto.

— Fernando? — Sarah o encarou, estupefata.

— Querida, coloque sua arma no chão, agora — Fernando sussurrou. — Veja o que aconteceu aqui! Não há nada que possamos fazer.

Sarah, embora relutante, o obedeceu.

— Ah, então vocês são o Fernando e a Sarah? Eu mandei aquele imbecil ali chamar vocês. — Otávio apontou para um homem caído no chão com o pescoço quebrado.

Era Artur, cujos olhos, vidrados de terror, continuavam abertos. Sarah levou a mão à boca, como se tentasse conter o grito que parecia querer escapar por entre seus lábios.

— Vocês são os culpados de tudo! Vejam o que fizeram com a minha linda cidade!

— Essa destruição é toda culpa sua! — Fernando afirmou, de mãos erguidas.

— Não! Vocês são os culpados, seus pecadores! Eu sou um servo de Deus! Sou o profeta! Eu domino o anjo vingador do apocalipse! — Ele apertou ainda mais o pescoço de Maria das Graças, indicando Roberto, que o olhava com ódio, mas não se atrevia a fazer nada.

Otávio descobrira uma forma de controlar o rapaz que era mil vezes mais eficiente do que qualquer castigo físico. A enfermeira era a única pessoa com quem ele se importava.

— Otávio, pare com essa loucura! Você está matando o seu povo e destruindo tudo! Acabou! — Fernando tentava fazer Otávio voltar à razão.

— Nunca! Eu sou o prefeito! Eu mando neste lugar! Ilhabela me pertence! Ninguém será capaz de me enfrentar enquanto eu dominar esse maldito moleque! Meu garoto matou vários dos seus soldados que cercaram o complexo, e o restante fugiu para a praia. Eu vou caçar todos eles, vou destruir todas as comunidades, não deixarei pedra sobre pedra! Estão vendo aquilo?

Otávio indicou algo que eles não tinham visto até então. A cerca de cinquenta metros havia cinco bombas Trocano, que outrora ficavam protegidas nas áreas de segurança máxima. Agora todas estavam ali, ao ar livre, após o prédio ter sido desintegrado.

— Foi uma daquelas que eu joguei em São Paulo. Vou fazer chover fogo do céu!

Fernando e Sarah trocaram olhares. Eles estavam diante de um maluco armado com bombas cujo poder de destruição era quase nuclear, e que tinha total controle sob um verdadeiro demônio. Nenhum deles conseguia enxergar uma solução.

— Otávio, eu me lembro de quando você matou a Isabel. Ela era minha amiga, eu a amava como a uma mãe. — Sarah encarava o prefeito com rancor.

— Sim, matei. Ela era uma maldita bruxa. Eu estudei o cérebro dela até o último pedaço, e depois joguei seu crânio numa lata de lixo! E daí?

— Esse foi um grande erro. — Em seguida, com velocidade impressionante, Sarah levou a mão às costas, sacou sua pistola e deu um tiro que atingiu o rosto de Otávio, fazendo-o cair para trás, ainda agarrado a Maria das Graças, que tombou junto com ele. O prefeito desabou, sem conseguir acreditar que aquela mulher conseguira sacar a arma tão rápido e atingi-lo daquela forma.

No meio da queda, por reflexo, Otávio também puxou o gatilho, disparando um tiro que perfurou o ombro de Maria das Graças.

— Mãe! Não! — Roberto gritou, ao ver a enfermeira caindo, ferida, junto com Otávio.

Sarah, Fernando e os demais reagiram ao mesmo tempo. Ela tentou disparar contra Roberto, enquanto os demais tentavam recuperar suas armas. Mas Roberto, com um simples olhar, derrubou a todos simultaneamente. Quando Otávio tentou se levantar, o adolescente o encarou com ódio, e o prefeito caiu novamente, como se uma força invisível o estivesse esmagando contra o concreto. Otávio gritou de dor e desespero, com a cara contra o piso.

— Eu... te... odeio! — Roberto gritou.

Nesse instante, o braço direito de Otávio virou ao contrário, na altura do cotovelo. Os ossos saltaram para fora da pele, fazendo o sangue jorrar. O prefeito urrou e arfou de dor, com os olhos cheios de lágrimas.

Fernando se ergueu. Sua cabeça girava e todo seu corpo doía. Ele tentou alcançar uma das armas, mas antes que ele pudesse chegar perto, sentiu uma enorme pressão na garganta, como se mãos imensas o estivessem estrangulando, esmagando a sua traqueia. Ele teria gritado se pudesse, mas a voz não saiu. Sarah e os demais tentaram se erguer, mas todos se sentiram presos ao chão também, incapacitados de se mover.

Fernando sentiu seus pés involuntariamente se arrastando pelo chão, sendo puxado até Roberto por aquele poder irresistível, sem poder respirar ou oferecer qualquer resistência. Mas o jovem olhava para Maria das Graças, e seu semblante estava cheio de preocupação.

— Mãe? Por favor... fala... comigo! — Roberto suplicava, com a dificuldade de sempre. Em seguida ele olhou para Fernando, furioso. — Ajude-a... agora!

Fernando sentiu a pressão aliviar de imediato, e caiu de joelhos no chão, arfando, lutando para recuperar o ar. Ele olhou para Maria das Graças, que gemia no chão, ensanguentada. Otávio, caído ao lado dela, chorava de dor, sem poder se mexer.

Sem escolha, Fernando arrastou-se com dificuldade até a enfermeira para examinar seu ferimento, que sangrava muito e parecia grave. Os rebeldes tinham alguns médicos entre seus combatentes; eles saberiam o que fazer.

— Ela precisa de cuidados médicos. Eu não posso ajudá-la, mas se você deixar que a levemos conosco, irei providenciar para que seja bem tratada. Dou a minha palavra.

A criatura encarou Fernando, que sentiu novamente aquela força estranha puxando seu corpo. Dessa vez, ele foi atraído até Roberto. Seu rosto chegou a milímetros do nariz do garoto, que o fitava com seus olhos brancos e mortos.

— Não brinque... comigo... humano! Você jura... que vai... cuidar da... minha mãe...?

Fernando se esforçou para sustentar o olhar daquela monstruosidade, apesar do imenso pavor que sentia.

— Eu juro pelas almas dos meus pais, cujas vidas foram roubadas por aquele monstro! — Fernando falou sério, apontando para Otávio.

— Então... eu liberto vocês. — Roberto murmurou.

Imediatamente Sarah e os demais combatentes se viram livres de novo. Foi com alívio que voltaram a se mexer, sem a sensação de estarem sendo esmagados contra o solo.

Fernando decidiu que era melhor sair dali antes que Roberto mudasse de ideia. Ele se ajoelhou ao lado de Maria e a ajudou a se levantar com delicadeza, sob o olhar severo do poderoso zumbi, que o observava. Ela, ao se erguer com dor, se voltou para ele.

— Querido, venha — Maria pediu-lhe. — Eu tomo conta de você, vamos sair deste lugar.

— Não posso... Adeus, mamãe... — Roberto sussurrou.

Maria o encarou com os olhos rasos de lágrimas e, com dificuldade, se debruçou perto dele. A enfermeira, que devotara vários anos da sua vida a tomar conta daquele jovem tão maltratado, o abraçou com força.

— Venha comigo... — ela sussurrou perto do ouvido dele.

— Não posso... desculpe...

Maria, aos prantos, tomou o rosto de Roberto entre as mãos, e ele a encarou com doçura. Era a primeira vez que Roberto via seu rosto, mas seria capaz de reconhecê-la em qualquer lugar.

— Vá agora... lembre-se de mim... por favor.

— Sempre, querido, eu prometo. — Ela engoliu com dificuldade, com o rosto lavado de lágrimas e suor, lutando contra a imensa dor que sentia.

Fernando observava toda aquela cena, espantado. Jamais imaginara presenciar algo tão surreal quanto um zumbi que falava e tinha sentimentos.

— Venha, Maria, temos que leva-la antes que seja tarde demais. — Ele a pegou pelo braço com gentileza, e se dirigiu a Sarah: — Querida, pegue o Otávio. Vamos embora daqui.

— Não! — Roberto retrucou com determinação. — Ele... fica!

— Roberto, por favor, eu posso fazê-lo pagar. Nós vamos leva-lo à justiça, eu juro! — Por um instante, Fernando deixou de lado seu desejo de vingança.

— Não... ele... fica! — Roberto falou, furioso. — Vão... embora!

Fernando suspirou. Ele não iria arriscar sua vida para ajudar o prefeito. Roberto e Otávio tinham contas a acertar, e não havia nada que ele nem ninguém pudesse fazer para impedir.

— Humano... seu pagamento... está ali! — Roberto indicou com o olhar uma espécie de galpão que ficava ao lado do complexo e que tinha sido poupado da destruição inicial.

— O que há ali? — Fernando franziu a testa.

— Sua... vida. — Roberto falou. — Vá... agora!

Fernando não entendeu, mas decidiu que não era hora de questionar. Ele levou Maria até Sarah e os outros, que tinham medo até mesmo de se mexer com Roberto parado em meio àquela destruição, encarando-os.

— Fique com Maria, Sarah, preciso fazer uma coisa antes.

— O que ele quis dizer com pagamento? O que há no galpão? — Sarah amparou Maria, que nem conseguia se manter em pé.

— Nem imagino. Mas preciso descobrir. Venham comigo! — Fernando chamou três homens, e disse a Sarah: — Eu volto em um minuto.

Ele correu até o galpão, ansioso. Era uma construção decrépita, com uma pesada porta de madeira trancada com um cadeado velho. Fernando sacou a faca da cintura e encaixou a lâmina na trava, forçando até abri-la. Em seguida, escancarou a porta, se perguntando o que ele iria encontrar ali dentro. Mas nada no mundo o teria preparado para aquilo.

Dentro do galpão havia cerca de dez homens. Alguns estavam deitados, outros, sentados em imundos lençóis espalhados pelo chão. Todos tinham a aparência suja e maltratada, com enormes barbas; com olhares assustados. A maioria parecia não tomar banho há anos.

Um homem de barba densa, cabelos longos e empastados, com aparência cadavérica, se destacava entre os demais. Ele encarava Fernando de forma estranha, apesar do medo estampado em seu semblante. Era como se ele tentasse descobrir de onde os dois se conheciam. Apesar de ter se passado muito tempo, Fernando sabia exatamente de quem se tratava.

— Pai? — O rapaz não conteve as lágrimas.

\* \* \*

Sarah aguardava impacientemente a volta de Fernando. Roberto continuava imóvel, encarando-os de um jeito estranho, enquanto Otávio permanecia no chão, gemendo e sangrando, incapaz de se mover.

Ela franziu a testa ao ver o noivo se aproximando às pressas, carregando em seu colo um homem esquelético e imundo. Os demais combatentes vinham logo atrás, alguns carregando outras pessoas em condições similares, outros ajudando os prisioneiros que estavam em condições de andar.

— Meu Deus, quem são essas pessoas? — Sarah perguntou, horrorizada. — O que aquele maluco fez?

— Sarah, este é o meu pai! — Fernando falou. — Vamos sair daqui, rápido!

A moça arregalou os olhos e encarou o homem de aparência lastimável. O que haviam feito com ele? Dava até medo de imaginar. Sarah sentiu tanta raiva que, sem pensar, correu na direção de Roberto e Otávio, deixando todos para trás. Fernando, louco de preocupação, gritou:

— Sarah, volta aqui, não chega perto dele, é perigoso!

Mas sua noiva o ignorou. Fazia uma década que esperava por aquele momento.

— O que... você... quer? — Roberto perguntou sombrio, encarando-a.

— Meu assunto não é com você, é com ele! — Ela se ajoelhou ao lado de Otávio, que, ao vê-la, implorou pela própria vida.

— Sarah, me ajude, pelo amor de Deus! Não me deixe aqui! — Otávio gritou, súplice.

— Deus? Vou te falar o que Deus faz com pessoas como você. Ele enterra gente da sua laia nas profundezas do inferno! Eu só quero que você dê uma boa olhada na minha cara antes do que está por vir! Boa sorte, seu infeliz!

— Sarah, eu... — Otávio tentou falar, mas ela já havia se levantado.

Quando Sarah virou as costas, Roberto a chamou:

— Sarah...

Ela se virou lentamente, com medo de ter feito uma besteira ao se aproximar dele.

— Sinto... muito... pela sua... mãe. Ela está... bem. Isabel... a está... protegendo. — Por alguns instantes, Roberto parecia não sentir mais raiva. — Vão... agora. Para... bem... longe.

Sarah sentiu os olhos queimarem de lágrimas ao ouvi-lo falar da sua mãe.

— Obrigada, Roberto — a menina sussurrou. — E ele? — Ela indicou Otávio.

— Ele... não tem... mais... salvação. — Roberto decretou. — Vão agora.

Sarah não pensou duas vezes: saiu correndo e entrou no Urutu, junto com Fernando. O rapaz lançou um último olhar na direção de Roberto e bateu a porta com violência.

— Vai, vai, vai! Rápido!

O veículo arrancou, bem como os demais.

E então o chão começou a tremer. Postes e árvores oscilavam, e os poucos imóveis que restavam ao redor começaram a desabar. Pedaços de concreto eram arrancados do solo e subiam no ar enquanto relâmpagos riscavam o céu, iluminando o firmamento. Uma ventania sobrenatural dobrava as árvores e arrastava consigo pedaços de madeira e de telhas. O mar começou a ferver, e construções se esfarelavam como se fossem feitas de açúcar.

Apavorado, Otávio fez um esforço descomunal para erguer a cabeça e enxergar o que acontecia, e foi com horror que viu as cinco bombas

Trocano preguiçosamente se erguerem do solo e levitarem no ar, enquanto o mundo inteiro ao redor parecia se desintegrar.

— Roberto, não faça isso...

— Papai... você é burro... incompetente... desobediente. — A boca desdentada de Roberto formava um sorriso diabólico, saboreando cada gota de medo e sofrimento de Otávio.

Naquele momento, as bombas pararam acima das cabeças de ambos, a algumas centenas de metros de altura.

— Não, Roberto!

— Você...me obriga... a te punir... — Ele fechou os olhos, e no mesmo instante cessaram-se os ventos, relâmpagos e tremores, como se seu poder sobrenatural tivesse se desligado.

As cinco bombas Trocano despencaram do céu, atingindo em cheio o lugar onde antes ficava o complexo de pesquisa.

\* \* \*

Os tanques onde Fernando, Sarah e todos os demais fugiam haviam se distanciado apenas dois quilômetros quando depararam com um poste caído no meio da avenida. Os veículos frearam bruscamente, evitando por pouco um acidente fatal.

— Não dá pra passar! Desçam! — Fernando saltou de dentro do tanque, segurando seu pai no colo.

Sarah o acompanhou, praticamente arrastando Maria das Graças, que estava no limite das suas forças. O rapaz olhava em volta nervoso, até que avistou logo à frente um prédio alto, com uma garagem subterrânea. As pessoas saíam assustadas nas janelas, sem saber o que fazer, enquanto viam à distância a destruição que Roberto estava causando.

— Ali, corram!

O grupo disparou em direção à entrada da garagem, que estava fechada. No entanto, havia uma passagem de pedestres que dava acesso ao subsolo. Sarah sacou a pistola e encheu a trava de balas, arrombando-a, e o grupo entrou, às pressas. Entretanto, Fernando voltou para a entrada do prédio e gritou, dirigindo-se aos moradores que o olhavam dos apartamentos, assustados:

— Desçam para o subsolo! Uma destruição sem limites se aproxima, salvem suas vidas!

Seria impossível explicar por que aquelas pessoas acreditaram nele; talvez seja pelo fato de Fernando carregar um homem doente em seus braços, ou pelo olhar do rapaz. O fato é que ninguém duvidou. Uma gritaria se espalhou nos prédios em volta, enquanto as pessoas fugiam de seus apartamentos, descendo as escadas aos trambolhões em direção às suas garagens, nos locais mais protegidos disponíveis.

— Vão para o subsolo, salvem suas vidas e as dos seus filhos! — Fernando gritava em frente à garagem, recusando-se a descer enquanto houvesse alguma pessoa nas janelas.

A garagem se enchia de gente rapidamente. Sarah procurava o noivo, que sumira de vista. Foi quando ela se deu conta de que o rapaz não entrara no prédio. Assim, ela deixou Maria das Graças sob os cuidados de outras pessoas e voltou correndo para buscar Fernando. Na sua cabeça, uma voz parecia avisar que o tempo se esgotava.

Ela saiu da garagem, e, ao avistá-lo, gritou:

— Fernando, entra logo!

Fernando, ao olhar em volta, não viu mais ninguém nas janelas dos prédios ao redor. Então, deu-se por satisfeito.

— Sim, vamos, eu só queria...

O chão começou a tremer violentamente, e um clarão imenso subiu aos céus. A noite virou dia, e uma cor alaranjada pintou toda Ilhabela. Sarah arregalou os olhos ao ver algo que parecia um cogumelo atômico se abrindo no céu. Era lindo e, ao mesmo tempo, aterrorizante.

Em seguida, ela e Fernando observavam com horror uma nuvem de destroços, postes, concreto e carros que voava, enquanto árvores e fogo se deslocavam pela avenida a centenas de quilômetros por hora. Aquilo engolia edifícios inteiros, que se desintegravam em bilhões de partículas à medida que a onda de choque se deslocava.

Fernando e Sarah não tiveram tempo de falar nada. Eles entraram correndo na garagem, e depois de avançarem cerca de trinta metros, uma nuvem de pó que invadiu o local os engoliu.

Florestas inteiras foram incineradas, as águas do mar ferveram com o calor e fogo caiu do céu, enquanto dezenas de milhares de pessoas gritavam em uníssono, tendo suas vidas ceifadas segundos depois.

A mais apocalíptica visão de Isabel acabara de se concretizar.

* * *

Tobias, Andréa e Pedro estavam em uma das praias nas quais haviam enfrentado as forças de Otávio, junto com os combatentes remanescentes. Milhares de indivíduos jaziam no chão, após a sangrenta batalha da invasão, e os três buscavam socorrer feridos de ambos os lados, como Patrick havia orientado. Se queriam conquistar a confiança das pessoas, teriam de ser melhores que Otávio, o que significava estender a mão a todos, inclusive aos seus inimigos.

O Reitor caminhava entre as fileiras de rebeldes, cumprimentando todos pela vitória, mesmo sem saber se realmente tinham vencido. Ele estava preparado para, ao primeiro sinal de perigo, ordenar a evacuação dos seus combatentes.

Todos tinham visto a gigantesca explosão que fizera toda a ilha estremecer, e ninguém teve coragem de ir na direção da detonação. O dia iria nascer em breve, e ninguém sabia o que fazer diante de tamanha desolação.

— Meu Deus, Déa, o que nós fizemos? Boa parte da cidade está em ruínas, e nem sabemos o que aconteceu com o Otávio. Talvez ele esteja prestes a vir atrás de nós com aquele demônio paranormal. — Tobias sacudiu a cabeça. — Talvez devêssemos esquecer disso tudo e ir embora daqui.

— Não podemos fazer isso. Nós chegamos até aqui; não é possível que tamanho sacrifício tenha sido à toa. Isso tudo tem que ter um propósito.

— Nós nem sabemos o que houve com o Fernando e a Sarah, o que mais nós... — Pedro começou a falar, mas se calou.

Ele, Andréa e os demais se voltaram ao mesmo tempo, pois ouviam uma multidão se aproximar, prestes a virar a curva da avenida mais à frente.

E então viram Fernando, carregando Ítalo nos braços, e Sarah, trazendo no colo uma menina de cinco anos de idade, cuja mãe não sobrevivera. Centenas de pessoas, cujas vidas foram salvas após a devastadora explosão que aniquilara quase um terço de Ilhabela, os seguiam.

Patrick sorriu, orgulhoso, vendo o jovem casal se aproximando. Daquele dia em diante, aqueles dois seriam seguidos por muitas pessoas aonde quer que fossem.

## CAPÍTULO 11
# UMA NOVA ESPERANÇA

**SARAH SE LEVANTOU CEDO** aquela manhã, e foi até o banheiro de um dos quartos onde outrora funcionara o Casarão das Sereias. Ela conferiu o rosto; apesar de cansada, estava com boa aparência, e a cicatriz no supercílio, resultado da surra que tomara de Mauro, até lhe conferia certo charme.

Ela se vestiu, saiu e caminhou em silêncio pelo corredor até a porta seguinte. Com muita delicadeza, abriu-a, e viu que as três meninas que adotara após os eventos da invasão de Ilhabela dormiam tranquilamente. Sarah sorriu ao ver as pequeninas ressonando.

Após fechar a porta, ela desceu as escadas, cumprimentando cordialmente algumas pessoas no caminho até a cozinha. Aquele lugar se transformara em abrigo para várias famílias que tinham perdido seus lares após a devastação causada por Roberto. Agora, todos moravam sob o mesmo teto e compartilhavam as mesmas coisas.

Fernando estava à mesa, bebericando uma xícara de café quente e folheando o jornal.

— Bom dia, marido. — Ela o abraçou. — O que está lendo?

— Bom dia, amor. Estou lendo sobre o resultado das eleições. — Fernando mostrou-lhe a foto da nova prefeita de Ilhabela, a ex-conselheira Lisa, sendo cumprimentada por Patrick. A cerimônia de posse se realizara naquele mesmo dia, após o fim da contagem dos votos.

Patrick cumpriu a promessa que fizera no primeiro dia após a invasão, quando se dirigiu pela primeira vez ao povo pelo rádio. Ele decretou a volta da Lei da Mudança e convocou eleições diretas livres, nas quais somente moradores da capital e civis, como Lisa, puderam participar. O grupo de combate que derrubara Otávio não interferiria na política da cidade.

O Reitor coordenou os esforços de reconstrução, cuja conclusão demoraria vários anos, ajudado de perto por Fernando e Sarah.

Assim que foi possível, as primeiras eleições diretas em mais de uma década foram organizadas, e tão logo os votos foram apurados, Patrick passou o poder para a nova prefeita que, durante sua campanha, havia prometido, entre outras coisas, a anistia total a todos, invasores e ex-soldados de Ilhabela. Quase ninguém, de nenhum dos lados, seria punido para que assim houvesse uma chance de construir a paz.

— Eu acho que ela é uma boa mulher. Espero que faça um bom trabalho — Fernando comentou.

— Se ela fizer ou não, não importa. O fundamental é que a Lisa foi escolhida pelo povo, sem nenhuma influência da nossa parte. Daqui pra frente, a população reassumirá as rédeas de sua vida. — Sarah suspirou. — Vamos trabalhar? Temos uma pena a cumprir.

A anistia prometida por Lisa não se aplicava totalmente a eles. Os dois haviam sido condenados a cumprir três anos de trabalho não remunerado em prol da comunidade, como membros da equipe de segurança que controlava os acessos no porto de São Sebastião, junto com outros líderes militares, por terem comandado a invasão. Muitos moradores acharam a pena injusta, pois finalmente o ditador havia sido eliminado, mas outros pediam a pena de morte para os rebeldes. Por isso, os dois acharam que o resultado tinha sido muito bom e acataram a determinação judicial sem protestar.

— Bom dia, queridos. Estão indo trabalhar? — Madame Bianca se aproximava, sorridente.

A idosa parecia ter envelhecido sobremaneira naqueles últimos meses, mas nunca parecera tão feliz como naquele momento, cercada por Sarah, Fernando e suas filhas adotivas, que ela cobria de mimos como se fossem suas netas.

— Sim, estamos. É hora de repararmos parte do estrago que causamos. — Sarah sorriu.

— Não se culpem tanto. Vocês fizeram o que acharam certo e muitos dos cidadãos entendem isso. O juiz sabe que as perdas civis foram causadas pelo Otávio e aquela aberração que ele criou. Ele era o monstro, não vocês.

— Eu sei madrinha, eu sei. Não se preocupe, um dia essa sensação de culpa vai passar. — Em seguida, Sarah e Fernando se levantaram para sair, rumo à balsa.

Antes de partirem, Fernando se dirigiu a uma poltrona na qual estava sentado um homem magro e velho, lendo um livro.

— Pai, nós estamos indo, tá? Até mais tarde. — Fernando deu um beijo na cabeça calva de Ítalo.

O homem sorriu. Ele perdera a fala e boa parte da capacidade motora desde a lobotomia, e nunca mais voltaria a ser o líder de outrora, as sequelas eram graves e irreversíveis. Fernando sabia disso. Como filho, cabia a ele dar ao pai o máximo possível de carinho e atenção, e esperar pelo melhor.

Sarah e Fernando saíram e pegaram a balsa, chegando ao porto de São Sebastião em minutos, onde se encontraram com seus companheiros de armas para começar a cumprir as suas penas.

\* \* \*

— Fernando, venha ver uma coisa, rápido! Tem algo muito estranho acontecendo com o Zé do Caixão!

— Como assim, Tobias, o que foi? — Franzindo a testa, Fernando se dirigiu ao posto de observação avançado da muralha de proteção do porto de São Sebastião.

Sarah também se aproximou, curiosa.

Olhando na direção que Tobias apontava, eles entenderam o que ele queria dizer. Havia um zumbi caído na estrada, uns duzentos metros à frente. Eles o apelidaram de Zé do Caixão por sua semelhança com o cineasta brasileiro que cultivava unhas enormes. Ao longo dos últimos dois anos em que eles se tornaram responsáveis por proteger a entrada do porto, aquela criatura sempre circulava por ali. Mas agora estava caída no meio da via, como se tivesse morrido.

— Estranho... Alguém atirou nele, Tobias? — Fernando perguntou, cismado.

— De forma alguma. Ele estava caminhando e simplesmente caiu. Foi como se tivesse sido desligado.

Fernando coçou a cabeça, olhando para o zumbi. Sarah usava a mira telescópica do Doutrinador para analisá-lo. De repente, algo lhe chamou a atenção.

— Querido, mais um acaba de cair — ela murmurou. — Veja ali à frente!

Ao se virar, Fernando viu mais um zumbi caído. Antes que pudesse falar algo, outra criatura tombou inerte, seguida de outra, e outra. Cinco seres haviam tombado misteriosamente em questão de segundos.

— Gente, vamos até lá, quero verificar uma coisa.

Sarah e Tobias assentiram para Fernando. Em instantes, os três saíram numa caminhonete.

\* \* \*

Lisa adentrava a sala do necrotério, na qual cinco zumbis encontravam-se deitados em mesas de aço. Ela vinha acompanhada de assessores e vereadores, todos curiosos pelos boatos que já estavam se espalhando.

— Boa noite, Fernando, boa noite Sarah. Vim assim que pude. Esses são os indivíduos mencionados?

— Sim, senhora, são esses mesmos — Fernando afirmou. — O fenômeno se repetiu várias vezes hoje, já contamos mais de trinta zumbis mortos.

— E todas as mortes foram espontâneas? Tem certeza?

— Sim, senhora, todos caíram sem nenhum ferimento, mortos de forma natural. Já examinamos todos os corpos, e estão intactos. — Fernando convidou a prefeita a se aproximar. — Veja isto.

Quando Lisa chegou perto, Fernando cuidadosamente abriu os olhos do zumbi. A prefeita se espantou com o que viu.

Os olhos dele tinham voltado a ser negros, a cor original, como antes de o apocalipse começar.

Os zumbis voltavam a ser humanos e morriam instantaneamente, décadas após a nefasta visita do planeta Absinto, como se a estranha força que os animava estivesse finalmente se esgotando. Aquele fenômeno seria observado no mundo inteiro, de forma cada vez mais constante. A humanidade começava a despertar do seu mais sombrio pesadelo.

# CAPÍTULO 12
# PARIS

**FERNANDO E SARAH ADMIRAVAM A** imponente Torre Eiffel pela janela do carro. O automóvel com motorista percorria a *Avenue de New-York*, do outro lado do rio Sena, rumo à reunião que marcaria a re-criação da ONU, cuja sede se situaria na capital francesa. A imensa torre de ferro apresentava tons de azul, a cor da bandeira da Organização das Nações Unidas, em comemoração àquela data histórica.

Sarah instintivamente apertou mais forte a mão do marido.

— No que você está pensando? — Fernando perguntou, com delicadeza.

Quando ela se virou para ele, Fernando notou como Sarah, agora com pouco mais de quarenta anos, estava ainda mais linda. Eles completaram vinte anos de casados, mas parecia que fora ontem que se reencontraram e se apaixonaram em meio ao incêndio da Usina Moreno.

— Em nada de mais, senhor Primeiro Ministro — ela afirmou, espirituosa. Adorava chamar o marido daquele jeito. — Diga-me, como você se sente, na condição de chefe de governo da Nação Sul-Americana, estando prestes a ver a reunificação das nações de todo o planeta, justamente hoje, 14 de julho de 2118, dia do centenário do apocalipse zumbi?

— É uma emoção e tanto. Foi a segunda melhor notícia do ano. — Fernando pôs a mão na barriga de Sarah, que já estava bem protuberante em seus seis meses de gestação. — E você, como se sente?

— Sinto como se estar aqui fosse algo com que eu já sonhava antes mesmo de termos obtido notícias de outros países por décadas. É como se eu desejasse isso desde outra vida.

— Talvez seja assim mesmo, quem sabe? Talvez estejamos apenas voltando pra casa. — Curiosamente, Fernando tinha a mesma sensação que ela. — E quanto ao nosso bebê? Já tem alguma ideia de como vamos chamá-lo?

— Se for menino, eu pensei em Matheus. O que acha? — Sarah sentia-se estranhamente melancólica.

— Adorei. E eu estava pensando em Ana Isabel, caso seja menina. Que tal?

— Lindo. Uma bela homenagem pra mulher mais espetacular que eu conheci na vida.

— Você está bem, amor? Estou te achando estranha.

— Sim, estou bem. É que, sinto como se um capítulo muito importante de nossas vidas esteja se encerrando com a quase extinção dos zumbis. Não que eu sinta saudade deles, mas isso me assusta.

— Ainda existem relatos de zumbis na África e na Oceania. Deve levar alguns anos pra eles serem completamente erradicados.

— Eu sei, mas é que com o desaparecimento deles, sinto como se eu sentisse falta de pessoas cujas existências não recordo. É uma sensação esquisita demais.

— Engraçado você dizer isso... de vez em quando tenho essa impressão. Tenho um sonho recorrente em que estou em outro lugar, uma espécie de comunidade fechada, com muros altos, casas enormes e cercada de soldados, e todos sorriem pra mim e me parecem familiares. Sinceramente, não sei o que significa.

— Também não sei, mas já tive sensações parecidas com essas. Mas, enfim, talvez seja isso mesmo. Vai ver nós estamos encerrando um capítulo, e está na hora de começar a escrever outro. — Sarah sorriu para o marido. — Eu já te falei que te amo e vou te amar por mais mil vidas?

— Sim, todos os dias. — Fernando achou graça da divertida cara de desprezo da esposa. — E eu já te falei que sinto o mesmo por você?

— Todos os dias também. — Ela deu-lhe um beijo delicado nos lábios.

Os dois se abraçaram, mas cada olhava numa direção, experimentando aquele estranho sentimento de perda, de ausência. Era como se estivessem a caminho de uma grande comemoração, porém sabendo que várias pessoas importantes não estariam lá.

E era em momentos como aquele, de silêncio e reflexão, que, por um breve segundo, Ivan e Estela quase conseguiam se recordar de Zac, Gisele, Sandra, Oliveira, Silas, Reinaldo, Bob, Mariana, Canino e todos os seus outros grandes amigos, os valentes sobreviventes do Condomínio Colinas. O grupo de heróis com quem tinham compartilhado a mais fantástica de todas as jornadas, cujas lembranças dolorosas ressurgiam de vez em quando para depois desaparecerem novamente.

# CAPÍTULO 13
# ABSINTO

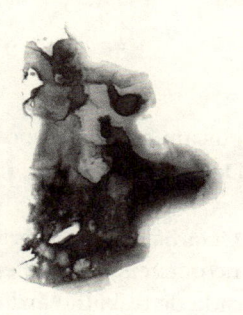

**UM GRUPO DE CIENTISTAS REVISAVA** novamente seus cálculos, porém não havia margens para dúvidas: aquela coisa parecia estar mesmo rumando na direção da Terra.

— Não consigo acreditar que esse desgraçado está em rota de colisão conosco outra vez. Depois de tudo o que ele causou, esse maldito planeta resolve voltar? — Um dos pesquisadores apontava para a foto sobre a sua mesa, na qual se via um imenso planeta vermelho com anéis azuis, cuja presença fora novamente detectada depois de décadas de buscas incansáveis.

— Pelo visto, sim. Demorou séculos, mas ele está de volta. Dentro de mais ou menos cinco anos, Absinto estará por aqui de novo — uma colega respondeu, engolindo em seco. — O que faremos?

— Boa pergunta. Mas uma coisa eu posso garantir: desta vez nós vamos estar bem preparados. — Ele bateu o indicador na foto. — Pode vir, maldito. Estaremos a sua espera!

FIM

# AGRADECIMENTOS

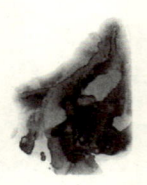

Agradeço mais uma vez à minha família e aos meus amigos. Sem vocês, não sei se eu teria conseguido vencer esse longo desafio. Demorou anos, mas finalmente chegamos aqui.

Meu muito obrigado à minha amada esposa Cláudia e meus queridos filhos Felipe e Fernanda, que me acompanharam em incontáveis eventos e pacientemente me apoiaram ao longo de mais de meia década de trabalho árduo.

Como sempre, por me apoiar mais uma vez e continuamente acreditar no meu trabalho, agradeço às equipes dos sites: *Revil* — www.facebook.com/revil-br; *The Walking Dead Brazilian* — www.facebook.com/thewalkingdeadbrazilian; *Universo Zumbi* — www.universozumbi.com.br e *The Walking Dead Brasil* — www.facebook.com/thewalkingdeadbrasil. Também agradeço às dezenas de blogueiros e parceiros que tanto nos incentivaram.

Quero mandar um agradecimento especial ao meu amigo Matheus Henrique e à página *A Hora do Medo*. Seu apoio contínuo à saga *As Crônicas dos Mortos* foi fundamental ao longo de todos esses anos.

Um forte abraço para as minhas amigas Niuma Doerner e Jiani Alvaro, do grupo *Complexo Tuthor*, bem como a todos os meus fãs do grupo *Absinto*. E, claro, não poderia esquecer do nosso fã-clube no WhatsApp!

Muito obrigado aos queridos Felipe Dias, Lucas Araújo, Felipe Lima, Leryane Santos, Joeci Araújo, Letícia Goes, John Gomes, Cíntia Flores, Thiago Luan, Mateus Borges, Robson Oliveira, Melina Rosa, Winkler Costa, Lucas Benigno, Vanessa Paniagua, Rafaela Rodrigues, Alex Clayton, Tiago Bezerra, Caroliny Oliveira, Lucas Marques e Douglas Borges, meus primeiros leitores e críticos incansáveis, que me ajudaram a enxergar meus erros e corrigi-los.

Obrigado também ao meu editor Pedro Almeida. É isso aí, parceiro, nós chegamos lá!

Por último, mais uma vez quero agradecer aos meus leitores, pelos quais eu trabalho todos os dias. Vocês são mais do que eu mereço. Amo muito todos vocês!

RODRIGO DE OLIVEIRA
São José dos Campos, 12 de dezembro de 2017.

Diretor editorial **PEDRO ALMEIDA**
Preparação de textos **TUCA FARIA**
Revisão **LUIZA DEL MONACO**
Ilustração de capa **CAIO SAN**
Mapa ilustrado **THOMAZ MAGNO**
Projeto gráfico e diagramação **OSMANE GARCIA FILHO**
Imagens internas © **SHUTTERSTOCK**

Dados Internacionais de Catalogação na Publicação (CIP)
(Câmara Brasileira do Livro, SP, Brasil)

Oliveira, Rodrigo de
    A era dos mortos : parte dois / Rodrigo de Oliveira. —
1. ed. — Barueri, SP : Faro Editorial, 2018.

    ISBN 978-85-9581-021-1

    1. Ficção brasileira I. Título

18-13786                                              CDD-869.3

Índice para catálogo sistemático:
1. Ficção : Literatura brasileira      869.3

1ª edição brasileira: 2018
Direitos de edição em língua portuguesa, para o Brasil,
adquiridos por FARO EDITORIAL

Avenida Andrômeda 885 - sala 310
Alphaville – Barueri – SP – Brasil
CEP: 06473-000
www.faroeditorial.com.br

ESTA OBRA FOI IMPRESSA
EM SETEMBRO DE 2023